MIRA®

Der Preis dieses Bandes versteht sich einschließlich
der gesetzlichen Mehrwertsteuer.

Umwelthinweis:
Dieses Buch wurde auf chlor- und säurefreiem Papier gedruckt.

Gaelen Foley

Die Lady mit der Maske

Roman

Aus dem Amerikanischen von
Anita Magg

MIRA®

MIRA® TASCHENBUCH
Band 25164
1. Auflage: Dezember 2005

MIRA® TASCHENBÜCHER
erscheinen in der Cora Verlag GmbH & Co. KG,
Axel-Springer-Platz 1, 20350 Hamburg
Deutsche Taschenbucherstausgabe

Titel der Originalausgabe:
Prince Charming

erschienen bei: Ivy Books, New York
By arrangement with The Ballantine Publishing Group,
a division of Random House, Inc.

Konzeption/Reihengestaltung: fredeboldpartner.network, Köln
Umschlaggestaltung: pecher und soiron, Köln
Redaktion: Claudia Wuttke
Titelabbildung: „Pino Daeni“ bei Thomas Schlueck GmbH
Autorenfoto: © Redford Photography
Satz: Buch-Werkstatt GmbH, Bad Aibling
Druck und Bindearbeiten: Ebner & Spiegel, Ulm
Printed in Germany
ISBN 3-89941-203-6

www.mira-taschenbuch.de

Meine Krone ist in meinem Herzen,
nicht auf meinem Haupte.
Shakespeare

1. KAPITEL

Amantea, 1816

Der größte Liebhaber aller Zeiten übte sich wieder einmal in der Kunst der Verführung und tändelte gerade gewandt mit dem unbescholtenen Bauernmädchen Zerlina. Die Töne von Mozarts berühmtem Duett „*La ci darem la mano*“ erfüllten die Luft des reich ausgestatteten Theaters, und man gewann den Eindruck, dass Tenor und Sopran einander auf der Bühne singend liebten.

Niemand achtete jedoch darauf. Die Operngläser waren vielmehr auf die Königsloge gerichtet, die sich rechts von der Bühne befand.

Er saß im Halbschatten und bewegte sich nicht, sein Gesicht wirkte ausdruckslos. Die Lichter spiegelten sich in seinem Siegelring und erhellten ein wenig seine aristokratischen Züge. Sein langes Haar, das im Nacken zusammengebunden war, schimmerte golden.

Mit angehaltenem Atem beobachteten die Zuschauer, wie er sich das erste Mal rührte, seit die Aufführung lief. Langsam fasste er in die Tasche seiner eleganten Weste, holte etwas aus einer flachen Metalldose – vermutlich ein Stück Pfefferminz – und steckte es sich in den Mund.

Den Damen im Publikum wurde es bei diesem Anblick heiß, und sie begannen, ihren geröteten Wangen Luft zuzufächeln.

Ich langweile mich so, dachte er und blickte starr ins Leere. Ich langweile mich noch zu Tode.

Die auserwählten Mitglieder seines Gefolges – junge Adelige in prächtiger Gewandung – saßen in der Loge hinter ihm und gaben sich interessiert. Sah man genauer hin, erkannte man den harten Ausdruck ihrer Augen und erahnte auch, dass sie unter ihren Jacken Waffen verborgen hatten. Bei einigen von ihnen hing der Geruch von Opiumrauch in der Kleidung.

„Königliche Hoheit?“ flüsterte ihm jemand ins Ohr.

Ohne den gelangweilten Blick von seiner schönen Geliebten auf der Bühne zu wenden, schob Kronprinz Rafael Giancarlo Ettore di Fiore die kleine Flasche, die ihm dargeboten wurde, mit der juwelengeschmückten Hand beiseite. Er war nicht in der Laune, um Alkohol zu trinken, sondern sann darüber nach, wie sehr Dante sich geirrt hatte.

Das Inferno konnte nicht schlimmer sein als diese Welt des Müßiggangs, in der er sich befand und schon seit Ewigkeiten auf eine Änderung wartete.

Der Sohn eines bedeutenden Mannes zu sein war nicht leicht. Er war nicht nur eine Persönlichkeit, sondern noch dazu scheinbar unsterblich. Keineswegs wünschte Rafael sich das Ableben seines Vaters, aber die Tatsache, dass er, Rafael, morgen dreißig wurde, lastete ihm schwer auf der Seele.

Die Zeit verging wie im Flug, doch er selbst bewegte sich nicht vom Fleck. Hatte sich irgendetwas in seinem Leben wirklich verändert seit seinem achtzehnten Lebensjahr? Beim Klang einer munteren Arie aus *Don Giovanni* zählte er innerlich missmutig auf, dass er noch immer dieselben Freunde hatte, den gleichen Spielen nachging und sich einem sinnlosen Luxus hingab – gefangen in einem goldenen Käfig.

Es war ihm nicht möglich, sein Schicksal selbst in die Hand zu nehmen, da er nur eine Marionette in den Händen seines Vaters war. Alles, was eine Änderung in seinem Leben betraf, musste erst vom Hof, von den Zeitungen und dem Senat ausdiskutiert werden. Er hatte es satt. Er führte nicht das Leben eines Prinzen, sondern das eines Gefangenen in einer Strafkolonie – nicht das eines Mannes, sondern das eines unmündigen Kindes.

Rafael hatte es aufgegeben, seinen Vater um eine sinnvolle, ihn erfüllende Aufgabe zu bitten. Der alte Tyrann weigerte sich standhaft, auch nur einen Teil seiner Macht an den Sohn abzutreten.

Ach, warum kümmerte es ihn eigentlich noch? Er konnte genauso gut seine Jahre schlafend in einem Glassarg in einem mit dornigen von Rosen überwucherten Schloss verbringen – es würde keinen Unterschied machen. Man brauchte ihn erst dann zu wecken, wenn sein Leben endlich anfing …

Und endlich fuhr unten auf der Bühne Don Giovanni in die Hölle, und das Opernfinale war da. Der Kronprinz und sein Gefolge verließen die Loge, während das Publikum noch Beifall klatschte.

Rafael blickte starr geradeaus, als er mit seinen Freunden durch die mit Marmor verkleidete Halle schritt. Er gab vor, die Leute nicht zu sehen, die sich aufgereiht hatten und ihn strahlend anschauten. All die freundlichen Menschen, die ein Stück von ihm haben wollten – wie die stämmige Matrone, deren Gesicht ihm irgendwie bekannt vorkam. Sie versuchte, ihn aufzuhalten.

„Königliche Hoheit", rief sie, während sie einen tiefen Knicks machte. „Wie wunderbar, Sie heute Abend zu sehen! Mein Gatte und ich würden uns sehr geehrt fühlen, wenn Sie uns auf unserer Soiree die Ehre erweisen würden. Auch unsere wirklich entzückenden drei Töchter …"

„Ich bedaure, meine Dame. Guten Abend", brummelte der Kronprinz missvergnügt und blieb nicht einmal stehen. *Mein Gott, rette mich vor diesen Müttern.*

Ein aufdringlicher Journalist drängte sich durch die Menge.

„Königliche Hoheit, haben Sie letzte Woche wirklich fünfzigtausend Lire bei einer Wette gewonnen? Und ist bei Ihrem Phaeton während des Rennens tatsächlich die Achse gebrochen?"

„Werfen Sie ihn hinaus", murmelte Rafael seinem Freund aus Kindertagen, Adriano di Tadzio, zu.

Dann stellte sich ihm irgendein Conte mit einer würdevollen Verbeugung in den Weg. „Königliche Hoheit, was für eine hinreißende Darstellung von Signorina Sinclair! Ich würde Ihnen so gern ein paar Bekannte vorstellen ..."

Rafael warf ihm einen finsteren Blick zu und schritt wortlos um den glatzköpfigen Mann herum. Er und sein Gefolge blieben nicht mehr stehen, bis sie die Garderobenräume des großen Theaters erreicht hatten.

Als Rafael und seine Freunde die Garderobe der Sängerinnen betraten, begann er, sich sogleich besser zu fühlen. Die Spannung fiel von ihm ab, denn der Anblick der kaum bekleideten Frauen, die dort herumliefen, belebte seine Sinne. *Frauen.* Deren warme, duftende Haut ließ ihn freier atmen. Lächelnd blickte er sich um und betrachtete zufrieden die Auswahl, die sich ihm bot.

„Da ist er!"

Die Damen plapperten begeistert durcheinander und stürzten sich aus allen Ecken der vom Kerzenlicht erleuchteten Garderobe auf ihn.

„Rafael!"

Alle redeten gleichzeitig und zogen ihn auf einen Stuhl, wo sich drei der Darstellerinnen sofort auf seinen Schoß setzten. Kichernd strichen sie über seine Brust, während sich zwei weitere an ihn hängten und seine Wangen mit Küssen bedeckten.

Äußerst angetan, seufzte er und lehnte sich mit geschlossenen Augen gelöst zurück. „Ich liebe das Theater."

Er hörte das erneute Kichern der Frauen und spürte, wie sie die Taschen seiner Jacke und seiner Weste durchsuchten – wie Kinder auf der Suche nach einem kleinen Geschenk. Offenbar hatte er sie verwöhnt, denn bei seinen Besuchen hatte er ihnen stets ein paar Edelsteine mitgebracht.

Weiche Lippen drückten sich auf seinen Mund. Nach einem Moment erwiderte er den Kuss, da er froh war, etwas aufgemuntert zu werden. Doch das Vergnügen fand ein jähes Ende, als Chloe eintrat.

Rafael öffnete die Augen und betrachtete die englische Schönheit, die in einer silberfarbenen Robe auf ihn zuschritt.

Sein neuestes Spielzeug besaß einen vollkommenen Körper und ein strahlendes Lächeln. Seit vier Monaten waren sie nun ein Paar, was für Rafael eine ungewöhnlich lange Zeitspanne bedeutete. Er wusste noch nicht, wie er ihr zu verstehen geben konnte, dass er allmählich das Interesse an ihr verlor. Im Grunde hoffte er, dass sie es selbst merkte.

Chloe ärgerte der Anblick, der sich ihr bot. Sie bahnte sich einen Weg zu Rafael, nahm die Federboa von ihren weißen Schultern und schlang sie ihm um den Hals. Er warf ihr ein reueloses Lächeln zu, das Chloe mit einem tadelnden Blick erwiderte. Sie wagte es jedoch nicht, ihn offen zu rügen.

Stattdessen wickelte sie die Federboa noch fester um seinen Hals. „Liebling, wie ungehörig!"

„Oh, sieht es nicht hübsch an ihm aus?" rief eines der Mädchen.

„Alles sieht hübsch an ihm aus", meinte eine andere und seufzte.

„Nun geht schon, ihr kleinen Luder!" rief Chloe gereizt und scheuchte die Frauen davon.

Rafael lachte leise über die Empörung seiner Geliebten, sagte jedoch nichts, als die Mädchen gekränkt verschwanden. Erheitert beobachtete er, wie seine Freunde sie mit schmeichelnden Worten aufhielten und in Unterhaltungen verwickelten.

„Welch entzückende junge Damen!“ Er schaute zu der hochmütigen Blonden auf und blitzte sie schalkhaft an. „Und dann gibt es noch dich, die Hexenmeisterin.“

Sie beugte sich zu ihm herab, nahm die Enden der Federboa und zog daran. „Das stimmt“, hauchte sie. „Und du, mein Teufel, kommst mit mir. Ich muss dich dafür bestrafen, während meiner Arie geschlafen zu haben.“

„Ich war wach. Aber du kannst mich dennoch gern bestrafen“, erwiderte Rafael und erhob sich. Er gab vor, ihren schmachtenden Blick nicht zu sehen, als sie ihn wegführte. Mit einem kurzen Nicken verabschiedete er sich von seinen Freunden. „Wir sehen uns später im Kasino“, rief er ihnen zu.

„*Ciao*“, sagte Adriano und strich sich seine schwarze Stirnlocke aus dem Gesicht.

„Viel Vergnügen“, meinte Niccolo bedeutungsvoll.

In diesem Augenblick hörte Rafael, wie jemand nach ihm rief.

„Königliche Hoheit! Herr!“

Ein Lakai in königlicher Livree drängte sich durch die Menge auf den Kronprinzen zu. Sofort fühlte sich Rafael angespannt.

Eine Nachricht des Königs.

Er holte tief Luft, denn er bemühte sich stets darum, seine wahren Gefühle nicht zu zeigen. Sein Vater war der Hitzkopf in der Familie. Er selbst war stolz darauf, in jeder Situation gelassen und kühl zu wirken. Erwartungsvoll sah er den Lakaien an, der nun vor ihm stand.

„Wie geht es meinem lieben Vater heute Abend?“ fragte er ihn ruhig.

Der Mann verbeugte sich entschuldigend. „Seine Majestät bittet Sie zu ihm, Königliche Hoheit."

Rafael erwiderte eine Weile nichts, sondern schaute ihn nur mit vor Zorn funkelnden Augen an. Dann sagte er: „Ich werde ihn morgen Mittag aufsuchen."

„Es tut mir Leid, Königliche Hoheit", drängte der Diener. „Der König besteht darauf, dass Sie sofort kommen."

„Ist es ein Notfall?"

„Ich weiß es nicht", stammelte er. „Seine Majestät hat die Kutsche geschickt ..."

Ohne Zweifel, dachte Rafael, wollte ihm sein Vater wieder einmal gründlich die Meinung sagen. Er würde ihm wie immer damit in den Ohren liegen, dass sein Benehmen nicht zu einem zukünftigen König passte, dass ihn die Verantwortung eines Tages erdrücken würde, dass ihn die Höflinge in der Luft zerreißen würden ...

Er war wirklich nicht in der Stimmung, sich das nun anzuhören.

Wie immer hatte er die Wahl. Entweder bestand er darauf, bei seiner Entscheidung zu bleiben, oder er konnte, wie er das meistens tat, seinen Stolz vergessen und würdevoll dem Diener folgen.

Kühl betrachtete er den Mann. „Gut. Dann komme ich sogleich der Einladung Seiner Majestät nach. Ich werde aber meine eigene Kutsche nehmen."

Der Lakai schien sehr erleichtert. „Wie Königliche Hoheit wünschen." Dann entfernte er sich unter vielen Verbeugungen.

Rafael drehte sich zu seiner Geliebten um, hob ihre Hand und küsste sie galant. In Gedanken war er bereits ganz woanders. „Verzeih mir, meine Süße."

„Natürlich, Liebling", säuselte Chloe und sah ihm bedeutungsvoll in die Augen. „Solange ich dir morgen nur dein Geburtstagsgeschenk geben kann.“

Zornig über die Selbstherrlichkeit, mit der sein Vater ihn jederzeit zu sich rufen ließ, ging er allein aus dem Theater.

Auf dem Platz davor sah er, wie gerade die vergoldete Karosse davonfuhr, die der König geschickt hatte. Vor den Stufen des Theaters stand der Landauer aus Mahagoni, der ihm vom besten Kutschenbauer der Stadt geliehen worden war, während die gebrochene Achse des kronprinzlichen Phaetons repariert wurde.

Der Platz vor dem Theater war voller Menschen. Verkäufer boten den Flaneuren Eis an. Seit die große Oper in Belfort restauriert wurde, versammelte sich die gute Gesellschaft im Theater dieser kleinen Küstenstadt, die ein paar Meilen vom königlichen Palast entfernt lag.

Rafael atmete die salzige, würzige Luft ein, blieb einen Moment stehen und ließ den Blick in die Ferne zu den Hügeln schweifen. Seine Familie herrschte seit siebenhundert Jahren auf dieser italienischen Insel.

Im Licht des Mondes sah er die Hafenstadt, wie sie in Terrassen vom Meer aufstieg. Unten am Kai konnte er ein paar Laternen und Palmen erkennen. Am felsigen Strand bewegten sich die Oleanderbüsche im leichten Wind.

Viele der schmalen Häuser am Hafen waren von Jasmin umrankt, dessen süßer Duft den Gestank der Fische, die tagsüber auf einem kleinen Markt verkauft wurden, erträglich machte.

Amantea, dachte Rafael mit einer Zärtlichkeit, als wäre ihm der Name einer Geliebten eingefallen. Diese Geliebte war noch schöner als die Halbinsel Capri – und sie war *sein* geheiligtes Erbe. Für Amantea wollte er sein Leben im goldenen Käfig ertragen. Er würde die Demütigungen durch seinen Vater überstehen, wenn er nur eines Tages dieses Juwel des Mittelmeers sein Eigen nennen durfte. Sein größter Wunsch war es, ein guter König zu sein.

Er wusste, man nahm allgemein an, dass es mit ihm als Herrscher eine Katastrophe geben könnte. Doch eines Tages würde er es ihnen allen zeigen.

Seufzend schritt er die Stufen zur Kutsche hinab. Nachdem er eingestiegen war, schloss ein Diener den Verschlag. Der Kronprinz klopfte an die Innenwand, und das Gefährt setzte sich in Bewegung. Rasch fuhren sie durch die kleine Stadt auf die Landstraße, die in die Hauptstadt Belfort führte.

Auf einmal fiel Rafael ein, dass er der königlichen Leibwache nicht mitgeteilt hatte, dass er zum Palast fuhr. *Ach, sie werden es schon merken und mir folgen.* Er wollte die sechs kräftigen uniformierten Männer sowieso nicht um sich haben, da sie ihn ständig daran erinnerten, dass er ein Gefangener war.

Den Ellbogen am Fensterrahmen aufgestützt, sah er nachdenklich hinaus. Sein Königreich glitt, in silbernes Mondlicht getaucht, an ihm vorbei – so wie sein Leben an ihm vorbeiging.

Die Landstraße wirkte wie ein dunkelblaues Band in der sternenklaren Nacht. In angespanntem Schweigen beobachteten sie den Fahrweg von ihrem Versteck im Wald aus. Vor kurzem war die goldene Karosse des Königs vorübergefahren. Nun nahte ein schmales Gefährt, das von vier braunen Pferden gezogen wurde.

„Sieht vielversprechend aus", flüsterte Mateo, nachdem sein jüngster Bruder einen Eulenschrei ausgestoßen hatte, um sie darauf aufmerksam zu machen.

Der maskierte Reiter nickte und wies die anderen mit einer Kopfbewegung an, ihre Positionen einzunehmen.

Leise lenkten sie ihre Pferde durch das Gehölz auf ihre Position und warteten …

Die Kutsche fuhr über eine Furche und schaukelte heftig. Verärgert runzelte Rafael die Stirn und wollte gerade dem Fahrer zurufen, in Zukunft mehr Acht zu geben, als er Schreie vernahm.

Ein Pferd wieherte, und die Kutsche verlangsamte ihre Fahrt. Plötzlich peitschte ein Schuss durch die Stille der Nacht.

Überrascht blinzelte Rafael in die Dunkelheit hinaus. Obgleich er beunruhigt war, verspürte er doch auch eine geheime Freude ob der willkommenen Ablenkung.

Das darf doch nicht wahr sein – der maskierte Reiter! Er grinste. *Endlich lernen wir uns kennen.*

So weit er sehen konnte, waren die berüchtigten Straßenräuber deutlich in der Überzahl. Bisher war noch nie ein Tropfen Blut geflossen, wenn die Räuber ihre Überfälle verübten. Rafael wusste allerdings, dass seine Sicherheit von nationaler Bedeutung war. Er beugte sich nach unten, öffnete einen kleinen Verschlag unter dem gegenüberliegenden Sitz und holte zwei Pistolen hervor. Eine steckte er in seine Weste, die andere entsicherte er. *Unverschämter Halunke, du wirst dich noch wundern.*

Die Geschichten von dem so genannten maskierten Reiter erschienen ebenso regelmäßig wie seine eigenen Abenteuer in den Klatschblättern Amanteas, und Rafael hatte sie mit einem gewissen Interesse verfolgt. Er hatte jedes Mal gelacht, wenn der junge Straßenräuber einen weiteren seiner Freunde überfallen hatte – auch wenn diese meist alles andere als amüsiert gewesen waren.

Nicht einmal die königliche Wache vermochte es, den maskierten Reiter und seine Bande zu stellen. Das einfache Volk bewunderte den Räuber, dessen Identität ein Geheimnis blieb. Tatsächlich überfiel er die Reichen, um die Beute unter den Armen zu verteilen.

Insgeheim bewunderte Rafael diesen geheimnisvollen Robin Hood zwar, aber er hatte nicht vor, sich zum Gespött der Nation zu machen. Schon jetzt hatte er genug Schwierigkeiten damit, nicht ständig in den Schlagzeilen zu stehen.

Er vermutete, dass die königliche Leibwache nicht weit hinter ihnen war. So hob er also die Pistole und legte die Hand an den Türgriff.

Währenddessen rief der maskierte Reiter dem Kutscher zu: „Halt! Halt!"

Der Räuber lenkte seinen Wallach, dessen Farbe man durch den Ruß, der ihm ins Fell geschmiert worden war, nicht ausmachen konnte, neben die Pferde des Landauers. Mit einer Hand, die in einem schwarzen Lederhandschuh steckte, griff er nach den Zügeln. Der Kutscher richtete zwar eine Pistole auf ihn, doch der maskierte Reiter achtete nicht darauf. In diesem Augenblick öffnete sich der Kutschenverschlag und eine große Gestalt lehnte sich heraus. Ein Warnschuss in die Luft erfolgte.

„Aufhören!" befahl eine herrische Stimme.

Der maskierte Reiter ignorierte auch ihn und versuchte weiterhin, die Pferde unter seine Kontrolle zu bringen.

Es fiel ein weiterer Schuss.

Der Reiter wurde auf dem Pferd nach vorn geschleudert und stieß einen Schrei aus.

„Dan!" rief Mateo entsetzt.

Der Wallach bäumte sich auf, da er das Blut zu riechen schien, das auf ihn gespritzt war.

„Kehrt um! Kehrt um!" schrie Alvi den anderen zu.

„Wagt es bloß nicht, dies zu tun! Kümmert euch nicht um

mich. Holt euch die Beute!“ befahl der maskierte Reiter mit einer jugendlichen Stimme und bemühte sich, sein Pferd zu beruhigen.

Der Wallach stellte sich erneut auf die Hinterbeine.

„Hör auf, du alter Jammerlappen!“ Ein Schwall von Flüchen, die sie niemals im Kloster erlernt hatte, kam über Contessa Daniela Chiaramontes Lippen.

Ihre Schulter und ihr Arm brannten, als hätten sie Feuer gefangen. Er hat mich angeschossen, dachte sie verwundert. Während all ihrer Abenteuer war sie bisher noch nie getroffen worden.

Sie spürte, wie das Blut über ihren rechten Arm herablief, während ihr aufgeregtes Pferd nun vollends durchging. Mit wild hämmerndem Herzen schaffte es Daniela schließlich, wieder die Herrschaft über das Tier zu erlangen, indem sie es in kleinen Kreisen lenkte.

Als das Pferd endlich schnaubend stehen blieb, betrachtete sie besorgt ihre Verletzung. Sie blutete noch immer, stellte jedoch erleichtert fest, dass es keine allzu tiefe Wunde war.

„Dieser Schurke hat mich angeschossen“, brachte sie keuchend hervor, noch immer verblüfft. Sie schaute zur Landstraße, wo die Brüder Gabbiano den Landauer angehalten hatten.

Der Kutscher lag rücklings auf dem Boden, und Alvi hielt einen Degen an seine Kehle. Sie runzelte die Stirn, als sie beobachtete, wie der Mann um Gnade flehte. Hielt man sie etwa für gewöhnliche Wegelagerer? Wussten diese Leute denn nicht, dass der maskierte Reiter und seine Bande niemand umbrachten? Manchmal fesselten sie einen Gecken nackt an einen Baum, um ihn in eine beschämende Lage zu bringen, doch Blut floss niemals bei ihnen.

Ich schaue besser nach dem Rechten, bevor wir unsere Taktik ändern, dachte Daniela, als sie Mateo und Rocco sah, die noch immer auf ihren Pferden saßen und ihre Degen auf den großen schlanken Reisenden gerichtet hielten. Selbst von fern wirkte der Mann durchaus fähig, sich zu verteidigen.

Zum Glück hatten ihm die Männer die Waffen abgenommen. Er hielt die Hände hoch, und zwei Pistolen lagen vor ihm im Straßenstaub. Die Bande würde niemals einen Unbewaffneten angreifen, aber Mateo war ein Hitzkopf, der bei jeder Beleidigung sogleich einen Streit vom Zaun brach. Und Rocco kannte seine eigene Stärke nicht. Beide fühlten sich als Danielas Beschützer, und sie wollte um jeden Preis vermeiden, dass jemand verletzt wurde.

Daniela richtete ihre schwarze Maske und die Kapuze, unter der sie ihr Gesicht und ihr Haar verbarg. Dann lenkte sie ihren Wallach auf die Landstraße zu der Kutsche und ihren Männern. Sie war neugierig zu erfahren, was für ein aufgeblasener Pfau ihnen diesmal ins Netz gegangen war und wie reich ihre Beute ausfiel.

Hoffentlich reichte es, um die unverschämt hohen Steuern für ihr Gut bezahlen und ihre Leute trotz der Dürrezeit ernähren zu können.

Sie zog ihren leichten Degen, als sie ihr Pferd zu der Gruppe der drei Männer lenkte. Mateo und Rocco rückten beiseite, um sie durchzulassen.

„Alles in Ordnung?“ fragte Mateo, ihr ältester Freund aus Kindertagen.

Daniela schüttelte das Gefühl der Bewunderung ab, das sie beim Anblick des großen, kräftig gewachsenen Gefangenen empfand. Obgleich ihr Herz heftig klopfte, zwang sie sich dazu, sich wie immer tollkühn zu zeigen. „Es geht mir … mir ausgezeichnet“, erwiderte sie mit heiserer Stimme. Sie legte die Degenspitze unter das Kinn des Mannes und brachte ihn so dazu, den Kopf zu heben. „Nun, was haben wir denn da?"

Es war zu dunkel, um viel sehen zu können. Doch das silberne Mondlicht ließ die goldenen Strähnen im braunen Haar des Gefangenen verführerisch schimmern. Er hatte eine imposante Nase und einen zornig verzogenen Mund. Den Blick hatte er auf Daniela gerichtet, doch vermochte sie die Farbe der Augen nicht zu erkennen.

„Sie haben mich angeschossen", sagte sie verärgert und beugte sich etwas zu ihm herab. Auf keinen Fall durfte sie ihm ihre Furcht zeigen. „Sie haben noch Glück gehabt, dass es nur ein Streifschuss war."

„Wenn ich dich hätte töten wollen, wärst du es jetzt auch", erwiderte er mit gefährlich leise klingender Stimme.

„Eine Ausrede! Sie sind ein schlechter Schütze", verspottete sie ihn. „Es tut nicht einmal weh."

„Und du, Junge, bist ein schlechter Lügner."

Daniela richtete sich im Sattel auf und betrachtete ihn aufmerksam. Ein würdiger Gegner, dachte sie widerstrebend. Während sie seine Gestalt – die eines Kämpfers – musterte, verspürte sie sowohl Respekt als auch Besorgnis. Ihr Gefangener war über sechs Fuß groß und anscheinend sehr muskulös. Warum wehrte er sich also nicht mehr? In seinen Augen funkelte etwas Bedrohliches, so dass sie überlegte, was er wohl vorhatte.

Welcher der nutzlosen Kriecher aus Rafaels Gefolge mochte er wohl sein? Sie hätte sich sicher an ihn erinnert, wenn sie ihn schon einmal gesehen hätte. Die Stimme der Vernunft flüsterte ihr zu, sofort zu verschwinden. Doch sie brauchte das Geld und war auch viel zu fasziniert von ihrem Gegenüber, um das Ganze jetzt abzubrechen.

Mateo hatte seinen Bruder abgelöst und hielt nun den Kutscher in Schach. Der kalte Blick des Gefangenen folgte Alvi, als er mit einem leeren Sack in den Landauer stieg. Daniela wiederum fühlte sich von dem Mann vor ihr auf seltsame Weise angezogen und zugleich auch abgestoßen.

Sie hasste diese Art Mann – seine hochnäsige gelassene Art und die Eleganz, die sich in der perfekten Garderobe ausdrückte. Sein dunkelgrüner Frack allein kostete wahrscheinlich genauso viel wie ihre Steuern für ein halbes Jahr. Sie schaute auf seine gepflegten Hände, die er nun herabhängen ließ, als ob er Daniela für keine Bedrohung hielt.

„Ihr Ring“, sagte sie. „Geben Sie ihn mir.“

Er ballte die Hand zur Faust. „Nein“, knurrte er.

„Warum nicht? Ist es Ihr Ehering?“ fragte sie ironisch.

Er kniff die Augen zusammen und funkelte sie so zornig an, als hätte er Daniela gern das Herz aus dem Leib gerissen, wenn er nur die Gelegenheit dazu erhielt.

„Du wirst deine Unverschämtheit noch bereuen, Junge“, sagte er mit befehlsgewohnter Stimme. „Du hast keine Ahnung, mit wem du es zu tun hast.“

Er schien es nur schwer zu ertragen, in der schwächeren Position zu sein. Heimlich lächelnd legte Daniela den Degen vorsichtig an seine Wange. „Sei still, eitler Pfau!“

„Deine Jugend wird dich nicht vor dem Strick retten.“

„Dazu muss man mich aber zuerst fangen.“

„Angeber! Dein Vater sollte dir einmal den Hintern versohlen.“

„Mein Vater ist tot.“

„Dann werde ich es eines Tages für ihn tun. Das verspreche ich dir.“

Als Erwiderung brachte sie die Degenspitze erneut unter sein Kinn, so dass er den Kopf weiter zurücklegen musste. Der feine Herr biss die Zähne zusammen. „Sie scheinen sich Ihrer Lage nicht bewusst zu sein."

Er ließ sie nicht aus den Augen und lächelte eisig. „Ich werde dich vierteilen lassen", antwortete er freundlich.

Daniela wurde unter ihrer Maske blass. Er versuchte, sie aus der Fassung zu bringen. „Ich will Ihren Ring, mein Herr. Geben Sie ihn her!"

„Dafür musst du mich erst töten, Junge", sagte der Gefangene und blickte sie fest an.

War er wahnsinnig? Er stand da, ohne auch nur einen Finger zu rühren, und wirkte doch so stark und kraftvoll. Vielleicht wusste er nicht, wie er kämpfen sollte. Diese reichen Burschen machten sich nie selbst die Hände schmutzig. Doch ein Blick auf seinen schlanken, klassisch schönen Körper ließ sie diesen Gedanken als lächerlich abtun.

Hier stimmte etwas nicht.

„Du hast doch nicht etwa Angst, Junge?" spottete der Mann sanft.

„Seien Sie still!" befahl Daniela, die spürte, dass ihr die Situation zu entgleiten drohte. Es war absurd! Eingebildete Männer konnten sie doch nicht einschüchtern.

Rocco, ihr gebändigter Riese, sah sie besorgt an.

„Belade die Ponys", ordnete sie plötzlich an. Ihr Gefangener hatte gemerkt, dass sie sich nur gefährlich gebärdete, aber ihn in Wahrheit nie umbringen würde. Auch wenn er es verdient hätte! Ihr Arm tat verdammt weh. Sie schaute in die Kutsche hinein, um zu sehen, wie weit Alvi schon war. „Wie steht es dort drinnen?"

„Er ist reich!" rief der Räuber und warf einen gefüllten Sack heraus. „Verdammt reich! Gebt mir noch einen Sack!"

Während Mateo seiner Aufforderung nachkam, sah Daniela, wie der Gefangene unauffällig die Landstraße entlangblickte.

„Erwarten Sie jemand?“ wollte sie wissen.

Langsam schüttelte er den Kopf. Sie ertappte sich dabei, wie sie seinen verführerischen Mund betrachtete, der sich zu einem heimtückischen Lächeln kräuselte.

Plötzlich ertönte ein schriller Schrei durch die Nacht. „Lauft!“ Der Jüngste der Brüder Gabbiano, Gianni, ein Zehnjähriger, rannte in einiger Entfernung auf die Straße hinaus und fuchtelte wild mit den Armen. „Soldaten kommen! Lauft!“

Daniela schaute den Gefangenen mit aufgerissenen Augen an. Selbstzufrieden lächelte er sie an.

„Du Halunke!“ fauchte sie. „Du hast uns hier absichtlich aufgehalten.“

„Weg! Weg von hier!“ schrie Mateo den anderen zu.

Gianni brüllte weiter. „Lauft! Sie werden gleich da sein!“

Daniela warf einen Blick auf die Straße. Sie wusste, dass ihr Pferd das schnellste war. Rasch, sie musste den Jungen holen, bevor die Soldaten sie eingeholt hatten. Es war ihre Schuld, dass er mitgekommen war. Dutzende Male hatten sie Gianni verboten, ihnen zu folgen, doch er hatte nie darauf gehört. Bis sie es schließlich aufgegeben hatte und ihm die Aufgabe des Wachestehens übertragen hatte.

„Fahr zur Hölle, aufgeblasener Pfau“, sagte sie, riss an den Zügeln ihres Wallachs und lenkte das Tier auf die Landstraße. Rocco kletterte währenddessen auf sein langsames Zugpferd, und Mateo und Alvi nahmen jeweils einen Sack voller Münzen, die sie auf ihre Ponys luden.

Der Knabe rannte verzweifelt auf sie zu. Doch gerade als Daniela zu ihm galoppieren wollte, sah sie aus dem Augenwinkel, dass sich der große Mann nach unten warf, dort eine seiner Pistolen ergriff, sich zur Seite rollte und die Waffe genau auf Mateo richtete.

„*Mateo!*" Daniela riss ihr Pferd herum und preschte auf den Gefangenen zu. Die Pistole ging in die Luft los.

Erstaunlich geschmeidig für einen Mann seiner Größe sprang er auf. Er packte sie und versuchte, sie vom Pferd zu reißen. Sie trat aus und schlug mit den Fäusten auf ihn ein. Mateo kam ihr mit seinem Pony zu Hilfe.

Sie warf ihm einen zornigen Blick zu. „Ich werde allein damit fertig! Hol deinen Bruder!"

Mateo zögerte.

Das Donnern der Hufe wurde immer lauter.

„Los!" schrie sie, als sie den Gefangenen gegen seine breite Brust stieß. Er stolperte einen Schritt zurück und presste fluchend eine Hand auf seine Rippen.

Als Mateo das sah, lenkte er sein Pony herum und ritt seinem kleinen Bruder entgegen.

Der Fremde stürzte sich sogleich wieder auf Daniela.

Während sie miteinander kämpften, bäumte sich der Wallach wiehernd auf. Daniela klammerte sich an die Zügel, um nicht aus dem Sattel zu rutschen, spürte aber, dass sie nicht mehr lange gegen die körperliche Überlegenheit des Mannes ankommen würde.

Plötzlich riss er sie vom Sattel. Ohne Reiter jagte das Pferd in die Nacht.

Sie stieß zornig einen Laut aus, als sie nun auf der Straße stand und von ihrem ehemaligen Gefangenen festgehalten wurde. Bedrohlich ragte er über ihr auf, seine Augen funkelten, während er sie grob am Arm gepackt hielt. Haarsträhnen fielen ihm ins Gesicht, und trotz seiner eleganten Kleidung sah er recht barbarisch aus.

„Du Rotznase!" höhnte er.

„Lassen Sie mich los!" Sie wehrte sich heftig, doch er zerrte nur ihren Arm zurück, so dass sie vor Schmerz aufschrie. „Au! Verdammt!"

Er schüttelte sie. „Nun habe ich dich, verstehst du?"

Daniela holte aus und schlug ihm mit aller Kraft ins Gesicht. Dann riss sie sich los und lief in den Wald. Er war ihr dicht auf den Fersen.

Mit wild pochendem Herzen warf sie rasch einen Blick über die Schulter. Sie sah, wie Mateo seinen kleinen Bruder zu sich auf den Sattel zog und dann ebenfalls floh.

Ihre Erleichterung währte jedoch nur kurz. Inzwischen hatte der Fremde sie eingeholt und fasste sie von hinten um die Hüften.

Sie stürzte, und er fiel auf sie, wobei er seinen Unterarm um ihren Hals legte.

Ich hasse Männer, dachte sie und schloss vor Verzweiflung die Augen.

„Halt still!" herrschte er sie an.

Daniela tat kurz, was er befohlen hatte. Dann jedoch begann sie, erneut zu strampeln und um sich zu schlagen.

„Lassen Sie mich los!"

„Hör schon auf! Du bist gefangen, verdammt! Gib auf!"

Rafael wich den Schlägen des Jungen aus und presste den schlanken Körper nach unten. Er war froh, dass er sich als Jüngling so gern mit anderen geprügelt hatte. So beherrschte er einige Griffe, um sich zu wehren. Der Knabe kämpfte wie besessen.

„Gib auf", befahl er erneut.

„Fahr zur Hölle!" Die junge Stimme wurde noch höher und klang vor Angst geradezu schrill.

Vor Anstrengung keuchend warf Rafael sein ganzes Gewicht auf den kleinen Gauner. „Halt endlich still!" Rasch sah er über die Schulter. Zwischen den Bäumen hindurchspähend, erkannte er gerade noch die Straße und die eintreffende Leibwache. „Hierher!"

Irgendwie schaffte es der kleine Bandit, sich auf den Rücken zu drehen, obgleich Rafael ihn noch immer festhielt.

„Ich habe dir doch gesagt, dass du dem Strick nicht entgehen würdest", sagte er.

„Nein, Sie haben gesagt, dass ich gevierteilt werden soll ..."

Gerade noch rechtzeitig erwischte Rafael die Faust des Jungen. „Sei still!" Plötzlich erstarrte der Räuber, holte tief Luft und schaute wie gebannt auf Rafaels Siegelring.

„*Sie ...* " brachte er heiser heraus.

Nachdem er einen weiteren Blick über die Schulter geworfen hatte, sah der Kronprinz selbstzufrieden auf den maskierten Reiter. „Aha, endlich verstehst du, nicht wahr?"

Die hellen Augen hinter der Maske blinzelten nicht, sondern starrten nur entsetzt auf Rafael.

Er lachte hochmütig, hielt dann jedoch inne. *Was zum Teufel?* Er runzelte die Stirn, als ihm plötzlich ein Duft in die Nase stieg, den er nur zu gut kannte, im Moment jedoch nicht bestimmen konnte.

„Wie heißt du, Elender?" wollte er wissen. Mit beiden Händen fasste er nach der schwarzen Maske des Jungen.

Auf einmal bewegte sich der kleine Bandit blitzschnell. Rafael hätte es eigentlich wissen müssen. Der Gauner stieß ihm das Knie hart zwischen die Beine, und einen Moment war Rafael hilflos. Diesen Augenblick nutzte der Junge, schob ihn beiseite, sprang auf die Füße und rannte tiefer in den Wald.

Rafael brüllte, so laut er trotz des peinigenden Schmerzes konnte: „Ihm nach!"

2. KAPITEL

Daniela lief, so schnell sie ihre Füße trugen. Sie hörte das Rufen des Mannes hinter sich. Sie hastete einen Pfad entlang, zerriss sich die Kleidung an Dornenbüschen und Zweigen und sprang über umgefallene Baumstämme. Ihr Herz raste, und das Hufgetrappel der Pferde, die ihr folgten, erfüllte die Nacht. Keuchend schaute sie sich um und konnte die Soldaten sogar schon sehen.

Die Abkürzung, dachte sie und rannte noch tiefer in den Wald hinein. Die Soldaten jedoch folgten Mateo und dem Rest der Bande, die in eine andere Richtung flohen.

Daniela entdeckte ihr Pferd auf dem halben Weg nach Hause. Es weidete auf einer Wiese. Mit vor Angst zitternden Händen schwang sie sich auf den Wallach und galoppierte so schnell wie möglich zu den rostigen Toren ihres Gutshofs und dann die von Pappeln gesäumte Auffahrt entlang.

Hinter den Ställen stand ein Eimer Wasser, mit dem sie sogleich den Ruß aus dem Fell des Tieres wusch. Mateo und die anderen waren nirgends zu sehen. *Bitte, lieber Gott! Ich weiß, dass sie nicht viel wert sind. Aber sie sind alles, was ich habe.* Die Brüder Gabbiano hatten sie wie ihre Schwester behandelt, seitdem sie als neunjähriger Wildfang für die anderen Mädchen viel zu ungezogen gewesen war, als dass sie mit ihr gespielt hätten.

Sie brachte ihr Pferd in den Stall und eilte dann ins Haus. Maria kam ihr entgegen.

„Bereite das Versteck vor. Die Männer werden gleich erscheinen!“ befahl Daniela. Das Versteck befand sich hinter einer beweglichen Wand im Weinkeller der uralten Villa. „Und bitte auch etwas zu essen“, fügte sie hinzu. „Wir werden bald Gesellschaft haben.“

Sie wusste, die Soldaten würden ihr alles glauben, solange sie die gesittete Dame spielte und sie mit reichlich Essen und Wein versorgte. Diese Komödie hatte sie schon mehrmals gerettet, auch wenn sie es sich eigentlich gar nicht leisten konnte, sich so großzügig zu geben.

Als sie sich umdrehte, um die Treppe zu ihrem Schlafzimmer hinaufzueilen und sich umzuziehen, stieß Maria hinter ihr einen leisen Schrei aus.

„Contessa, Sie sind verletzt!“

„Das ist im Moment gleichgültig. Wir dürfen keine Zeit verlieren.“ Daniela hastete den schmalen Gang zu ihrem Zimmer entlang. Dort zog sie sofort die Vorhänge zu und nahm sich dann Maske und Kapuze ab.

Kastanienbraunes, rötlich schimmerndes Haar fiel ihr über die Schultern. Bebend entledigte sie sich ihres Hemds und wusch sich die Wunde aus. Zum Glück blutete sie nicht mehr, auch wenn sie der Anblick entsetzte. Doch am meisten ängstigte sie der Gedanke, *wen* sie überfallen hatten und was mit ihr geschehen würde, wenn ihre Leute den Soldaten ihren Namen verraten würden.

Rasch zog sie die Hose aus und wischte sich den Staub vom Gesicht. Sie streifte sich ein Unterkleid und ein schlichtes Gewand über, schlüpfte in oft getragene Pantoffeln aus Ziegenleder und fasste das Haar im Nacken zusammen. Dann eilte sie wieder nach unten, wo sie sich eine Schürze umband. Maria traf sie in der Eingangshalle.

„Sind sie schon hier?“

Ernst schüttelte Maria den Kopf.

Gewiss hat man sie nicht gefangen genommen. „Sie werden sicher gleich eintreffen. Ich schaue schnell nach Großvater.“

Daniela zwang sich dazu, ruhig zu sein. Sie faltete die Hände, holte tief Luft und ging zum Zimmer ihres Großvaters. Er schlief bereits, doch Maria hatte eine Kerze neben seinem Bett brennen lassen. Wachte der alte Mann mitten in der Nacht auf, schrie er meist vor Angst, wenn ihn völlige Dunkelheit umgab. Der einst berühmte Herzog von Chiaramonte, der früher einmal mit unerschütterlicher Kraft eine große Armee geführt hatte, benötigte nun die Pflege, wie man sie einem Kind angedeihen ließ.

Als Daniela auf der Schwelle zu seinem Zimmer stand, konnte sie sein aristokratisches Profil betrachten: die gebogene Nase, der eindrucksvolle Schnurrbart, die hohe Stirn. Leise schloss sie die Tür hinter sich, ging zu ihm und kniete sich neben das Bett. Zärtlich nahm sie seine knotige Hand, legte ihre Wange daran und versuchte, sich Mut zu machen. Doch ihr Arm schmerzte, und eine böse Vorahnung bemächtigte sich ihrer.

Prinz Rafael.

Ein wunderschöner gefallener Engel. Der König und die Königin von Amantea hatten mit ihrem Sohn ein Wesen in die Welt gesetzt, das sich durch tadellose Manieren und ein strahlendes Lächeln auszeichnete, sich jedoch dem Laster hingegeben hatte und dessen Herz voller Täuschungen war. Prinz Rafael, der Draufgänger, war ein allgemein bekannter Verführer. Er war extravagant, redegewandt und verwegen.

Da Daniela die Männer seiner Gefolgschaft als ihre Opfer gewählt hatte, wusste sie natürlich einiges nicht nur über sie, sondern auch über den königlichen Schurken.

Die Klatschblätter, die ihn nie beim vollen Namen nannten, sondern immer nur mit seiner Initiale *R.* bezeichneten, behaupteten, dass er hemmungslos trank und ein Vermögen für schöne, aber nutzlose Dinge ausgab. So sammelte er zum Beispiel Gemälde und Kunstgegenstände, die er in seinem Lustschlösschen unterbrachte, das er am Rand der Hauptstadt hatte bauen lassen.

Er duellierte sich. Er fluchte. Er tändelte mit unschuldigen Mädchen ebenso wie mit reiferen Damen. Er zeigte sich so übermäßig charmant den Frauen gegenüber, dass es ganz offensichtlich war, dass er es bei keiner ernst meinte. Er lachte zu laut und ergötzte sich an Streichen, die er anderen spielte. Er segelte mit nacktem Oberkörper auf seiner Yacht um die Inseln herum und gebärdete sich dabei wie ein Wilder. Er besuchte verrufene Häuser und ärgerte gern die Nachtwächter, wenn er in den frühen Morgenstunden mit seinen Freunden grölend nach Hause wankte.

Doch trotz all seiner Fehler gab es nicht eine Frau im ganzen Königreich, die nicht davon geträumt hätte, wie es wohl wäre, nur für einen Tag seine Prinzessin zu sein. Sogar Daniela hatte schon so manche Nacht wach im Bett gelegen, nachdem sie einmal einen Blick auf ihn geworfen hatte. Sie war mit Maria in der Stadt gewesen, um Getreide für den Winter zu kaufen. Wie ist er, hatte sie sich gefragt. Wie ist er *wirklich?* Was ließ ihn so verrückt handeln? Abgeschirmt von Leibwächtern, war er aus dem Salon eines eleganten Herrenschneiders herausgekommen, eine atemberaubende und mit Diamanten behängte blonde Frau neben ihm. Er hatte den Kopf gesenkt gehalten und aufmerksam dem gelauscht, was sie sagte.

Mit ihrem letzten Geld in der Tasche hatten Daniela und Maria am Straßenrand gestanden, während das wundervolle Paar so nahe an ihnen vorübergeschwebt war, dass sie nur die Hände hätten ausstrecken müssen, um die teuren Stoffe ihrer Kleidung berühren zu können. Die beiden waren dann in eine elegante Kutsche gestiegen und davongefahren.

Jetzt ärgerte sie sich über ihre jungmädchenhafte Bewunderung. Inzwischen fiel es ihr leichter, die Tatsache nicht aus den Augen zu verlieren, dass der Mann nur an sich selbst und sein Vergnügen dachte. Der pochende Schmerz in ihrem Arm reichte aus, um auch noch die letzten verbliebenen Fantasievorstellungen, die sie von ihm gehabt haben mochte, für immer zu verjagen. In einer Welt voller unzuverlässiger Männer war es das einzig Richtige für eine Frau, sich nur auf sich zu verlassen.

Ein Ruf, der von draußen kam, riss sie aus ihren Gedanken.

Endlich! Gott sei Dank sind sie da. Daniela eilte zum Fenster, um hinunterzuschauen – das Blut schien ihr in den Adern zu gefrieren.

Sie blickte auf den ungepflegten, ausgetrockneten Rasen vor der Villa und klammerte sich vor Schreck an den Fensterrahmen. Mateo, Alvi, Rocco und der kleine Gianni hatten es zwar bis zu ihrem Gut geschafft, aber die Soldaten waren ihnen dicht auf den Fersen. In diesem Moment hatten sie auch schon die Flüchtenden eingeholt, umringten sie mit ihren Pferden und zogen sie schließlich von den Sätteln. Ein Kampf begann.

Einer der Soldaten schlug Alvi mit dem Griff seiner Pistole auf den Hinterkopf. Ein anderer warf den kleinen Gianni auf den Boden, während der starke Mateo es am liebsten mit allen aufgenommen hätte.

Daniela stürzte vom Fenster weg zur Tür. Sie eilte an Maria vorbei die Treppe hinunter und riss empört die Haustür auf. Doch als sie die Mitglieder ihrer Bande sah, spürte sie, dass es zu spät war.

Mateo und die anderen waren bereits von der königlichen Wache gefangen worden. Selbst das Kind ließen sie nicht laufen.

Zorn stieg in Daniela hoch. Sie entstammte einer stolzen, alten Adelsfamilie und spürte nun das Blut unzähliger Herzöge und Generäle in ihren Adern kochen.

Mit zu Fäusten geballten Händen schrie sie die Soldaten an: „Lasst sie sofort los!“

Besiegt – von einem Bürschchen, dachte Rafael. Vor Wut hätte er am liebsten irgendjemand auf der Stelle geprügelt. „Du kleiner Gauner! Du ungezogener Halunke“, murmelte er empört vor sich hin, als er sich vom feuchten Waldboden erhob. „Eine billige List! Ich bekomme dich schon zu fassen. Na, warte nur!“

Niemand sollte es wagen, Rafael di Fiore zum Narren zu halten. Er klopfte seine Kleidung aus und stellte im Mondlicht angewidert fest, dass seine weiße Hose an den Knien nun dunkle Flecken aufwies. Dann eilte er zur Landstraße zurück.

„Königliche Hoheit, ist alles in Ordnung?“ riefen die zwei Wachen, die zurückgeblieben waren.

„Es geht mir ausgezeichnet“, fuhr er sie an und achtete nicht einmal darauf, dass er seinen hoheitsvollen Gleichmut verloren hatte. Er stürmte an ihnen vorbei zu dem großen Schimmel, von dem einer der Soldaten abgestiegen war. „Sie dürfen nicht entkommen. Verstanden? Ich will sie morgen früh im Gefängnis sehen – und es ist mir egal, ob ich sie selbst dorthin bringen muss. Du!“ befahl er einem der beiden. „Ich nehme dein Pferd. Hilf dem Kutscher, und folgt uns dann im Landauer. Hier entlang.“ Er deutete auf die Straße.

„Ja, Königliche Hoheit“, stammelte der Mann, während sich der zweite Soldat auf sein Pferd schwang und hinter Rafael hergaloppierte.

„Lasst sie los, sage ich!“ rief Daniela und verschluckte sich beinahe an dem Staub, den die Pferde aufgewirbelt hatten. „Verschwindet von meinem Land!“ Die stampfenden, sich aufbäumenden Rosse trafen sie fast mit ihren Hufen, als sie sich zu den Soldaten vorkämpfte.

Einer der Wachen packte sie am Handgelenk, ehe sie noch ihre Freunde erreichen konnte. „Nicht so eilig, Lady!"

„Was bedeutet das alles?" wollte sie wissen und riss sich los.

„Halten Sie sich fern. Das sind gefährliche Männer!"

„Machen Sie sich doch nicht lächerlich. Das ist der Dorfschmied, und das sind seine Brüder. Sie begehen einen schweren Fehler."

„Durchaus nicht, meine Dame. Es sind Straßenräuber, und wir haben sie auf frischer Tat ertappt."

„Das ist unmöglich!" empörte sie sich.

Ein Mann mit grauen Augen trat mit gerunzelter Stirn auf sie zu. Nach den Abzeichen auf seiner Jacke zu urteilen, handelte es sich um einen Hauptmann der königlichen Wache, die als die besten Soldaten des Landes galten.

Gott steh uns bei, dachte Daniela.

„Haben Sie eine Ahnung, warum die Männer zu Ihnen ritten?" fragte er misstrauisch.

„Wir haben eine Abkürzung durch ihr Land genommen", erklärte Mateo zwischen zusammengebissenen Zähnen.

Argwöhnisch sah der Hauptmann ihn an und wandte sich dann wieder an Daniela. „Und wer sind Sie?"

Stolz hob sie das Kinn. „Ich bin Contessa Daniela Chiaramonte, die Enkelin des Herzogs von Chiaramonte. Und Sie befinden sich ohne Erlaubnis auf unserem Land."

Die Soldaten tauschten ehrfürchtige Blicke untereinander aus, wie Daniela zufrieden bemerkte.

„Gehen Sie ins Haus, und halten Sie sich aus der Sache heraus, Contessa", warnte Mateo sie.

„Er hat Recht. Sie sollten besser hineingehen", meinte auch

der Hauptmann. „Es sind gefährliche Verbrecher, und ich habe den Befehl von Prinz Rafael selbst erhalten, diese Männer zu verhaften."

„Aber doch nicht den Kleinen!" rief sie aufgebracht und deutete auf Gianni. Das Kinn des Kindes zitterte, und er drängte sich enger an seinen Bruder Mateo.

Der Hauptmann schaute den Jungen an und schien sich gerade zu überlegen, ob er Danielas Bitte erfüllen sollte, als Maria mit einer Laterne vor die Haustür trat. Die kleine, kräftige Haushälterin hielt die Leuchte hoch und schaute die Männer streitsüchtig an. Sie legte einen Arm um Danielas Taille – eine scheinbar beschützende Geste, die aber in Wahrheit nur die junge Dame zurückhalten sollte.

Der Hauptmann verbeugte sich vor ihr. „Signora."

„Was ist hier los?" erkundigte sich Maria, als Mateo, Rocco und Alvi an den Händen gefesselt wurden. „Wir wollen keine Schwierigkeiten."

In diesem Moment ertönte ein Ruf von dem verrosteten Tor her. Daniela sah dort zwei weitere Reiter, die sich ihnen näherten. Ihr sank der Mut, als sie den breitschultrigen der beiden erkannte, der auf einem riesigen Schimmel herbeigaloppierte.

Vor Entsetzen blieb sie wie erstarrt stehen.

„Santa Maria", flüsterte die alte Frau entgeistert. „Ist das wirklich derjenige, für den ich ihn halte?"

Prinz Rafael brachte das Pferd inmitten der Männer in einer wirbelnden Staubwolke gekonnt zum Stehen. Er achtete nicht auf die beiden Frauen, sondern musterte nur die Gefangenen, die er wahrscheinlich zählte. Dann ließ er den Blick über das Anwesen gleiten und begann, um die drei Brüder Gabbiano zu kreisen, wobei er die Zügel des Pferdes ganz kurz hielt. Er starrte sie zornig an.

„Wo ist er?“ fragte er mit eiskalter Stimme.

Daniela schloss die Augen, da sie genau wusste, dass sie es mit einem Mann zu tun hatten, der nicht aufgeben würde, bis er bekam, was er wollte.

„Ich warte“, sagte er mit einem drohenden Unterton.

Dennoch antwortete niemand. Daniela öffnete die Augen. *Sie* war es, die man suchte. Ihre Gefährten würden nie ihre wahre Identität verraten, ganz gleich, was es für sie bedeutete. Ihr Gewissen drängte Daniela, nach vorn zu treten und sie zu retten, indem sie sich selbst stellte. Doch sie wusste auch, dass die Gabbianos ihre einzige Hoffnung auf Befreiung verlieren würden, wenn sie gemeinsam mit ihnen im Gefängnis landete.

Und ich werde sie retten, dachte sie fest entschlossen. Sie hatte sie in die Sache hineingezogen und musste sie nun auch wieder herausbringen.

„Wo ist er?“ brüllte der Prinz plötzlich so laut, dass sogar sein Pferd unruhig tänzelte. Doch er ließ die Zügel nicht einen Augenblick locker.

„Verschwunden“, knurrte Mateo.

Daniela schaute zum offenen Tor ihres Anwesens, wo in diesem Moment die Kutsche des Kronprinzen hindurchfuhr. Sie hielt neben der Gruppe an, während Seine Königliche Hoheit Mateo zu befragen begann.

„Wohin verschwunden?“

„Woher soll ich das wissen?“ gab Mateo zurück.

Rafael hob bei dem unverschämten Tonfall warnend seine Reitgerte, schlug aber nicht zu. Stattdessen schaute er zu den Soldaten und sprach beherrscht: „Schafft diese Halunken in die Kutsche, und werft sie ins Gefängnis von Belfort.“

„Diesen hier auch, Königliche Hoheit?“ fragte der Hauptmann und packte Gianni am Kragen.

„Alle“, erwiderte Rafael knapp. „Der Anführer der Bande ist noch flüchtig. Etwa achtzehn Jahre ist er alt und am rechten Oberarm verwundet. Sicherlich versteckt er sich noch im Wald, wo man bestimmt auch mein Gold finden wird. Wie ich sehe, hatten diese Gauner zumindest Verstand genug, es irgendwo zurückzulassen. Und wenn einer von euch auf die Idee kommen sollte, etwas davon zu nehmen, werdet ihr dieselbe Strafe wie diese Räuber bekommen. Nun geht!“

Unsicher sahen die Soldaten sich an.

„Verdammt noch mal! Verschwindet endlich, bevor er entkommt!“

Daniela und Maria zuckten unter diesem scharfen Ton zusammen und klammerten sich aneinander. Die junge Frau zitterte. Maria warf ihr einen raschen beunruhigten Blick zu, denn sie hatte ihren verletzten Arm bemerkt.

„Contessa, bitte teilen Sie meiner Mutter mit, was geschehen ist“, rief Mateo Daniela zu, während die Jünglinge in die Kutsche, die sie eben noch ausgeraubt hatten, gestoßen wurden. Seine dunklen Augen funkelten vor Zorn. Es war seltsam, von ihm so förmlich angeredet zu werden, was er natürlich nur vor den Soldaten und dem Prinzen tat.

„Keine Sorge“, erwiderte sie und erbebte, als sie sah, wie grob ihre Freunde behandelt wurden. „Das ist alles ein großes Missverständnis, das sich bestimmt morgen aufklären wird.“

„Wer sind Sie?“ wandte sich Rafael plötzlich an sie. Er hatte sie erst jetzt wahrgenommen. Hochmütig schaute er von seinem Pferd auf sie herab.

Marias Griff um ihre Taille verstärkte sich, als wüsste sie, dass Daniela am liebsten eine scharfe Antwort gegeben hätte. Doch das selbstgefällige Benehmen des Prinzen war zu unerträglich, und es gefiel ihr gar nicht, dass sich ihre Rollen gewandelt hatten. Nun war er derjenige, der die Befehle erteilte. Daniela hob das Kinn. „Ich bin die Dame des Hauses, und ich könnte Sie genau das Gleiche fragen. Schließlich befinden Sie sich auf meinem Anwesen."

„Sie wissen nicht, wer ich bin?" erkundigte er sich verblüfft.

„Sind wir einander schon einmal begegnet?"

Mit zusammengekniffenen Augen musterte er sie, als wäre sie ein lästiges Insekt. Überheblich betrachtete er ihre ausgetretenen Pantoffel, die abgetragene Schürze und schließlich ihr trotziges Gesicht.

Am liebsten hätte sie über seine Arroganz gelacht. Doch sie verschränkte nur die Arme und zog die Augenbrauen hoch. Kühl sah sie ihn an. Innerlich jedoch war sie aufgewühlt. Ihr Herz pochte heftig vor Zorn und Furcht. Sie musste sich zusammennehmen, um nicht vor seiner unverschämten Begutachtung zurückzuzucken.

Er war an Damen in Samt und Seide gewöhnt, die es wahrscheinlich niemals wagen würden, ihm etwas entgegenzuhalten. Sie allerdings mochte schlicht gekleidet sein, doch einen Filou erkannte sie jederzeit. Nicht umsonst wurde Rafael der Draufgänger genannt.

Die Stirn gerunzelt, sah er sie verärgert an. Dann schweifte sein Blick zu der großen etwas heruntergekommenen Villa hinter ihr. Über der Eingangstür wucherte der Jasmin, und man konnte das Familienwappen erkennen, das darüber angebracht war. Eine Weile schaute er darauf.

„Und mit wem habe ich das Vergnügen?" fragte er misstrauisch, während er mit seiner Reitgerte spielte.

Einen Augenblick zögerte sie, ihm ihren Namen zu nennen.

Ungeduldig blickte er sie an. „Ist sonst noch jemand von der Familie zu Hause?"

Daniela wurde blass. Am liebsten wäre sie vor Scham im Erdboden versunken. Dieser eingebildete Mann nahm sie nicht ernst!

Auf einmal hörte man, wie die Haustür zugeschlagen wurde.

Der Prinz blickte wieder zur Villa. Daniela drehte sich um, und Maria stieß einen Seufzer aus. Der alte Herzog kam im Nachthemd und mit einer Schlafmütze auf dem Kopf auf sie zu. In der Hand hielt er eine Kerze. Er trug nur einen seiner Hauspantoffel.

„Ich kümmere mich um ihn, Signorina", murmelte die alte Frau. Daniela blieb zurück und sah Prinz Rafael herausfordernd an. Er sollte es bloß nicht wagen, auch nur einen spöttischen Ton über ihren Großvater von sich zu geben!

Doch der Prinz betrachtete den verwirrten alten Mann nur neugierig.

Da ertönte die heisere Stimme des Herzogs über den Rasen.

„Alphonso? Lieber Gott! Mein König, seid Ihr das?" rief der Großvater.

Daniela sah einen seltsamen Ausdruck in Rafaels Miene. Sie schaute sich zu dem alten Mann um, der unsicher auf sie zuwankte. Die Kerze fiel ihm aus der Hand auf den trockenen Rasen, der sogleich Feuer fing. Maria schrie und rannte zu der Stelle, um die Flammen auszutreten, während Daniela dem Großvater entgegenstürzte.

Nun sah sich Rafael endlich bemüßigt, vom Pferd zu steigen. Er schwang sich elegant herunter und fing den Herzog auf, der an seiner Enkelin vorbeigestolpert war.

„Bleiben Sie doch hier, mein Guter", sagte der Prinz sanft.

Daniela verging beinahe vor Scham, als ihr Großvater Rafael an den Schultern packte und zu schütteln begann. Tränen standen ihm in den Augen. „Alphonso! Ihr! Ihr seht ganz wie früher aus, mein lieber Freund. Wie seid Ihr so jung geblieben? Nun, das ist wohl das königliche Blut“, meinte er voller Wärme. „Kommt und trinkt ein Glas mit mir. Wir wollen von alten Zeiten reden, als wir noch Knaben waren ...“

„Großvater, du irrst dich“, unterbrach Daniela ihn. Sie legte die Hand auf seinen dünnen Arm. „Das ist Prinz Rafael, König Alphonsos Enkel. Geh wieder ins Haus. Du wirst dich erkälten.“

„Es ist schon gut“, sagte Rafael und blickte dem aufgeregten Herzog ruhig in die Augen. „Es stimmt. König Alphonso war mein Großvater. Und sind Sie nicht Oberst Bartolomeo Chiaramonte, sein enger Freund?“

Genauso rasch, wie die Erkenntnis, dass er sich getäuscht hatte, den alten Mann in sich hatte zusammensinken lassen, ebenso schnell hellte sich sein Gesicht wieder auf. Er schien zu denken: Man hat mich nicht vergessen. Ich bin noch immer wichtig!

Erfreut nickte er. „Ich ging gemeinsam mit dem großen Mann nach Santa Fosca. Was für schöne Zeiten das doch waren!“

Prinz Rafael legte voller Zartgefühl den Arm um die schmalen Schultern des Herzogs. Sanft drehte er ihn zur Villa. „Vielleicht erzählen Sie mir etwas über meinen Großvater, während ich Sie zum Haus zurückbegleite, Euer Gnaden. Ich habe ihn nie kennen gelernt ...“

Daniela blickte die beiden Männer an. Unerklärlicherweise war ihr die Kehle wie zugeschnürt, während ihr Großvater gehorsam mit dem Prinzen ging.

Niemals hatte sie angenommen, dass Rafael di Fiore tatsächlich imstande war, sich wie ein Prinz zu benehmen.

Aufmerksam lauschte er den begeisterten Erzählungen des Herzogs, warf Daniela allerdings noch rasch einen Blick zu. Er lächelte hochmütig, und seine Augen schienen auszudrücken: *Ich dachte, Sie wüssten nicht, wer ich bin.*

Sie folgte ihnen in sicherer Entfernung.

Er blieb beinahe eine Stunde.

Die ganze Zeit über brachte Daniela es nicht über sich, den schäbigen Salon zu betreten, wo er – ein schöner junger Mann – bei ihrem Großvater saß.

So wie sie ihn auf der Landstraße nicht erkannt hatte, so hatte sie auch sein gutes Aussehen unterschätzt, was ihr auffiel, als er die beleuchtete Eingangshalle betrat.

Höflich hatte er an der Tür auf sie gewartet, die er sogar für sie offen gehalten hatte – eine Ritterlichkeit, die ihm wahrscheinlich mit der Muttermilch eingeflößt worden war. Obwohl Daniela keinen männlichen Schutz brauchte, hatte sie ihm trotzdem errötend gedankt.

Heimlich hatte sie ihn im Vorübergehen betrachtet. Dabei hatte sie, wie es in den Zeitungen stand, festgestellt, dass er tatsächlich lange Wimpern hatte, deren Spitzen in Gold getaucht zu sein schienen. Seine Augen hatten ein dunkles Grün mit goldenen Sprenkeln darin und erinnerten an das Sonnenlicht in einem schattigen Tannenwald.

Der einfache Kronleuchter ließ sein Haar schimmern, und als sie aufschaute, verschlug es ihr beinahe den Atem. Sein fein geschnittenes Gesicht wirkte nicht hübsch, sondern besaß eine so wilde Schönheit, dass sie an einen Erzengel denken musste, der zur Erde gesandt worden war. Er schien kein gewöhnlich Sterblicher zu sein.

Rafael hatte den Kopf leicht gesenkt und strahlte eine große Gelassenheit aus, während seine Augen Sinnlichkeit verrieten, als er Daniela im Vorübergehen betrachtete.

Sie hatte sich bei diesem Blick eigenartig weiblich und verletzlich gefühlt. Mit einem Mal war sie sich im Vergleich zu seiner Weltgewandtheit unglaublich naiv vorgekommen. Er roch ein wenig nach Cognac, vermischt mit dem Hauch eines gewiss exquisiten Toilettenwassers. Und sie hatte die Hitze gespürt, die sein kraftvoller Körper verströmte.

Er hatte wortlos die Tür hinter ihr geschlossen und war dann mit großen Schritten ihrem Großvater gefolgt.

Zuvor war Daniela aufgefallen, dass er sich mit der Anmut eines geschickten Fechters bewegte.

Zu ihrem Ärger hatte ihr Herz seitdem nicht mehr aufgehört, aufgeregt zu klopfen.

Seine Gegenwart erfüllte das ganze Haus und lockte sie wie der Gesang einer Sirene. Sie fühlte sich bis in die Nervenenden angespannt. Es war ihr nicht einmal mehr möglich, darüber nachzudenken, wie sie ihre Freunde aus dem Gefängnis befreien konnte. Das Einzige, was sie wusste, war, dass sie dazu in die große, lärmende Stadt fahren musste – eine Vorstellung, die ihr gar nicht behagte. Da sie jetzt sowieso keinen Entschluss fassen konnte, wollte sie nun Großvater und Prinz Rafael belauschen.

Auf Zehenspitzen schlich sie zur Salontür, wo sie das laute Lachen des Prinzen hörte, der sich anscheinend über die Geschichten des alten Mannes amüsierte. Offenbar war König Alphonso in jungen Tagen genauso draufgängerisch wie sein berüchtigter Enkel gewesen. Rafael zeigte sich sehr geduldig bei den oft umständlich erzählten Episoden des Herzogs. Daniela hätte nie geglaubt, dass solch ein Genussmensch so viel Herz zeigen konnte. Beinahe begann sie, Schuldgefühle zu entwickeln, weil sie ihn ausgeraubt hatte.

Als Maria an ihr vorbeieilte, um den Männern Wein zu bringen, trat Daniela so geschickt zur Seite, dass man sie nicht sehen konnte, als die Tür zum Salon geöffnet wurde. Zum Glück schaffte es die Haushälterin bei dieser Gelegenheit auch, dem Herzog einen Morgenmantel überzustreifen, so dass er etwas weniger lächerlich wirkte.

„Signorina, Sie benehmen sich unhöflich. Es ist schließlich der Kronprinz", bemerkte Maria vorwurfsvoll, als sie wieder herauskam.

„Er kann von mir aus der Heilige Petrus sein. Ich gehe trotzdem nicht hinein", flüsterte sie und flehte sie an weiterzugehen. Maria warf einen Blick zur Decke und verschwand.

Daniela lehnte sich an die Wand. Ihr Puls raste, und ihr verwundeter Arm tat weh. Sie redete sich ein, dass sie nur draußen blieb, damit er sie nicht verdächtigen konnte, wusste aber ganz genau, dass dies nur ein Vorwand war. In Wahrheit fühlte sie sich zu schäbig gekleidet, um einem so hinreißenden und gut aussehenden Mann gegenüberzutreten. Er saß nur aus Mitleid bei ihrem Großvater, doch wenn er sich nun auch noch ihr gegenüber mitfühlend zeigte, hätte sie es nicht zu ertragen vermocht.

Nach einiger Zeit konnte sie ihre Neugier nicht länger zügeln. Vorsichtig betrat sie den Salon, blieb jedoch in gebührendem Abstand stehen. Sie fühlte sich aufgeregt und schuldbewusst zugleich.

„Und hier ist meine Enkelin, Königliche Hoheit", sagte der Herzog mit einem strahlenden Lächeln. „Daniela."

Prinz Rafael erhob sich und verbeugte sich geschmeidig. „Signorina."

Sie fühlte sich plötzlich unangenehm in den Mittelpunkt gerückt und machte schüchtern einen Knicks. „Königliche Hoheit, bitte nehmen Sie doch wieder Platz."

Er nickte höflich und ließ sich wie zuvor auf einem Stuhl

nieder. Wortlos ging Daniela zu einem Sessel und setzte sich mit klopfendem Herzen.

Ihr Großvater blickte von seiner Enkelin zu Prinz Rafael und zwinkerte dann diesem zu. „Was halten Sie von ihr, Hoheit?"

„Großvater!" Daniela fuhr überrascht hoch.

Der Prinz blinzelte. „Nun, ich weiß leider nichts über sie."

„Dann werde ich Ihnen ein paar Dinge über meine Daniela erzählen. Sie ist zu scheu, um es Ihnen selbst zu sagen."

„Großvater!" Vor Scham wäre sie am liebsten davongelaufen.

Die Augen des Prinzen funkelten schalkhaft, als er sie betrachtete.

Wenn er doch nur nicht so schön wäre! Dann hätte sie sich vielleicht auch nicht so geschämt.

„Daniela hat sich um mich gekümmert, seit sie neun Jahre alt war. Damals hatten sie die Nonnen aus der vierten Schule, in die wir sie geschickt hatten, hinausgeworfen."

„Es war erst die dritte, Großvater. Aber ich bin mir sicher, dass Seine Hoheit nicht daran interessiert ist."

„Doch, durchaus", entgegnete Rafael, den ihre Verlegenheit belustigte.

„Daniela erhielt eine Erziehung, die eher zu einem Jungen gepasst hätte. Deshalb langweilt man sich auch nicht in ihrer Gegenwart. Während andere Damen sticken und dergleichen gelernt haben, brachte man ihr bei, wie man Schießpulver mischt. Ich war ihr Lehrer", fügte er stolz hinzu.

„Nachdem sich Großvater vom Armeedienst zurückgezogen hatte, fing er an, die Feuerwerkskörper für die Feste der Umgebung herzustellen", erklärte sie hastig, ehe der Prinz irgendeinen Verdacht schöpfen konnte.

„Meine Daniela konnte stehend auf ihrem Pony reiten, als sie kaum zehn Jahre alt war", prahlte der Großvater stolz.

„Unglaublich“, erwiderte der Prinz.

Daniela blickte zu Boden und spürte, wie ihr das Blut in die Wangen stieg.

„Es ist dir doch nicht peinlich, meine Liebe?“ fragte Großvater und zog die buschigen weißen Augenbrauen hoch. „Vielleicht habe ich zu viel erzählt.“

„Das würde ich schon sagen“, antwortete sie und warf ihm einen tadelnden Blick zu.

Er strahlte sie unschuldig an.

Da fiel ihr auf, dass der Prinz sie mit einer seltsam nachdenklichen Miene betrachtete. Den Ellbogen hatte er auf der Stuhllehne abgestützt. Die Sinnlichkeit, die sich in seinen Augen zeigte, ließ ihr beinahe das Herz stillstehen. Von neuem errötete sie und blickte woanders hin.

„Nun“, sagte Rafael unvermittelt. „Ich sollte mich nun wirklich auf den Weg machen. Mein Vater erwartet mich.“

Erleichtert atmete Daniela auf, als sich Seine Königliche Hoheit erhob und sich Hände schüttelnd vom Herzog verabschiedete.

Auch sie stand auf und ging mit weichen Knien zur Tür, wo sie darauf wartete, den Ehrengast wie eine gute Gastgeberin hinauszugeleiten.

Wie sehr wünschte sie sich, dass der Mann endlich von hier verschwand!

Rafael dachte an Verführung.

Er war sich nicht sicher, was er von der Enkelin des alten Chiaramonte halten sollte. Auch verstand er nicht, warum die junge Dame so entschlossen schien, ihn mit Missachtung zu strafen. Dennoch fühlte er sich durch ihre abweisende Haltung ihm gegenüber besonders heftig zu ihr hingezogen.

Vom ersten Augenblick an, als das widerspenstige Mädchen ihr Kinn erhoben und ihn herablassend betrachtet hatte, war sein Interesse an ihr geweckt. Natürlich wurde die jungfräuliche Enkelin eines Herzogs gewöhnlich keine Geliebte. Aber Regeln waren dazu da, gebrochen zu werden.

Morgen war sein Geburtstag, und sie war ein Geschenk, das er sich gern selbst überreichen würde. Und warum, zum Teufel, nicht? Offenbar befand sie sich in einer schwierigen finanziellen Situation. Vielleicht vermochte er sie mit ein paar sanften Worten und seiner Überredungsgabe zu einem Arrangement zu veranlassen, das ihnen beiden von Nutzen sein würde.

Die eigentliche Herausforderung bestand darin, dass die junge Dame kaum seinen Blick erwiderte und noch weniger gewillt zu sein schien, auch nur einige Worte mit ihm zu wechseln. Er hatte das Gefühl, dass ihm sein Ruf vorausgeeilt war, und seltsamerweise traf ihn ihre stille Verurteilung. Das war wirklich ungewöhnlich für ihn, denn die Tiraden des Premierministers gegen seine Charakterschwächen ließen ihn ungerührt.

Er folgte Daniela in die Eingangshalle und überlegte sich dabei, wie er dieses unberührte Mädchen vom Lande von ihrem tugendhaften Pfad abbringen konnte.

Gewiss, es würde nicht einfach werden. Und gerade das gefiel ihm. Daniela – das hatte er bereits bei ihrem Wortwechsel vor der Villa erkannt – war eine jener seltenen klugen und gelassenen Frauen, denen die Macht gegeben war, einen Mann mit einem einzigen Blick zu einem Narren werden zu lassen. Sie schien einen starken Willen zu besitzen und wirkte frisch und unverbraucht. Außerdem hatte sie kastanienbraunes Haar, wobei der Rotschimmer deutlich hervortrat, und nach seiner Erfahrung waren rothaarige Frauen stets unbezähmbar.

Dummerweise sehnte er sich nach genau so einer Mischung.

Zu seiner Belustigung war sie nicht gerade beeindruckt von ihm. Doch es war offensichtlich, dass sie eine finanzielle Unterstützung seinerseits gut gebrauchen könnte. Das Anwesen war dem Verfall nahe. Außer der Haushälterin schien es keine weiteren Bediensteten zu geben. Der alte Mann war sehr gebrechlich, und die Kleider der hübschen jungen Dame waren ärmlich und abgetragen. Dabei besaß sie eine Haut, die so zart wie Blütenblätter zu sein schien und die von Seide hätte umhüllt sein müssen. Das wäre auch das Richtige für die Erbin eines so edlen Namens gewesen. Rafael wollte diesen Leuten helfen – von seinen Plänen, Daniela in sein Bett zu bekommen, einmal abgesehen.

Es gab die Möglichkeit, sie mit einem seiner gut situierten Freunde zu verheiraten, doch das würde erst infrage kommen, wenn er das besessen hatte, wonach es ihm verlangte.

Signorina Daniela ging schweigend und steif neben ihm zur Eingangstür der Villa. Ihre schmalen, von der Arbeit geröteten Hände hielt sie bescheiden über der Taille gefaltet. Was für ein Verbrechen, dass diese kleinen Hände so aussehen müssen, dachte er. Er wollte ihr eine ganze Truppe von Bediensteten schicken, damit sie niemals mehr einen Finger rühren musste.

Schießpulver also, dachte er belustigt. Es schien ihrem Temperament zu entsprechen.

Ihn interessierten auch ihre akrobatischen Übungen auf dem Pferd, und ihm kam der Gedanke, ob sich ihre Beweglichkeit auch in anderen Bereichen offenbaren würde. Er versuchte zu erraten, woran sie wohl dachte, doch sie hielt den Blick nach unten gerichtet, so dass er den Ausdruck ihrer Augen nicht erkannte.

Er wusste nicht, warum er sie begehrte. Vielleicht war es nur eine vorübergehende Laune. Das schlichte Verlangen eines erfahrenen Herzensbrechers. Chloe war zehn Mal schöner, begabter und geistreicher – eine Kurtisane auf der Höhe ihrer Kunst.

Doch ein Wink von ihm, und Chloe kam herbeigelaufen. Nein, sie reizte ihn nicht mehr.

Sie muss noch sehr jung sein, überlegte Rafael und musterte Daniela aufmerksam. Sie sah fast noch wie ein Kind aus – mit ihrem runden Gesicht und dem gertenschlanken Körper. Sie reichte ihm kaum bis zur Schulter, eine Größe, die ihm gut gefiel.

Je länger er sie ansah, desto mehr fühlte er sich zu ihr hingezogen. Ihre Wangenknochen waren stark ausgeprägt, ihr feiner Mund erinnerte an eine Rosenknospe, und ihr entschlossenes Kinn ließ sie so ernst erscheinen, dass er sie am liebsten zum Lachen gebracht hätte. Ihre Nase war klein und keck, und Rafael wünschte sich, dass sie ihn zumindest einmal ansehen würde, damit er ihre Augenfarbe erkennen konnte.

Da sie ziemlich weit entfernt von ihm saß, war er nur in der Lage gewesen, zu bemerken, dass ihre großen Augen sehr ausdrucksstark waren. Sie zeugten von einem starken Willen, aber auch von einer Unschuld, die seltsamerweise sein Herz bewegte.

Es müsste himmlisch sein, zu spüren, wie ein solch ungezähmtes und unberührtes Wesen sich ihm hingeben würde. Oh ja, er wollte versuchen, sie zu zähmen. Es wird bestimmt nicht einfach werden, dachte er, als sie gemeinsam in die sternenfunkelnde Nacht hinaustraten. Sie war die Hausherrin, und die einzige Bedienstete folgte ihren Befehlen. Wie jung Daniela doch noch für eine solche Aufgabe war! Es stimmte ihn traurig, doch er bewunderte sie noch mehr dafür.

„Danke, dass Sie so freundlich zu meinem Großvater waren", sagte Daniela Chiaramonte leise.

Rafael wandte sich zu ihr und sah sie an. Sie war ein junges Mädchen, das ungeschützt auf diesem Landgut wohnte, und nun war auch noch ein Verbrecher in der Nähe auf der Flucht. Gott allein wusste, ob die Familie genug zu essen hatte, denn Daniela schien ihm allzu dünn zu sein.

Plötzlich fasste er einen Entschluss. Er würde sie verführen – komme, was da wolle. Als seine Geliebte würde sie zumindest genug zu essen bekommen und unter seinem Schutz stehen.

„Ich habe morgen Geburtstag“, erklärte er und schlug leicht mit der Reitgerte gegen sein Knie.

Verwirrt sah sie ihn an. „Oh! Alles Gute, Königliche Hoheit.“

„Nein, nein“, erwiderte er ungeduldig. „Meine Freunde geben zu meinen Ehren einen Ball. Ich möchte, dass Sie kommen.“

Sie sah auf. „Ich?“

Rafael antwortete nicht, sondern blickte ihr nur in die Augen, als diese vom Licht der Laterne, die von der Haushälterin an einem Haken neben der Tür aufgehängt worden war, beschienen wurden.

Aquamarin.

Natürlich. Er schaute in diese großen, misstrauisch, aber auch unschuldig blickenden Augen, die ihn an die geheimen Buchten erinnerten, wo er als Jüngling geschwommen war. Dort war er oft auf einem flachen Felsblock beim Geräusch des rauschenden Wasserfalls eingeschlafen. Auf diese Weise konnte er von Zeit zu Zeit dem Druck des öffentlichen Lebens und dem hoffnungslosen Streben, jemals die Ansprüche seines Vaters zu erfüllen, entfliehen.

Während er in ihre kristallklaren Augen blickte, wandelte sich bei dem Gedanken an seinen Geburtstag zum ersten Mal seine Stimmung.

Es bedeutete, dass er sie wieder sehen würde.

„Ja, Sie müssen kommen“, sagte er mit einem entschlossenen Lächeln. „Ich lasse Ihnen eine Kutsche schicken. Sie werden mein Ehrengast sein.“

„Wie bitte?“

Rafael überlegte, wie er ihr dezent beibringen konnte, dass er ihr helfen wollte. Doch dann entschloss er sich, dass sie noch zu unerfahren war, um irgendwelche zarten Anspielungen zu verstehen. Es würde das Beste sein, sie langsam an seine Absicht heranzuführen. Er schenkte ihr ein herzliches Lächeln. „Ich würde Sie sehr gern besser kennen lernen, Signorina Daniela“, erklärte er. „Tanzen Sie?“

„Nein!“

„Nein?“ wiederholte er. Sie war also nicht bei seinem Wunsch, sie zum Tanz aufzufordern, in Ohnmacht gesunken. Verdammt, das fing ja gut an!

Nachdenklich schürzte er die Lippen und blickte Daniela eine Weile an. Am liebsten hätte er ihr zart über die Wange gestrichen, hielt es aber in diesem Moment für nicht ratsam. „Mögen Sie Musik?“

„Manchmal.“

„Und wie steht es mit Lustgärten? Mögen Sie die?“

Mit gerunzelter Stirn musterte sie ihn misstrauisch, bevor sie den Kopf schüttelte. „Ich habe noch nie einen gesehen.“

Er beugte sich zu ihr herab und senkte die Stimme zu einem verführerischen Flüstern. „Und wie steht es mit Süßigkeiten?“ Er holte die flache Metalldose aus seiner Tasche und nahm zwei Pfefferminzbonbons heraus, die er auf seine Handfläche legte. „Ich habe eine Schwäche für Süßes.“ Er hob die Hand, damit sie ein Bonbon nahm. „Das ist meine einzige Schwäche.“

„Wirklich?“ fragte sie skeptisch, während sie von seiner Hand in sein Gesicht sah und anscheinend nicht wusste, was sie tun sollte.

Rafael lachte. „Nehmen Sie sich eines. Sie sind nicht vergiftet.“ Er beobachtete, wie sie nach einem gestreiften Pfefferminzbonbon griff und es sich vorsichtig in den Mund steckte. „Signorina Daniela", sagte er, „wenn Sie zu meinem Geburtstagsfest kommen, werden wir uns an Schokoladentrüffeln, Champagnereis und leckeren rosafarbenen Wackelpuddingen, die man Venusbrüste nennt, ergötzen. Unser Koch macht sie *alla perfezione.*"

„Danke", erwiderte sie. „Aber ich könnte niemals ..."

„Sie sollten nicht mit vollem Mund sprechen", tadelte er sie. „Und wenn ich darauf bestehe?"

Ihre Verwirrung wurde noch größer. Sie wusste nicht, wie sie sich verhalten sollte. Während sie am Bonbon lutschte, schaute sie Rafael ernst an.

Zu seiner Erheiterung gehorchte sie ihm und sprach nicht mehr, bis sie die Süßigkeit aufgegessen hatte.

Mein Gott, er begehrte sie tatsächlich. Die Aufregung der bevorstehenden Jagd ließ seinen Körper erbeben.

„Ihre Einladung ist sehr freundlich. Ich weiß, dass Sie wahrscheinlich Mitleid mit mir haben, weil ich in einem so heruntergekommenen Haus lebe." Daniela warf einen Blick über die Schulter auf die Villa hinter ihr. „Aber ich bedauere, Prinz Rafael, dass ich nicht auf Ihrem Fest erscheinen kann." Sie zögerte. „Wenn Sie mir wirklich einen Gefallen tun wollen, lassen Sie den kleinen Gianni nicht die Nacht im Gefängnis verbringen."

Den Kopf zur Seite geneigt, warf Rafael ihr sein verführerisches Lächeln zu, mit dem er bereits zahlreiche Frauen hatte schwach werden lassen. „Wenn ich das für Sie tue, kommen Sie dann auf den Ball?"

„Ehrlich gesagt, ich weiß nicht, wie ich das tun soll ..."

„Das ist also ausgemacht." Diesmal strahlte er sie an. „Ich schicke Ihnen eine Kutsche, die Sie morgen Abend um sechs Uhr abholen wird. Eine Dame, mit der ich befreundet bin, wird Ihnen ein Ballkleid leihen, und ich hoffe, eine Kette mit Feueropalen aufzutreiben, die ausgezeichnet zu Ihrer Erscheinung passen würde. Vertrauen Sie mir, ich habe ein Auge für solche Dinge. Bis morgen Abend also, Signorina", sagte er, hob ihre Hand und küsste sie leicht, wobei er ihr einen vertraulichen Blick zuwarf. Dann ließ er sie los und wandte sich ab. Mit einem siegessicheren Lächeln ging er die Stufen hinab und schritt auf den Schimmel zu, der vor dem Haus graste. Dabei pfiff er „*La ci darem la mano*".

„Hoheit, ich habe Nein gesagt."

Rafael blieb stehen und wandte sich dann überrascht um. Er musste zugeben, dass ihm ihr jungfräuliches Widerstreben gefiel. Schließlich wollte er keine einfache Eroberung. Lässig legte er die Reitgerte über seine Schulter. „Signorina Daniela, Sie sind also fest entschlossen, Ihr Leben ohne Vergnügungen zu führen?"

Sie hatte die Arme verschränkt und hob nun ihr Kinn. „Mit Verlaub, Königliche Hoheit. Meine Freunde sind gerade gefangen genommen worden. Es scheint mir nicht die Zeit für Vergnügungen zu sein."

„Sie hätten sich niemals mit Verbrechern abgeben sollen, meine Liebe", erwiderte er herablassend, lächelte dann jedoch. „Unsere Abmachung gilt. Ich werde den Jungen aus dem Gefängnis holen und mich darum kümmern, dass er sicher untergebracht wird. Und Sie tanzen dafür morgen Abend mit mir. Und probieren einen der rosa Wackelpuddinge. Darauf bestehe ich."

Daniela stemmte die Arme in die Hüften, runzelte die Stirn und sagte mit aufgebrachter Stimme: „Ich habe gesagt, dass ich nicht kommen werde. Sind Sie taub, Hoheit?"

Rafael fing an, ihren Kampfgeist zu bewundern. Er hielt sich die Hand ans Ohr. „Wie bitte?"

„Hoheit, wie können Sie mich bitten, selbstsüchtig meinem Vergnügen nachzugehen, wenn meine Freunde morgen gehängt werden sollen?"

Plötzlich verstand Rafael zweierlei Dinge. Sein Geist war so sehr mit Musik und *amore* beschäftigt gewesen, dass er erst jetzt begriff. Zum einen hatte sie nicht erkannt, was seine Einladung tatsächlich bedeutete, und zum anderen wäre ihre Antwort so oder so ablehnend ausgefallen, da sie den feurigen Hitzkopf liebte, den er gerade hatte verhaften lassen.

Ein direktes, unwiderrufliches Nein.

Ihm war, als hätte man ihm einen Kübel eiskaltes Wasser über den Kopf geschüttet. Er konnte kaum glauben, dass er abgewiesen worden war.

„Das ist ja ungeheuerlich", sagte er und blickte sie empört an.

Rafael erinnerte sich daran, dass der älteste der rebellischen jungen Straßenräuber groß und kräftig gewesen war und um die vierundzwanzig Jahre alt sein musste. Seinen Namen hatte er als Mateo Gabbiano angegeben. Er hatte schlichte Arbeitskleidung getragen und ein rotes Tuch um den Hals gebunden. Mateo sah auf bäuerliche Weise mit seinen dunklen Locken und den großen braunen Augen gut aus.

Aha. Damit ließ sich Signorina Danielas Gleichgültigkeit ihm gegenüber erklären.

Rafael, der sein Leben lang von Frauen verehrt und bewundert worden war, war es nicht gewöhnt, zurückgewiesen zu werden, und wusste nicht, wie er damit umgehen sollte.

Seine hohe Meinung von ihr sank.

Er runzelte die Stirn. Wie konnte dieses törichte Mädchen ihr Herz einem Räuber schenken? Jetzt empfand er sogar Verachtung für sie. Sie mochte sich einsam fühlen, aber hatte denn diese Frau kein Standesbewusstsein? Wie, zum Teufel, konnte sie ihm einen Bauern vorziehen?

„Nun, Signorina Daniela", sagte er kalt. „Ich werde sehen, was ich für den Jungen tun kann. Leben Sie wohl."

Er drehte sich auf dem Absatz um und schritt steif auf seinen Schimmel zu. Ihm ging durch den Kopf, dass sich die Räuber auf ihr Anwesen geflüchtet hatten und Daniela möglicherweise sogar mit ihren Verbrechen zu tun hatte. Aber wenn das der Fall war, wollte er nichts davon wissen.

Nach einigen Schritten hielt Rafael inne und wandte sich unvermittelt zu ihr um.

Daniela stand noch immer an der Tür.

„Warum gaben Sie vor, nicht zu wissen, wer ich bin?“ erkundigte er sich.

„Um Sie von Ihrem hohen Ross herunterzuholen“, antwortete sie. „Warum haben Sie eine Stunde mit einem verwirrten alten Mann verbracht, wenn Sie zuvor so entschlossen waren, einen Gesetzesbrecher zu fangen?“

„Es gibt Zeiten“, erwiderte er scharf, „da ist ein Akt der Menschenliebe wichtiger als Gerechtigkeit.“

Daniela schwieg einen Moment und blickte ihn dabei an. „Ich bin Ihnen zu Dank verpflichtet“, sagte sie. „Und deshalb möchte ich Ihnen helfen.“

„Mir helfen?“ fragte er sarkastisch. „Das bezweifle ich.“

„Nehmen Sie sich die Bücher des Steuereintreibers dieser Region vor, Königliche Hoheit. Dann finden Sie einen wirklichen Verbrecher.“

Rafael kniff die Augen zusammen. „Was wollen Sie damit sagen, Signorina?“

„Sie werden es schon verstehen.“

„Gaunerei gibt es unter der Herrschaft meines Vaters nicht. Nicht einmal eine Biene würde es wagen, ihren Nektar aus der falschen Blume zu holen, wenn König Lazar di Fiore es ihr nicht erlaubt.“

„Sagen Sie das Conte Bulbati.“

„Wer ist das?“

„Der Mann, der jedes Mal meine Steuern erhöht, wenn ich mich weigere, ihn zu heiraten.“

Rafael horchte auf. Innerlich nahm er sich vor, die Sache näher zu untersuchen, doch für den Augenblick konzentrierte er sich auf Daniela. „Warum lehnen Sie ihn ab? Würde eine passende Heirat denn nicht Ihre Situation erleichtern?“

„Vielleicht. Aber zum einen ist Conte Bulbati ein korrupter, gieriger Mensch, und zum anderen werde ich ihn niemals heiraten. Nicht mehr.“

„Aber warum nicht?“ wollte Rafael überrascht wissen, auch wenn er selbst diese Worte schon unzählige Male geäußert hatte.

Sie hob den Kopf und blickte in den nächtlichen Himmel. „Weil ich frei bin.“ Mit einer Hand wies sie auf die Villa. „Unser Haus mag einige Reparaturen benötigen, aber zumindest ist es mein Haus. Und dieses Land mag zwar nicht sehr ertragreich sein, doch auch das gehört mir. Alles ist mir bis zu meinem Tod überschrieben worden. Wie viele Frauen können sich so glücklich schätzen?“

Rafael blickte um sich und verstand nicht, dass sie dankbar war, wenn es nicht einmal genug zum Essen gab. „Es sieht für mich nach viel Arbeit und Kopfzerbrechen aus. Sonst nichts.“

„Ich muss keinem außer mir selbst Rede und Antwort stehen“, erwiderte sie. „Warum sollte ich mich einem Menschen ausliefern, der nicht besser ist als ich, sondern mir wahrscheinlich in fast jeder Hinsicht unterlegen?“ Sie zuckte die Schultern. „Ich nehme nicht an, dass Sie das verstehen. Es ist nur die Entscheidung, die ich getroffen habe.“

„Die Wahl, die Sie getroffen haben“, wiederholte er, da er sonst nichts zu erwidern wusste. Sie schien ihr Leben selbst bestimmen zu können, was er von sich wahrhaftig nicht behaupten konnte.

Dieser Gedanke ärgerte ihn.

Da hörte er Pferdehufe. Als er aufsah, entdeckte er die Soldaten, die aus dem Wald auf ihn zuritten. Sie hatten sein Gold, aber keinen maskierten Reiter. Er warf einen finsteren Blick über die Schulter auf Daniela Chiaramonte, die ihre Hände vor ihrer übermäßig schlanken Taille gefaltet hielt.

Einen Moment lang hatte er daran gedacht, zwei Soldaten vor der Villa zu postieren, um sie und ihre Familie zu beschützen. Doch nun ließ er die Idee fallen, da er bezweifelte, dass der maskierte Reiter eine echte Bedrohung für sie darstellte. Der Vertraute des Gesetzesbrechers schien schließlich ihr Geliebter zu sein.

Dieser Gedanke stimmte ihn noch finsterer. „Wenn Sie mich nun genug belehrt haben, Signorina Daniela, werde ich gehen. Der König erwartet mich."

„Leben Sie wohl, Hoheit", sagte sie höflich. „Und herzlichen Glückwunsch zum Geburtstag."

Wagte es dieses kecke Geschöpf etwa, ihn zu verspotten? Er schaute sie scharf an, da er ein leises Lachen in ihrer Stimme zu vernehmen geglaubt hatte. Dennoch wäre er am liebsten zu ihr hingegangen und hätte ihr das zufriedene Lächeln von den Lippen geküsst. Doch stattdessen stieg er auf sein Pferd, um so weit wie möglich von ihr fort zu reiten. Er war geübt im Vergessen von Frauen. Und diesen kleinen Wildfang wollte er auf der Stelle aus seinem Gedächtnis streichen.

Zu spät erinnerte er sich jetzt daran, dass er sich vor vielen Jahren geschworen hatte, nie mehr Frauen in Not beizustehen.

Als er das Pferd antrieb, schickte er Signorina Daniela in Gedanken in die Hölle.

Don Giovanni selbst hätte nicht gewusst, wie er sie verführen könnte.

3. KAPITEL

Rafael, der nach seinem Treffen mit der verwirrenden Signorina Daniela noch schlechter gelaunt war als zuvor, ritt den Rest des Weges nach Belfort, ohne einen Augenblick anzuhalten.

Als sie zum Herz der kosmopolitischen Hauptstadt vordrangen, wurden die Straßen von gusseisernen Laternen beleuchtet, und nichts erinnerte mehr an die hässlichen Viertel, die er kurz zuvor durchquert hatte. Hier befanden sich noch immer Menschen auf der Straße, die die kühle Nachtluft genossen. Überall war Lachen zu vernehmen, und die Kaffeehäuser und Tavernen barsten vor Leben. Ehrfürchtig begrüßte man den Kronprinzen. Pflichtbewusst nickte er zu beiden Seiten, während er auf seinem Schimmel zum Palast ritt.

Er klopfte dem Pferd auf den warmen, feuchten Nacken und musste sogleich husten, weil sich dadurch eine Staubwolke erhob.

Staub bedeckte alles, denn seit vier Monaten herrschte Dürre. Selbst die robusten Ringelblumen, die in Kästen an den eleganten Stadthäusern angebracht waren, sahen verwelkt aus. Die Springbrunnen, die es auf jedem Platz gab, waren abgedreht worden, um das kostbare Wasser zu sparen.

Es wird noch schlimmer werden, ehe sich die Lage verbessert, dachte Rafael grimmig. Nun war es Anfang Juli, und bald schon würde der Schirokko von der Sahara kommen und die Situation noch verschärfen. Während dieser zwei oder drei Wochen im Jahr, in denen der Sturm wütete, brach auf der Insel gewöhnlich ein fürchterliches Chaos aus.

Als er um eine Ecke ritt, sah Rafael einen Moment eine reich geschmückte Kupferkuppel, die sich über die Dächer der Stadt erhob. Sie gehörte zu seinem Lustschlösschen, das er jedoch im Augenblick nicht aufsuchen konnte. Schließlich wurde er schon lange im Palazzo Reale erwartet.

Er führte den Schimmel über den breiten Hauptplatz der Stadt. Hier standen der Dom und der königliche Palast einander gegenüber, und dazwischen befand sich der berühmte Bronzebrunnen, der den früheren Fiore-Königen gewidmet war.

Rafael schwang sich aus dem Sattel und wurde sogleich von der Wache durch das Tor geführt. Rasch warf er einen Blick auf seine Taschenuhr und eilte dann die breite Treppe hinauf.

In der imposanten Eingangshalle wurde er von Falconi, dem alten Palastdiener, begrüßt. Er klopfte dem gebrechlich wirkenden Mann auf den Rücken, so dass dieser beinahe nach vorn fiel.

„Wo ist mein Vater, Falconi?“

„Im Beratungszimmer, Königliche Hoheit. Ich befürchte, dass die Versammlung bald aufgelöst wird.“

„Die Versammlung?“ rief Rafael aus. „Niemand hat mir davon erzählt.“

„Viel Glück, Königliche Hoheit.“

Der Kronprinz winkte ihm zu und eilte durch die Marmorhalle zum Beratungszimmer. Sein Herz pochte heftig. Zum Teufel, war es schon wieder passiert! Vor der geschlossenen Tür hielt er einen Moment inne, um sich innerlich zu wappnen. Dann riss er die Tür auf und trat selbstbewusst ein, als wäre nichts geschehen.

„Meine Herren“, begrüßte er die Männer. „Mein Gott, ein volles Kabinett! Befinden wir uns im Krieg?“ fragte er und schloss die Tür.

„Königliche Hoheit“, murmelten die Kabinettsmitglieder steif.

„Vater.“

König Lazar, der am Kopfende des langen Tisches saß und in einem Dokument las, sah seinen Sohn über die Augengläser, die auf seiner Nase saßen, finster an.

Er war ein großer, eindrucksvoller Mann mit einem markanten Kinn und scharf geschnittenen Gesichtszügen. Sein mit Grau durchsetztes Haar war kurz gehalten, und seine Haut wirkte vom Wetter gegerbt. Die dunklen Augen blickten Rafael mit charakteristischer Eindringlichkeit an.

Der Prinz fragte sich, wie schlimm sein Vergehen diesmal beurteilt werden würde.

Von Kindheit an hatte er die Miene seines Vaters genau studiert. Seine Welt hatte sich stets darum gedreht, den unmöglichen Erwartungen des bedeutenden Mannes zu entsprechen. Schließlich sah er jedoch ein, dass er sie niemals ganz erfüllen würde.

„Wir fühlen uns geehrt, dass du uns doch noch aufsuchst, Rafael“, bemerkte Lazar und betrachtete wieder das Papier in seiner Hand. „Nein, wir befinden uns nicht im Krieg. Tut mir Leid, wenn ich dir diese Unterhaltung nicht bieten kann.“

„Umso besser“, erwiderte Rafael und ließ sich gelassen auf einem Stuhl am Ende des Tisches nieder. „Ich bin ein Liebhaber, kein Kämpfer.“

Der rotgesichtige Admiral der Marine räusperte sich und schien ein Lachen zu unterdrücken. Er war vermutlich der einzige Mann im Raum, der Rafael verstand oder zumindest durch sein Benehmen nicht verärgert war.

Dasselbe konnte man nicht von den beiden Männern sagen, die auf der anderen Seite saßen – Bischof Justinian Vasari und Premierminister Arturo di Sansevero.

Sie schienen das genaue Gegenteil voneinander zu sein. Der Bischof war ein wuchtiger Mann, untersetzt wie eine Bulldogge, und trug eine Brokatrobe. Er bellte, biss aber nicht. Sein Gesicht war rund und pausbackig, und er hatte weiße Haarsträhnen, die unter seiner Samtkappe in alle Richtungen abstanden. Er war sich seiner Einsicht in Gottes Willen genauso sicher, wie er es genoss, die Gärten seines Palazzos zu pflegen. Meist predigte er mit einer donnernden Eloquenz, und wenn er sich über Untugend und Ausschweifungen erboste, wusste jedermann, von wem er sprach.

Der Bischof sah im Kronprinzen nur den lasterhaften Sohn eines guten Vaters. Zum Glück gab es noch einen zweiten Sohn – den liebenswürdigen, gehorsamen zehnjährigen Prinzen Leo. Justinian war vom König zum Vormund des kleinen Prinzen ernannt worden. Dadurch besaß er das Recht der Regentschaft, was bedeutete, dass der Bischof – falls Rafael auf Grund seiner Orgien frühzeitig von Gott zu sich gerufen wurde – statt Leo herrschen würde, bis der Junge selbst alt genug war.

Aus Gründen, die Rafael nicht verstand, liebte das Volk von Amantea seinen selbstgefälligen, auf großem Fuß lebenden Bischof.

Der Premierminister allerdings war das Gegenteil von Bischof Justinian, auch wenn Rafael ihn ähnlich beurteilte. Gepflegt, ordentlich und zurückhaltend, war Don Arturo der Höfling in Person. Sein Verstand war messerscharf, und zum Glück für Amantea hatte er sich dem Land stets als treu ergeben erwiesen. Er war von zierlicher Statur und hatte braune Augen und einen schmalen Mund, der nur weich wurde, wenn er die Kinder seiner Schwester sah. Er selbst war ohne Nachfahren geblieben, denn seine Frau war bereits vor zwei Jahrzehnten verstorben, und er hatte niemals mehr geheiratet. Amantea war sein Leben.

Wenn Rafael seine Schlechtigkeit bereut hätte, wäre der hochtrabende Bischof Justinian wahrscheinlich gewillt gewesen, ihm zu verzeihen. Der Premierminister jedoch hatte persönlichere Gründe, den Kronprinzen zu hassen.

In diesem Moment schob ihm Herzog Orlando di Cambio, sein Florentiner Vetter, unauffällig die Notizen zu, die er gemacht hatte.

„*Grazie*, Vetter." Rafael überflog das Papier und fühlte sich durch die Geste seines Verwandten ernüchtert. Er wusste, dass die meisten Mitglieder des Kabinetts es vorgezogen hätten, Orlando statt ihn auf dem Thron zu sehen.

Der Florentiner, der das typisch markante Gesicht der Fiori besaß, hätte leicht für den älteren Bruder des Prinzen gehalten werden können. Beide Männer waren groß, breitschultrig, gut aussehend und auf Grund ihres Standes arrogant. Doch während Rafael goldbraunes Haar und dunkelgrüne Augen besaß, hatte der fünf Jahre ältere Orlando schwarzes Haar und hellgrüne Augen.

Sein Vetter war ein Einzelkämpfer, der immer Schwarz trug. Ehe er Florenz verlassen und auf die Insel seiner Vorfahren gezogen war, hatte er große Erfolge als Reeder gefeiert. Nun diente er Amantea im Finanzministerium. Mit seiner nüchternen Art hatte er das Vertrauen des Kabinetts und des Königs gewonnen. Besonders der Premierminister schätzte ihn.

„Gewohnheitsmäßige Verspätung gehört zur Sünde des Stolzes, Prinz Rafael", knurrte der Bischof.

„Nun, es tut mir ausgesprochen Leid", sagte Rafael in die Runde. Er schaute die Männer unschuldig an. „Zufälligerweise wurde ich von Straßenräubern überfallen."

Der Bischof und ein paar seiner Berater rissen vor Überraschung den Mund auf. Aber Don Arturo rollte bloß mit den Augen.

Der König zog die Brauen hoch, und Rafael lächelte ihn fröhlich an.

„Wurden Sie verletzt?“ fragte Vetter Orlando besorgt.

„Es ist nichts Schlimmes passiert. Alle außer einem der Räuber befinden sich bereits in Gewahrsam. Meine Männer suchen noch nach dem Flüchtigen.“

„Gut.“ Lazar nickte.

„Ein Mitglied der königlichen Familie anzugreifen!“ sagte Orlando und lehnte sich mit angewiderter Miene zurück. „Ich bin froh, wenn man sie hängt.“

„Ich vermute, dass sie nicht wussten, wen sie angriffen. Schließlich befand ich mich in einer geliehenen Kutsche“, erklärte Rafael.

Orlando schüttelte genauso wie die anderen Kabinettsmitglieder den Kopf.

Lazar räusperte sich. „Nun, Rafael. Wir haben dich heute kommen lassen, weil ich mich entschlossen habe, eine Ruhepause einzulegen. Ich werde morgen abreisen.“

Fassungslos blickte Rafael drein.

Sein Vater hatte seit dreißig Jahren kein einziges Mal das Zepter aus der Hand gelegt.

„Nachdem nun der unerträgliche Korse erneut gefangen gesetzt wurde – wir wollen hoffen, dass es diesmal für immer ist –, habe ich mich entschlossen, gemeinsam mit deiner Mutter nach Spanien zu fahren. Wir wollen dort zwei Monate bleiben, um unsere Enkel zu sehen. In meiner Abwesenheit wirst du Prinzregent, Rafael. Was meinst du dazu?“

Rafael hatte die Sprache noch nicht wieder gefunden.

Er sah seinen Vater an. Im durchdringenden Blick seiner Augen zeigte sich ein herausforderndes Blitzen. „Bist du dazu bereit?“

„Ja, Hoheit“, erwiderte er sogleich leidenschaftlich. Sein Herz begann zu rasen.

Lazar hob eine Hand, um seinen Überschwang zu bremsen. „Doch ich habe eine Bedingung."

Rafael fuhr sich mit der Zunge über die Lippen. „Ich tue alles."

Sein Vater gab Orlando ein Zeichen. Der Vetter erhob sich, ging zu einer großen Kommode, die an der Wand stand, und brachte Rafael dann ein Holztablett. Ein schalkhaftes Lächeln huschte über das Gesicht des Königs, als sein Sohn sah, was vor ihm lag.

Auf dem Brett befanden sich fünf kleine Damenporträts und ein Stapel Dokumente. Rafael runzelte die Stirn und blickte seinen Vater verwirrt an.

„Es ist an der Zeit, dass du eine Gemahlin wählst, Rafael."

Entsetzt fuhr er zusammen.

„Such dir eine aus", verlangte Lazar.

„Jetzt?" rief Rafael entgeistert.

„Warum nicht? Wie lange willst du es noch aufschieben? Wir haben nun drei Jahre gewartet. Schließlich ist es deine Pflicht, einen Erben in die Welt zu setzen."

„Schon, aber ..."

„Wenn du einen Vorgeschmack auf das Leben als König haben möchtest, musst du eine dieser jungen Damen als Gattin wählen und die Heiratspapiere unterschreiben."

„Bin ich etwa verheiratet, nachdem ich die Unterschrift geleistet habe?" fragte Rafael empört.

„Genau. Siehst du, wir haben es dir sehr einfach gemacht."

Rafael starrte auf das Tablett, als läge eine abgeschlagene Hand darauf.

Der König blickte ihn streng an. „Rafael, nur wenn du die Verantwortung für eine Ehe einzugehen bereit bist, kann ich dir auch Amantea überlassen, während ich fort bin."

Der Kronprinz lehnte sich zurück. „Das ist ein Scherz, nicht wahr?“

Lazar erwiderte nichts.

Rafael blickte der Reihe nach die alten Männer an, die ihn alle voller Verachtung betrachteten. Es war klar, dass von ihnen keine Hilfe zu erwarten war. Dann schaute er Orlando an, doch der Vetter studierte gerade die Damenporträts.

Rafael brachte es nicht über sich, die Bilder ebenfalls zu begutachten. „Vater, seien Sie vernünftig. Ich kann nicht jemand nach einem Bild auswählen, den ich dann mein Leben lang an meiner Seite haben muss. Ich weiß nicht einmal, wer diese Frauen sind.“

„Rafael, du bist dreißig Jahre alt. Du hattest genug Zeit, ehrenhaften Damen den Hof zu machen, doch stattdessen bist du Schauspielerinnen hinterhergestiegen.“ Der König faltete die Hände und stützte sich mit den Ellbogen auf dem Tisch ab. „Wähle. Und dann unterschreibe. Sonst wird Don Arturo regieren, und du kannst weiter deinen Vergnügungen nachgehen. Aber falls du dich dazu entscheidest, sehe ich mich gezwungen, ernsthaft über deinen Thronanspruch nachzudenken. Leo ist noch jung genug, um auf die Krone vorbereitet zu werden.“

Ungläubig blickte Rafael den König an. Sein Magen krampfte sich bei diesen Worten zusammen, während er vor Zorn zu beben begann.

Was konnte er tun? Er musste nachgeben – wie immer.

Er senkte den Kopf und schaute auf die Porträts. Doch es gelang ihm nicht, diese lächelnden, ausdruckslosen Gesichter richtig wahrzunehmen, da sich ihm vor Empörung der Blick verschleierte.

Marionette.

Gefangener.

Ihm fiel plötzlich Daniela Chiaramonte ein, eine blutjunge Frau, die stolz vor ihrem Haus gestanden hatte, weil sie ihr Schicksal selbst in der Hand hielt. Dieser Gedanke demütigte ihn noch mehr.

Nein, dachte er mit heftig klopfendem Herzen. Seit Jahren hatte er seinen Vater ertragen. Die ständigen Kritiken und die unmöglichen Erwartungen. Das Tyrannisieren auf der einen Seite und die Überängstlichkeit auf der anderen – all das hatte sein bereits lädiertes Selbstwertgefühl noch mehr angeschlagen. Doch diesmal ging es zu weit.

„Das kann ich nicht akzeptieren", sagte er mit ruhiger Stimme.

„Wie bitte?" fragte der König drohend und zog die Augenbrauen hoch.

Rafael schaute langsam von den Porträts auf. Dann erhob er sich so plötzlich, dass dabei der Stuhl umfiel.

Die Kabinettsmitglieder hielten den Atem an. Orlando sah überrascht zu seinem Vetter. Ohne ein weiteres Wort drehte sich der Kronprinz um und stürmte zur Tür.

„Rafael! Was, zum Teufel, tust du?"

„Ich mache mich von Ihnen frei, Majestät!" rief er. „Lange genug haben Sie mein Leben beherrscht. Geben Sie Leo die Krone. Ich will sie nicht. Dafür behalte ich meine Seele."

Mit diesen Worten ging er, zitternd vor Wut, aus dem Beratungszimmer. Benommen lief er den Gang entlang, riss sich die Handschuhe von den Fingern und starrte dabei ins Leere. Er konnte kaum glauben, was er gerade getan hatte.

Sollte der König ihn doch enterben, wenn es ihm gefiel! Nun war sowieso schon alles gleich. Er hatte sein Bestes getan, doch es war seinem Vater niemals gut genug gewesen.

„Rafael!" rief sein Vater zornig.

Der Prinz zuckte zusammen und blieb – ganz aus Gewohnheit – sogleich wie ein gut trainierter Jagdhund stehen. Er verzweifelte an sich selbst und wusste zugleich, dass er weitergehen musste, wenn er jemals frei sein wollte.

Doch er spürte, dass seine Liebe für Amantea ihn nicht von der Stelle rücken ließ. Wie angewurzelt stand er da und sah sich wie schon so oft gezwungen, bescheiden zu sein. Aber es war auch ungewöhnlich, dass der König selbst ihm hinterhereilte, obgleich er ihm so offen vor seinem Kabinett Widerstand geleistet hatte. Er wartete, ohne sich umzudrehen.

„Rafael, verdammt noch mal“, knurrte Lazar verärgert.

Jetzt drehte der Prinz sich mit bitterer Miene um und blickte seinen Vater an.

Lazar nahm die Augengläser ab und musterte ihn durchdringend. „Du wählst eine schlechte Zeit, deinen Kopf durchsetzen zu wollen, Junge.“

„Ich bin kein Junge“, erwiderte er, vor Zorn bebend.

„Glaubst du denn, ich weiß nicht, warum es schwierig für dich ist?“

„Weil Sie diesmal die wichtigste Entscheidung meines Lebens aus mir herauspressen wollten? Weil Sie mich für einen solch großen Narren halten, dass ich nicht einmal selbst eine geeignete Gattin zu wählen vermag?“

Der König schüttelte ungeduldig den Kopf. „Nein. Wir beide kennen den Grund, warum du dich weigerst, eine feste Verbindung einzugehen. Jene Frau hat dich tief verletzt, als du neunzehn warst. Wie hieß sie noch? Julia?“

Rafael erstarrte und sah seinen Vater unsicher an.

„Es ist an der Zeit, dass du darüber hinwegkommst. Es sind elf Jahre vergangen.“

Der Prinz wandte den Blick ab.

Das große Vergehen.

Manche Menschen müssen erst Fehler machen, um die Welt zu begreifen. Als junger Narr hatte er genau das getan. Er hatte versucht, einer Frau zu helfen, und war dabei selbst Opfer geworden.

Das war vor langer Zeit.

„Du hättest uns erlauben sollen, sie vor Gericht zu stellen, Rafael. Dem Gesetz nach hätte sie gehängt werden müssen."

„Ich brauche Sie nicht, um meine Kämpfe auszufechten, Vater", erwiderte er scharf. Die Erinnerung an seine frühere Unerfahrenheit verursachte ihm Übelkeit.

Er war ein solch ritterlicher Kavalier gewesen und hatte nicht darauf hören wollen, dass seine schöne, ältere Geliebte bereits bei fast jedem Mann im Königreich gelegen und ihn nur benutzt hatte. Ihm war gleichgültig gewesen, was die anderen dachten. Er war sich sicher gewesen, dass er sie dazu bringen könnte, ihn um seiner selbst willen zu lieben. Als er Contessa Julia von einem früheren Liebhaber misshandelt aufgefunden hatte, war er sogleich zur Hilfe bereit gewesen. Und was war ihr Dank gewesen?

Sie hatte ihn zuerst verführt und ihn dann heimtückisch ausgeraubt, während er geschlafen hatte. Seinen Schreibtisch hatte sie durchsucht und geheime Karten mitgenommen, die er für seinen Vater angefertigt hatte. Mit diesen brisanten Dokumenten war sie direkt zu den Franzosen geeilt, die daraufhin Amantea überfallen hatten.

Das Haus der Fiori hatte beinahe Amantea an Napoleon verloren, weil der Thronerbe sein Verlangen nicht hatte zügeln können.

Seit jener Zeit hatte ihn keiner mehr ernst genommen – weder sein Vater noch das Volk und schon gar nicht das Kabinett.

„Diese Mätresse hat dich nur verführt und deine Jugend ausgenutzt …"

„Ich möchte nicht darüber sprechen, Vater", erwiderte Rafael heftig. „Es war meine Schuld. Ich habe der falschen Frau vertraut."

„Und nun vertraust du überhaupt keiner mehr. Ach, Rafael." Lazar seufzte. „Du brauchst einen Erben."

„Warum?" fragte der Prinz. „Weshalb so plötzlich?"

„Ich bin krank", antwortete sein Vater.

„Wie bitte?"

Lazar schaute ihn an und senkte dann langsam den Blick. „Deshalb reise ich auch nach Spanien, um Darius, Serafina und die Kinder zu sehen. Ich weiß nicht, wie viel Zeit mir bleibt, um eine solche Reise zu machen."

„Wovon sprechen Sie?" fragte Rafael fassungslos. „Sie wirken keineswegs krank."

„Sprich nicht so laut", sagte der König und schaute rasch über seine Schulter. „Niemand weiß davon außer dem Arzt, Don Arturo und nun du. Ich möchte es so lange wie möglich geheim halten."

Einen Moment sah Rafael ihn ungläubig an. Es hatte ihm kurz die Sprache verschlagen. „Weiß Mutter davon?"

„Oh Gott, nein", flüsterte Lazar. „Ich möchte nicht, dass sie sich Sorgen macht."

„Weiß der Arzt, was es ist?"

Lazar zuckte die Schultern. „Vermutlich Krebs."

„Oh mein Gott", sagte Rafael bestürzt. „Wie kann das sein? Sie sind noch nie in Ihrem Leben krank gewesen."

„Rafael, nun ist es wichtig, dass wir die Dinge regeln. Jetzt ist nicht die Zeit dazu, mich im Stich zu lassen."

Rafael blickte seinen Vater an. Nachdem er nun von der Krankheit des Königs wusste, konnte er auf einmal die Anzeichen der Erschöpfung in dessen Gesicht sehen. Er hatte tiefe Schatten unter den Augen und wirkte so, als ob er kaum geschlafen hätte.

Rafael konnte es nicht fassen. Sein Vater war ihm stets so unverletzlich wie ein Gott vorgekommen. „Haben Sie Schmerzen?"

„Es geht mir gut, solange ich nicht esse."

Sein Sohn schüttelte den Kopf. „Vater, warum haben Sie es mir nicht gleich offen gesagt? Es tut mir sehr Leid, wenn ich die Nerven verloren habe."

„Ich wollte nicht, dass du es erfährst. Du wirst genug anderes um die Ohren haben, wenn du erst einmal das Schicksal einer halben Million Menschen auf deinen Schultern trägst." Er legte seine Hand auf Rafaels Arm. „Vielleicht war meine Vorgehensweise heute Abend nicht ganz richtig, aber ich möchte, dass du heiratest. Nicht nur wegen des Königreichs und der Familie, sondern auch wegen deines eigenen Glücks. Ich selbst habe wahrhaftig in meiner Jugend nicht an mich gehalten, aber es gefällt mir nicht, was mit dir geschieht."

Rafael erwiderte nichts.

„Du brauchst jemand, dem du wirklich etwas bedeutest, wenn du in Schwierigkeiten steckst – und das wird eintreten. Ehrlich gesagt, ich hätte niemals so lange durchgehalten, wenn es nicht deine Mutter geben würde."

Rafael senkte den Blick und schluckte. Er befürchtete jeden Moment, wie ein Kind weinen zu müssen.

„Ja, Vater", murmelte er. Nachdem er nun die Situation verstand, konnte er den Wunsch seines Vaters unmöglich ablehnen. Er hatte nicht den Mut dazu. Also würde er heiraten, auch wenn es einem Todesurteil gleichen mochte. „Ich werde tun, worum Sie mich bitten. Aber ich befürchte, dass es niemand mehr wie Mutter geben wird."

Ein Lächeln huschte über das Gesicht seines Vaters. Freundschaftlich schlug er ihm auf den Rücken. „Da hast du Recht. Nun komm mit mir. Wir müssen einige Dinge regeln."

Lazar legte seinen Arm um Rafaels Schultern und zog ihn mit sich zum Beratungszimmer zurück. „Du wirst deine Sache gut machen, Sohn. Ich habe Don Arturo gebeten, eng mit dir zusammenzuarbeiten."

Rafael hörte nicht mehr zu. Die Nachrichten hatten ihn sehr mitgenommen, und in seinem tiefsten Innern weigerte er sich, die Vorstellung zu akzeptieren, dass sein Vater bald sterben müsste.

Vielleicht kam er deshalb auch auf andere, zynischere Erklärungen. Aber vermutlich hatte der Arzt bereits den Verdacht der allmählichen Vergiftung ausgeschlossen.

Falls sie etwas gefunden hätten, hätte sein Vater nicht von Krebs gesprochen. Wer würde außerdem den beliebten König Lazar di Fiore, den so genannten Felsen von Amantea, vergiften wollen?

Eines war jedoch sicher. Rafael musste unbedingt den königlichen Leibarzt aufsuchen und ihn befragen. Außerdem beschloss er, seiner Familie seinen eigenen Koch auf die Reise mitzugeben, denn diesem Mann konnte man trauen. Auch wollte er die Lebensmittel auf dem Schiff austauschen lassen, kurz bevor die Segel gesetzt wurden.

Zum Glück gab es für seinen Vater – falls er sich tatsächlich in Gefahr von außen befand – keinen sichereren Ort als unter Darius' Dach in Spanien. Der Gatte seiner Schwester hatte die königliche Familie stets beschützt. Er hatte auch im letzten Moment an jenem schicksalhaften Tag vor zehn Jahren die französischen Eroberer von Amanteas Küste verjagt.

Ganz gleich, welche Bedrohung auf ihnen lastete – die Fiori

waren immer am stärksten, wenn die Familie zusammenhielt. Ein Gedanke, den er im Gedächtnis behalten wollte, wenn er seine Braut auswählte.

Nachdem Rafael diesmal das Beratungszimmer betreten hatte, setzte er sich mit ernster Miene an seinen Platz. Er murmelte eine Entschuldigung, die den Mitgliedern des Kabinetts galt.

Lazar räusperte sich. „Mein Sohn und ich sind zu einem Kompromiss gekommen. Er ist damit einverstanden, eine von den jungen Damen, die wir für geeignet halten, zu wählen, wenn ich nach Amantea zurückkehre. Dann wird auch die Hochzeit stattfinden. Für den Moment gibt es für den Prinzen andere Dinge, mit denen er sich beschäftigen muss. Ich nehme an, dass Sie das verstehen, meine Herren."

Die Männer murmelten notgedrungen ihre Zustimmung.

Rafael bemerkte den ermutigenden, wenn auch strengen Blick seines Vaters, der auf ihm ruhte.

Nun stand seine Zeit bevor – die Zeit, da er ihnen allen zeigen konnte, dass sie ihn unterschätzt hatten. Er blickte auf die Notizen seines Vetters und fühlte sich dabei wie ein Schuljunge, der Angst davor hatte, die falsche Antwort zu geben. Tief holte er Atem, bevor er den Kopf hob.

„Meine Herren", sagte er nervös. „Womit möchten Sie beginnen?"

Don Arturo sah ihn aufmerksam und scharf an. „Womit möchten *Sie* beginnen, Königliche Hoheit?"

Einen Moment blickte Rafael verständnislos drein.

Diese ersten Sekunden monarchischer Autorität gaben ihm ein ähnliches Gefühl, das er immer dann hatte, wenn er ein kraftvolles, ungebändigtes Pferd zuritt. Die Herrschaft, die er nun in Händen hielt, entzog sich noch seiner Macht. Es war erregend und verwirrend. Doch sein jahrelanger Unterricht hatte ihn auf diesen Augenblick vorbereitet, und er merkte, wie ihn eine innere Stimme leitete.

Als er das nächste Mal sprach, klang er entschlossen. „Wir wollen mit der Dürre anfangen. Wie sieht es mit den Wasserreserven der Stadt aus? Wie rasch können wir Kanäle bauen, um die Weizenfelder im Unterland zu bewässern?“

Der Minister für Landwirtschaft hob die Hand, um darauf zu antworten.

Aufmerksam hörte Rafael zu und beobachtete aus dem Augenwinkel, dass sein Vater den Kopf senkte und lächelte.

4. KAPITEL

Daniela wachte auf, als das morgendliche Sonnenlicht durch die dünnen Vorhänge um ihr Himmelbett fiel. Sie zuckte bei dem stechenden Schmerz in ihrem Arm leicht zusammen und schloss wieder die Augen, während sie an die unruhige Nacht denken musste, die sie gerade hinter sich gebracht hatte.

Schweren Herzens war sie ins Dorf geritten und hatte der Witwe Gabbiano mitgeteilt, was mit ihren Söhnen geschehen war. Ihre Angst um die Brüder, der Schmerz in ihrem Arm und ihre Erinnerung an jedes Wort, das sie mit Prinz Rafael gewechselt hatte, machten es ihr unmöglich, genug Ruhe zu finden, um für den bevorstehenden Tag gerüstet zu sein.

Sie wollte alles vorbereiten, um dann nachts als maskierter Reiter eine waghalsige Rettungsaktion zu unternehmen.

Daniela setzte sich gähnend auf und zwang sich dazu, aus dem Bett zu steigen. Sie wusste, dass Signora Gabbiano schon bald in der Villa eintreffen würde, um gemeinsam mit Daniela in die Stadt zu fahren. Rasch streifte Daniela sich den Morgenmantel über und ging nach unten, wo sie den Duft des Kaffees roch, den Maria zum Glück bereits aufgesetzt hatte.

Eine Tasse starken Kaffee – das war im Moment alles, was sie wollte. Sie setzte sich an den Tisch, wo das Erwünschte von Maria bereits hingestellt worden war.

Durch das geöffnete Fenster wehte eine angenehm kühle Brise in die Küche. Ihr stieg von weit her der Geruch von Meerwasser und von wilder Minze in die Nase. Der Duft der Pfefferminze erinnerte Daniela an *ihn* – an den Mann mit den Süßigkeiten, dem schönen Mund und der goldbraunen Mähne.

Sie runzelte die Stirn, trank einen Schluck Kaffee und ärgerte sich darüber, dass sie ihm von ihrem Bedürfnis nach Unabhängigkeit erzählt hatte. Gewiss hielt er sie für eine seltsame Frau. Doch es war ihr wichtig gewesen, den Blick des Mitleids aus seinen Augen zu vertreiben, selbst auf die Gefahr hin, dass sie ihm jetzt eigenartig vorkam.

Sie erinnerte sich an die Einladung zum Ball. Da sie gewusst hatte, dass sie damit beschäftigt sein würde, ihre Leute aus dem Gefängnis zu befreien, hatte sie abgelehnt. Am Abend zuvor hatten sie seine Schönheit und sein Charme zu sehr aus der Fassung gebracht, als dass sie hätte misstrauisch werden können. Doch nun – im klaren Licht des Morgens – empfand sie seinen Wunsch, sie solle an seinem Geburtstag anwesend sein, als höchst sonderbar.

Er hatte nicht einmal eine Anstandsdame erwähnt. Hatte er tatsächlich vorgeschlagen, sie eine seiner eleganten Begleiterinnen zu übergeben, die sie herrichten sollte? Mein Gott! Bei seinem Ruf musste man sich ernste Sorgen über den Beweggrund seiner Großzügigkeit machen.

Doch dann erschien Daniela ihr Verdacht als lächerlich. Er war an die zartesten Blumen der Gesellschaft gewöhnt. Solch ein Mann würde niemals einen rothaarigen Wildfang, wie sie es war, wählen. Gott sei Dank, denn einem so verführerischen Mann mit seinen grünen Augen wäre kaum zu widerstehen gewesen.

In diesem Moment wurde die Tür geöffnet, die in den Küchengarten führte, und ihr Großvater trat ein. Überrascht schaute Daniela auf.

„Guten Morgen, meine Liebe“, sagte er fröhlich.

Sie lächelte ihn an und freute sich, ihn einmal wieder klarsichtig zu erleben. „Wie geht es dir, Großvater?“

„Ausgezeichnet, mein Kind“, erklärte er strahlend. Seine heisere Stimme klang kräftiger als sonst. „Ich habe gerade einen kleinen Spaziergang in der Morgensonne gemacht und an Prinz Rafael gedacht. Was für ein reizender junger Mann, nicht wahr?"

Argwöhnisch blickte sie ihn an und entschloss sich dann, ihm nicht zu widersprechen. Er sah glücklich aus, und wenn der Kronprinz das Lächeln auf das Gesicht ihres Großvaters gezaubert hatte, wollte sie ihm seine Freude nicht nehmen. Sie hatten so selten Besuch.

„Warum lässt du dir nicht den Hof von ihm machen?" neckte er sie.

„Großvater!"

Er schmunzelte und tätschelte ihr liebevoll den Kopf. „Wieso nicht? Du bist wütend auf ihn, weil er kein Mann ist, den du wie uns andere herumkommandieren kannst. Aber das bedeutet nicht, dass er nicht gut für dich wäre."

„Ich kann auf mich selbst aufpassen. Das weißt du genau." Sie warf ihm einen vorwurfsvollen Blick zu. „Und außerdem kommandiere ich niemand herum."

Er lachte und ging wieder in den Garten hinaus.

Daniela nahm den Becher Kaffee mit in ihr Schlafzimmer hinauf und zog sich das beste Kleid an, das sie besaß. Es war ein schlichtes Baumwollkleid mit einem hübschen Blumenmuster. Die kurzen Ärmel bedeckten allerdings ihren verletzten Arm nicht, weshalb sie widerstrebend ein kurzes Jäckchen überstreifte, dessen Stoff bereits ausgeblichen war. Nachdem ihr Maria geholfen hatte, das Haar zu einem Zopf zu flechten und um den Kopf zu legen, war sie bereit, in die Stadt aufzubrechen.

Sie verbrachte noch eine Weile damit, die Dinge, die sie für die nächtliche Rettungsaktion brauchte, in einen Sack zu verstauen. Dann hörte sie jemand vorfahren. Rasch sah Daniela noch einmal nach, ob sie alles hatte: ihre schwarze Reithose und das dazu gehörige Hemd, drei Tonminenbomben, die sie in der

Nacht zuvor angefertigt hatte, ein Flintstein, um sie anzuzünden, ein langes Hanfseil, ihren Degen, eingewickelt in alte Lumpen, ihre Reitstiefel und schließlich die schwarze Maske.

Sie setzte eine Haube auf, band die Bänder unter dem Kinn zusammen und streifte sich die Handschuhe über. Dann ging sie mit dem Sack über der Schulter nach unten.

Dort begrüßte sie die alte Bäuerin Signora Gabbiano. Maria begleitete sie nach draußen, wo die zwei Frauen besorgt miteinander sprachen, während Daniela den Sack in dem Einspänner verstaute. Sie legte noch ihren Sattel daneben und band ihren braunen Wallach hinten an das Gefährt.

Nach diesen Anstrengungen pochte die Wunde an ihrem Arm heftig. Als sie neben der gedrungenen Gestalt der schwarz verschleierten Witwe auf dem Kutschbock Platz nahm, war ihr schwindlig.

„Mateos Freund Paolo wird sein Fischerboot bereithalten, um die Jungen und mich noch heute Nacht zum Festland zu bringen", sagte Signora Gabbiano, sobald sie losfuhren.

Daniela nickte, wobei sie der Gedanke, sich von ihren Freunden trennen zu müssen, bedrückte. „Ich habe den Zündstoff dabei. Wenn mir die Wärter gestatten, die Jungen gemeinsam mit Ihnen zu besuchen, kann ich die Sprengsätze hineinschmuggeln. Dann werden sie bald wieder frei sein."

„Ich hoffe, dass Sie Recht haben, Signorina", murmelte die Witwe und trieb das graue Zugpferd an. Daniela schwieg, denn sie wusste, dass Signora Gabbiano ihr die Schuld für die Gefangennahme ihrer Söhne gab – selbst wenn sie das niemals offen sagen würde.

Als sie auf der Landstraße in Richtung Norden fuhren, kam ihnen auf einmal ein Reiter entgegen.

Daniela sank der Mut, als sie den beleibten Conte Bulbati

erkannte. Sein bedauernswertes Pferd hatte schwer an seinem gewaltigen Körpergewicht zu tragen. Bulbati sah aufgeputzt und lächerlich wie immer aus.

„Sollen wir anhalten?“ fragte Signora Gabbiano.

„Fahren Sie weiter. Vielleicht hat er sowieso keine Zeit.“

„Wahrscheinlich ist er auf dem Weg zu Ihnen“, bemerkte die Witwe.

„Signorina Daniela, welch freudige Überraschung!“ rief der Conte salbungsvoll und brachte sein Pferd zum Stehen, so dass auch Signora Gabbiano den Einspänner anhalten musste.

„Guten Morgen“, erwiderte Sie. „Wie Sie sehen, befinden wir uns in Eile …“

„Dann werde ich Ihnen folgen, denn ich war um Ihre Sicherheit besorgt.“ Bulbati wendete sein Pferd, um neben ihnen herreiten zu können. Er tupfte sich sein schweißnasses Gesicht mit einem Taschentuch ab und fuhr sich mit der Zunge über die wulstigen Lippen, die Daniela ebenso wenig wie seine kleinen braunen Augen leiden konnte.

„Um meine Sicherheit?“ fragte sie so gelassen wie möglich.

„Signorina Daniela, ich habe gehört, dass letzte Nacht Soldaten Ihr Anwesen nach diesen schrecklichen Straßenräubern, die seit sechs Monaten die Gegend unsicher machen, durchsucht haben.“ Er hielt inne und warf einen angewiderten Blick auf Signora Gabbiano. „Da ist ja auch die Mutter dieses Wolfsrudels. Die Raubüberfälle Ihrer Söhne haben die ganze Umgebung beschämt, gute Frau.“

Und wen raubst du ständig aus, du korrupter Hund, hätte Daniela am liebsten erwidert. Doch sie hielt sich zurück, da sie wusste, dass er ihr sonst das Leben zur Hölle machen würde. „Ganz im Gegenteil, Conte“, sagte sie stattdessen. „Diese jungen Männer haben unserem Land Ehre gebracht. Jedermann weiß, dass sie nur von den Reichen nehmen, um ihre Beute mit den Armen zu teilen.“

„Wenn Sie zu den Reichen gehören würden, Signorina, würden Sie diese Leute bestimmt anders beurteilen. Ich habe gehört, dass der Anführer noch immer auf freiem Fuß ist. Wer wohl dieser maskierte Reiter sein mag?“ sagte Bulbati und warf Daniela einen scharfen Blick zu.

Sie schauderte. Bereits früher hatte es Momente gegeben, in denen sie geglaubt hatte, dass der Conte ihr Spiel durchschaut hatte und sie nur so weit bringen wollte, dass sie ihm ganz und gar ausgeliefert war.

„Es ist sehr freundlich von Ihnen“, sagte sie kühl, „sich um meine Sicherheit Sorgen zu machen, aber es geht mir gut.“

Er wechselte das Thema. „Ich habe gehört, Prinz Rafael sei bei Ihnen gewesen.“

Gleichgültig blickte sie den Conte an. „Das stimmt. Seine Königliche Hoheit führte die Soldaten an.“

Bulbati beugte sich zu ihr, so dass sein Sattel unter seinem Gewicht ächzte. „Hat Sie dieser Draufgänger belästigt, Signorina?“

Daniela blickte starr auf die Straße. „Natürlich nicht. Darf ich Sie außerdem daran erinnern, dass Sie vom künftigen König von Amantea sprechen?“

Der Conte schien mit ihrer Antwort zufrieden zu sein. Mit einem leutseligen Lächeln setzte er sich wieder gerade hin. „Ich habe übrigens Nachrichten aus der Stadt, die Sie überraschen mögen.“

„Wirklich?“

„Oh ja, ein kleiner Leckerbissen. Heute Morgen hat sich Seine Majestät ohne vorherige Ankündigung gemeinsam mit seiner Gemahlin und dem kleinen Prinzen Leo auf eine längere Reise begeben. Nun ist der Draufgänger während der Abwesenheit des Königs Prinzregent."

Verblüfft sah Daniela ihn an. Sie hatte das Gefühl, einen Hieb in die Magengrube erhalten zu haben. „Wissen Sie das bestimmt?"

Bulbati genoss sichtlich ihre Überraschung. „Die ganze Insel spricht von nichts anderem."

Daniela tauschte einen besorgten Blick mit Signora Gabbiano aus. Die Machtübernahme von Prinz Rafael konnte für die verhafteten Brüder nichts Gutes bedeuten.

Dann bemerkte sie den gierigen Glanz in Bulbatis Augen. Wahrscheinlich rechnete er sich schon jetzt aus, wie viel Geld er beiseite schaffen konnte, wenn der königliche Narr auf dem Thron saß.

Ohne König Lazar am Ruder würde ganz Amantea auf ein Chaos zusteuern.

„Wohin, sagten Sie, fahren Sie", erkundigte sich Bulbati nach einer Weile.

„Ich habe nichts gesagt", gab sie scharf zurück. Dieser Mann brauchte nicht alles zu wissen. Inzwischen befanden sie sich ganz in der Nähe der Tore zum Gutshof des Conte.

„Oh, ich wollte nicht neugierig erscheinen", antwortete er beleidigt. „Ich wollte mich nur als guter Nachbar erweisen – das ist alles."

„Ich fahre in die Stadt", sagte Daniela widerstrebend.

„Aber wozu?" hakte Bulbati nach. „Sie hassen doch die Stadt."

Böse funkelte sie ihn an. „Zu einem wohltätigen Zweck. Ich will die Armen besuchen. Möchten Sie mich begleiten?"

Er riss seine kleinen Augen auf und holte seine Taschenuhr hervor. „So spät ist es schon? Es ist beinahe Zeit zum Mittagessen. Vielleicht das nächste Mal, meine Gute. Möchten Sie nicht bei mir etwas zu sich nehmen?“

„Danke, aber wir sind in Eile.“

Sie verabschiedeten sich, und kopfschüttelnd ließ Signora Gabbiano die Zügel schnalzen, um endlich voranzukommen.

Schon bald brannte die Mittagssonne erbarmungslos auf sie herab. Die Witwe rief den Fußgängern Warnungen zu, während sie den Wagen durch die geschäftigen Straßen Belforts lenkte. Daniela saß so aufrecht wie möglich da, weil sie sich noch kurz zuvor die drei Tonminen an die Schenkel und das Seil um die Taille geschnürt hatte.

Nur auf diese Weise konnte sie diese Dinge ins Gefängnis schmuggeln. Die faustgroßen Tonbälle enthielten genug Schießpulver, um ein drei Fuß großes Loch in die Zellenwand der Brüder zu reißen.

Gerade als sie die Piazza erreichten, begannen die Glocken des Doms zur Mittagsmesse zu rufen. Über das Geläute hinweg hörte Daniela jedoch noch ein anderes, ein hämmerndes Geräusch. Sie schaute zur Mitte des Platzes und sah, dass dort Männer einen Galgen errichteten. Trotz der Hitze lief ihr ein kalter Schauer den Rücken hinab.

Eine große Menschenansammlung befand sich auf der Piazza. Alle redeten von der Gefangennahme der Straßenräuber und von Rafael als Prinzregenten. Es herrschte eine angespannte Stimmung. Alte Männer standen in Gruppen zusammen, während Frauen mit Kindern an der Hand zur Kirche eilten. An einer Ecke hatte sich eine lange Schlange von Leuten gebildet, die sich für ihre tägliche Wasserration anstellten und die von aufmerksamen Soldaten bewacht wurden.

Verkäufer hielten Obst und Gemüse feil, eine alte Frau bot den Vorübergehenden Blumen an, die sie in einem Korb auf dem

Rücken ihres Esels hatte. Es herrschte ein stetes Kommen und Gehen, während die ganze Zeit über der Galgen für Danielas Freunde errichtet wurde.

Signora Gabbiano warf ihr einen finsteren Blick zu und lenkte das Gefährt zu dem Pferdestall, den ihr Schwager betrieb. Dort ließen sie die Kutsche und den Wallach zurück. Daniela versteckte rasch noch den Sack mit den Utensilien für ihren Überfall unter einem Heuhaufen. Untergehakt machten sie sich zum Gefängnis auf. Unterwegs hörten sie das Gerede der Leute, von denen sich manche sicher waren, dass der maskierte Reiter seine Helfer befreien würde. Andere wollten auf der Piazza auf den berüchtigten Gesetzesbrecher warten, falls er tatsächlich dort auftauchen sollte.

Als die beiden Frauen eine Straße überquerten, wurden sie beinahe von einem schwankenden Wagen angefahren. Daniela sprang zurück und zog Signora Gabbiano mit sich. Als das Gefährt an ihnen vorbeirumpelte, sahen sie, dass es eine große Ansammlung seltsamer Masken und Kostüme geladen hatte. Da es in Richtung des kronprinzlichen Lustschlosses fuhr, vermutete Daniela, dass die Verkleidungen für den heutigen Geburtstagsball bestimmt waren. Es würde wahrscheinlich das ausgelassenste Fest werden, das die Insel je erlebt hatte, wenn man bedachte, dass Rafael nun plötzlich die Macht eines Herrschers besaß.

Endlich trafen sie am Gefängnis von Belfort ein. Die Soldaten, die es bewachten, geleiteten sie in das Gebäude, wo sie in einem düsteren Vorzimmer mit einem Wärter verhandelten.

Signora Gabbiano sprach, während Daniela mit gesenktem Kopf neben ihr stand. Sie achtete darauf, so bescheiden wie möglich zu wirken, wobei ihr Herz beim Gedanken an den Zündstoff an ihrem Körper heftig pochte. Sie konnte kaum fassen, dass sie sich in einem Gefängnis befand, während Soldaten das Land nach dem maskierten Reiter durchkämmten.

Endlich war der Wärter einverstanden, dass sie die Brüder sehen konnten. Ungeduldig verscheuchte er eine Fliege, die um ihn herumschwirrte, und führte dann die beiden Frauen einen dunklen, feuchten Gang entlang. Am Ende öffnete er eine Tür, in der sich eine kleine Luke befand. „Eine Viertelstunde", knurrte er und warf die Tür hinter ihnen zu.

Daniela hielt sich im Hintergrund, während Signora Gabbiano ihre Söhne weinend in die Arme nahm. Die Augengläser des armen Alvi waren zerbrochen, und auch der große, sanfte Rocco wirkte sehr mitgenommen. Mateo schien so erzürnt, dass er kaum sprechen konnte. Überhaupt zeigten sich die Brüder seltsam still.

„Und wo ist Gianni?" fragte Signora Gabbiano plötzlich. „Wo ist mein *bambino*? Ich will ihn sehen."

Die älteren Söhne blickten betreten auf den Boden.

„Was geht hier vor? Wo ist Gianni?" rief die Witwe verängstigt. „Was haben sie mit meinem Kleinen gemacht?"

Zögernd brach Mateo das Schweigen der Brüder. „Gestern Nacht kam ein Mann, der ihn mitgenommen hat."

„Wer war das?" fragte Daniela.

„Ich weiß es nicht. Ich habe ihn noch nie zuvor gesehen. Er war jung, und der Wärter nannte ihn Conte. Er sagte, er sei auf Anordnung des Kronprinzen hier. Ich glaube, er muss ein Freund von Rafael gewesen sein."

„Wurde Gianni freigelassen?" fragte Daniela aufgeregt.

Mateo schaute sie finster an. „Nein. Der Mann gab uns zu verstehen, dass wir Gianni nur wieder sehen, wenn wir die wahre Identität des maskierten Reiters verraten."

Bei diesen Worten zerbrach etwas in ihr. Die Zelle wirkte auf einmal unerträglich klein. Erstarrt stand sie da, während Signora Gabbiano hysterisch um ihr Kind zu schluchzen begann.

Daniela bemerkte es kaum, so entsetzt war sie. Das hatte sie wahrhaftig nicht vorausgesehen.

Als sie Prinz Rafael gebeten hatte, dem Kind zu helfen, wäre es ihr nie in den Sinn gekommen, dass er es dazu benutzen würde, um die Identität des maskierten Reiters zu erfahren. Er war listiger, als sie angenommen hatte – und skrupelloser.

Signora Gabbiano schob den großen Rocco beiseite, der sie zu trösten versuchte.

Jetzt wandte Daniela sich an Mateo. „Wohin haben sie ihn gebracht?"

„Ich bin mir nicht sicher", erwiderte ihr Freund ernst. „Ich glaube, dorthin." Er wies zum Fenster.

Ihr Blick folgte seinem Finger. Benommen ging sie zum Zellenfenster und schaute hinaus.

Sie konnte den Galgen auf der Piazza und die schwer bewaffneten Soldaten sehen, die die Menge in Schach hielten. Dahinter zeigten sich die Türmchen von Rafaels Lustschlösschen.

Während sie mit halbem Ohr Signora Gabbianos Schluchzen hörte, schwor sie innerlich Rache.

Rafael di Fiore, dachte sie. Das bedeutet Krieg.

Sie bat die jungen Männer wegzusehen und hob rasch den Saum ihres Unterrocks, um die Sprengsätze und den Feuerstein hervorzuholen. Daraufhin nahm sie Mateo beiseite.

„Benutze sie um Mitternacht", befahl sie ihm mit einem eindringlichen Flüstern. „Stelle sie auf den Fenstersims, und sobald du das Zwölf-Uhr-Schlagen hörst, zünde die Lunten an. Zuvor legt ihr diesen Tisch auf die Seite, um euch dahinter vor der Explosion zu schützen. Mit diesem Seil könnt ihr euch herablassen und fliehen, während ich unten vor dem Gefängnis die Wachen ablenke. Eure Mutter wartet dann bereits mit dem Wagen auf euch. Ihr fahrt zur Küste, wo Paolo sein Fischerboot bereithält, um euch zum Festland zu bringen. Ich habe eurer Mutter genug Gold gegeben, damit ihr zu euren Verwandten nach Neapel gelangt."

„Was ist mit meinem kleinen Bruder?" fragte Mateo, während er hastig die Sachen unter einem Strohhaufen auf dem Boden versteckte. „Wir können nicht ohne ihn fort."

„Ich werde Gianni herausholen", erwiderte Daniela entschlossen und schaute auf das Lustschlösschen in der Ferne.

„Nein, das wirst du nicht", sagte Mateo zornig. „Du solltest nicht einmal hier sein, Daniela. Schließlich sind sie hinter dir her."

„Ich werde es tun." Sie wandte sich nicht zu ihm um, da er ihre Angst nicht sehen sollte. „Ich habe euch in die ganze Sache hineingezogen und werde euch auch wieder herausbringen."

Obgleich er wie so oft versuchte, ihr gut zuzureden, hörte Daniela nicht auf ihn. Ihre Gedanken waren bereits bei ihrem Feind.

Am Abend zuvor war sie in ihrem Element gewesen, als sie so unerwartet auf Prinz Rafael gestoßen war.

Heute Abend musste sie seine Welt des Glanzes und der Lasterhaftigkeit betreten.

Sie wollte den Ball besuchen.

Das Nachmittagslicht fiel auf den Marmorboden in der kleinen Seitenhalle, wo Orlando sich versteckt hielt. Er presste den Rücken an die Wand, und seine Miene war kalt, während er aufmerksam der Unterhaltung im angrenzenden Raum lauschte.

„Wie ich Ihnen bereits gesagt habe, Hoheit", erklärte der Leibarzt des Königs, „habe ich Seine Majestät zu diesen fünf verschiedenen Zeitpunkten auf Gift hin untersucht. Obgleich die Symptome ähnlich sind, vermochte ich nichts Derartiges zu entdecken."

„Und woher soll ich wissen, dass ich Ihnen trauen kann? Vielleicht hat mein Vater einen unbekannten Feind, dem Sie zuarbeiten", wandte der Kronprinz mit scharfer Stimme ein.

„Vermuten Sie eine Verschwörung, Hoheit?" fragte der alte Arzt verwirrt. „Beschuldigen Sie mich?"

Orlando wartete gespannt auf die Antwort, aber Rafael schwieg eine Weile.

Dann sagte er: „Das wird sich zeigen. Ich werde Ihre Aufzeichnungen anderen Medizinern geben, um sie überprüfen zu lassen."

„Wie Sie wollen, Königliche Hoheit. Ich habe alles getan, was in meiner Macht steht. Wenn ich etwas anderes wüsste, um ihm zu helfen ..."

„Hat sich noch jemand anders mit dem Fall beschäftigt?"

„Nur Doktor Bianco."

„Wo kann ich ihn finden?"

„Er ist vor drei Monaten verstorben, Hoheit."

Orlando wartete beunruhigt, was nun folgen würde.

„Wie?" wollte Rafael wissen.

„Im Schlaf, Hoheit. Er hat seit vielen Jahren an einem schwachen Herzen gelitten."

„Wo befinden sich seine Unterlagen über den Gesundheitszustand meines Vaters? Ich möchte sie ebenfalls weiterreichen."

„Selbstverständlich, Königliche Hoheit. Ich werde sie für Sie suchen lassen. Sie können auf mich zählen ..."

Orlando huschte davon, während der alte Mann weitere Beteuerungen ausstieß.

Verdammt noch mal!

Nach Jahren umsichtigen Planens und dem Geschmack steter Bitterkeit in seinem Mund hatte Orlando diese Verwicklung nicht vorausgesehen. So hatte es nicht geschehen sollen. Innerhalb weniger Stunden war sein ganzer Plan zunichte gemacht worden.

Er musste Cristoforo finden, bevor Rafael es tat. Das war das Einzige, was er im Moment tun konnte. Es blieb ihm kaum Zeit, die belastenden Beweise verschwinden zu lassen.

Zum Glück hatte er die Aufzeichnungen Doktor Biancos an sich genommen, nachdem er den aufdringlichen alten Mann aus dem Weg geschafft hatte. Aber Rafael befand sich auf dem richtigen Weg. Schon bald würde er wahrscheinlich eine Untersuchung anordnen, und Orlando musste ihm zumindest immer einen Schritt voraus sein.

Er nickte zwei Damen, die ihm im Korridor des Palazzo entgegenkamen, freundlich zu und bat dann einen Diener, sein Pferd satteln zu lassen. Während er auf das Tier wartete, zündete er sich eine Zigarre an und dachte missmutig nach.

Seine Lage hätte natürlich noch schlimmer sein können. Der König war zwar noch nicht tot, aber zumindest befand er sich zusammen mit dem kleinen Quälgeist Leo in weiter Ferne. Also war nur noch Rafael übrig, der Orlando eigentlich keine Sorgen bereitete. Noch war nicht alles verloren. Außerdem war er ausgesprochen zäh. Wie sonst hätte er die Albträume, aus denen sein Leben bestanden hatte, überstehen können?

Als man seinen Araberhengst aus den königlichen Ställen herbeiführte, drückte er seine Zigarre aus und stieg auf. Er warf dem Pferdeknecht eine Münze zu und ritt dann durch den vornehmen Teil der Stadt zu einem heruntergekommenen Viertel.

Nachdem er sich vergewissert hatte, dass niemand ihm gefolgt war, stieg er vor einer schmutzigen Taverne, über der sich ein Bordell befand, ab. Er warf dem Jungen, der vor dem Haus stand, einen drohenden Blick zu, bevor er ihm seinen Hengst überließ, und schritt dann langsam hinein. Dabei hielt er die Hand an sein Messer, so dass er es jederzeit zücken konnte.

Der Raum war schummerig und stank nach Schweiß und Rauch. Er ging zur Theke und nickte dem Schankwirt zu.

„Arbeitet Carmen heute?"

Der Mann warf einen abschätzenden Blick auf die teure Kleidung, die Orlando trug. Dann wies er auf eine schmale Holztreppe. „Zimmer sechs, mein Herr."

„Danke." Orlando legte eine Münze auf die Theke und begab sich dann zur Treppe, wobei er zu den Männern sah, die am Nachmittag schweigend vor ihren Bieren hockten. Als er vor Zimmer sechs stand, lauschte er einen Augenblick an der Tür und rollte ungeduldig die Augen. Er hörte deutlich, was drinnen getrieben wurde.

Er klopfte einmal kurz an die Tür. „Cristoforo", sagte er mit leiser, aber scharfer Stimme. Die Geräusche im Zimmer verstummten. Dann vernahm er besorgtes Flüstern. Er packte den Türknauf und rüttelte daran. „Los, zieht euch an."

Wieder folgte gehetztes Geflüster.

„Ich muss gehen. Er mag es nicht, wenn er warten muss."

„Aber Cristoforo!"

„Ich muss tun, was er sagt, Carmen!"

„Warum?"

„Glaubst du, ich kann dich mit dem Geld bezahlen, das ich verdiene?"

„Lass ihn gehen, Carmen. Oder ich schneide dir deinen hübschen Hals durch", sagte Orlando vor der Tür. Zweifelsohne war die schwarzhaarige junge Schönheit jeden Pfennig wert, den sie kostete.

„Ich komme, Signor“, sagte der junge Koch mit einem besorgten Ton in der Stimme. „Es ist schon in Ordnung, ich komme sofort!“

Orlando seufzte ungeduldig und ging den düsteren Gang auf und ab. Die Geräusche quietschender Betten waren in allen Zimmern zu hören. Ein paar Minuten später kam Cristoforo aus dem Zimmer sechs.

Orlando erhaschte einen Blick auf die hübsche Carmen, deren nackte Gestalt sich einen kurzen Moment hinter Cristoforo zeigte. Sie war vielleicht siebzehn Jahre alt, hatte einen geschmeidigen Körper und rot geschminkte Lippen. Orlando warf ihr einen viel versprechenden Blick zu. Finster schaute sie ihn an und warf die Tür zu.

Grinsend wandte sich Orlando an Cristoforo, einen großen Burschen mit zerzaustem rotem Haar. Seine Wangen waren vor Scham gerötet, weil ihn Orlando in einer solchen Situation angetroffen hatte.

„Es tut mir Leid, dein Geplänkel abbrechen zu müssen. Heute ist wohl dein freier Tag?“ erkundigte sich Orlando.

„Ja, Signor“, murmelte der junge Koch.

„Dann weißt du wohl noch nicht, was heute Morgen geschehen ist.“

„Nein, Signor.“

Orlando starrte ihn einen Augenblick an und hätte ihm am liebsten einen Stoß in den Magen versetzt. Stattdessen nahm er ihn am Arm und führte ihn zur Treppe.

„Seine Majestät befindet sich auf einer Vergnügungsfahrt nach Spanien. Ich möchte dich darauf hinweisen, dass *du* nicht zur Mannschaft auf dem Schiff zählst. Das bekümmert mich, Cristoforo.“

Der Bursche riss die braunen Augen auf. „Ich habe nichts davon gewusst, Signor! Oh Gott! Gab es denn eine Ankündigung? Wie sollen wir nun …"

„Sei still", fuhr Orlando ihn an.

Cristoforo wurde bleich. Er wusste, wie gefährlich es war, seinem Auftraggeber nicht gehorsam zu sein.

„Nein, Seine Majestät ließ nichts davon verlauten. Zum Glück ist mir eine andere Möglichkeit eingefallen."

„Gott sei Dank!" rief Cristoforo erleichtert. „Es ist nicht meine Schuld, Signor. Wie kann ich Ihnen helfen? Ich werde alles tun, wenn Sie nur nicht …"

„Geh die Treppe hinunter, bevor ich dich stoße", unterbrach Orlando ihn.

Der Bursche schluckte und gehorchte. Unten drehte er sich zu Orlando um und blickte ihn flehend an. „Signor, Sie werden doch Carmen nichts tun, oder?"

Orlando lächelte. „Das hängt ganz von dir ab, Cristoforo. Bist du bereit, mir zu helfen? Kannst du weitere Fehler vermeiden?"

„Ja, Signor", erwiderte er leise.

„Gut. Dann wollen wir jetzt genau besprechen, was du dem Premierminister sagen musst, um ihn davon zu überzeugen, dass Prinz Rafael dich dazu angehalten hat, den König zu vergiften."

5. KAPITEL

Flackernde Fackeln waren entlang der Zufahrt aufgesteckt. Zwei zierliche Schimmel zogen die Kalesche, die sich am Ende einer Schlange von Kutschen einreihte. Schließlich hielt sie am Marmoreingang zu Rafaels Lustschlösschen an. Daniela glaubte kaum, ihren Augen zu trauen, als sie die Pfauen beobachtete, die über den Rasen des Parks stolzierten. Dann schaute sie auf und betrachtete die gestreiften, maurisch wirkenden Türme und die Bronzekuppel, die sich golden gegen den indigofarbenen Nachthimmel abhob.

Daniela hörte bereits die fröhliche Musik des Orchesters und spürte die Aufregung, die in der Luft lag.

Auf dem Rasen befanden sich Jongleure und Narren, die kleine Glöckchen an ihren Kappen trugen. Es war eine sternenklare Nacht, und die milde Seeluft kühlte Danielas Gesicht.

Aufgeregt versuchte sie, alles in sich aufzunehmen. Es war so spannend, dass es ihr schwer fiel, an die Ernsthaftigkeit ihres Besuchs zu denken.

Nachdem sie gemeinsam mit Signora Gabbiano das Gefängnis verlassen hatte, war sie nach Hause geritten, um eine passende Transportmöglichkeit für den Ball ausfindig zu machen. Schließlich hatte sie Conte Bulbatis Kalesche und die dazu passenden Pferde ausgeliehen. Ausgeliehen war vielleicht nicht das richtige Wort. Ihr Nachbar fuhr des Abends niemals weg, und deshalb hoffte sie, dass er gar nicht bemerken würde, dass sein Gefährt nicht an seinem Platz stand. Danach war sie nach Hause gefahren, um das einzige Kleid anzuziehen, das sie für einen Ball besaß.

Ihr zierliches Oberteil war aus hellblauer Seide. Von der Taille fiel ein Überrock herab, der vorn geöffnet war und einen weißen

Unterrock zeigte, auf dem sich unter dem Knie rosa Blumen befanden. Sie war sich sicher, dass ihr Gewand schon lange außer Mode war. Doch zumindest bedeckten die langen, eng anliegenden Ärmel ihren verletzten Arm, und der Rock war auch lang genug, um ihr Räuberkostüm, das sie darunter trug, zu verbergen.

Sobald sie Gianni befreit hatte, wollte sie rasch ihr Kleid ausziehen, um dann auf den Hauptplatz der Stadt zu reiten. Dort musste sie ein genügend großes Durcheinander anrichten, damit Mateo und seine Brüder unbemerkt entfliehen konnten.

Daniela bemerkte, dass ein paar der Gäste kostümiert waren. Zum Glück hatte sie ebenfalls eine blaue Halbmaske mitgebracht, die zu ihrem Kleid passte. Es war ihr wichtig, nicht aufzufallen, und vor allem nicht von Prinz Rafael gesehen zu werden.

Es gab allerdings so viele Gäste – darunter viele strahlend schöne Damen –, dass sie hoffte, unbemerkt durch den Palast streifen zu können. Endlich war die Kalesche vor dem Eingang angekommen, und sie konnte aussteigen. Als sie ihren Namen nannte, zog der alte Diener, der neben der Treppe stand, die Augenbrauen hoch, wies sie dann jedoch höflich an weiterzugehen.

Sie schritt an einer ganzen Reihe von Bediensteten vorbei, die den Herren ihre Hüte abnahmen oder die Damen zur Garderobe wiesen. Aber Daniela schaffte es, schweigend an ihnen vorbeizukommen.

Ihr pochte das Herz, und sie hielt den Atem an, als sie nun den Ballsaal betrat.

Sie hatte das Gefühl zu schweben. Die Musik und die wunderbaren Düfte von Essen und Parfüm verwirrten ihr die Sinne, und sie blickte sich mit großen Augen um.

Alles war wunderschön. Sie glaubte, in einem Traumschloss zu sein.

Die Kronleuchter glitzerten hell, und der Boden war aus schwarzem und weißem Marmor, so dass er wie ein großes Schachbrett aussah. An den Wänden hingen rote Seidenstoffe. Von oben fiel buntes Konfetti auf die Gäste herab, und als Daniela hochsah, entdeckte sie zwei Mädchen, die auf Schaukeln hoch oben ihre Kunststücke aufführten.

Der Ballsaal lag direkt unter der berühmten Bronzekuppel, die sie bisher nur aus weiter Ferne bewundert hatte. Vom Boden bis zum höchsten Punkt mussten es etwa hundert Fuß sein. Fasziniert sah sie zu den Fresken hoch, wo sie eine arkadische Orgie erkennen konnte. Nackte Nymphen vergnügten sich mit wilden Satyrn und liebestollen Göttern.

Im unteren Teil der Kuppel befand sich eine Galerie, von wo aus man unbemerkt die Menge beobachten konnte. Dort entdeckte sie eine einsame Gestalt, die regungslos dastand.

Sie spürte, wer es war, auch wenn sie ihn nicht genau sehen konnte.

Ein Schauer lief ihr über den Rücken, während sie die Gier und Boshaftigkeit unter all der glitzernden Oberfläche um sich herum wahrnahm. Der Anblick der dunklen Gestalt des Prinzen auf der Empore über der Menge verwirrte sie, erinnerte sie aber auch an den eigentlichen Zweck ihres Besuches.

Wo konnte Gianni sein?

Die dahinströmenden Menschen drückten Daniela in eine Schlange von Wartenden. Sie lauschte dem Gemurmel um sich herum.

„Ist Chloe Sinclair nicht göttlich?“

„Schau dir nur das Kleid an. Es muss ein Vermögen gekostet haben.“

„Ich habe gehört, dass sie sich in Venedig kennen gelernt haben, als er sich auf der Grand Tour befand.“

Die Frau, die am Ende der wartenden Schlange sozusagen Hof hielt, war ein strahlendes Wesen und schien die rosa Perle im Kern von Rafaels Zauberpalast darzustellen. Daniela bewunderte die Schönheit von Chloe Sinclair, noch ehe ihr ganz klar war, dass diese Frau die Geliebte des Prinzen sein musste und sie wegen ihrer Herkunft aus dem Geschlecht der Chiaramonte im nächsten Augenblick dieser Person vorgestellt werden sollte. Einer Person, die aus der Londoner Gosse hierher angeschwemmt worden war!

Daniela schaute sich angewidert um und überlegte kurz, aus der Schlange herauszutreten. Doch die Neugier war stärker. Noch niemals zuvor hatte sie eine echte Lebedame gesehen.

Chloe Sinclair war wohl zwischen fünfundzwanzig und dreißig Jahre alt. Sie hatte ein feines, makelloses Gesicht, und ihr Haar hatte einen zartgoldenen Schimmer. Ihre Augen waren himmelblau und über dem rechten Mundwinkel saß ein vollkommener Schönheitsfleck. Ihre milchig weiße Haut wurde durch ihr weißes Seidenkleid noch betont. Der runde, atemberaubend tiefe Ausschnitt zeigte zweifelsohne das, was Rafael, den Draufgänger, besonders an ihr interessiert haben mochte. Am liebsten hätte Daniela den Schal von den Schultern ihrer Nachbarin gerissen und damit Chloe Sinclairs üppigen Busen bedeckt.

Als sie sich umsah, wurde ihr deutlich, dass viele der Gäste Miss Sinclairs Schönheit bewunderten. Einige jedoch sahen ebenso entsetzt wie Daniela aus. Was dachte sich Seine Hoheit dabei, eine Schauspielerin zu seiner Gastgeberin zu ernennen? Gott allein wusste, wie viele andere Mitglieder der besten Familien er damit beleidigt hatte.

Als Daniela an der Reihe war, begrüßte Chloe Sinclair sie mit ihrem ausgeprägten englischen Akzent. Danielas Meinung über Rafael sank noch tiefer, als sie den gezierten Ausdruck auf ihrem Gesicht bemerkte. Schamlos schien sie ihre Position als die Gastgeberin des heutigen Balls zu genießen. Daniela nickte der Schauspielerin nur kurz zu und ging dann voller Verachtung weiter. Miss Sinclair nahm die Abneigung offenbar wahr und schien sogleich beleidigt zu sein.

Contessa Chiaramonte wollte nun nicht noch mehr Zeit damit verbringen, sich mit den Privatangelegenheiten des Prinzen zu beschäftigen. Irgendwo in einem Zimmer in diesem Palast des Lasters wartete schließlich ein kleiner Junge darauf, von ihr gerettet zu werden.

Unsicher bahnte sie sich einen Weg durch die Menge, bis sie an den Rand des Ballsaals gelangte. Sie umrundete Gruppen von plaudernden Gästen, wobei die Frauen elegante Kleider in jeder nur erdenklichen Farbe trugen und die Männer meist schwarz angezogen waren.

Sie wich Lakaien aus, die große Tabletts mit Weingläsern und köstlich aussehenden Antipasti brachten – Stückchen geräucherten Schwertfischs, Schnecken, Kaviar, Käse und andere Leckerbissen. Zudem gab es kandierte Feigen, Aprikosen und in Wein eingelegte Pfirsiche.

Ein Lakai bot ihr ein Gläschen süßen Brombeerlikör an, doch sie wagte es nicht, auch nur einen Schluck zu trinken. Auch die Delikatessen sahen verführerisch aus, aber Daniela wollte nicht noch mehr Zeit verlieren.

Sie ging an einem der jungen Männer aus Rafaels Gefolge vorbei, der eine Frau gegen eine Säule gedrängt hatte und gerade dabei war, sie mit einer Auster zu verköstigen. Die Frau hatte den Kopf zurückgelegt und schlürfte sie mit geschlossenen Augen.

Ein Anflug von Sinnlichkeit überkam Daniela beim Anblick der beiden. Rasch senkte sie den Blick und eilte weiter. Beim Vorübergehen hörte sie allerdings noch, wie der Mann seiner Angebeteten zuflüsterte, dass Austern als Aphrodisiakum wirkten.

Errötend warf Daniela heimliche Blicke auf die anderen Herren aus Rafaels Gesellschaft. Sie hielten sich in der Nähe auf und begutachteten die Menge wie Raubvögel, die auf Beute lauerten. Dabei fiel ihr besonders Adriano di Tadzio auf, dessen schönes Aussehen so manche Dame auf dem Ball weit in den Schatten stellte.

Beim Gedanken an jene Nacht, in der sie ihn ausgeraubt hatte, zuckte sie innerlich zusammen. Aber warum hatte er auch so hochmütig sein müssen, so dass sie sich herausgefordert gefühlt hatte, ihn zu demütigen?

Sie erkannte auch den blonden, dünnen und freundlichen Vicomte Elan Berelli, der wahrscheinlich der Einzige der Freunde war, den man als anständig bezeichnen konnte. Seine große Nase, die leicht nach vorn gebeugte Haltung und sein vorgereckter Kopf ließen ihn wie einen freundlichen Bussard erscheinen. Man munkelte, dass er zum zukünftigen Premierminister herangezogen würde.

In diesem Moment vernahm Daniela ein tiefes Lachen, das nur wenige Fuß von ihr entfernt erklang.

Sie warf einen Blick über die Schulter und sah Rafael, der inmitten einer Traube von Leuten stand, die ihn alle bewundernd anschauten und förmlich an seinen Lippen hingen.

Auch Daniela sah ihn wie gebannt an. Verwirrende Gefühle stiegen in ihr hoch. Der junge Gott Apollo ist auf die Erde gestiegen, dachte sie, um ein Bad in der Menge zu nehmen.

Der begehrenswerteste Junggeselle des ganzen Landes.

Sie betrachtete sein Haar, das von der Sonne geküsst zu sein schien, seine bronzefarbene Haut, sein markantes Gesicht, aus dem ein starker Wille sprach, und seine sanften Augen. Er hatte dichte Brauen und einen sinnlichen Mund. An jedem anderen Mann hätte eine saphirblaue Jacke geckenhaft gewirkt. An Rafael jedoch unterstrich sie noch seine prachtvolle Figur.

Daniela holte tief Luft und schaute woanders hin, doch das wunderbare Bild hatte sich ihr eingeprägt.

Sie ärgerte sich über sich selbst, weil sie den Heißsporn bewunderte, musste jedoch widerstrebend zugeben, dass er wohl jedem der anwesenden Männer überlegen war. Sie spürte seine selbstverständliche Erhabenheit. Und sie war nicht gefeit dagegen.

Sie zwang sich dazu, weiterzugehen, um ihre Suche nach Gianni fortzusetzen.

Sie brauchte weder Freundschaft noch Mitleid noch sonstige großzügige Angebote – von Prinz Rafael nicht und von keinem anderen Mann. Sie konnte sich um sich selbst kümmern. Das hatte sie schon immer getan.

Endlich kam sie zu einem Salon, der an den Ballsaal grenzte. Von dort aus gelangte sie in einen schwach erleuchteten Gang, den sie entlangeilte. Am Ende des Korridors befand sich eine schimmernde Marmortreppe, die sie bis in die zweite Etage hinaufführte. Sie durchlief auf jedem Stockwerk die Gänge und rief, so laut sie es wagte, Giannis Namen, erhielt jedoch keine Antwort.

Besonders verwirrend fand sie die illusionistischen Bilder, die sich am Ende vieler Korridore befanden. Mehrmals lief sie gegen eine Wand, da die dreidimensional angelegten Gemälde ihr den Eindruck vermittelt hatten, dass es weiterging.

Zweifelsohne hätte Prinz Rafael über sie gelacht, da sie sich so eindeutig als Landmädchen erwies.

Als sie schließlich diesen Teil des Palastes durchsucht hatte, kehrte sie zur Treppe zurück und strebte einem anderen Flügel zu. Doch auch dort hatte sie kein Glück.

Allmählich begann sie zu verzweifeln. Vielleicht hatte Rafael den Jungen in ein anderes Gebäude bringen lassen. Dennoch wollte sie noch nicht aufgeben, sondern rief wiederholt seinen Namen.

Plötzlich vernahm sie in der Nähe in einem Korridor einen gedämpften Eulenschrei – Giannis Zeichen. Sie hielt die Luft an, lief an den Türen entlang und fand schon bald das Zimmer, in dem er eingesperrt war.

„Signorina Daniela, sind Sie es? Ich bin hier drin! Die Tür ist verschlossen."

„Gianni! Warte, ich hole dich gleich heraus!"

Rasch nahm sie eine Haarnadel aus ihrer Frisur und begann, damit im Schloss herumzustochern. Um besser sehen zu können, schob sie die blaue Halbmaske nach oben. Dennoch schien es eine Ewigkeit zu dauern, bis sie die Tür endlich öffnen konnte. Sie stürzte ins Zimmer.

„Gianni!" Sie eilte zu dem Jungen und packte ihn bei den Schultern. Besorgt musterte sie ihn. „Wie geht es dir? Haben sie dir wehgetan?"

Plötzlich hielt sie inne. Gianni trug einen hübschen Anzug mit knielanger Hose und einem eleganten Halstuch. Sein Haar war leicht geölt und seitlich gekämmt.

„Mein Gott, Gianni! Was haben sie denn mit dir gemacht?" rief Daniela aus. „Du bist ja ganz sauber!"

„Ja", erwiderte der Kleine wütend. „Die verrückte Hausdienerin hat mich gebadet und mir diese Kleider angezogen."

„Zieh die Schuhe aus", befahl sie sogleich. „Wir müssen hier heraus."

„Gut. Es wird mir schon langweilig." Der Knabe setzte sich auf den Boden und zog die Schuhe aus.

Daniela sah sich währenddessen im Zimmer um und wunderte sich darüber, dass Gianni besser aussah als beim letzten Zusammentreffen. „Keine schlechte Behausung."

„Die Hausdienerin hat mir gesagt, dass es das Zimmer von Prinz Leo ist, wenn er seinen großen Bruder besucht."

„Wirklich?"

„Ja, er ist auch zehn wie ich. Ich wünschte, ich wäre ein Prinz. Wie wollen wir fliehen, Signorina Daniela?"

Die Frage riss sie aus ihrer Verblüffung darüber, dass Rafael den Räuberjungen in dem Zimmer seines königlichen Bruders untergebracht hatte. „Damit." Sie nahm die Betttücher von dem Kinderbett, wickelte sie zusammen und machte ein paar Knoten mit je einem Fuß Abstand voneinander hinein. Dann ging sie zu den Doppelfenstern und öffnete sie. Als sie sah, dass die Tücher nicht ganz bis zum Balkon darunter reichten, riss sie noch die Damastvorhänge herab und knöpfte sie ebenfalls daran. Sie machte den Strick am Bettpfosten fest und warf ihn schließlich aus dem Fenster.

„Ihre Fluchtleiter, mein Herr", verkündete sie.

Gianni schaute begeistert aus dem Fenster und blickte dann aufgeregt zu Daniela hoch. „Darf ich da hinunterklettern?"

„Glaubst du, dass du es schaffst?"

„Natürlich! Ich bin schon auf viel höhere Bäume gestiegen."

Dessen war sich Daniela sicher. Dennoch beunruhigte sie der Blick aus dem zweiten Stock des Palastes. Sie hockte sich vor den Jungen, fasste ihn an den Schultern und sah ihn fest an. „Lass dir Zeit mit dem Hinunterklettern. Am Ende des Stricks befindet sich ein Balkon, von wo aus du über das Rosengitter nach unten gelangst. Bitte, Gianni, gib Acht!"

Er warf ihr einen ungeduldigen Blick zu. „Warum behandelt ihr mich alle wie ein Kleinkind?"

Sie achtete nicht auf seine Beschwerde. „Klammere dich mit den Füßen an die Knoten. Unten auf dem Boden rennst du dann zu den Hecken und biegst dort nach rechts. Welches ist deine rechte Hand?"

Er hob sie.

„Gut. Folge der Hecke, bis du zu einer hölzernen Gartenpforte gelangst. Deine Mutter wartet auf der anderen Seite auf dich. Sie hat den Wagen dabei, mit dem ihr dann weiterfahrt. Hast du alles verstanden?"

Er nickte.

Sie sah ihn besorgt an und drückte ihn dann an sich. „Bitte pass auf, Gianni."

Er grinste. „Ich habe keine Angst." So flink wie ein kleiner Affe kletterte er auf den Fenstersims und nahm den Strick fest in beide Hände. „Wissen Sie, Signorina Daniela, er ist gar nicht so schlimm."

„Wer?"

„Rafael."

„Rafael?" fragte sie ungläubig. „Du sprichst vom Kronprinzen. Rafael?"

„Er hat mir erlaubt, ihn so zu nennen."

„Wirklich?" meinte sie misstrauisch. „Du hast mit ihm gesprochen?"

„Natürlich. Er kam nach dem Mittagessen und brachte mir Süßigkeiten. Außerdem hat er mir einen guten Kartentrick gezeigt. Er hat mir alle möglichen Fragen gestellt."

„Über den maskierten Reiter?" erkundigte sich Daniela besorgt.

„Einige", erwiderte Gianni. „Ich habe ihm gesagt, dass ich nicht wüsste, wer der maskierte Reiter ist. Und dann hat er mich noch über Mateo und Sie ausgefragt." Der Junge lachte.

„Er glaubt, dass Mateo in Sie verliebt ist. Er wollte alles über Sie wissen, Signorina."

Sie runzelte die Stirn. „Nun mach schon. Wir haben nicht die ganze Nacht Zeit, und deine Mutter wird voller Sorgen auf dich warten. Um Mitternacht brechen deine Brüder aus dem Gefängnis aus, und dann müsst ihr alle fliehen."

Gianni umfasste den ersten Knoten. „Und was werden Sie tun?"

Nachdenklich schaute sie ihn an. Eigentlich wollte sie auf den Ball zurückkehren und ein für alle Mal ihre Steuerprobleme lösen. Ein Vermögen an Juwelen hing an den Armgelenken und um die Hälse der anwesenden Damen. Da die Soldaten das Gold, das sie von Prinz Rafael gestohlen hatten, ihnen wieder abgenommen hatten, gab es noch immer keine Möglichkeit, ihre Steuerschulden zu bezahlen. Hier war die beste Gelegenheit, die sich ihr bot.

Zwar war sie keine Taschendiebin, sondern eher auf Straßenraub spezialisiert, aber schon bald würden die meisten Gäste zu betrunken sein, um noch etwas zu bemerken. Wenn die Gabbianos heute Nacht nach Neapel fliehen würden, gab es sowieso keine weiteren Überfälle mehr; denn allein konnte Daniela keine Kutschen plündern.

„Ich wollte mich nur noch erkundigen, wohin der König gereist ist", log sie, da sie dem Jungen nicht offenbaren wollte, dass sie schon wieder zu stehlen beabsichtigte. „Es wird nicht lange dauern."

Gianni nickte.

„Nun geh schon. Ich werde so lange hier bleiben, bis du außer Sicht bist." Daniela hielt sich klopfenden Herzens am Fenstersims fest, während sie dem Jungen nachsah, wie er am Strick hinunterrutschte. Als er etwa die Hälfte des Weges hinter sich gebracht hatte, hielt er plötzlich inne. Sie sah, dass er auf den Rasen hinabsah und dann zu ihr hochschaute.

„Was ist los?"

„Ist das ein Pfau da unten?" rief er in einem lauten Flüsterton.

„Ja."

„Picken Pfauen wirklich in die Füße, wenn man keine Schuhe trägt?"

„Nein, Gianni. Wer hat denn so etwas behauptet?"

„Rafael!"

„Er hat gelogen. Nun mach schon. Du bist fast unten."

Einige Augenblicke später war der Junge auf dem Balkon angelangt, von wo aus er das Rosengitter hinab auf den Rasen kletterte. Daniela warf ihm seine neuen Schuhe hinunter, die er rasch aufhob. Daraufhin rannte er auf die Hecke zu, wie sie es ihm befohlen hatte. Beunruhigt beobachtete sie ihn.

Endlich entdeckte er eine Lücke in der Hecke, durch die er verschwand. Sie wartete noch eine Weile, um sicherzugehen, dass er nicht ertappt worden war, und zog dann den Strick ins Zimmer zurück.

Schließlich holte sie tief Atem, strich ihr Haar zurecht, setzte die Halbmaske wieder auf und faltete dann bescheiden die Hände vor der Taille. Nun kehrte sie in den Ballsaal zurück.

Rafael befand sich inzwischen wieder auf dem Rundgang unter der Bronzekuppel, wo er sich wie zuvor im Schatten verbarg. Er beobachtete die Gäste und fragte sich, warum die Anwesenheit von tausend Menschen nicht genug war, um seine Einsamkeit zu verscheuchen.

Ein Fest an einem Tag wie diesem schien ihm völlig fehl am Platz zu sein.

Er nahm einen weiteren tiefen Schluck aus seinem Glas und achtete nicht auf die innere Stimme, die ihn davor warnte, dass er bereits zu viel getrunken hatte.

Vierundzwanzig Stunden waren vergangen, seitdem er zum mächtigsten Mann auf Amantea geworden war, doch er spürte weder Freude noch Stolz. Er empfand noch immer dieselbe Leere, von der er geglaubt hatte, dass sie verschwinden würde, sobald er nur die Krone in Händen hielt. Zwar war er zum Herrscher des Königreichs geworden, doch befand er sich wieder nur auf einem weiteren öden Ball, als wäre gar nichts geschehen.

Vielleicht werden sich die Dinge für mich niemals ändern, überlegte er sich und schüttelte sich bei diesem Gedanken. Womöglich würde er vor Langeweile und Stumpfsinn eines Tages sterben. Zwar mochte er das Vergnügen in jeder Form kennen gelernt haben – aber hatte er jemals wirkliche Zufriedenheit erfahren?

Seufzend betrachtete er die Menge unter sich. Er sah, wie seine Geliebte neben dem Tisch mit Punsch stand und einige Worte zu ihren hingerissenen Bewunderern sprach. Seine Freunde hatten sich unter die Gäste gemischt und hielten Augen und Ohren offen, um jegliches Anzeichen für einen Hochverrat am König sofort zu erkennen.

Zwar war in den Aufzeichnungen der Ärzte kein Beweis für eine Vergiftung seines Vaters zu finden gewesen, doch Rafael ließ dennoch die königlichen Speisekammern leeren und alles auf Gift hin untersuchen. Eigentlich konnte er sich nicht vorstellen, dass jemand beabsichtigte, Lazar zu töten. Wahrscheinlich hatte er nur zu viele Schauerstücke im Theater gesehen. Aber er wollte sich dennoch vergewissern.

Er seufzte erneut und schaute trübsinnig auf das bunte Treiben hinab, das ihn überhaupt nicht interessierte.

Vielleicht hatte sein Vater Recht. Zum Teufel – das hatte er meist. Womöglich würde ihn nicht nur die Macht glücklich machen, sondern auch das ruhigere Leben eines Ehemanns und Vaters. Allerdings kam ihm diese Vorstellung im Augenblick entsetzlich langweilig vor.

Er hatte sein Bestes getan, um sich für eine der fünf Frauen zu entscheiden, die für ihn ausgewählt worden waren. Aber bis jetzt schien ihm keine auch nur im Mindesten begehrenswert zu sein.

Eine war eine strahlende Schönheit – mit einem gierigen Funkeln in den Augen, das ihm nicht behagte. Eine andere besaß Witz und hatte sogar einen Artikel über moralisches Verhalten veröffentlicht. Doch das war das Letzte, was er brauchen konnte: eine Ehefrau, die ihm all seine Fehler austreiben wollte.

Wieder eine andere galt als tugendhaft und war für ihre Frömmigkeit bekannt. Er mochte wahrhaftig nicht derjenige sein, der sie befleckte. Die vierte sah kränklich und zerbrechlich aus. Eine Geburt würde sie vermutlich das Leben kosten. Und die fünfte war eine plumpe, rotbäckige bayerische Prinzessin, die recht fröhlich aussah. Sie gefiel Rafael noch am besten, doch seine Freunde hatten ihm versichert, dass ihr die Höflinge mit ihren bösen Scherzen das Leben zur Hölle machen würden. Und sie hatten natürlich Recht.

Er runzelte die Stirn. Es sollte doch gar nicht so schwierig sein, eine der Frauen auszuwählen, doch bisher hatte er stets angenommen, dass er nur heiraten würde, wenn er …

Was für ein Narr du doch bist, tadelte er sich selbst. Es war an der Zeit, mehr Champagner zu trinken.

Er wollte sich gerade ein gefülltes Glas holen, als er eine schöne junge Dame bemerkte, die sich vorsichtig durch die Menge bewegte. Sie erinnerte ihn an eine Katze, die sich durch einen

Garten schlich. Rafael hielt inne, und sein Herz schlug plötzlich heftig.

Ist das etwa mein Rotschopf?

Als ihm klar wurde, dass es tatsächlich Daniela war, die stehend auf einem Pferderücken reiten konnte, stützte er sich auf das Geländer und betrachtete sie lächelnd.

Sie war also doch gekommen.

Aha, sie hat mich entdeckt, dachte er zufrieden. Nun, eine Dame durfte ihre Meinung ändern.

Rafael blickte bewundernd auf die junge Contessa Daniela. Trotz ihrer Halbmaske über den Augen hatte sie sich vor ihm nicht verbergen können. Ihr haftete etwas so Einzigartiges an, dass er sie sogar aus einer Menge, die zehn Mal so groß wie diese war, herausgefunden hätte. Ihr hochgestecktes Haar schimmerte rötlich im Licht der Kerzen.

Sie kam ganz offensichtlich vom Land und sah wunderbar deplatziert unter all diesen oberflächlichen Menschen aus. Ein seltsames Gefühl der Zuneigung überkam Rafael. Als er die Leute um sie herum musterte, konnte er weder einen Begleiter noch eine Anstandsdame ausmachen. Amüsiert zog er die Augenbrauen hoch. Vielleicht hatte sie endlich doch verstanden, was er von ihr wollte.

Eines war jedenfalls klar: Sie befand sich hier auf unsicherem Terrain. Er beobachtete, wie Niccolo, einer seiner skrupellosen Freunde, sich ihr vorstellte und sie bereits wenige Momente später gegen eine Marmorsäule drängte.

Rafael sah eine Weile mit finsterer Miene zu. Dann lächelte er, als sie sich von Niccolo losriss und weiterging.

Er entschloss sich, sie unter seine Fittiche zu nehmen, bevor ein anderer sich zu ihr gesellte. Wenn irgendjemand auf diesem Ball das Recht hatte, mit ihr zu schäkern, war er das. Vermutlich war dies genau das Richtige, um seine Stimmung zu heben. Er rief nach Adriano und Tomas, die in einem Salon hinter ihm saßen und rauchend über Pferdewetten sprachen. Rasch eilten sie an seine Seite. Rafael deutete in die Menge.

„Seht ihr die junge Dame mit dem blauen Kleid, die dort drüben neben der Palme steht?"

„Wer ist sie?" erkundigte sich Adriano.

„Ihr Name tut nichts zur Sache", erwiderte Rafael, ohne den Blick von Daniela zu wenden.

„Hübsches Mädchen", bemerkte Tomas.

„Ich will sie", murmelte Rafael. „Bringt sie zu mir."

Unsicher sah Tomas ihn an, als wüsste er nicht, ob sich der Prinz einen Scherz erlaubte. „Wirklich? Sie sieht sehr jung aus. Die Dinge liegen nun anders, seit Sie Prinzregent geworden sind. Sie können nicht einfach …" Er sprach den Satz nicht zu Ende.

Rafael erwiderte nichts, da es unter seiner Würde war, Erklärungen abzugeben. Immer noch beobachtete er Daniela, die sich anmutig durch die Menge bewegte. Verstohlen musterte sie die anwesenden Gäste, und Rafael musste lächeln. Was hatte die Kleine vor?

Ach, er hatte schon immer eine Schwäche für ungewöhnliche Menschen gehabt.

„Gut, Hoheit", sagte Tomas schließlich. Er verbeugte sich, obgleich er gekränkt wirkte. „Wohin sollen wir sie bringen?"

„In mein Schlafgemach", antwortete Rafael.

„Natürlich. Komm schon", murmelte Tomas seinem Freund Adriano zu.

Der Kronprinz befeuchtete sich die Lippen. Würde Daniela sich wehren, oder würde sie nachgeben? *Es wird ein interessantes Spiel werden.*

Seine Freunde waren nur ein paar Schritte weit gegangen, als Adriano sich plötzlich umdrehte.

„Was ist mit Chloe?“ fragte er mit der für ihn üblichen Besorgnis in der Stimme.

Rafael fuhr fort, Daniela zu beobachten. „Was soll mit ihr sein?“

„Sie bedeuten ihr etwas.“

Eine Weile rührte er sich nicht. Dann sah er Adriano an und spürte zum ersten Mal die gewaltige Distanz zwischen ihm und einem seiner engsten Freunde.

Er hatte sich auch früher schon manchmal verlassen gefühlt. Vielleicht hatte es mit seiner Stellung zu tun, vielleicht aber auch mit der Tatsache, dass viele der Männer nicht über ihr augenblickliches Vergnügen hinaussehen konnten. Gewiss, er hatte sich nicht viel anders verhalten. Nun jedoch – ganz gleich, welche Posten er seinen treuen Freunden anbieten würde – vermochten sie die Last seiner Verantwortung nicht mehr abzuwägen. Er selbst war gerade erst dabei, sie ganz zu begreifen. Und er wollte weder vor Adriano noch vor jemand anders zugeben, dass ihn seine neue Rolle zu Tode ängstigte. Dies machte ihn einsamer, als er je zuvor gewesen war.

„Ich warte“, sagte er kühl.

Angewidert wandte Adriano sich von ihm ab. „Ich kenne Sie nicht mehr, Hoheit.“

Als die beiden weggingen, fühlte sich Rafael elend. Er rührte sich nicht von der Stelle, während er sich mit dem bekannten Gefühl der Leere fragte, ob er auf eine Frau wie Daniela gewartet hatte.

Daniela war gerade aus dem Puderraum der Damen getreten, wo sie einer Frau, die betrunken auf einem Sofa lag, eine Smaragdkette entwendet hatte. Sie ließ das Kettchen in ihre Tasche gleiten und ging dann mit wild pochendem Herzen zum Ausgang, wo sich zwei Männer ihr in den Weg stellten.

Sie holte tief Atem.

Den braunhaarigen kannte sie nicht. Unsicher lächelte er sie an. Doch der andere war der schwarzhaarige Adriano di Tadzio.

Hochmütig sah er auf sie herab. „Ist sie das?" fragte er seinen Begleiter.

„Guten Abend, Signorina", sagte Tomas und verbeugte sich galant vor ihr.

„Kommen Sie mit uns", knurrte di Tadzio und packte Daniela am Handgelenk.

Angst stieg in ihr auf. *Mein Gott, sie haben mich ertappt.*

Noch bevor sie sich wehren konnte, fassten die beiden sie am Ellbogen und begannen, sie in Richtung des Ausgangs zu führen. „Was machen Sie?" rief sie entsetzt.

„Das werden Sie schon sehen." Als sie ihren Arm loszureißen versuchte, umfasste Adriano ihn nur noch fester.

Daniela wehrte sich dennoch. Die Leute blickten sie überrascht an, während sie von den Männern weggeführt wurde.

„Bitte machen Sie keine Szene, Signorina", bat Tomas sie freundlich. „Das wäre für uns alle sehr peinlich."

Sie bemühte sich um Haltung. „Wollen Sie mich ins Gefängnis werfen?" erkundigte sie sich.

Die beiden sahen sich an und lachten.

„Bin ich es?" rief sie.

„Man könnte sagen, dass es jemand gibt, der Ihre Bekanntschaft machen möchte", erklärte Adriano missmutig. „Die Treppe hinauf – kommen Sie!"

„Nicht so grob, di Tadzio! Sie ist eine junge Dame", sagte Tomas verärgert.

Daniela, die einen möglichen Verbündeten in ihm sah, blieb auf der Treppe stehen und sah ihn flehend an. „Bitte lassen Sie mich gehen. Ich werde Ihnen keine Unannehmlichkeiten bereiten ..."

Adriano zog sie an ihrem verletzten Arm. „Komm schon, kleine Dirne."

„Was fällt Ihnen ein!" rief sie empört. „Sie tun mir weh."

„Di Tadzio, es gibt keinen Grund, so grob zu sein."

Adriano achtete nicht auf seinen Freund. „Grob? Warte nur, bis *er* sie in die Hände bekommt. Dann wird sie erst sehen, was grob bedeutet. Er verhält sich wie ein Tier bei den Frauen, das weißt du doch."

„Wer?" rief Daniela entsetzt aus.

„Lass sie in Ruhe, di Tadzio!" sagte Tomas verärgert. „Achten Sie nicht auf ihn, Signorina. Er ist schlecht gelaunt und versucht nur, Ihnen Angst einzujagen. Niemand wird Ihnen etwas tun."

Adriano musterte sie verächtlich. „Und das zieht er Chloe Sinclair vor."

Daniela erwiderte nichts, erstarrte jedoch vor Furcht. Sie prägte sich dennoch ihre Umgebung und den Weg ein, den sie durch die Korridore gingen. Sie war fest entschlossen, so bald wie möglich zu fliehen. Die Männer brachten sie in den zweiten Stock, wo Adriano eine Tür öffnete und sie mit einem hämischen Grinsen hineinwies.

„Bitte sagen Sie mir, was mit mir geschieht." Sie stellte ihren Fuß zwischen Tür und Rahmen, um die beiden davon abzuhalten, sie einzusperren. „Ich habe nichts getan. Gehen Sie nicht!"

Adriano lachte, während Tomas sie kopfschüttelnd ins Zimmer drängte. „Keine Sorge, Signorina. Sie werden dafür entschädigt."

„Was soll das heißen?"

Mit einem bedauernden Blick schloss er die Tür. Niedergeschlagen hörte sie, wie der Schlüssel im Schloss umgedreht wurde und die Männer streitend verschwanden. Ihr sank der Mut. Langsam drehte sie sich um und betrachtete ihr Gefängnis. Sie war allein.

Im Vergleich zu dem hellen Ballsaal war der Raum düster, denn nur eine Kerze brannte. Sie konnte ein Sofa, einen kleinen Tisch und einen Sessel erkennen. Eine Art von Salon, dachte sie. Es war bedrückend still, und wie aus weiter Ferne hörte sie die Musik des Orchesters.

Sie entdeckte eine weitere Tür. Sofort keimte Hoffnung in ihr auf, doch noch entkommen zu können. Doch als sie dorthin stürzte und die Tür aufriss, schrak sie zusammen.

Sanftes Kerzenlicht erleuchtete ein riesiges Himmelbett mit einem barocken Kopfende, in welches Spiegel eingelassen waren. Roséfarbene Bettlaken waren einladend zurückgeschlagen, und eine geöffnete Flasche Wein und zwei Gläser standen auf dem Nachttischchen.

„Gefällt es Ihnen hier?“

Daniela hätte beinahe aufgeschrien. Sie machte einen Schritt zurück und ließ den Blick durch das große Schlafzimmer huschen.

Ein Mann saß in einer dunklen Ecke. Mit weit aufgerissenen Augen beobachtete sie, wie er sich erhob und gemächlich auf sie zuschritt. Doch noch bevor sie sein Gesicht sah, erkannte sie ihn.

Wie erstarrt stand sie da, als Prinz Rafael aus dem Schatten kam und in seiner vollkommenen Schönheit vor sie trat. Wieder musste sie an einen gefallenen Engel denken, der sie mit sich in sein Schattenreich reißen wollte.

Er blickte sie ausdruckslos an. Das Kerzenlicht betonte sein markant geschnittenes Gesicht und ließ die hellen Strähnen seines Haars erstrahlen. Seine grünen Augen funkelten, und sein

Mund wirkte beinahe noch sinnlicher als sonst. Fasziniert und verängstigt zugleich schaute sie ihn an, während er immer näher kam, bis er sie schließlich gegen den Türrahmen drängte.

Nur wenige Zoll entfernt, stand er vor ihr und lähmte sie geradezu mit seiner strahlenden Erscheinung und körperlichen Überlegenheit.

Sie senkte den Kopf und atmete heftig. Verwirrt, wie sie war, wagte sie es nicht, zu ihm aufzuschauen. Ihre Wangen brannten, während sein Schweigen sie gänzlich aus der Fassung brachte.

Hatte er herausgefunden, wer der maskierte Reiter war? Aber wenn man Gianni dazu gezwungen hätte, ihre Identität zu verraten, hätte er sie zweifelsohne gewarnt.

Was sollte sie tun? Gestehen? Ihn um Gnade anflehen? *Sich derart erniedrigen? Niemals!* Endlich fand sie den Mut, den Kopf zu heben und seinen Blick zu erwidern, auch wenn sie innerlich zitterte. Bis sie die Gewissheit hatte, von ihm entlarvt worden zu sein, wollte sie lieber nichts gestehen.

„Ich bin so froh, dass Sie sich entschieden haben, doch zu kommen. Ich hatte einen schrecklichen Geburtstag, Daniela."

Prinz Rafael nahm die rechte Hand aus der Tasche und strich ihr mit den Fingerspitzen über die blaue Halbmaske, um ihren Nasenrücken zu liebkosen. Dann wanderten seine Finger verführerisch über ihre Lippen, ihr Kinn und ihren Hals hinab. „Wissen Sie", fragte er, „was ich mir für meinen Geburtstag wünsche?"

„Hat Ihnen ein ganzes Land noch nicht gereicht?" erwiderte sie bebend.

Er lächelte begehrlich.

Verlegen wandte sie den Blick ab, während ihr Herz pochte. War das seine Art, sie für ihre Verbrechen zu bestrafen? Sie hatte keine Ahnung, was er vorhatte oder was er dachte, doch seine Ausstrahlung zog sie weiterhin in den Bann.

„Ich muss Ihnen etwas gestehen", flüsterte er. „Ich bin leider betrunken und deshalb für mein Benehmen nicht verantwortlich."

„Mein Gott!" Daniela wurde blass und versuchte, ihm zu entkommen. Doch sie konnte sich nur noch fester an den Türrahmen pressen.

Vertraulich lächelte er sie an. „Darf ich Sie also küssen? Ich sterbe beinahe vor Sehnsucht danach, Sie zu küssen, Daniela."

„Hoheit!"

„Ein königlicher Befehl, meine Dame. Ich bin Ihr Souverän, oder etwa nicht?"

Sie senkte den Kopf, ihre Wangen waren schamrot. „Ich ... Ich bin kein solches Mädchen."

„Sie werden bei mir doch eine Ausnahme machen, oder?"

„Das werde ich *nicht.*" Sie hob das Kinn und funkelte Rafael zornig und verängstigt zugleich an.

Er lächelte rätselhaft. Am Ausdruck seiner Augen erkannte Daniela berechnende Klugheit und einen starken Charakter. Er nahm ihre zitternde Hand und hob sie langsam an die Lippen.

„Was ich für meinen Geburtstag möchte – was ich brauche", sagte er, „ist eine entzückende neue Geliebte. Sie muss rotbraunes Haar und aquamarinblaue Augen haben, und sie muss wissen, wie man Schießpulver herstellt. Kennen Sie jemand, auf den diese Beschreibung passt?"

„Sie schockieren mich."

„Meine Liebe", flüsterte er. „Ich habe noch nicht einmal begonnen." Mit diesen Worten senkte er den Kopf und küsste ihre Hand – nicht auf die Fingerknöchel, sondern auf die Stelle zwischen Daumen und Zeigefinger. Sie hielt den Atem an, als sie seine Zungenspitze spürte, die leicht über ihre Haut strich. Verwirrt entzog sie ihm die Hand und blickte ihn an.

Rafael funkelte sie verlangend an. „Möchten Sie etwas zu trinken, bevor wir beginnen? Sie sehen ganz so aus, als könnten Sie ein Glas Wein vertragen.“ Ruhig schritt er zum Nachttischchen, wo die Flasche stand.

Wie versteinert blieb Daniela stehen.

Während sie seinen breiten Rücken betrachtete, hatte sie das Gefühl, jeden Augenblick in Ohnmacht fallen zu müssen.

Er spielte mit ihr. Das konnte er doch nicht ernst meinen. In Wahrheit wusste er, dass sie der maskierte Reiter war und trieb nun sein grausames Spiel mit ihr. *Oder doch nicht?*

Sie hörte, wie der Wein eingeschenkt wurde.

„Hat es Ihnen die Sprache verschlagen, meine Liebe? Nun, ich habe Sie sowieso nicht wegen einer Unterhaltung hierher bringen lassen.“ Er zwinkerte schalkhaft und hielt ihr ein gefülltes Glas entgegen. „Kommen Sie – nehmen Sie es sich.“

Sie schüttelte stumm den Kopf. Wenn er Luzifer gewesen wäre, der ihr ein Glas Blut angeboten hätte, wäre sie wohl nicht entsetzter gewesen.

Endlich hatte sie sich wieder gefasst. „Was soll das alles bedeuten?“

Er lachte leise und setzte sich aufs Bett, wo er zuerst beide Gläser abstellte, dann sein Halstuch lockerte. „Sie sind noch sehr jung, nicht wahr? Wie alt sind Sie, Daniela?“

„Einundzwanzig.“

„Sie sehen eher wie sechzehn aus. Höchstens achtzehn.“

Mit klopfendem Herzen schaute sie auf die zurückgeschlagenen Bettlaken, den Wein und dann zu Rafael. *Konnte es wahr sein? Wusste er von nichts?* Sie hatte ihn auf dem Rundgang gesehen, wie er die Menge beobachtet hatte. Was hatte er dort oben getan – sein Opfer ausgesucht?

Beinahe hätte sie ungläubig losgelacht. All diese schönen Damen dort unten – und er hatte sie gewählt? Er musste betrunken sein. Aber er war dennoch verführerisch genug, sie in Versuchung zu führen.

Als hätte er ihre Gedanken erraten, lächelte er sie wissend an, ehe er einen tiefen Schluck aus seinem Glas nahm.

Sie beobachtete, wie sich sein Adamsapfel hob und senkte, als er trank. Sein Hals war bronzefarben, ebenso wie der Teil der Brust, den man unter seinem weißen Hemd erkennen konnte.

Rafael ließ das Glas sinken und fuhr sich mit der Zunge langsam über die Lippen. Sie lehnte sich in einem Schwächeanfall an den Türrahmen. Ein seltsames Ziehen in ihrem Bauch verwirrte sie noch mehr. Ihr war so heiß, dass sie kaum zu denken vermochte. Das Einzige, was sie wusste, war die Tatsache, dass sie nicht verhaftet war.

Noch nicht.

Er winkte Daniela mit dem Zeigefinger zu sich und rief sie mit samtweicher Stimme. „Ich warte, mein Kätzchen. Komm her und lass dich streicheln."

Seine Einladung löste den Zauber sofort. „Mein Gott, ich verschwinde von hier", murmelte sie, drehte sich um und ging mit zitternden Knien in das angrenzende Zimmer.

„Nur, wenn Sie durch verschlossene Türen gehen können", rief Rafael ihr lachend hinterher. „Schreien Sie nur, so laut Sie können. Niemand wird Ihnen helfen."

Daniela trommelte mit den Fäusten an die Tür. „Lasst mich heraus! Hilfe! Ich will hier heraus!" schrie sie und riss an der Klinke. Plötzlich erinnerte sie sich an ihre Haarnadel, mit deren Hilfe sie Gianni befreit hatte. Sie zog sie heraus, doch ihre Hände zitterten so heftig, dass sie das Schloss nicht aufbrachte.

Aus dem Nebenzimmer hörte sie Rafael lachen. „Was ist los, Daniela?" fragte er. „War es der Bauernbursche, den Sie wollten?

Warum ihn nehmen, wenn Sie mich als Ihren Beschützer haben können? Haben Sie denn kein Standesbewusstsein? Ich bin tief getroffen."

Sie hielt inne und warf einen Blick über ihre Schulter. Nun beleidigte er auch noch Mateo. Das reichte.

Sie ließ die Haarnadel im Schloss stecken und schritt ins Schlafzimmer zurück, um ihm die Meinung zu sagen. „Welch eine hohe Ansicht Sie von sich haben, Hoheit. Zufällig ist Mateo ein *Freund* von mir, denn ich will und brauche keinen Beschützer. Eine widerwärtige Vorstellung! Ich bin durchaus fähig, mich selbst zu beschützen. Glauben Sie bloß nicht", schrie sie – und jetzt bebte sie wirklich vor Zorn –, „dass Sie so begehrenswert sind! Sie können nicht einfach Frauen verführen, wenn es Ihnen gerade behagt."

„Natürlich kann ich das", erwiderte er träge und schwenkte den Wein in seinem Glas.

„Aber warum haben Sie gerade mich ausgewählt?"

Er lächelte und nickte zufrieden. „Es ist eine große Ehre, nicht wahr?"

„Eine, die Sie lieber jemand anders zuteil werden lassen sollten."

Rafael begann, seine Weste aufzuknöpfen, während er den Kopf schüttelte. „Meine Kleine, wie viele Jungfrauen mögen wohl dort unten sein?"

„Kleine?"

„Das ist nur ein Kosewort."

„Ich habe einen Namen."

„Davon bin ich überzeugt. Kommen Sie, und trinken Sie Ihren Wein. Ich wäre froh, wenn Sie etwas betrunken wären, denn es ist schon eine Weile her, seit ich eine Jungfrau erobert habe", meinte er. „Was für ein Genuss! Ich hatte schon Sorge, ich müsste eine kaufen."

„Eine kaufen? Sie sind abscheulich."

Rafael runzelte die Stirn, doch in seinen Augen zeigte sich ein belustigtes Funkeln, so dass sich Daniela fragte, ob er sich nicht doch einen Scherz mit ihr erlaubte.

„Sie werden es mir doch nicht schwerer als nötig machen? Es würde mir gar nicht gefallen, wenn ich Sie festbinden müsste." Er öffnete die Schublade im Nachttischchen. „Für alle Fälle habe ich hier jedenfalls ein paar Samtschnüre."

Wachsam kniff Daniela die Augen zusammen, als sie beobachtete, wie er in der Schublade kramte und dabei einen Schlüssel auf das Tischchen legte. Aha, er war also doch nicht so schlau, wenn er ihn so offen herumliegen ließ.

Rafael schob die Schublade zu. „Nun, hier sind sie nicht. Ich muss sie bei einer anderen benutzt haben."

„Wie traurig!" gab Daniela zurück, die erleichtert bemerkte, dass er zu betrunken war, um sich an den Schlüssel zu erinnern. Nun musste sie ihn nur noch an sich bringen. Zwar würde sie dem Prinzen gefährlich nahe kommen, aber der Schlüssel war ihre einzige Hoffnung.

Sie hielt die Hände hinter dem Rücken und ging langsam zum Nachttischchen. Schweigend beobachtete sie Rafael. Er klopfte sich auf die Oberschenkel.

„Wieso setzen Sie sich nicht auf meinen Schoß?" lockte er sie mit sanfter Stimme.

Sie errötete. „Warum sollte ich?"

„Ich will Ihnen eine Gute-Nacht-Geschichte erzählen."

„Es ist noch nicht Schlafenszeit, Hoheit", gab sie zurück und lächelte unwillkürlich.

„Wunderbar", murmelte er amüsiert. „Das war das erste Lächeln, das Sie mir geschenkt haben." Sein Blick veränderte sich, und seine Augen wirkten nun dunkelgrün.

Als er sie ein zweites Mal zu sich lockte, klang seine Stimme so verführerisch, dass es Daniela schwer fiel, ihr zu widerstehen. „Kommen Sie zu mir, Daniela. Wir lassen uns viel Zeit. Das verspreche ich. Es wird wunderbar."

Sie blickte ihn an. „Ich weiß nicht …"

„Ein Kuss", flüsterte er. Während sie ihn noch ansah, wurde er mit einem Mal ernst. Er beugte sich nach vorn und stützte die Ellbogen auf die Knie. „Sie sind sehr schön. Wissen Sie das?"

„Und Sie sind ein geübter Lügner. Es war nicht nett von Ihnen, mich hierher bringen zu lassen." Mit heftig pochendem Herzen strich sie mit den Fingerspitzen über die Platte des Nachttischchens, während sie näher kam.

„Ich weiß. Aber ich wollte allein mit Ihnen sein." Aufmerksam betrachtete er sie. „Sie glauben mir nicht. Warum?"

Beim nächsten Schritt war sie mit der Hüfte am Tischchen, und der Schlüssel lag nun in Reichweite. „Nun, da gibt es zum Beispiel Miss Sinclair", erwiderte sie.

Er seufzte betont gequält. „Was bedeutet das schon?"

„Lieben Sie sie?"

„Das wäre nicht sehr klug", erwiderte er ausdruckslos.

„Ich bin überzeugt, dass Sie mich gar nicht begehren. Denn ich bin nichts Besonderes. Lassen Sie mich gehen. Bitte. Sie könnten jede Frau dort unten haben …"

Rafael hob den Kopf und sah sie einen Moment an. „Sie bewegen sich so wunderschön, Daniela", sagte er. „Sie sind so graziös wie eine Balletteuse und so scheu wie eine Taube, nicht wahr?"

Sie erstarrte, da sie sich plötzlich vor ihm ängstigte, obwohl sie sich diesmal nicht körperlich bedroht fühlte.

„Fürchten Sie sich nicht", flüsterte er und stand auf, ohne sie aus den Augen zu lassen.

Ihr Herz pochte. Der Schlüssel befand sich zwar in Reichweite, doch sie vermochte sich nicht zu bewegen. Gelähmt wie ein Reh beim Anblick des Jägers stand sie da und ließ zu, dass er sie an der Schulter berührte. Sanft zog er sie in die Arme und strich ihr mit seiner Wange über das Haar. Sie schloss die Augen und hatte das schockierende Gefühl, diese Berührungen aus ihren Träumen zu kennen.

Nur ein Gedanke wirbelte ihr durch den Kopf: *Er hält mich. Prinz Rafael hält mich in den Armen.* Natürlich war es ein Traum. Morgen würde sie aufwachen und wie immer allein weiterkämpfen. Doch für den Moment sog sie den Duft seines Eau de Cologne in sich auf.

Rafael seufzte, während er sie fester an sich zog. Daniela wunderte sich darüber, wie natürlich es sich anfühlte, sich an ihn zu schmiegen. Sie spürte, wie er ihr mit den Händen liebkosend den Rücken hinaufstrich. Dann hob er ihr Kinn, so dass sie ihn anblicken musste.

Ihr Herz hämmerte, und sie hatte das Gefühl, dass ihre ganze Welt ins Wanken geriet.

„Ich möchte Sie gern küssen", sagte Rafael leise.

Flehentlich sah sie ihn an. Vergeblich versuchte sie, Nein zu sagen, aber Rafael beschwichtigte sie mit einem atemberaubend zärtlichen Lächeln.

Er schloss die Augen, beugte den Kopf zu ihr herab und küsste sie.

Die zarte Berührung seiner Lippen war unendlich sanft. Warm und samtig fühlte sich sein Mund an. Wohlig seufzend schloss Daniela die Augen. Sie spürte, dass er lächelte, als er sie hörte. Nach einer Weile löste er seinen Mund von ihrem.

„Das war doch nicht so schlimm, nicht wahr?" flüsterte er.

Ein Laut der Verwirrung entfuhr ihr, denn sie hasste ihn für die Sehnsucht, die er mit diesem keuschen Kuss in ihr ausgelöst hatte. Jetzt legte er ihr einen Arm um die Taille, um Daniela noch enger an sich zu drücken. Zuerst küsste er sie auf die Stirn, dann ließ er die Lippen über ihre Schläfen, die Lider und die Wangen gleiten. Ihr wurde schwindlig, und ihre Brüste hoben und senkten sich unter raschen Atemzügen. Nun beugte er sich zu ihrem Hals hinab und strich mit dem Mund liebkosend darüber.

Es war die verwirrendste Empfindung, die sie jemals erlebt hatte. Benommen legte sie ihm die Arme um den Nacken, da sie Rafael nicht länger widerstehen konnte. Als sie sein goldbraunes Haar berührte, fuhr er ihr mit seinen langgliedrigen Fingern über den Rücken und die Arme. Ihre Haut fühlte sich mit einem Mal übermäßig empfindlich an. Und immer drängender wurden seine Zärtlichkeiten.

Als Rafael sich an ihr rieb, erschauerte sie lustvoll. Sie seufzte, während er sehnsüchtig stöhnte. Erregt umfasste er ihren Po und presste Daniela leidenschaftlich an sich. Sie stieß einen leisen Schrei aus, der sowohl ihre Verwirrung als auch ihr Verlangen ausdrückte.

„Oh mein Gott, bist du hinreißend“, brachte er keuchend hervor und zog mit den Lippen eine heiße Spur über ihre Wangen.

Sie spürte, wie auch er erbebte, als er ihr Gesicht umfasste und immer wieder ihren Mund küsste. Allmählich brachte er sie dazu, ihre Lippen zu öffnen, und so zeigte er ihr, wie ein Mann eine Frau richtig küsst. Tief drang seine Zunge in ihren Mund ein und erforschte das Innere. Diese Art der Liebkosung brachte Daniela so durcheinander, dass sie sich vor Schwäche an ihn klammern musste.

Beinahe verlor sie den Rest an Selbstbeherrschung, doch eine mahnende innere Stimme meldete sich energisch zu Wort. Keinesfalls durfte sie seinem Zauber erliegen. Sie versuchte, den Kopf wegzudrehen, aber Rafael ließ es nicht zu.

„Hab keine Angst, süße Daniela“, sagte er rau. „Es ist schöner, wenn du mich auch küsst.“

„Ich will nicht“, erwiderte sie atemlos.

„Nein?“

„Nein!“

Sein leises Lachen klang ein wenig tadelnd. „Schau mich an, Daniela.“

Widerstrebend öffnete sie die Augen und entdeckte, dass er sie mit einem zärtlichen Lächeln betrachtete. Seine Lippen waren feucht, und seine Augen erinnerten sie an ein aufgewühltes Meer.

„Was ist?“ flüsterte sie.

„Hat dich noch nie zuvor jemand geküsst?“ erkundigte er sich sanft.

Errötend senkte sie den Kopf. Sie fühlte sich beschämt, dass er es erraten hatte! Mit einem Mal fühlte sie sich unendlich verletzlich. Doch dann hob er erneut ihr Kinn, damit sie ihn anblicken sollte. Diesmal strahlten seine Augen Wehmut und Melancholie aus.

„Was für eine hinreißende Unschuld du doch bist.“ Er liebkoste zärtlich ihre Wange und steckte sich dann unvermittelt die Hände in die Taschen, als wollte er sich davon abhalten, sie von neuem zu berühren. Ein wenig verlegen trat er zurück und blickte zu Boden. „Vielleicht möchten Sie mit mir einen Spaziergang machen. Ich könnte Ihnen die Gärten des Palastes zeigen. Bei Mondlicht sind sie wunderschön. Wir könnten miteinander reden ...“

Er sprach nicht weiter, und sie sah ihn verwundert an.

„Ach, lassen wir das“, sagte er mit schwerer Stimme. „Was für ein verdammter Unsinn. Es tut mir wirklich ... Es tut mir wahrlich Leid, Signorina Daniela. Sie sind eine Dame, aber ich glaubte ... Ich weiß nicht. Verzeihen Sie mir. Und nun gehen Sie besser. Nehmen Sie den Schlüssel auf dem Nachttischchen. Ich habe ihn dort für Sie hingelegt."

„Sie wollten, dass ich entkomme?"

„Ehrlich gesagt, bin ich mir nicht im Klaren darüber, was ich wollte." Einen Moment schloss er die Augen. Als er sie wieder öffnete, bemerkte sie den Ausdruck von Trauer und Einsamkeit darin. „Gehen Sie", flüsterte er. „Dieser Ort der verlorenen Seelen ist nichts für Sie."

Nun gab er ihr die Möglichkeit, von ihm fortzugehen, und sie nutzte sie nicht.

„Vielleicht ist er auch nichts für Sie", meinte sie leise.

Ohne einen Anflug von Hochmut sah er sie lange an. „Es gibt keinen anderen Platz für mich."

Sie spürte, wie sie sich nach ihm sehnte. Obgleich sie über ihre eigene Torheit entsetzt war, trat sie dennoch einen Schritt auf ihn zu und glitt mit der Hand seine Brust hinauf.

Mit zusammengebissenen Zähnen beobachtete Rafael Daniela und schien innerlich mit sich zu kämpfen. Dann hörte Daniela, wie er leise seufzte, als sie die Hand um seinen Nacken legte. Sie zog Rafael zu sich herab und küsste ihn sanft.

Er legte ihr die Arme um die Taille und erwiderte ihren Kuss voller Leidenschaft. Selbstvergessen schmiegte sie sich an ihn. Sie strich ihm durchs Haar und fuhr mit den Fingern die Konturen seines Gesichtes nach. Ihre Begierde war so überwältigend, dass sie kaum merkte, wie er sie zum Bett führte.

Sanft brachte er sie dort dazu, sich auf den Rand zu setzen. Sie war von den neu entdeckten Empfindungen so erfüllt, dass sie jegliche Vorsicht außer Acht ließ. Rafael sank vor ihr auf die Knie, umfasste ihre Brüste, und sein Mund wanderte weiter nach unten. Verzückt ließ sie den Kopf nach hinten sinken und zog Rafael an sich. Sie spürte seinen warmen Atem durch ihr Kleid, als er eine hart gewordene Brustspitze sanft in den Mund nahm. Seufzend sagte Daniela seinen Namen und drängte sich an ihn. Sie spreizte unwillkürlich leicht die Beine, so dass er sich noch näher an sie drücken konnte.

„Ich will dich, Daniela. Ich begehre dich“, flüsterte er. Geschickt liebkoste er ihre Brüste und ihren Hals, so dass sie nicht einmal bemerkte, wie er ihr Kleid öffnete. Erst als der Ärmel über ihre rechte Schulter glitt und er ihre Halsbeuge küsste, kam sie zur Besinnung.

Entsetzt erinnerte sie sich an ihren bandagierten rechten Arm.

Zu spät.

Er hatte den Ärmel bereits noch weiter nach unten gezogen und entdeckte nun die Verletzung. Stirnrunzelnd sah er sie an. „Daniela, was hast du denn mit deinem Arm …“ Er sprach nicht weiter.

Sie schaute ihn an und hatte das Gefühl, dass ihr das Herz zerspringen müsste.

Erst blickte Rafael sie nachdenklich an, doch dann verstand er. Wie vom Donner gerührt, starrte er auf den Arm.

Daniela riss vor Angst die Augen auf, als sie den zornigen Ausdruck in seinem Gesicht bemerkte.

„Du“, flüsterte er, als hätte der Schock ihm die Stimme geraubt.

Alles schien auf einmal langsamer vor sich zu gehen. Sie löste sich aus seiner Umarmung, stand vom Bett auf und zog sich den Ärmel über die Schulter. Noch bevor sie zwei Schritte gegangen war, hielt er sie von hinten am Kleid fest.

„Komm sofort zurück!“ rief er wütend und sprang auf.

Daniela schrie, doch er ließ sie nicht los. Plötzlich zerriss der Ärmel, und der Verband löste sich. Entgeistert blickte Rafael auf die Schusswunde, die ihm eindeutig bewies, dass sie der maskierte Reiter war.

„*Du!* Verdammt!“ rief er. „Das ist nicht möglich!“

„Lassen Sie mich in Ruhe!“ herrschte sie ihn an.

Als er wieder nach ihr fasste, wollte sie ihm einen Schlag versetzen. Doch er ergriff sie noch rechtzeitig und bog ihren Arm nach hinten. Es tat nicht weh, sie vermochte sich aber nicht zu rühren.

„Lassen Sie mich los, Sie Barbar!“

„Was willst du hier?“ wollte er wissen. Vor Empörung zitterte seine Stimme ein wenig. „Wie kannst du es wagen, hierher zu kommen?“

Die Standuhr im Nebenzimmer begann, Mitternacht zu schlagen. Während die beiden noch miteinander rangen, dröhnte auf einmal ein lauter Donnerschlag in der Ferne. Sie erstarrten. Die Explosion ließ die Fensterscheiben und die Bilder an der Wand erzittern.

Mateo und seine Brüder brechen aus, dachte sie entsetzt. Und sie hatte nicht für die nötige Ablenkung gesorgt – weil sie damit beschäftigt gewesen war, *ihn zu küssen!*

„Ich sagte, lassen Sie mich los!“

Sie wand sich so geschickt, dass sie es schließlich schaffte, ihn mit dem Knie zwischen den Schenkeln zu treffen.

Rafael stieß einen Schmerzenslaut aus.

„Geschieht Ihnen ganz recht, Sie verdammter Schürzenjäger!“ rief sie, während er zu Boden sackte.

Mit einem Zornesschrei fasste Rafael nach dem Saum von Danielas Rock. Doch sie wich ihm gerade noch rechtzeitig aus, nahm den Schlüssel vom Nachttischchen und floh, während der letzte Glockenschlag erklang.

6. KAPITEL

Daniela rannte, so schnell sie konnte. Sie sprang – immer zwei Stufen auf einmal nehmend – die Treppe hinunter, wich den Gästen aus und stürzte durch die Säle, als wäre der Teufel hinter ihr her. Draußen vor dem Palast eilte sie an den Jongleuren und Pfauen vorbei und hetzte die Auffahrt entlang.

Die Wachen am Eingangstor hielten sie nicht auf. Obgleich ihr die Lungen schmerzten, zwang sie sich dazu, weiterzulaufen, bis sie schließlich den Hauptplatz der Stadt erreichte, wo ein riesiges Durcheinander herrschte.

Heftig keuchend blieb sie stehen und sah sich verblüfft um.

Die Explosion hatte die Menschen in Aufruhr versetzt. Bereits misstrauisch hatte das Volk die unerwartete Abreise des Königs vermerkt. Nun hatten sich die Leute zusammengerottet, um auf die Hinrichtungen am Morgen zu warten. Als es zu den Detonationen kam, hielten sie es für einen Aufruf, sich gegen die Soldaten, die über die Piazza patrouillierten, zu erheben.

Daniela sah ein vier Fuß breites Loch in der Gefängnismauer, aus dem es noch immer rauchte. In einer anderen Richtung sah sie Flammen emporlodern. In der Stadt, die bereits unter der Dürre litt, war ein Feuer ausgebrochen. Die Leute verhöhnten die Soldaten, als fürchteten sie ihre Bajonette nicht mehr. Einige hatten begonnen, die Läden zu plündern, während andere dabei waren, den Galgen abzureißen.

„Hört auf! Hört auf!“ schrie Daniela zornig. Aber niemand hörte auf sie. Entsetzt schaute sie sich um.

Sie spürte, dass jeden Moment einer der aufgebrachten Männer einen Soldaten angreifen würde und dass die Rangelei schon bald in ein schreckliches Blutbad ausarten konnte. Wenn auch das Feuer nicht sofort gelöscht werden würde, wären die Stadtbewohner verloren. Daniela hoffte, dass wenigstens Mateo und seine Familie entkommen waren und sich nun bereits auf dem Weg zum Boot befanden, das sie zum Festland bringen sollte.

Daniela rief den Leuten zu, sich zu beruhigen, aber schnell wurde ihr klar, dass nur der maskierte Reiter die Autorität besitzen würde, die aufgebrachte Menge zu besänftigen. Sie kämpfte sich zu dem Reitstall durch, wo sie ihre Sachen und ihren Wallach untergestellt hatte.

Rasch entledigte sie sich des zerrissenen blauen Ballkleids und zog sich um. Sie sattelte das Pferd, holte einmal tief Luft und setzte sich die berüchtigte schwarze Maske auf. Sie wusste, dass man sie sofort verhaften würde, wenn sie als maskierter Reiter auftreten würde. Doch ihr blieb keine Wahl. Heute Nacht hatte sie bereits genug Unheil angerichtet, und nun wollte sie zumindest ein Gemetzel verhindern.

Einige Augenblicke später galoppierte der maskierte Reiter aus einer Seitengasse heraus mitten in die Menge.

„Seht nur!“ riefen die Umstehenden.

Danielas Wallach bäumte sich auf, doch sie schaffte es, nicht aus dem Sattel zu rutschen. Mit verstellter Stimme rief sie: „Ruhe, Leute! Ruhe! Es gibt nichts zu befürchten. Geht in eure Häuser zurück!“ Sie lenkte das nervöse Pferd durch die Menge und beobachtete nach einigen Augenblicken angespannter Erregung, dass ihr Auftreten Wirkung zeigte. „Steht nicht nur herum! Helft den Soldaten, das Feuer zu löschen“, befahl sie ungeduldig.

Die Leute wichen ihr aus und starrten sie ungläubig an. Einige berührten sogar ihr Pferd, als ob es ihnen Glück bringen sollte. Doch auch die Soldaten hatten den maskierten Reiter entdeckt und kamen vorsichtig näher. Daniela wusste, dass ihr kaum mehr Zeit blieb.

„Hört auf mich! Geht heim zu euren Familien!“ wiederholte sie immer wieder. „Verhaltet euch so, wie es König Lazar von euch erwarten würde.“

„Der Kronprinz hat ihm den Thron entrissen!“ rief jemand in der Menge.

„Wer behauptet das?“ fragte sie. „Habt ihr Beweise?“

Der Mann erwiderte nichts, sondern schaute sich nur düster um.

„Das dachte ich mir doch. Geht heim und hört auf, solche Lügen zu verbreiten.“ Sie ritt weiter. Als sie zum Galgen kam, der noch immer von jungen Bauernburschen niedergerissen wurde, warnte sie die Männer: „Man kann euch dafür einsperren!“

„Auf welcher Seite stehst du?“ rief jemand.

Noch bevor Daniela antworten konnte, hörte sie eine bekannte Stimme. „Dan!“

Sie schaute in die Richtung, aus welcher der Ruf gekommen war, und entdeckte Mateo. *Oh nein! Warum ist er noch hier?* Unter ihrer Maske war sie aschfahl geworden.

Beunruhigt sah sie hinter sich und erblickte immer mehr Soldaten, die sich ihr näherten. Wenn man sie ertappte, würde auch Mateo wieder gefangen genommen werden.

Ohne zu zögern, ritt sie zu ihrem Freund und fuhr ihn zornig an: „Was, zum Teufel, tust du noch hier?“

„Auf dich warten! Komm schon, der Wagen ist dort drüben.“ Mateos braune Augen funkelten erregt.

„Verdammt, Mateo!“ Sie sprang vom Pferd. „So sah unser Plan nicht aus. Du weißt doch, dass ich Großvater nicht allein lassen kann. Nun steig auf das Pferd und reite los!“

„Meinst du, es würde deinem Großvater gefallen, wenn man

dich hängt? Ich lasse dich nicht zurück. Du kommst mit uns nach Neapel." Er packte Daniela am Handgelenk und zog sie mit sich.

„Lass mich los!" rief sie und riss sich los. „Du gehst, und zwar sofort! Deine Familie braucht dich. Bitte, verschwinde. Sie kommen ..."

Plötzlich blieb keine Zeit mehr, denn die königlichen Soldaten hatten sie eingeholt.

Daniela zog mit einem lauten Ruf ihren Degen und stellte sich kampfbereit vor Mateo. „Lasst ihn ziehen! Ihr wollt mich, nicht ihn!"

Doch die Soldaten achteten nicht auf sie, und auch Mateo schnaubte empört über ihren Versuch, ihn zu retten. In dem Augenblick, in dem Danielas tollkühner Freund zum ersten Schlag ausholte, brach die Hölle los. Die gewaltbereiten Amanteaner begannen sich mit den Wachen zu prügeln.

Mateo hielt sich gut, als der große Rocco herbeistürzte, um ihm den Rücken freizuhalten. Daniela fand sich auf einmal inmitten der Menge wieder und wurde wie ein Spielball nach vorn und nach hinten gestoßen. Ihr Degen war für einen Nahkampf nicht geeignet, weshalb sie ihn wegwarf und ebenfalls begann, mit Fäusten und Ellbogen um sich zu schlagen.

Auf einmal bekam sie einen Schlag ins Gesicht, so dass ihr schwarz vor Augen wurde. Sie fiel nach hinten und landete auf dem Kopfsteinpflaster.

Einen Moment blieb sie dort benommen liegen. Doch gleich darauf stürzten Soldaten auf sie zu, zerrten sie hoch und fesselten ihr die Hände.

Innerhalb einer Viertelstunde befanden sich Mateo, Rocco und Alvi Gabbiano wieder im Gefängnis.

Diesmal war Daniela bei ihnen.

Der Ball ging weiter, ohne dass die Gäste etwas von dem Aufruhr auf dem Hauptplatz der Stadt, der nicht einmal eine Meile von Rafaels Palast entfernt war, bemerkt hatten.

Rafael jedoch war von der Situation unterrichtet worden und wartete nun ungeduldig auf Neuigkeiten. Er war zornig und angespannt, und eine ganze Reihe von Fragen beschäftigte ihn.

Wer war sie, und wie, zum Teufel, hatte sie es angestellt, in das Lustschlösschen einzudringen? Wie war es ihr gelungen, an den Wachen vorbeizugelangen? Der Bauernjunge Gianni war natürlich verschwunden. Weshalb war sie hierher gekommen und hatte Kopf und Kragen riskiert, um ihn zu befreien? Was hatte sie vor? War sie für den Aufstand verantwortlich?

Ungeduldig und voller Wissbegier, bald mehr über sie zu erfahren, ging er von der Galerie, wo er sich inzwischen wieder positioniert hatte, in das Zimmer zurück. Dort lechzten seine Freunde nach Danielas Blut. Die meisten waren vom maskierten Reiter ausgeraubt worden. Die Nachricht, dass es sich bei dem Gesetzesbrecher um eine junge Frau handelte, demütigte die Männer zutiefst. Alle verlangten sie nach Rache, und bei ihren Worten gefror Rafael das Blut in den Adern.

„Ich werde dabei sein, wenn man sie hängt", verkündete Niccolo gerade. Noch vor knapp einer Stunde hatte er versucht, mit ihr zu schäkern, was ihn nun wahrscheinlich noch mehr aufbrachte.

„Ja, sie verdient den Tod durch den Strang", meinte Adriano. „Sie ist eine Bedrohung für ganz Amantea."

„Sie ist ein Wunder", erwiderte er mit so leiser Stimme, dass ihn niemand hören konnte. *Wie hatte er ihren unschuldigen Kuss genossen.*

Sein eigener Stolz war ebenso wie der seiner Freunde verletzt worden, aber Rafael wusste nicht, wie er dazu stehen sollte. Daniela Chiaramonte war ihm ein Rätsel, das er unbedingt lösen wollte. Sie machte ihn wütend und verwirrte ihn – und er musste ihr doch seine Anerkennung zollen, denn sie besaß so viel Mut, wie er das selten erlebt hatte. *Und wenn er nur daran dachte, dass sie zuvor noch niemals geküsst worden war …*

Gewiss hält sie mich für einen Toren, der sich nach ihr verzehrt hat, überlegte er finster. Er kam ihr wahrscheinlich lächerlich vor, und das konnte er sich nicht bieten lassen. Nun, er würde ihr schon seine Macht demonstrieren!

„Wer ist sie?" fragte der kluge Visconte Elan Berelli, der sein vernünftigster Freund war.

Meine Nemesis, dachte Rafael. „Eine Chiaramonte. Sie heißt Daniela."

Elan runzelte die Stirn und schob sich die Augengläser hoch. „Chiaramonte? Gab es da nicht einmal einen Marquese Chiaramonte, der sich mit Trinken und Spielen ruiniert hat, als wir noch Jungen waren?"

„Vielleicht war das ihr Vater", erwiderte Rafael nachdenklich.

In diesem Moment wurde an die Tür geklopft.

Tomas öffnete.

Ein Leutnant der königlichen Leibwache salutierte. „Hoheit, die Feuer sind gelöscht, und der Aufstand ist unterdrückt worden. Man hat sie ins Gefängnis geworfen."

Rafael trat einen Schritt auf ihn zu. „Alle?"

„Das Kind ist uns entkommen."

„Und der maskierte Reiter?"

„Befindet sich in Haft, Hoheit."

Im Salon brachen die Männer in Jubel aus, als ob das Pferd, auf das gesetzt worden war, das Rennen gewonnen hätte. Nachdenklich schaute Rafael seine Freunde an, denn die zunehmende Wildheit in ihrer Stimmung beunruhigte ihn.

„Holen wir sie uns!“ Federicos Augen funkelten wie die eines Raubtieres, das seine Beute aufgespürt hatte.

„Setzt euch“, befahl Rafael mit scharfer Stimme. Dann wandte er sich wieder an den Leutnant. „Sagen Sie Ihren Männern, dass sie gute Arbeit geleistet haben. Vergessen Sie das Kind. Es ist unwichtig.“

„Sollen wir die Gefangenen vernehmen, Hoheit?“

„Überlassen Sie das mir. Ich will nicht, dass ihnen etwas geschieht. Und sperren Sie den maskierten Reiter über Nacht in eine Einzelzelle.“

„Rafael!“ protestierte Adriano. „Behandeln Sie die Frau nicht anders als eine gewöhnliche Diebin!“

Der Kronprinz wandte sich an seinen Freund und senkte die Stimme. „Soll sie die Nacht mit Verbrechern verbringen? Mein Gott, sie ist doch eine Jungfrau.“

„Eine Jungfrau? Schenken Sie sie uns!“ lallte Niccolo und schlug sich vor Belustigung auf die Schenkel.

Rafael blickte ihn und dann die anderen in der Runde an. Er hatte das Gefühl, sie heute zum ersten Mal in seinem Leben wirklich zu sehen. Danielas zartes Gesicht mit dem unschuldigen Ausdruck erschien vor seinem geistigen Auge. Er hatte das Bedürfnis, sie zu beschützen – vor allem, nachdem Elan ihn an jenen Skandal erinnert hatte, der vermutlich den Ruin von Danielas Vater und den Verlust des Familienvermögens bedeutet hatte.

Gewiss, er war empört über Danielas Untaten. Doch sie war jung und tapfer und wunderschön. Und das Benehmen seiner Freunde fand er einfach abstoßend.

„Wir werden ihr etwas zeigen, was sie nie vergessen wird.“

„Ihr rührt sie nicht an“, sagte Rafael mit leiser Stimme und funkelte sie drohend an.

Einige der Männer hörten sogleich zu lachen auf. Andere schauten ihn überrascht und ernüchtert an.

Er wandte sich noch einmal an den Leutnant. „Bringen Sie den maskierten Reiter morgen früh um sieben ins Verhörzimmer – falls dieser Teil des Gefängnisses noch steht."

„Nur die westliche Mauer wurde getroffen, Königliche Hoheit. Sie wurde bereits von Fachleuten begutachtet, und die meinen, dass man sie ohne weiteres reparieren könnte."

„Das ist immerhin etwas. Sie wissen, was Sie zu tun haben."

„Ja, Hoheit!" erwiderte der Mann und salutierte.

Rafael nickte, und der Leutnant verschwand. Der Kronprinz hätte Daniela am liebsten sogleich aus dem Gefängnis holen lassen. Andererseits wäre es sicher keine gute Idee gewesen, sie zu milde zu behandeln. Außerdem konnte sie aus der Zelle nicht noch einmal entkommen, und seine Kameraden vermochten auch nicht, sich auf ihre Weise an ihr zu rächen. Es würde zwar eine lange Nacht für Signorina Daniela werden, wenn sie so allein im Dunkeln der Dinge harren musste, die da kommen würden. Morgen früh würde sie dann vielleicht entgegenkommender sein.

Er schaute auf und bemerkte, dass Adriano angewidert den Kopf schüttelte. „Ich kann es nicht fassen, dass Sie ihre Partei ergreifen."

„Ich ergreife keine Partei. Das Gericht hat zu entscheiden."

„Ich kenne Sie gut. Sie werden irgendeinen Weg finden, sie dort herauszuholen, weil Sie keiner gut aussehenden Frau widerstehen können. Sie ist eine Straßenräuberin, Rafael! Lassen Sie sich nicht von ihr betören. Erinnern Sie sich an jene Mätresse, die ..."

„Achten Sie auf Ihre Worte", unterbrach der Kronprinz ihn wütend. Er wollte nicht zugeben, dass Adriano seine tiefsten Befürchtungen erkannt hatte. Es würde der jungen Frau mit den großen Augen und dem schönen Mund nicht schwer fallen, ihn zu benutzen. Doch die Tatsache, dass sie so unberechenbar, wild und mutig war, erregte ihn ungeheuerlich.

„Sehen Sie denn nicht, dass sie bereits begonnen hat, ihr Spiel mit Ihnen zu treiben? Wenn Sie diesem kleinen Luder helfen, wird sie Sie ausnutzen. Genau wie Ju…"

„Sprechen Sie vor mir diesen Namen nicht aus", warnte Rafael ihn schneidend. In diesem Augenblick wurde die Tür aufgerissen, und Don Arturo – gefolgt von mehreren alten Ratgebern – stürzte ins Zimmer.

„Oh nein", murmelte Rafael kaum hörbar. „Was machen denn diese Greise hier?"

„Heute Nacht brennt es in der Stadt, und ein Aufstand ist ausgebrochen, Hoheit", verkündete der Premierminister und schritt entschlossen auf den Kronprinzen zu. Es war eindeutig, dass er die Führung übernehmen wollte. „Wir dachten, dass Sie darüber informiert werden sollten – falls Sie nicht zu sehr damit beschäftigt sind, sich zu amüsieren."

„Das Feuer ist gelöscht und der Aufstand niedergeschlagen worden", erklärte Rafael betont geduldig. „Sie können nach Hause zurückkehren."

„Das glaube ich kaum!" rief Don Arturo indigniert. „Königliche Hoheit, Sie vertreten erst seit einigen Stunden Seine Majestät und haben keine Erfahrung, wie man mit einer politischen Krise umzugehen hat. Das Kabinett wird von nun alle Entscheidungen treffen. Seine Majestät würde es nicht anders von uns erwarten. Genießen Sie nur Ihren Ball, es ist schließlich Ihr Geburtstag." Er warf einen bedeutungsvollen Blick zu den alten Herren.

Sie schnaubten empört.

„Euer Gnaden, er will diese elende Diebin laufen lassen, obwohl sie uns alle bestohlen hat", mischte sich Adriano ein. „Können Sie ihm das nicht ausreden?"

Don Arturo sah Rafael verschlagen an. „Ich habe gehört, dass man den maskierten Reiter gefangen hat. Es ist also eine Frau?"

„Eine Chiaramonte", warnte der Kronprinz. „Ist denn niemandem klar, dass sie das nur für andere getan hat? Ich habe ihr Haus und ihr Kleid gesehen. Für sich selbst hat sie nichts genommen, und ich behaupte, dass ihr vermögend genug seid, um das entwendete Geld verschmerzen zu können."

„Dem Gesetz sind Motiv und Umstände gleichgültig, Hoheit", sagte Don Arturo. Ein neuer Kampfgeist zeigte sich in seiner Miene. Er schien fest entschlossen, gegen Rafael anzugehen, nachdem der König fort war. „Es ist Ihre Pflicht – was Sie bestimmt auch wissen –, einen Gesetzesbrecher hängen zu lassen."

„Ich kenne meine Pflicht", erwiderte Rafael ruhig. Er war sich darüber im Klaren, dass die Ratgeber seines Vaters nur darauf warteten, dass er einen Fehler beging, um ihm die Macht zu entreißen.

In diesem Moment trat Orlando ein. Er nickte den Männern zu und warf seinem Vetter einen fragenden Blick zu. Orlando gehörte zur Familie, und das stärkte Rafaels Position.

„Meine Herren", sagte er und hob das Kinn. „Sie können sich sicher sein, dass ich mir alle Fakten anhören werde, bevor ich über Contessa Danielas Schicksal entscheide. Ich werde sie allerdings bis dahin nicht der Gefahr aussetzen, von einer aufgebrachten Menge umgebracht zu werden. Beruhigen Sie sich!"

„*Uns beruhigen?* Während man die Gerechtigkeit mit Füßen tritt?"

„Das ist eine maßlose Übertreibung."

„Das finde ich nicht!" Der Premierminister sah ihn herausfordernd an. „Wenn Sie *wieder* nicht in der Lage sind, die Gesetze zu respektieren, Königliche Hoheit, dürfen Sie auf mich nicht zählen."

Rafael dachte einen Moment nach. „Don Arturo, Sie enttäuschen mich." Er blickte den Premierminister kalt an. „Ich hatte gehofft, dass Sie sich zum Wohl Amanteas über Ihre persönliche Abneigung gegen mich hinwegsetzen würden. Aber wie ich sehe, machen Sie mich noch immer für den Tod Ihres Neffen verantwortlich. Ich weiß, dass er für Sie wie ein Sohn war, aber ich habe ihn nicht umgebracht."

Die Anwesenden schwiegen verblüfft.

Selbst Rafaels draufgängerischere Kameraden blickten entsetzt drein. Giorgio di Sansevero war ihnen allen ein Freund gewesen, und man erwähnte seinen Namen nur ungern.

Alle starrten Rafael an.

Don Arturo zitterte vor Empörung. „Sie waren dabei. Sie hätten ihn retten können. Aber Sie haben es nicht getan. Das ist für mich so, als hätten Sie ihn eigenhändig getötet. Sie wussten genau, dass Duelle gegen das Gesetz sind, dennoch haben Sie ihn nicht davon abgehalten. Stattdessen haben Sie ihm sogar assistiert", fügte er verbittert hinzu.

„Er war mein Freund. Diese Bitte konnte ich ihm nicht abschlagen."

„Er wäre noch am Leben, wenn Sie Ihre Pflicht getan hätten. Er war noch ein Junge", brachte der alte Mann mühsam hervor.

„Ich auch."

„Sie hätten ihn aufhalten können. Er hat zu Ihnen aufgeschaut, wie es alle tun."

„Ich habe versucht, ihn abzuhalten. Giorgio wollte Blut sehen, und ich hatte nicht das Recht, ihm Vorschriften zu machen."

„Duelle sind gegen das Gesetz!" rief der Premierminister verzweifelt. „Sie haben damals nicht darauf geachtet, und nun wollen Sie es wieder tun. Wer wird diesmal zu Ihrer Unterhaltung sein Leben lassen?"

„Was fällt Ihnen ein?" herrschte Rafael ihn an und trat einen Schritt auf ihn zu.

„Meine Herren, beruhigen Sie sich." Orlando trat zwischen die beiden. Er warf Rafael einen ernsten Blick zu und wandte sich dann an Don Arturo. „Wir wollen uns doch wie zivilisierte Männer benehmen."

Die Unterbrechung des Herzogs entspannte die Atmosphäre im Zimmer ein wenig. Er sah die anderen an. „Mein lieber Don Arturo, Seine Majestät hatte gute Gründe, Prinz Rafael die Herrschaft über Amantea zu übertragen. Natürlich kennt Seine Hoheit seine Pflicht. Das steht außer Frage. Ich bin mir sicher, dass mein Vetter Gerechtigkeit walten lassen wird. Wenn er diese Frau hängen lässt, wird das Volk wissen, dass er ein genauso vertrauenswürdiger Herrscher ist wie König Lazar."

Rafael sah Orlando verwirrt an. „Sind Sie wahnsinnig? Das Volk liebt den maskierten Reiter. Wenn ich das Mädchen hinrichten lasse, werden sie mich noch mehr hassen."

Orlando schaute verblüfft aus, lächelte dann aber geduldig. Die glatte Art seines Vetters begann Rafael zu verärgern. Er mochte Orlando, hatte aber stets das Gefühl, dass man ihm nicht über den Weg trauen konnte.

„Wenn Sie die junge Frau nicht hinrichten lassen, wird niemand Sie ernst nehmen", erklärte Orlando. „Ich glaube nicht, dass Sie eine Wahl haben."

„Das habe ich sehr wohl", erwiderte Rafael aufgebracht. „Schließlich bin ich der Prinzregent. Eine Tatsache, die ihr alle gern zu vergessen scheint." Er wandte sich von ihnen ab und dachte verzweifelt nach.

Daniela hängen, überlegte er. Er würde eher eine unbezahlbare Vase aus der Antike oder das Gemälde der Mona Lisa zerstören, als einen so jungen und edlen Menschen wie dieses Mädchen umbringen lassen. Er hatte sie in feine Seidenstoffe hüllen und ihren Körper mit Küssen übersäen wollen. Und nun sollte er sie dem Henker übergeben. Während der Abwesenheit seines Vaters war er der höchste Richter auf Amantea, und er allein hatte die Macht, sie zu retten. Doch sie hatten Recht. Wer würde ihn noch ernst nehmen, wenn er sie laufen ließe?

Er würde weiterhin nur eine lächerliche Figur darstellen, die wieder einmal von einer Frau zum Narren gemacht worden war. Welch einen Präzedenzfall würde er außerdem für künftige Verbrecher setzen, wenn er sie begnadigte? *Ach Kätzchen, in welche Zwickmühle hast du mich gebracht?*

„Lasst mich allein", murmelte er. „Ihr alle."

„Hoheit …" begann Don Arturo.

„Verdammt noch mal, gehorcht mir!" Seine Geduld war endgültig erschöpft, und er wirbelte herum. Drohend ging er einen Schritt auf die Männer zu. „Verschwindet aus meinem Haus!" donnerte er, während sie aufgeschreckt zur Tür liefen. „Elan, gehen Sie nach unten, und sagen Sie diesen verdammten Musikern, dass sie aufhören sollen zu spielen. Werfen Sie die Leute hinaus. Der Ball ist vorbei. Hört ihr mich, ihr verfluchten Intriganten?" brüllte er. *„Der Ball ist vorbei!"*

Vor Wut bebend stand Rafael da und beobachtete, wie sie alle hinauseilten. Dann war er allein.

Er strich sich das Haar zurück und stellte fest, dass er nicht nur vor Zorn, sondern auch vor Angst zitterte. Der ungeheuren Last, die nun auf seinen Schultern ruhte, fühlte er sich keineswegs gewachsen. Aufstände. Feuer. Dürre.

Höflinge, die sich gegen ihn verschworen, Freunde, die sich

wie Fremde verhielten. Oder waren sie das schon immer gewesen, und er hatte es in seiner Vergnügungssucht nur nicht bemerkt?

Enttäuscht von jedem, einschließlich sich selbst, ging er zu einem Schränkchen, holte eine Karaffe Likör hervor und goss sich ein kleines Glas ein. Er trank es in einem Zug leer und spürte, wie die Flüssigkeit in seiner Kehle brannte. Dann wischte er sich mit dem Handrücken den Mund, und sein Blick fiel auf die Porträts der fünf Prinzessinnen, die noch immer auf dem Tablett lagen. Seine Freunde hatten den ganzen Abend über geistlose Witze darüber gemacht.

Rafael betrachtete die ausdruckslosen Gesichter der Frauen.

Daniela Chiaramonte musste gehängt werden. Daran gab es keinen Zweifel.

Schon einmal hatte er das verhängnisvolle Bedürfnis gehabt, eine Frau zu retten. Diesmal wollte er den Wunsch unterdrücken, denn er wusste, dass seine törichte Ritterlichkeit zu nichts führte. Er würde Daniela dem Henker übergeben, genauso, wie er vor vielen Jahren Julia in den Schuldturm hätte schicken sollen. Sie hatte es selbst zu verantworten. Adriano hatte Recht.

Plötzlich fegte Rafael voller Zorn die Bilder der fünf Prinzessinnen vom Tisch. Die Porträts fielen auf den Boden und zerbrachen. Er schaute auf die nichts sagenden Mienen und blickte sich dann selbst im Spiegel an.

Ich muss mich vor niemand verantworten, hatte Daniela gesagt, wobei das Licht des Mondes in ihrem Haar geschimmert hatte. *Ich habe dieses Leben gewählt.*

Rafael ließ den Kopf sinken. Nun musste auch er eine Entscheidung treffen.

Daniela rollte sich auf dem mottenzerfressenen Strohsack auf dem Boden zusammen und fiel in einen leichten Schlummer. In der Zelle herrschte völlige Dunkelheit. Plötzlich wurde an der Tür ihres fensterlosen Kerkers gerüttelt.

Das Geräusch weckte sie sogleich, auch wenn sie noch in ihrem Traum gefangen war. Sie hatte sich eingebildet, das Wasser, das vor Rafaels Lustschlösschen in einen Brunnen sprudelte, gesehen zu haben. Es war ihr nicht möglich gewesen, es zu erreichen, sosehr sie sich auch darum bemühte. Vor Hilflosigkeit hatte sie geweint, denn die Kette an ihren Füßen hatte sie davon abgehalten, das süße Wasser trinken und ihren schrecklichen Durst löschen zu können.

Sie erhob sich, während die Wachen ihre Zelle aufschlossen. Rasch setzte sie sich die schwarze Maske auf, da sie nicht wollte, dass man ihr die Furcht anmerkte. Langsam wurde die Tür geöffnet, und das Licht der Morgensonne fiel herein. Sie hielt sich den Arm vor die Augen, damit sie nicht geblendet wurde, und spürte deshalb nur, dass man ihr die Fußfesseln abnahm und sie daraufhin aus dem Kerker zerrte.

„Wohin bringt ihr mich?“ fragte sie.

„Sei still.“ Der Wärter stieß sie grob nach vorn, und sie gingen einen düsteren Gang entlang.

Daniela stolperte vorwärts, und die Ketten an ihren Händen klirrten. Soldaten und andere Wärter tauchten plötzlich aus der Dunkelheit auf, und sie nahm undeutlich wahr, dass sie von sechs uniformierten Männern begleitet wurde, deren Bajonette im Sonnenlicht schimmerten.

Sie hörte, wie die Stiefel der Soldaten auf dem Steinboden polterten, doch selbst dieses Geräusch vermochte nicht die Rufe und Schreie der Menge, die sich wohl vor dem Gefängnis versammelt hatte, zu übertönen. Sie vermutete, dass dieser Aufruhr etwas mit ihr zu tun hatte. Allerdings konnte sie keine Worte verstehen.

„Bringt die Gefangene hier herein.“

Der Wachmann trat beiseite und öffnete die massive Tür, die sich am Ende des Ganges befand.

Grob stieß der Wärter Daniela in einen düsteren Raum. Sie stürzte und konnte sich gerade noch mit Knien und Händen abfangen. Leise fluchend sah sie sich um.

Anscheinend befand sie sich in einem Verhörzimmer. An den Wänden standen in zehn Fuß Abstand schwer bewaffnete Leibgarden des Prinzen, die sie finster anstarrten.

Es gab hohe Fenster und einen offenen Kamin, der jedoch leer war. An der längeren der Wände stand ein Holzthron auf einem steinernen Podest, und darauf saß regungslos ein Mann.

Daniela schrak zusammen, als sie ihn erkannte.

Das trübe Licht, das hereinfiel, erleuchtete von hinten die große Gestalt des Prinzen. Er hatte die Ellbogen aufgestützt, und seine königliche Aura war deutlich zu spüren. Er musste sich nicht einmal bewegen oder reden, um zu zeigen, wer hier die Macht hatte. Seine Regungslosigkeit wirkte ebenso bedrohlich wie die eines Löwen, der zum Sprung ansetzt.

Furcht bemächtigte sich ihrer, denn sie konnte sich vorstellen, wie zornig er auf sie sein musste. Sein männlicher Stolz war vermutlich ziemlich verletzt, da sie ihn an wahrhaftig besonders empfindlichen Stellen getroffen hatte.

Als sich ihre Augen an das düstere Licht gewöhnt hatten, sah sie, dass der Prinz ganz in Schwarz gekleidet war. Der dunkle Stoff verstärkte noch den Eindruck eines teuflischen Verführers. Die lose fallenden Ärmel ließen die kräftigen Arme erahnen, während die Weste seine männliche Brust gut zur Geltung brachte.

Rafael beobachtete Daniela mit kühler Miene.

Ungeduldig gab er mit einem Wink der Hand den Wachen zu verstehen, dass sie Daniela durchsuchen sollten, und sah dann nachdenklich zu ihr hin.

Der kampferprobte Wachmann trat vor, zog Daniela auf die Füße und begann rasch, sie abzuklopfen. Doch als er über ihre Brust fuhr, schlug sie ihm mit ihren gefesselten Händen heftig ins Gesicht, so dass er einen Schmerzenslaut ausstieß. „Nimm die Finger von mir!"

Auf einmal spürte sie eine ungeheure Kraft in sich, die sie dazu brachte, herumzuwirbeln und ihn mit voller Wucht zu treten. Als ein weiterer Soldat dazukam, verpasste sie ihm einen Tritt zwischen die Schenkel.

Der Mann stürzte, doch im nächsten Augenblick war bereits ein Bajonett auf Danielas Kehle gerichtet. Sie erstarrte und stand still da, wobei sich ihre Brust vor Anstrengung hob und senkte.

Vom Thron her ertönte ein leises Lachen und ein bewunderndes Händeklatschen.

„Es gibt nichts zu lachen!" rief Daniela dem Prinzen wütend zu.

Als er sprach, klang seine Stimme sanft, aber bestimmt. „Nehmt ihr die Maske ab."

Angespannt beobachtete Rafael, wie der Wachmann Daniela misstrauisch umrundete. Ihre Augen waren hinter der Maske deutlich zu erkennen. Sie funkelten wild.

Vorsichtig näherte sich der Mann ihr und zog ihr die Maske vom Gesicht. Daniela fluchte, als ihr das lockige kastanienbraune Haar über die Schultern fiel.

Die Männer rissen die Münder auf, doch Daniela fauchte sie wie eine Katze an, so dass sie zurückwichen.

Deutlich war der Respekt zu spüren, den Contessas Chiaramontes Anwesenheit einforderte. Zufrieden mit der Wirkung, die sie bei den Soldaten erzielt hatte, wandte sie sich nun Rafael zu.

Er saß wieder regungslos da, obgleich sein Herz heftig pochte. Ein Blick auf sie hatte gereicht, um sie ebenso stark wie am Abend zuvor, als er sie in der Menge entdeckt hatte, zu begehren. Genauso stark wie in der Nacht, als er sie das erste Mal gesehen hatte.

Bei ihrem Anblick musste er an Johanna von Orleans denken. Mit gefesselten Händen und hoch erhobenem Haupt stand sie vor ihm. Das lose schwarze Hemd und die Weste, die sie trug, verbargen ihre weiblichen Reize, doch die Hose, die sie unschicklicherweise anhatte, betonte ihre langen Beine und die sanft gerundeten Hüften.

Jetzt sah er Daniela in die Augen. Stolz hielt sie seinem Blick stand. Sie schien weder verängstigt noch beeindruckt zu sein. Und er, der alles über Frauen zu wissen glaubte, hatte noch immer keine Ahnung, wie er dieses Geschöpf beurteilen sollte. Daniela war keine atemberaubende Schönheit wie seine früheren Geliebten.

Waren sie mit Rosen zu vergleichen, so stellte Daniela eine stolze Lilie dar. Die Augen seiner Mätressen hatten wie kalte Diamanten geglitzert, während ihre vergleichbar mit einem Feueropal waren und Wärme und Leidenschaft verrieten. Ja, sie verfügte über so viel mehr als bloße Schönheit – sie hatte einen wachen Geist, Mut und ein hitziges Temperament.

Vater hatte Recht, dachte Rafael. Er brauchte jemand, auf den er sich verlassen konnte, und er vermochte sich niemand Mutigeren vorzustellen als den maskierten Reiter.

Eine schlaflose Nacht hatte ihn zu einem Entschluss gebracht.

Mit einem letzten Skandal, der die Welt erschüttern würde, wollte er sein Leben ein für alle Mal ändern. Danach hatte er vor, den Hoffnungen seines kranken Vaters zu entsprechen. Er würde Amantea mit seiner Führungskraft verblüffen und einen Erben für die königliche Familie zeugen. Die wilde Schönheit vor ihm hatte in ihm den Funken entfacht, der ihm so lange gefehlt hatte. Er würde sich von seinem Vater nicht länger unterdrücken lassen und endlich sein Leben selbst in die Hand nehmen. Daniela, die jetzt so widerspenstig vor ihm stand, bedeutete seine Freiheit.

Ihr zu eröffnen, wie wichtig sie für seine Pläne war, bedeutete natürlich, dass er ihr viel Macht über ihn gab. Frauen, denen man den kleinen Finger reichte, ergriffen immer die ganze Hand – das wusste Rafael aus Erfahrung. Er musste also vorsichtig sein, denn sie war schwer zu bändigen. Das war ihm klar.

Aber er hatte eine Entscheidung getroffen. Als er Daniela Chiaramonte, seine zukünftige Frau, betrachtete, hatte er auf einmal das Gefühl, dass er gebändigt werden würde.

7. KAPITEL

Daniela tat ihr Bestes, um den Kopf hoch und sich aufrecht zu halten. Innerlich jedoch zitterte sie, denn sie hatte vor Rafael mehr Angst als vor einer ganzen Schwadron. Mit einer Handbewegung schickte er die Männer aus dem Zimmer, so dass sie beide allein zurückblieben.

An die Stelle des zärtlichen Liebhabers der Nacht zuvor war ein kalter Despot getreten. Sein Gesicht kam ihr wie aus Stein gemeißelt vor. „Ich bin unzufrieden, Daniela. Sehr unzufrieden."

„Dann hängen Sie mich doch! Was kümmert es mich?" rief sie verzweifelt. „Ich habe keine Angst vor Ihnen."

„Sie hängen?" fragte er ausdruckslos. „Lassen Sie uns das überlegen, meine Liebe. Der Tod durch den Strang scheint viel zu mild für die Schmerzen zu sein, die Sie mir zugefügt haben." Er erhob sich und trat gelassen die drei Stufen vom Podest herunter.

Er ging an Daniela vorbei zu dem Tisch, der in der Mitte des Raumes stand, und rückte ihr einen Stuhl zurecht. „Setzen Sie sich."

Misstrauisch schaute sie Rafael an, nachdem sie seiner Aufforderung nachgekommen war. Dennoch war sie ihm dankbar dafür, da sie sich ziemlich schwach fühlte.

„Hände auf den Tisch."

Wieder gehorchte sie, wobei sie vor Scham errötete. Es war furchtbar, von einem Mann gedemütigt zu werden, dessen Gunst und Hochachtung sie insgeheim erhoffte. Es entsetzte sie, wie sehr sie sich nach ihm sehnte, aber sie hatte noch nie einen Menschen kennen gelernt, von dem sie sich so angezogen gefühlt hatte.

Er schob ihren Stuhl näher an den Tisch, beugte sich dann über ihre Schultern und platzierte seine Hände auf der Tischplatte. Sein Gesicht befand sich eine Handbreit von ihrem Ohr entfernt. Daniela schloss die Augen und verhielt sich ganz still.

„Sie haben dies hier auf dem Ball verloren", flüsterte Rafael und strich ihr mit der Nasenspitze über die Wange, während er einen kleinen Gegenstand vor sie auf den Tisch legte.

Sie öffnete die Augen und entdeckte einen ihrer Silbersporen, die sie an ihren Reitstiefeln trug.

„Das haben Sie in meinem Schlafzimmer vergessen", fügte er leise hinzu.

Daniela errötete und wandte sich entrüstet ab. Zumindest schaffte sie es, ihre Zunge im Zaum zu halten.

Mit einem hochmütigen Lächeln ließ er sie frei und ging um den Tisch herum. Ihr gegenüber zog er einen Stuhl heran, drehte ihn flink um und setzte sich rücklings darauf. Er verschränkte die Arme und schaute sie gelassen an.

„Erzählen Sie mir alles."

„Ich kann nicht sprechen, ehe Sie mir nicht etwas zu trinken gegeben haben", sagte Daniela.

Rafael runzelte die Stirn und nickte. Er stand auf, ging zur Tür, öffnete sie und ließ sich eine Karaffe mit Wasser geben. Gleich darauf reichte er ihr einen gefüllten Becher. Gierig stürzte sie die Flüssigkeit hinunter. Der Kronprinz legte ihr die Hand auf die Schulter.

„Langsam. Ihnen wird sonst übel", warnte er sie.

Daniela ließ den Becher sinken. Als sie zu ihm aufsah, bemerkte sie, dass sein Blick auf ihren feuchten Lippen haftete. Sie musste wegschauen, da sie sich an seine Küsse von der Nacht zuvor erinnerte. Was für ein schlechter Mensch er doch war: Er dachte an Verführung, während er sie an den Galgen bringen wollte.

Sie stützte die Ellbogen auf den Tisch und barg das Gesicht in den Händen.

Lange schwiegen sie beide. Sie saß zusammengesunken am Tisch, während er ihr gegenüberstand und sie mit verschränkten Armen beobachtete.

„Warum haben Sie es getan?"

Daniela holte tief Luft, nahm die Hände vom Gesicht und starrte vor sich hin. „Zweihundert Menschen hängen von mir ab, Hoheit. Als die Dürre ausbrach und unsere Ernte vernichtete, wusste ich, dass die Leute sterben würden, wenn ich nicht von irgendwoher Geld aufbrachte. Ich verkaufte den gesamten Schmuck meiner Mutter. Da ich mich nicht an Bulbati verkaufen wollte, bin ich in die Rolle des maskierten Reiters geschlüpft und habe mit meinen Freunden Kutschen reicher Adeliger überfallen."

„Es war töricht von Ihnen. Wissen Sie, dass ich Sie dem Gesetz nach hängen muss, Signorina Daniela?"

Sie richtete sich auf. „Wenn Sie von mir erwarten, dass ich nun vor Ihnen auf die Knie falle und Sie um Gnade anflehe, täuschen Sie sich, Hoheit. Ich bin bereit zu sterben."

Rafael blickte sie an. „Mein Gott, sind Sie immer so starrköpfig?"

Sie zuckte die Schultern.

„Ihr Schicksal liegt in meinen Händen ebenso wie das dieser Bauernburschen, die Ihnen so viel zu bedeuten scheinen."

Als er die Gabbianos erwähnte, schaute sie zu ihm hoch. „Was ist mit ihnen?"

Er stützte sich auf der Stuhllehne ab. „Sagen Sie mir. Der Älteste – Mateo. Liebt er Sie?"

„Wie bitte? Nein!" erwiderte sie empört und errötete von neuem.

„Ich will die Wahrheit wissen."

Verwirrt sah sie zu ihm hoch. „Ich ... Ich weiß nicht. Ich hoffe nicht."

Er setzte sich wieder. „Gestern war der Mann gewillt, lieber gehängt zu werden, als die Identität des maskierten Reiters preiszugeben. Ich habe ihn selbst befragt, und er wiederholte nur immer wieder, er sei der gesuchte Mann. Er wäre an Ihrer Stelle gestorben."

„Nun, ich würde dasselbe für ihn tun. Aber das heißt noch lange nicht ..." Daniela zögerte. „Das heißt noch lange nicht, dass er mich liebt. Jedenfalls nicht so. Die Gabbianos sind wie meine Brüder."

Rafael beugte sich zu ihr und fragte verschwörerisch: „Ihr edler Mateo hat Ihnen also noch nie seine Liebe gestanden?"

„Mein Gott, nein! Ich würde ihn davonjagen, wenn er das täte, und das weiß er auch."

Der Prinz lächelte flüchtig. „Dann kann ich also annehmen, dass auch Sie nicht in ihn verliebt sind?"

„Liebe", erklärte Daniela, „ist etwas für Narren."

Nachdenklich schaute er sie an. „Sind Sie für eine solche Haltung nicht etwas jung, meine Gute?"

„Ich bin nicht Ihre Gute. Ich bin gar nichts für Sie!" platzte sie heraus. Sie fühlte sich gefangen, und sein aufmerksamer Blick brachte sie durcheinander. „Sagen Sie mir nun, was mit mir geschehen wird – oder wollen Sie mich noch länger quälen?"

„Meine Fragen sind ausgesprochen wichtig." Arrogant sah er sie an. „Vergeben Sie mir, aber wir von königlichem Geblüt müssen in solchen Angelegenheiten sehr genau sein."

„Und was soll das mit mir zu tun haben?" erkundigte sie sich ungeduldig.

„Nun, wenn Sie mir zum Beispiel Söhne schenken, werden Sie das vor einem kleinen Publikum machen. Oder wir werden unser Leintuch nach der Hochzeitsnacht dem Kabinett zeigen müssen, um Ihre Jungfräulichkeit zu beweisen. Oder ..."

Daniela hörte nicht länger zu.

Empört sprang sie auf, doch ein Stechen in ihrem Bauch, das wohl vom vielen Wasser herrührte, ließ sie mit einem Schrei wieder auf den Stuhl sinken. Sie presste sich die Hand auf den Unterleib.

Sofort eilte Rafael ihr zur Seite. Er ließ sich auf ein Knie nieder und legte ihr eine Hand auf die Schulter. „Ganz ruhig, atmen Sie gleichmäßig. Es wird bald vorübergehen." Er streichelte ihr den Rücken, bis der Krampf nachließ. „Mein Mädchen", flüsterte er. „Sie sind hart im Nehmen, Daniela Chiaramonte. Sie werden eine sehr gute Königin sein."

„Wovon sprechen Sie überhaupt?" fragte sie mit gerötetem Gesicht.

„Habe ich vergessen, es Ihnen zu sagen? Sie werden mich heiraten. Das ist Ihre Bestrafung."

Verständnislos blickte Daniela Rafael an. „Sie sind betrunken."

„So nüchtern wie ein Mann Gottes."

„Dann sind Sie wohl wahnsinnig?" rief sie entgeistert.

Er lächelte sie charmant an.

„Ich werde Sie nicht heiraten. Nie! Niemals!"

„Natürlich werden Sie das, meine Gute. Kommen Sie, Daniela. Ich knie vor Ihnen und lege Ihnen mein Königreich zu Füßen." Sein Tonfall klang unbeschwert, während er sie mit fröhlich blitzenden Augen ansah. „Es scheint Ihnen die Sprache verschlagen zu haben."

Ach, ein Scherz. Das war es also. Am liebsten hätte sie ihm ein für alle Male sein jungenhaftes Grinsen vom Gesicht gewischt. „Wagen Sie es nicht, sich über mich lustig zu machen, Rafael di Fiore." Ihr war übel vor Angst, Wut und Fassungslosigkeit. Sie hielt sich noch immer den Bauch, und das Haar hing ihr wirr ins Gesicht. Es konnte doch nicht sein, dass eine Frau, die so verwildert aussah, vom begehrtesten Junggesellen Amanteas einen Heiratsantrag bekam!

„Zuerst schießen Sie auf mich. Dann lassen Sie mich wie eine Verbrecherin in Ihr Zimmer führen, wo Sie mich verführen wollten. Was für ein böses Spiel treiben Sie jetzt mit mir?"

„Daniela, warum so misstrauisch?" Er strich ihr eine Strähne hinter das Ohr.

Sie schluckte. „Das können Sie nicht ernst meinen!"

„Oh doch, das tue ich."

„Ich kann Sie nicht heiraten. Ich mag Sie nicht einmal!"

„Ihre Küsse gestern Nacht haben mir aber etwas anderes verraten", erwiderte er mit einem wissenden Lächeln.

„Halten Sie mich für so naiv, dass ich nicht merke, was Sie tun?" fragte sie und sah ihn empört an. „Sie erlauben sich einen Scherz mit mir."

Rafael zog die Augenbrauen hoch. „Warum sollte ich das tun?"

„Um sich an mir für die Überfälle auf Ihre törichten, hohlköpfigen Freunde zu rächen! Ich weiß, dass Sie mich hängen lassen werden. Hören Sie also mit Ihren hinterhältigen Spielen auf ..."

„Still!" unterbrach Rafael sie entschlossen. Er legte ihr eine Hand, die in einem schwarzen Handschuh steckte, an die Wange. Die Berührung war so sanft, dass sie ihr die Tränen in die Augen trieb. Ruhig blickte er Daniela an. „Es ist kein Scherz. Sie stecken tief in Schwierigkeiten, und es gefällt mir, Ihnen zu helfen. Natürlich", fügte er hinzu, „erwarte ich auch, dass Sie mir helfen."

Überrascht sah Daniela ihn an. „Wie?"

„Ach, auf mehrere Arten", erwiderte er und streichelte ihre Wange. „Sie haben die richtige Ahnentafel. Sie scheinen mir auch gesund genug zu sein, meine Söhne zu gebären."

„Söhne?" wiederholte sie und wurde bleich. Mein Gott, Rafael schien es tatsächlich ernst zu meinen. Seine Prinzessin? Seine Königin? Ihr verschwamm die Umgebung vor den Augen. Es stimmte, dass sie den angesehenen Namen der Chiaramonte trug, aber sie war nie am Hofe gewesen, weil ihre Familie nicht genügend Geld besaß.

„Verzeihen Sie mir, wenn mein Antrag nicht sonderlich romantisch wirkt. Aber ich gehöre nicht zu den sentimentalen Männern", bekannte Rafael. „Außerdem meinten Sie selbst, dass Liebe nur etwas für Narren sei, was ich nur bestätigen kann. Als wir uns das erste Mal trafen, erklärten Sie, dass Sie nicht die Absicht hätten, jemals zu heiraten. Aber leider haben Sie Ihre Freiheit aufs Spiel gesetzt, als Sie gegen das Gesetz verstießen. Sie sehen, dass ich Sie gut gebrauchen kann."

„Mich gebrauchen?" fragte Daniela schwach.

Er nickte. „Zum Glück waren Sie niemals gewalttätig. Wir beide wissen, dass der maskierte Reiter vom Volk von Amantea geliebt wird. Sie sind eine Nationalheldin, während ich ... Nun, sagen wir, nicht allzu populär bin. Ich möchte, dass mein Volk mich genauso schätzt wie meinen Vater. Sie sind also genau die Frau, die ich benötige." Er hob ihre schwarze Maske vom Tisch und ließ sie an seinem Finger vor Danielas Augen hin und her baumeln.

Sie sah ihn an. „Ihre Hoheit möchten mich dazu benutzen, meinen Einfluss auf das Volk geltend zu machen?"

Rafael beobachtete sie genau. „Ja, das ist meine Absicht."

„Ich verstehe", erwiderte sie und senkte den Blick. „Welche Rolle genau haben Sie mir zugedacht?"

Er zuckte die Schultern. „Sie müssen mir nur zur Seite stehen, der Menge zuwinken und lächeln."

Aber er hatte auch Söhne erwähnt. Sie schaute ihn an und dachte angestrengt nach. Natürlich gehörte es zu seinen Pflichten, für einen Erben zu sorgen. Stets hatte sie beim Gedanken an das Gebären eines Kindes große Furcht empfunden, doch in diesem Moment kam ihr die Vorstellung, seine Kinder zur Welt zu bringen, so unwirklich vor, dass ihre Angst davor verschwand.

Was ihr dagegen Angst einjagte, war die Vorstellung, einen unzuverlässigen, wenngleich charmanten Draufgänger als Gatten zu haben, in den sie sich vielleicht sogar – und das wäre noch viel schlimmer – verlieben würde.

„Seien Sie klug, Daniela", flüsterte Rafael, während er sie betrachtete. „Jetzt ist der falsche Zeitpunkt, stolz sein zu wollen."

Sie stützte den Kopf ab und sah ihn argwöhnisch an. „Was geschieht mit den Brüdern Gabbiano? Ich werde Ihrem Vorschlag nur zustimmen, wenn Sie sie freilassen."

„Was? Machen Sie sich nicht lächerlich!" erwiderte Rafael, der zornig geworden war. „Ich werde sie doch nicht freilassen, obwohl sie sich vor dem Gesetz schuldig gemacht haben. Wollen Sie, dass man mich auslacht?"

„Dann können wir leider zu keiner Übereinkunft kommen. Ihre Raubzüge geschahen auf meine Anweisung hin. Sie können nicht mich retten und meine Komplizen im Stich lassen."

Ungläubig schaute er sie an. „Mein Gott, Sie sind wahrhaftig unerbittlich!" Er erhob sich und ging kopfschüttelnd im Zimmer auf und ab.

Schweigend beobachtete Daniela, wie er mit langen Schritten von einer Wand zur gegenüberliegenden ging und dort – einem Soldaten gleich – kehrtmachte. Ein seltsam bedrückendes Gefühl überkam sie bei dem Gedanken, dass er ihrer aller Leben in Händen hielt. Sie hoffte inbrünstig, dass sie nun mit ihrer Forderung nicht die ganze Bande – einschließlich ihrer selbst – an den Galgen gebracht hatte.

Von Zeit zu Zeit warf der Prinz ihr einen nachdenklichen Blick zu. Endlich drehte er sich, die Hände auf die Hüften gestützt, zu ihr um. „Sie werden verbannt."

Daniela dachte nach. „Sie lassen sie frei?"

„Solange sie nie mehr einen Fuß auf Amantea setzen."

Langsam senkte sie den Kopf.

„Das ist mehr als großzügig", warnte Rafael sie, bevor sie etwas sagen konnte. „Verbannung, Contessa Daniela. Das ist mein letztes Angebot." Er hielt inne und dachte von neuem nach. Dann trat er zu ihr. „Ich habe allerdings zwei Bedingungen." Er stützte sich auf den Tisch vor ihr ab und sah sie ernst an. „Als Erstes müssen Sie mir versprechen, Ihr Spiel als edler Räuberhauptmann, der Kutschen überfällt, ein für alle Mal aufzugeben. Meiner Gattin werde ich nicht gestatten, weiterhin als maskierter Reiter ihr Unwesen zu treiben."

Daniela schwieg und presste angespannt die Lippen zusammen. Schon beginnt er, mir Befehle zu erteilen, dachte sie. Mann und Frau – Herr und Sklavin. Sie hätte ihn gern im Austausch um seine Treue gebeten, aber das wäre sinnlos gewesen. Schließlich bot er ihr die Ehe an, um sie vor dem Strick zu bewahren und selbst von seinem Volk verehrt zu werden. Am besten sollte sie sich gleich damit abfinden, dass sich Rafael, der Frauenheld, niemals ändern würde.

„Und Ihre zweite Bedingung, Hoheit?" fragte sie aufgebracht.

Sein Blick, der auf ihr ruhte, wurde noch durchdringender, als wollte er ihr bis auf den Grund der Seele schauen. „Zweitens dürfen Sie mich niemals anlügen, wenn Sie einmal meine Gemahlin sind. Ich kann alles außer die Unwahrheit verzeihen. Enttäuschen Sie oder verlassen Sie mich, brechen Sie mir das Herz … Aber lügen Sie mich niemals an."

Daniela wusste genau, warum Rafael diese Bedingung stellte. Denn sie erinnerte sich an eine alte Geschichte. Eine schöne Frau hatte ihn vor vielen Jahren, als er noch ein Jüngling gewesen war, verführt und ihn dann schamlos hintergangen. Der Verrat dieser Frau war bald im ganzen Land bekannt, und nun sah sie in Rafaels Augen die seelische Verletzung, die noch immer nicht verheilt war. Er hatte Daniela das Leben und das ihrer Freunde geschenkt – und das Einzige, was er dafür verlangte, war Ehrlichkeit.

Hatte er jene Frau damals geliebt? Fraglos war er jedenfalls durch diese Angelegenheit, die ihn zum Gespött der Öffentlichkeit gemacht hatte, sehr gedemütigt worden. Sie dachte daran, dass er danach zahlreiche Mätressen gehabt hatte, die er immer wieder schnell hatte fallen lassen. Und sie wusste natürlich, wie charmant er war. Verbarg er sich hinter dieser gewinnenden Art?

„Können Sie mir das versprechen, Daniela?"

„Ja, Prinz Rafael", erwiderte sie mit schwacher Stimme und klopfendem Herzen. Sie hatte das Gefühl, dass sie sich auf etwas einließ, was ihr schon jetzt über den Kopf wuchs. „Ja, das kann ich."

„Dann haben wir eine Übereinkunft?"

Sie schluckte. „Ja, es sieht so aus."

„Gut", sagte Rafael. „Ich werde Ihnen Diener schicken, die sich um Sie kümmern werden. Ein Arzt wird Ihren Arm untersuchen."

„Danke", antwortete sie mit seltsam ruhiger Stimme.

Er ging zu ihr, nahm einen kleinen Schlüssel aus seiner Westentasche und schloss die Kette um ihre Handgelenke auf. Er nahm sie ihr ab und betrachtete die wund geriebene Hand, ehe er einen Moment lang darüber strich.

Schweigend sah sie ihn an.

Einen Moment sah er genauso verwirrt wie sie aus. Dann wandte er rasch den Blick ab und ließ ihre Hände los.

„Warten Sie hier. Ich komme gleich wieder und bringe Sie zum Palast."

„Wie Sie wünschen, Hoheit", flüsterte sie. Ganz allmählich wurde ihr ihre neue Lage klar. Sie senkte den Kopf und lauschte seinen Schritten, als er über den Steinboden ging. *Mein Gott, was habe ich getan? Ich will keine Ehefrau und kann keine Mutter sein.*

Zu spät.

„Daniela ..."

Sie schaute mit aschfahlen Wangen auf.

Fest sah Rafael ihr in die Augen, eine Hand lag bereits auf dem Türknauf. „Ich werde für Sie sorgen", sagte er. Dann öffnete er die Tür und ging hinaus.

8. KAPITEL

Er nahm sie wie eine streunende Katze, die ihm in einer Gasse über den Weg gelaufen war, zu sich nach Hause – allerdings nicht in sein Lustschlösschen, sondern zum Palazzo Reale. Daniela glaubte, dass Prinz Rafael damit etwas ausdrücken wollte, auch wenn sie nicht wusste, was seine Botschaft für die Amanteaner bedeuten würde.

Als sie in dem imposanten Gebäude angekommen waren, führte er sie an der Hand durch die verwirrend langen Marmorgänge und -hallen, bis sie zum besonders eleganten Privatbereich gelangten, wo die königlichen Gemächer lagen.

In der zweiten Etage brachte er sie in eine große Suite, die mit roséfarbenem Samt ausgeschlagen war. Es gab einen Salon mit einem weißen Kamin und ein Schlafzimmer mit einem Balkon, von dem man auf Belfort hinabblicken konnte.

Rafael rief einen freundlichen alten Arzt, der Danielas Schusswunde versorgte. Ein wahres Bataillon von Kammerzofen in gestärkten Hauben und Schürzen wartete währenddessen darauf, sie bedienen zu können. Sie bereiteten ihr ein heißes Bad, fragten sie, was sie zu speisen wünschte, und schienen sich Sorgen um ihre Gesundheit zu machen.

Am nächsten Tag, erklärte ihr Rafael, würde die Hofschneiderin kommen, die bereits die entzückende Schwester des Prinzen, Prinzessin Serafina, eingekleidet hatte. Sie würde den Tag mit Daniela verbringen, um so rasch wie möglich ein Hochzeitskleid zu entwerfen und anzufertigen. Er wollte, dass die Zeremonie in drei Tagen stattfand. Auch die übrigen Schneider mussten sich an die Arbeit machen, um ihr eine Garderobe zu erstellen, mit der sie sich als Kronprinzessin sehen lassen konnte.

Als Daniela schließlich von einem ungepflegten Wildfang in

eine Prinzessin verwandelt worden war, hatte sie einen frischen Verband um den Arm und duftete nach Rosenseife. Ihr Haar war gekämmt worden, und man hatte ihr ein weißes Unterkleid und ein Seidengewand angezogen. Außerdem hatte sie reichlich zu essen bekommen.

Zwischen den Gängen hatte sie Maria und Großvater eine Nachricht über ihren Verbleib zukommen lassen. Danach fühlte sich Daniela zwar besser, doch um drei Uhr nachmittags war sie wieder erschöpft und ausgelaugt.

Sie stand auf dem Balkon, knabberte an einem Mandelkeks und trank dazu eine Tasse Kaffee mit viel Zucker – von welchem Luxus sie doch auf einmal umgeben war! Dann ging sie ins Schlafzimmer und rollte sich unter den kühlen Leinentüchern zusammen. Obgleich sie sehr müde war, bezweifelte sie, dass sie Schlaf finden würde. Dafür fühlte sie sich viel zu aufgeregt und musste zu sehr an die bevorstehende Hochzeit samt Hochzeitsnacht denken. Wie würde es wohl werden? Würde Rafael ihren ganzen Körper küssen? Sie barg ihr gerötetes Gesicht im Kissen, während ihr Herz heftig pochte und sie ein Kribbeln in der Magengegend spürte. Verlangen und Furcht hatten sich ihrer bemächtigt, denn sie wusste, dass es mit Küssen allein nicht getan war.

Würde es sehr schmerzhaft sein? Wie sollte sie die Stärke finden, dieses schreckliche Eindringen in ihren Körper über sich ergehen zu lassen? Vor allem, wenn sie wusste, dass es zu einem Kind führen konnte, dessen Geburt sie, wie ihre Mutter, vielleicht nicht überleben würde?

Doch sie hatte dem Prinzen ihr Wort gegeben. Sie musste ihm erlauben, sich ihr auf diese Weise zu nähern.

Wenigstens hatte sie es geschafft, die Gabbianos zu retten. Wenn sie zudem doch die Geburt überstehen würde, vermochte sie möglicherweise als Kronprinzessin Gutes für Amantea zu tun. Sie konnte gegen korrupte Menschen wie den Conte Bulbati vorgehen, der sie überhaupt so weit gebracht hatte, Kutschen auszurauben.

Was König Lazar und Königin Allegra zu ihrer neuen Schwiegertochter sagen würden? Daniela liefen bei diesem Gedanken kalte Schauer über den Rücken. Doch ein Treffen mit ihnen lag noch in ferner Zukunft, und für den Moment wollte sie nicht weiter darüber nachdenken.

Erschöpft schlief sie ein.

Als sie erwachte, war es bereits Morgen.

Überrascht setzte sie sich im Bett auf und blickte sich verwirrt um. Sie rieb sich noch die Augen, als plötzlich die Tür geöffnet wurde und eine untersetzte Matrone den Kopf ins Zimmer steckte.

„Guten Morgen, Euer Gnaden. Gerade rechtzeitig zum Frühstück aufgewacht! Im Salon befindet sich ein Geschenk für Sie. Möchten Sie es sehen?“

„Für mich?“

Die Frau lächelte und nickte ermutigend. Rasch schlüpfte Daniela aus dem riesigen Himmelbett und ging an der Dienerin vorbei, die ihr die Tür offen hielt. Müde blinzelte sie ins angrenzende Zimmer und riss dann die Augen auf.

Sie lief in den Salon, der nun einem Garten glich. Zahlreiche Blumenbouquets befanden sich in dem Raum. Benommen schaute sie sich um. Ihr Blick glitt über rote, rosa, weiße und apricotfarbene Rosen zu den dunkelvioletten Orchideen, weißen Kamelien, Lilien und Margeriten. In der Mitte dieses Blumenmeers stand ein einzelner Zweig mit Hibiskusblüten in einer Vase, an der eine Karte lehnte. Sie nahm sie und entdeckte, dass nur ein *R* darauf stand. Das war alles.

„R!“ rief sie leise aus und sah rasch die anwesenden Zofen an, während sie errötete.

Die Frauen schauten einander lächelnd an.

„R“, flüsterte Daniela erneut. Eine erstaunliche Geste von einem Mann, der mich bloß benutzt, dachte sie. Auf einmal stieg ein fröhliches Lachen in ihr hoch, und sie musste kichern.

„Kommen Sie, Euer Gnaden. Das Frühstück ist bereit“, ermahnte die oberste Kammerzofe sie. „Sie sind viel zu dünn.“

Daniela lächelte glücklich. „Es war sehr aufmerksam von ihm, mir diese Blumen zu schicken. Meinen Sie nicht?“

„Oh ja, Euer Gnaden“, stimmten die Dienerinnen zu.

„Ich frage mich, wieso er das getan hat.“ Tänzelnd sprang sie ins Schlafzimmer und ließ sich den Morgenmantel anziehen.

Vielleicht will er mir durch diese wunderbare Geste zeigen, dass er mir vertraut, dachte Daniela verzaubert. Womöglich hat er gespürt, dass sie jemand war, der ihn niemals belügen würde. Das war es doch, was er wollte – jemand, dem er vertrauen konnte.

Sie mochte keine strahlende Schönheit sein, aber sie war denjenigen, die sie liebten, treu ergeben.

Die Zofen führten sie zum Bett zurück, während ein junges Hausmädchen ein Tablett mit dem Frühstück brachte. Wenig später eilte auch bereits die Hofschneiderin herein und stellte sich vor. Ihre Gehilfinnen begannen sogleich, Stoffe in allen Farben und fertige Roben vor Daniela auszubreiten.

Die Contessa verzehrte ihr Frühstück im Bett und lauschte den Erläuterungen der Schneiderin. Den Kronprinzen zu überfallen – das muss der beste Fehler meines Lebens gewesen sein, dachte sie heiter.

Nachdem sie jedoch einige Stunden die Erklärungen über Seide, Satin, Musselin, Samt, Spitze und Taft über sich hatte ergehen lassen, glaubte sie, vor Langeweile sterben zu müssen.

Immer wieder warf sie einen Blick zur Tür in der Hoffnung, dass *R* ihr einen Besuch abstatten würde. Gewiss wusste er, was an einer Frau gut aussah, und sie hätte gern seine Meinung zu einigen der Gewänder gehört, die ihr die Schneiderin vorgelegt hatte.

Zu ihrer Überraschung freute sie sich bereits auf Rafaels nichts sagendes Schäkern und seine frechen Spötteleien, doch er tauchte nicht auf. Daniela begann, sich Sorgen zu machen. Hatte er sie schon vergessen? Würden jeden Augenblick die Gefängniswärter kommen, um sie in ihre Zelle zurückzuführen?

Vielleicht hatte er seine Meinung geändert – oder war vielmehr zur Besinnung gekommen. Am Nachmittag erfuhr Daniela, dass sie ihre Gemächer nicht verlassen durfte. Sie trug ihr erstes Kleid, das die Näherinnen fertig gestellt hatten, so dass sie zumindest etwas anzuziehen hatte, und wollte damit auf den Gang hinaustreten. Sogleich wurde sie jedoch sanft, aber bestimmt, von den Zofen in ihre Suite zurückgeführt. Zuvor allerdings war es ihr möglich gewesen, noch einen Blick auf die königliche Leibgarde zu erhaschen, die vor ihren Räumen postiert waren.

Daniela war sich nicht sicher, ob sie dort zu ihrem Schutz standen oder deshalb, um eine Flucht ihrerseits zu verhindern. War sie noch immer eine Gefangene? Beunruhigt trat sie auf den Balkon hinaus und betrachtete den Park unter ihr und dahinter die Stadt und das ferne Meer. Nach einer Weile kam eine Zofe zu ihr und verkündete mit aufgeregt funkelnden Augen, dass ein Besucher auf sie wartete.

Rafael? Danielas Herz schlug schneller. Mit geröteten Wangen eilte sie durch ihr Schlafzimmer in den Salon. Dann hörte sie schon seine tiefe Stimme, als er die Bediensteten befragte, ob sie all ihren Wünschen nachkämen. Noch bevor Daniela eintrat, begann es wieder, in ihrem Bauch zu kribbeln.

Als sie über die Schwelle trat, stand Rafael am anderen Ende des Gemachs und betrachtete eines seiner Bouquets. Er hatte ihr den Rücken zugewandt, und er wirkte in dem blauen Cut und der Leinenhose noch eleganter als sonst. Wie immer hatte er das goldbraune Haar zusammengebunden.

Daniela strahlte bei seinem Anblick. „Nun“, sagte sie. „Wenn das nicht der geheimnisvolle *R* ist.“

Bei ihren Worten drehte sich Rafael lächelnd um. Als er aber ihre berückende Schönheit sah, raubte es ihm einen Moment den Atem.

Ihre aquamarinblauen Augen funkelten vor unschuldiger Freude. Jetzt machte seine junge Braut einen höflichen Knicks. „Danke vielmals für die Blumen, Hoheit.“

„Mein Gott!“ rief Rafael begeistert aus. „Sie sehen hinreißend aus!“

Überrascht blickte sie aus ihrer gebeugten Haltung zu ihm auf. Mit großen Schritten eilte er zu ihr und zog sie hoch.

„Erlauben Sie mir, Sie genauer zu betrachten.“ Daniela errötete, als er sie eingehend musterte. „Ich muss der Hofschneiderin ein Kompliment machen.“

„Sie verspotten mich“, sagte Daniela und runzelte misstrauisch die Stirn.

„Ganz und gar nicht. Ihr Kleid, Ihre Haare ...“ Er nahm den feinen Seidenstoff zwischen die Finger und spielte einen Moment zärtlich an einer Locke. Unvermittelt klatschte Rafael fröhlich in die Hände und lachte laut. „Sie sind vollkommen, Daniela! Wahrhaftig vollkommen!“ Dann ergriff er ihre Hand und zog Daniela zur Tür. „Kommen Sie! Es ist an der Zeit, die Spreu vom Weizen zu trennen. Sie werden mir dabei helfen, hier ein wenig aufzuräumen.“

„Wohin gehen wir?“ fragte sie und bemühte sich, mit ihm Schritt zu halten.

„Ich möchte Sie meinen Freunden vorstellen.“

Daniela blieb stehen. Fragend wandte Rafael sich zu ihr um. Ihre Verwandlung erstaunte ihn noch immer. Er wusste nicht, ob es ihr feines Kleid und ihr gepflegtes Äußeres oder ausreichendes Essen und genügend Schlaf waren, was sie derart strahlend erscheinen ließ. Eigentlich hatte er nur vorgehabt, kurz nach ihr zu sehen. Doch nun wollte er sie seinen Freunden vorführen, vor denen er bereits seine Entscheidung, sie zu heiraten, hatte verteidigen müssen. Ein Blick auf sie sollte ausreichen, ihre Einwände verstummen zu lassen.

Daniela Chiaramonte war wie geschaffen für ihn.

Flehend blickte sie ihn an. „Ich möchte sie nicht kennen lernen. Gewiss werden Sie mich hassen.“

Er blickte auf ihre korallenroten Lippen. „Bitte?“

„Ich habe fast jeden von ihnen überfallen, Rafael.“

Er achtete nicht auf das, was sie sagte, sondern beugte sich zu ihr hinunter und gab ihr einen zärtlichen Kuss.

Daniela schloss die Augen und rührte sich nicht von der Stelle. Unvermittelt jedoch löste sie sich von ihm und sah ihn finster an. „Haben Sie mir überhaupt zugehört?“

Wehmütig lächelte er sie an, da er sich ausmalte, wie er am liebsten den Nachmittag mit ihr verbracht hätte. „Das Einzige, was ich hörte, war himmlische Musik. Ging es Ihnen nicht auch so?“

Daniela blickte ihn argwöhnisch an, konnte ein Lächeln jedoch nicht unterdrücken.

Sanft berührte sie seine Wange. „Sie sind völlig verrückt“, sagte sie zärtlich.

„Ja, das bin ich“, rief er fröhlich, nahm sie in die Arme und warf sie sich über die Schulter. Sie kreischte und strampelte wild mit den Beinen, während er meinte: „Kommen Sie endlich, meine Liebe! Es ist an der Zeit, den Hof kennen zu lernen.“

Entschlossen stürmte er den Gang entlang, wobei er Daniela weiterhin wie seine Beute mitschleppte.

„Lassen Sie mich sofort herunter!“

„Haben Sie sich jemals überlegt, was wohl geschehen wäre, wenn ich der Gesetzesbrecher und Sie die Prinzessin gewesen wären?“ fragte er grinsend. Dann biss er sie durch das Kleid sanft in die Hüfte und stellte sie vor der Tür zum Salon, wo sich seine Freunde aufhielten, auf die Füße.

Daniela lachte mit geröteten Wangen, und Rafael empfand auf einmal ein unsägliches Verlangen nach ihr. Er konnte sein Glück kaum fassen, dass er sie schon bald ohne jedes Schuldgefühl in sein Bett tragen konnte – sie, seine Frau. Unvermittelt wurde sie ernst, als sie den begehrlichen Ausdruck in seinen Augen bemerkte. Unsicher trat sie einen Schritt zurück und betrachtete ihn schüchtern. Er lächelte und fragte sich, ob ihr jemals ein Mann gesagt hatte, wie hinreißend sie war, denn sie schien sich dessen nicht bewusst zu sein.

Rafael bezähmte seine Ungeduld. „Wenn sich jemand Ihnen gegenüber unhöflich benimmt, war das sein letzter Tag bei Hofe. In Ordnung?“

„Sie würden Ihre Freunde um meinetwillen wegschicken?“ fragte sie ungläubig.

Zärtlich strich er ihr über die weiche Wange. „Ich habe viele Freunde, aber nur eine Gemahlin. Unter meinem Dach werden Sie kein Leid erfahren, Daniela. Wenn man Sie beleidigt, ist es so, als würde man mich beleidigen.“

„Sie sind sehr liebenswürdig“, erwiderte Daniela mit sachlicher Stimme. Dann räusperte sie sich. „Aber ich kann für mich selbst sorgen. Es würde mir auch nicht gefallen, zwischen die Fronten zu geraten."

Im Augenblick hatte Rafael das Bedürfnis, zum Drachentöter für Daniela zu werden, doch das war vielleicht übertrieben. „Daniela, verstehen Sie es nur einfach als eine Treueprüfung meiner Freunde mir gegenüber."

„Gut", erwiderte sie und nickte.

„Sind Sie also bereit?"

Sie strich ihr Kleid glatt. „Ja. Ich werde mir Mühe geben, Sie nicht zu beschämen."

Aufmunternd lächelte Rafael sie an. „Seien Sie einfach Sie selbst. Ich werde nicht von Ihrer Seite weichen." Mit diesen Worten öffnete er ihr die Tür.

Daniela wappnete sich innerlich und betrat dann mit gestrafften Schultern den Salon. Stolz betrachtete Rafael sie. Ihr anmutiger Gang hielt seinen Blick gefangen, und Rafael folgte ihr zu einem Sessel, der in der Mitte des Raumes stand. Dort setzte sie sich aufrecht hin und faltete die Hände im Schoß.

Er stellte sich hinter sie und wartete darauf, dass sich seine Freunde ihr vorstellten und zu der bevorstehenden Hochzeit gratulierten.

Elan schloss Daniela sogleich in sein Herz, wie Rafael erleichtert feststellte. Sein Vetter Orlando verhielt sich höflich, aber distanziert, während Adriano und Niccolo wie gewöhnlich die Hochmütigen spielten. Daniela bot keinem von ihnen die Hand, was Rafael gefiel. Sie gab sich würdevoll und gelassen und sprach wenig.

Wenig später erhob sie sich. Er legte ihre Hand auf seinen Arm, und sie schritten aus dem Salon. Er war froh, sie wieder für sich zu haben.

Gott allein wusste, wie viele Aufgaben er eigentlich zu bewältigen hatte. Aber im Moment wollte er seine Zeit nur mit Daniela verbringen – am liebsten ganz allein. Er legte ihr den Arm um die schmalen Schultern und drückte sie liebevoll an sich. „Das war sehr gut."

Unsicher blickte sie zu ihm auf.

„Kommen Sie! Ich möchte Ihnen etwas zeigen." Er nahm sie an der Hand und zog sie den Gang entlang. Als sie protestierte, schenkte er ihr ein unwiderstehliches Lächeln.

In knapp einer Stunde befanden sie sich auf seiner eleganten, dreißig Fuß langen Yacht, die durch den Hafen glitt. Rafael fühlte sich frei. Mit hochgerollten Ärmeln stand er am Steuerrad und spürte deutlich, wie Daniela ihn aufmerksam betrachtete. Sie holte gerade Geschirr und Speisen aus einem Picknickkorb heraus, der ihnen von einem Diener gereicht worden war, bevor der Prinz alle anderen von Bord schickte.

Er schaute zu den Segeln hinauf, die sich gegen den blauen Himmel abhoben. Die Wellen schlugen sanft gegen die Yacht. Nachdem sie sich etwa eine Seemeile von Amantea entfernt hatten, band Rafael das Steuerrad fest und kletterte auf die Takelage, um einige Segel herabzulassen.

Daniela verfolgte jede seiner Gesten aufmerksam, während sie einen Pfirsich aß.

Er lächelte vor sich hin und sprang auf das polierte Deck hinab. Sie hatte, ihren Blicken nach zu urteilen, wohl nicht vermutet, dass er wusste, wie man ein Segelboot steuerte. Doch als Gefangener seiner Stellung floh er stets gern hierher – in die Freiheit. Die eindrucksvolle Gewalt des Meeres machte ihm immer wieder seine eigene Bedeutungslosigkeit bewusst und ließ ihn bescheiden sein.

Er setzte sich neben Daniela. Was sie wohl dazu sagen würde, wenn er ihr mitteilte, dass er noch nie zuvor eine Frau mit an Bord gebracht hatte?

Sie bot ihm ein Stückchen Käse an. Dankend lehnte er ab und nahm stattdessen die Flasche Wein, die sich im Picknickkorb befand. Als er sich suchend nach dem Korkenzieher umsah, reichte Daniela ihn ihm lächelnd.

„Manchmal als Junge", sagte er, „träumte ich davon, meinen ganzen Besitz auf dieses Boot zu bringen und für immer fortzusegeln. Ich wollte ferne Länder erforschen, doch stattdessen blieb ich hier – zum Glück." Mit funkelnden Augen sah er Daniela an. „Ich wäre bestimmt an Malaria gestorben oder Kannibalen zum Opfer gefallen."

Daniela lachte.

„Was ist?"

„Nur *Sie* konnten einen Grund finden, vor einem solch angenehmen Leben weglaufen zu wollen. Zweifelsohne war es eine wahre Qual, von allen bewundert zu werden: der zukünftige König, der Augapfel seiner Mutter …"

„Nun hören Sie aber auf! Es war wirklich nicht immer einfach!" protestierte Rafael und lachte mit ihr. „Auch ich hatte so mancherlei durchzustehen – wie jeder."

„Was zum Beispiel?" fragte sie, während er die Weinflasche entkorkte.

„Es wurde viel von mir verlangt. Seit ich laufen kann, wurde ich in allen Fächern, die man als Staatsmann beherrschen muss, ausgebildet."

„In welchen?" Daniela holte aus dem Korb zwei Gläser, die sie Rafael hinhielt.

Er schenkte den Wein ein. „Rhetorik, Geschichte, Logik, Musik, Philosophie, Sprachen, Algebra, Finanzen, Militärtaktik, Architektur, Benehmen, Tanzen …"

„Tanzen!"

„Man darf schließlich nicht anderen Leuten auf die Füße treten oder stolpern, wenn die Blicke der Öffentlichkeit auf einen gerichtet sind." Er stellte die Flasche beiseite.

Daniela reichte ihm ein Glas. „Was mussten Sie noch lernen?"

„Lernen? Nicht lernen, meine Liebe – *meistern*", verbesserte er sie und stieß mit ihr an. „Mein Vater hätte nichts anderes gestattet. ‚Du musst der Beste, Stärkste, Klügste sein, Rafael'", sagte der Prinz, wobei er den Tonfall des Königs nachahmte. „‚Keine Schwächen'. Das war das Motto, nach dem ich zu leben hatte."

„Das klingt ziemlich hart", bemerkte Daniela und trank einen Schluck Wein. „Warum war Ihr Vater so streng?"

Rafael überlegte. „Er glaubt – wie ich auch –, dass ein geachteter Herrscher stets ein Vorbild sein muss. Wenn die Leute an ihrem König eine Schwäche bemerken, stürzen sie sich wie ein Rudel Wölfe auf ihn." Er sah, dass sie ein Gesicht schnitt. „Mir wurde also alles in die Hand gegeben, ein vorbildlicher Mensch zu werden. Wie ist es mir gelungen?"

„Ich bin mir nicht sicher", erwiderte sie mit einem schalkhaften Lachen, das Rafael betörend fand.

Spürte sie, dass sie ihm schon um sehr viel näher gekommen war? Er stützte sich mit einer Hand hinter dem Rücken ab, während Daniela allmählich immer mehr seitlich zu ihm sank. Ihre Schuhe hatte sie inzwischen ausgezogen.

„Erzählen Sie mir mehr von Ihrer Kindheit und Jugend?"

„Nun, da gab es die akademischen Fächer, es gab die sozialen Gebiete und die Leibesübungen, die mir übrigens ein besonderes Vergnügen bereitet haben. Und dann die Künste, in denen ich mich nicht auszeichnete", fügte er hinzu. „Ich habe kein Talent dafür, aber ich zeigte Geschmack. Vater konnte mir also keine Vorhaltungen machen."

„Ich meinte, wie Sie sich *gefühlt* haben."

Rafael blickte sie einen Moment nachdenklich an. „Oh, ganz gut."

Eine kastanienbraune Locke fiel ihr ins Gesicht, als sie den Kopf zur Seite neigte und ihn zweifelnd ansah.

„Ich weiß nicht recht. Alle waren eifersüchtig", gab der Prinz zu und zog zärtlich an ihrer widerspenstigen Locke. „Das Erste, was Sie vom Hof wissen müssen, Daniela, ist die Tatsache, dass jeder auf seinen Vorteil bedacht ist. Man wird zwar über jeden Ihrer Scherze lachen, doch wer Ihre wahren Freunde sind, erfahren Sie nie." Er zwinkerte ihr zu. „Außer mir natürlich."

Voller Wärme lächelte sie ihn an. Ihre Augen waren kristallklar, und sie schien furchtlos wie ein Kind zu sein. Mit einem Mal fühlte Rafael Gewissensbisse, dass er ein so unschuldiges Wesen in die gefährliche Welt des Palastes gebracht hatte. Er würde sich wirklich um sie kümmern müssen.

Jetzt hob er das Glas und prostete ihr zu. Beide tranken und schwiegen eine Weile. Sie genossen die Anwesenheit des anderen, während die Seeluft sanft in ihren Haaren spielte.

Rafael sprach wieder, während er aufs Meer hinaussah. „Sie kennen bestimmt die Geschichte, wie die Eltern meines Vaters ermordet wurden, als sie kaum älter waren, als wir beide jetzt sind. Mein Vater war damals erst ein Junge und der Einzige, der dem Tod entkam."

Daniela nickte traurig. „Eine große Tragödie in der Geschichte Amanteas."

„Ja, das stimmt. Mein Vater durchlebte eine schreckliche Kindheit im Exil. Seine Erfahrungen haben ihn hart werden lassen, und deshalb glaubt er nun, das sei auch der Grund seines Erfolgs als König. Er befürchtet, dass für mich das Leben zu leicht war. ‚Sie werden dich in Stücke reißen', sagte er oft."

„Wie nett von ihm, an Sie und Ihre Fähigkeiten zu glauben", erwiderte Daniela trocken.

Rafael wandte sich ihr überrascht zu. Ja, sie hatte ihn genau verstanden. „Das ist es eben", erklärte er. „Er hält mich für einen Narren. Alle tun das."

„Das sind Sie aber nicht", wandte sie ein.

„Nein, das bin ich nicht", stimmte er zu.

Lächelnd sah sie ihn an. Beide genossen den Moment völliger Übereinstimmung. Schließlich senkte Daniela den Blick und sprach zögernd: „Sie werden eines Tages ein bedeutender König sein, Rafael."

„Ach", murmelte er und blickte zur Seite.

Einen Moment regte sie sich nicht. Dann legte sie ihm die Hand auf die Schulter und liebkoste ihn. Er schloss die Augen und senkte den Kopf.

Ihre Berührung fühlte sich wundervoll an.

Glaube an mich, Daniela, flüsterte eine Stimme in seinem Inneren. *Ich brauche jemand, der mich um meiner selbst willen mag.*

„Seine Majestät muss ein harter Mann sein. Es kann nicht leicht für Sie sein, dass er seine ganze Hoffnung für Amantea in Sie setzt. Aber er ist auch Ihr Vater und meint es bestimmt gut mit Ihnen."

„Ich habe mein ganzes Leben in seinem Schatten verbracht", flüsterte Rafael kaum hörbar. „Nichts, was ich mache, ist gut genug für ihn. Nie hat er mich für irgendetwas gelobt. Wäre es mir doch nur gleichgültig, was er meint! Aber ich muss so oft daran denken, was ich als junger Bursche Törichtes angestellt habe. Ich nehme an, Sie kennen auch diese Geschichte."

Daniela legte ihren Kopf auf seine Schulter und ihren Arm um seinen Nacken. „Jeder macht Fehler", sagte sie sanft. „Das ist nicht das Ende der Welt, Rafael. Vielleicht hat Ihr Vater Ihnen vergeben, und womöglich können nur Sie sich nicht verzeihen."

„Warum sollte ich? Ich war wirklich ein Narr. Vielleicht verdiene ich es gar nicht, der König von Amantea zu sein."

Sie streichelte seinen angespannten Rücken. „Haben Sie sie geliebt?"

„Ich weiß es nicht. Damals glaubte ich es, aber vielleicht tat ich es auch nicht. Denn so wie jetzt hat es sich nicht angefühlt." Die Ernsthaftigkeit in seiner Stimme beunruhigte ihn. Rasch warf er ihr ein nichts sagendes Lächeln zu, doch sie strich ihm mit den Fingerspitzen über die Lippen.

„Lassen Sie das", flüsterte Daniela und sah ihn aufmerksam an. „Bei mir ist das nicht nötig. Ich werde bald Ihre Gemahlin sein."

Rafael blickte sie an. Er verstand, dass im gleichen Moment, in dem er ihr die Maske abgenommen hatte, sie seine Seele enthüllte. Langsam ließ sie die Hand sinken.

Er schwieg kurz. Als er schließlich sprach, klang es heiser: „Wieso kann ein Mädchen vom Lande einen weltgewandten Leichtfuß wie mich so gut durchschauen?"

„Wir sind gar nicht so verschieden. Rafael, es gibt etwas, was Sie wissen sollten." Sanft strich sie ihm über das Haar. „Sie misstrauen gewöhnlich den Menschen, die Sie umgeben. Das ist verständlich. Aber mir haben Sie das Leben gerettet, und ich stehe in Ihrer Schuld. Ich werde Sie niemals betrügen. Das verspreche ich Ihnen."

Rafael dachte daran, wie treu ergeben Daniela bereits ihrem Großvater war, den sie bei sich behielt, obwohl sie ihn in eine Anstalt für Geistesverwirrte hätte abschieben können. Er erinnerte sich an ihre Treue, die sie dazu gebracht hatte, den jungen Gianni aus seinem Lustschlösschen zu befreien. Und an die Treue ihren zweihundert Bauern gegenüber, deren Überleben sie zu den Überfällen veranlasst hatte.

Ihm wurde auf beängstigende Weise klar, dass er ihren Worten Glauben schenkte und sie nicht auf Armeslänge von sich halten wollte. Es war das erste Mals seit der Begegnung mit Julia, dass er sich derartig zu einer Frau hingezogen fühlte.

Zart streichelte Daniela seine Wange, und Rafael sah ihr tief in die Augen.

Sie war so offen, so ehrlich. Bei ihr war er sicher. Das wusste und das fühlte er.

Unvermittelt legte er ihr die Arme um die Taille und zog Daniela an sich. Er schloss die Augen und barg das Gesicht in ihrem Haar. Sein Herz pochte heftig, als er das übermächtige Bedürfnis verspürte, dieser jungen Frau alles zu geben, was sie begehrte. Auf einmal wurde ihm jedoch bewusst, dass er bisher die Zuneigung von Frauen stets mit glitzernden Steinen erkauft hatte. Er hatte sie mit letztlich sinnlosen Dingen überhäuft.

Daniela verdiente etwas anderes von ihm. Er löste sich so weit, dass er ihr wieder in die Augen sehen konnte.

Im orangefarbenen Licht der untergehenden Sonne glänzte ihr kastanienbraunes Haar rot, während ihre Porzellanhaut pfirsichfarben schimmerte. Mit heißen Wangen wandte sie den Blick von Rafael.

„Sie verwirren mich“, sagte sie kaum vernehmbar.

„Ja?“ fragte er und hob ihr Kinn, so dass sie ihn anschauen musste.

„Sie erklärten mir, dass Sie mich nur benutzen möchten, um die Zuneigung Ihres Volkes zu gewinnen. Und dann sehen Sie mich … so an.“

„Wie sehe ich Sie an? Als ob ich Sie küssen möchte?“ flüsterte er lächelnd. „Das möchte ich nämlich.“

Daniela schien darauf keine Antwort zu wissen. Entschlossen drehte sie ihm den Rücken zu.

Rafael verstand, dass ihre Schüchternheit wieder die Oberhand gewonnen hatte. Deshalb legte er ihr von neuem die Arme um die Taille und stützte das Kinn auf ihre Schulter.

„Hoheit, ich denke, Ihr Benehmen ist unschicklich“, sagte Daniela, die steif dasaß.

„Unschicklich?“ Rafael lachte. „Man nennt Sie die Banditenprinzessin, und ich bin noch immer Rafael, der Draufgänger. Ich würde sagen, mein Schatz, dass es uns nicht zu scheren braucht, was schicklich ist und was nicht.“

„Nennen Sie mich nicht mein Schatz“, murmelte sie.

Er lächelte und drückte sie an sich. „Der Name Daniela passt gut zu Ihnen.“ Er strich ihr sanft über das Haar und massierte so lange ihren Nacken, bis die Spannung in ihrem Körper nachließ.

Wohlig seufzte sie und lehnte sich an Rafaels Brust. „Das fühlt sich wundervoll an.“

„Ich sollte Sie davor warnen, dass ich mit meinen Händen und Lippen recht viel anzufangen weiß.“ Er knabberte an ihrem Ohr und merkte, dass sie sich wieder anspannte, als er ihren Nacken mit zarten Küssen bedeckte. „Sie haben so hübsche Arme“, sagte er und streichelte Daniela vom Hals bis zu den Handgelenken hinab. Dann verschränkte er ihre Finger mit den seinen. „Fühlen Sie sich unbehaglich?“ fragte er flüsternd und hatte plötzlich von sich selbst den Eindruck, wieder ein Jüngling mit seiner ersten Liebe zu sein.

„Nein“, erwiderte Daniela.

„Gut.“ Er hielt ihre Hände und zog sie zurück, so dass sie

einen Moment die Arme hinter dem Rücken hatte. Verstohlen warf er einen Blick in ihren Ausschnitt. Ihre Brüste waren klein, aber herrlich fest. Er malte sich aus, an ihren Brustspitzen zu saugen. Das würde mir gefallen, dachte er lächelnd und ihr gewiss auch. Er hielt ihre Hände mit einer Hand fest und streichelte mit der anderen ihre Seite.

„Es wird schon dunkel", sagte sie atemlos. „Sollten wir nicht zurückkehren?"

„Ich bin nachts gern auf dem Meer. Man kann das Wasser zwar nicht sehen, dafür aber hören und schmecken. Den Weg durch die Dunkelheit muss man erfühlen", erklärte er und strich tastend über ihren flachen Bauch zu ihren Brüsten.

Daniela drückte leicht den Rücken durch und seufzte, als er ihre kleinen Brüste mit den Händen umfasste. Die wurden bei der Berührung seiner streichelnden Daumen hart.

„Rafael", brachte sie stöhnend hervor und legte ihm die Arme um den Nacken, ohne sich umzudrehen. „Wir … Wir dürfen nicht. Wir sind noch nicht verheiratet."

„Du bist nicht in Gefahr, meine Liebe." Seine Hände glitten zu ihrem Bauch und ihren Schenkeln hinunter, die er zu streicheln begann. „Heute will ich dich noch nicht entjungfern. Ich möchte nur herausfinden, was du magst."

„Aber … Ich … Ich weiß nicht, was ich mag …" Ihre Stimme wurde immer leiser.

„Oh, du wirst es bald wissen", flüsterte Rafael.

Sie legte den Kopf auf seine Brust und drehte sich so zu ihm, dass sie ihn küssen konnte. Sinnlich strich er ihr mit der Zunge über die Lippen, und einladend öffnete sie die Lippen. Er erkundete ihren Geschmack, während sie seine Wange liebkoste.

Vorsichtig zog er ihr die Röcke die hübschen Beine hoch. Mit klopfendem Herzen erforschte er ihren Körper unter dem Seidenkleid. Rafael stöhnte, als er zum Rand ihrer weißen Strümpfe kam und dort die warme, zarte Haut entdeckte. Seine Lenden wurden heiß, doch er kämpfte dagegen an, seinem Verlangen nachzugeben, um Daniela nicht zu erschrecken.

Sie war so unschuldig, so zart. Sie war so anders als all die abgebrühten berechnenden Frauen am Hof. Daniela mochte sich als unabhängig und stark empfinden, doch er sehnte sich danach, sie zu beschützen. Da sie so unerfahren war, hoffte er, ihre Angst vor der Hochzeitsnacht zu vermindern, indem er sie in die Freuden der Lust einführte, die vor ihnen lagen.

Sanft streichelte er ihren weichen Bauch und ihre Hüften, während er sie gleichzeitig leidenschaftlich küsste. Er liebkoste sie so lange, bis er spürte, dass ihre Anspannung nachließ und sich in Hingebung verwandelte.

Erfreut bemerkte er, dass Daniela immer unruhiger wurde. Sie drängte sich an ihn und stöhnte leise. Rafaels rechte Hand glitt ihren Bauch hinab. Er wusste, wo sie berührt werden wollte, und kam ihrem Wunsch äußerst gern entgegen.

Als er sie zärtlich streichelte, spürte er, dass sie einladend feucht wurde. Mühsam rang er um Selbstbeherrschung. Er hielt inne, um sich noch einmal zu zügeln, doch ihre Seufzer erhitzten ihn noch mehr.

„Rafael, Rafael …“

Heldenhaft nahm er sich zusammen und küsste ihr Ohrläppchen. „Daniela, möchtest du zusehen?“ flüsterte er verführerisch und schob ihre Röcke noch höher.

„Nein! Das kann ich nicht“, keuchte sie entsetzt.

„Schau zu.“

Ihr Körper bebte. „Nein! Hör auf.“

Ein wissendes Lächeln umspielte seinen Mund, denn er hörte etwas anderes als Ablehnung aus ihrer Stimme heraus. Vielleicht war es an der Zeit, dass der maskierte Reiter ein neues Abenteuer erlebte.

„Warum nicht? Ist es sündhaft?“ flüsterte er. „Gefällt es dir nicht? Soll ich wirklich aufhören?“

„Rafael“, flehte Daniela.

„Schau mir zu, wie ich dich berühre“, sagte er, als er begann, sie von neuem zu streicheln. „Du musst dich nicht schämen, Liebling. Ich möchte nur dein Verlangen befriedigen. Schau nur, wie schön du bist! Ich liebe es, dich zu berühren. Du bist wie eine Göttin, wie Artemis, die Jägerin – frei und ungezähmt.“

„Oh Rafael.“ Sie drehte sich zu ihm und küsste ihn leidenschaftlich.

Einen Moment lang traten ihm unerklärlicherweise Tränen in die geschlossenen Augen. Sie war so rein. Als ihr Kuss endete, waren sie wieder getrocknet.

Er liebkoste mit den Lippen ihren Nacken, während sie den Kopf senkte und Rafael dabei beobachtete, wie er sie berührte. Dann lehnte sie sich ermattet und leise keuchend an ihn.

Sie ist bereit, dachte er verzweifelt. Seine steife Männlichkeit rieb gegen ihren Rücken. Es wäre so einfach, sie jetzt zu nehmen, doch er schaffte es, der Versuchung zu widerstehen. Denn er wollte ihr seine Ehrerbietung zeigen, indem er sie in ihrer Hochzeitsnacht wirklich zum ersten Mal liebte.

„Ist das zu heftig?“ fragte er sie leise.

„Nein, es ist herrlich“, hauchte sie atemlos.

Rafael lächelte. Sanft streichelte er sie mit dem Mittelfinger, küsste ihr Ohr und ihren Nacken, und in wenigen Augenblicken gab sie sich ihm ganz und gar hin. Ihre Finger krallten sich in seine Schenkel, während sie schwache Schreie ausstieß und vor Lust stöhnte.

Ein Gefühl des Triumphes überkam ihn. Er zog sie in die

Arme, bevor ihre Lust ganz verebbt war. Dann drehte er sie so, dass sie ihn ansehen und ihre Arme um seinen Nacken legen konnte.

„Oh Rafael", flüsterte Daniela, und in ihrer Stimme schwang Verwunderung mit. Sie barg das Gesicht einen Moment an seiner Schulter und küsste ihn dann auf die Wange. „Ich glaube … Ich glaube, dass ich das gebraucht habe", gestand sie ihm leise.

Verblüfft begann er zu lachen. „Mein widersprüchlicher Liebling", murmelte er.

„Das meine ich ernst", protestierte sie.

„Ich weiß", sagte er lächelnd. Wieder stiegen ihm Tränen in die Augen, als er sein Gesicht in ihrem Haar barg. *Das ist es, was mir gefehlt hat.*

Zum ersten Mal seit langem hatte er das Gefühl, wirklich da zu sein. *Mit* ihr diesen Moment zu erleben und es nicht nur vorzugeben. Er hatte das Gefühl, dass sie ihm das schenkte, was Julia ihm gestohlen hatte – seine Unschuld.

Daniela seufzte und legte den Kopf an seine Schulter. Glücklich lächelnd schloss sie die Augen, und Rafael sah in den nächtlichen Himmel hinauf. Er wusste, dass er seine Seelenfreundin gefunden hatte.

9. KAPITEL

Daniela hatte das Gefühl zu schweben, als sie Hand in Hand gemeinsam in den Palazzo Reale zurückkehrten. Obgleich sie an Lakaien, Höflingen und Hofdamen vorbeigingen, nahm sie die Leute kaum wahr. Sie sah nur Rafael, dessen klassisch geschnittenes Gesicht sie immer wieder betrachtete. Vielleicht brauchte sie die Gewissheit, dass er das Wunderbare, das er mit ihr getan hatte, nicht schon bereute.

Er führte sie zu ihren Gemächern und gab ihr im Salon, der noch immer voller Blumen war, einen Kuss auf die Stirn. Der Duft der Blumen berauschte sie ebenso wie die Flasche Wein, die sie gemeinsam geleert hatten.

„Ich nehme nicht gern Abschied", gestand sie. Ihr war ein wenig schwindlig, und sie wollte Rafael nicht loslassen.

„Möchtest du, dass ich heute Nacht bei dir bleibe?" flüsterte der Kronprinz und strich ihr über den Rücken.

Seine Berührung ließ sie erbeben. Doch sie löste sich von ihm und sah lächelnd zu ihm hoch.

„Besser nicht."

Er spielte den Gekränkten. „Ich möchte aber."

„Schmolle nicht, Liebster. Wir sehen uns morgen", sagte sie weich und berührte seine Wange.

„Es ist schon Morgen. Es ist bereits halb drei."

„Dann siehst du mich eben heute. Später."

„Nun gut." Doch anstatt sie loszulassen, zog er sie, den Arm um ihre Taille, an sich und strich mit seiner Nasenspitze über die ihre. „Zeigst du mir, wie du stehend auf einem Pferd reiten kannst?"

„Vielleicht. Wenn ich dich besser kenne."

„Ja, das gefällt mir. Ich frage mich gerade, was ich dir morgen schenken kann", überlegte er und raubte einen kleinen Kuss. „Was möchtest du?"

Ihr Blick wurde verträumt. Sie schloss die Augen und legte den Kopf auf seine Schulter. „Ich brauche keine Geschenke. Ich bin glücklich."

„Dann musst du mir erlauben, dich noch glücklicher zu machen. Sag mir, was du begehrst."

Sie lächelte. „Nun gut, wenn du wirklich etwas tun willst, dann könntest du das Dach unseres Hauses reparieren lassen."

Er seufzte.

„Maria könnte jemand brauchen, der ihr bei Großvater hilft. Und ein paar der Bauernhöfe müssten auch schon lange hergerichtet werden."

„Kannst du nicht einmal an dich selbst denken? Du solltest mich um Diamanten bitten. Ich kümmere mich gern um dieses langweilige Dach, aber musst du denn jeden Versuch, dich zu verwöhnen, abweisen?"

Lachend zog Daniela ihn an sich. „Du bist zu gut, Rafael."

„Ach, hör auf", sagte er und küsste sie auf die Wange.

„Ich habe genug. Mehr brauche ich nicht."

„Wirklich?" Sein Mund verzog sich zu einem Lächeln. Er strich ihr über die Brüste. „Ich glaube nicht, dass dies stimmt", meinte er liebevoll.

Er fasste sie um die Taille, spielerisch, aber mit festem Griff, so dass sie ihm nicht entkommen konnte. Unter Lachen errötete Daniela, während seine verführerischen Liebkosungen sie von neuem mit Lust erfüllten.

„Ich bin mir sogar sicher, dass du etwas ganz Bestimmtes brauchst, meine Liebe."

„Geh schon, du unverbesserlicher Charmeur! Ich schlafe sonst im Stehen ein."

„Also gut.“ Rafael gab nach. „Aber ich werde dich zu Bett bringen.“

Mit diesen Worten hob er sie hoch und trug sie in ihr Schlafzimmer, wo er sie auf die Matratze legte.

Sehnsüchtig schaute Daniela ihn an, während er sich über sie beugte. Sein langes schimmerndes Haar hing herab und warf einen Schatten auf sein Gesicht, doch seine Augen funkelten auch in der Dunkelheit. Er sah wie ein verführerischer Teufel aus, der sie in ihren Träumen aufsuchte.

Sie hielt den Atem an, während sein Blick begehrlich über ihr Gesicht und ihren Körper glitt. Daniela drückte sich tiefer in die Kissen hinein.

„Ich verzehre mich vor Verlangen, dich zu lieben“, flüsterte er heiser. „Vom ersten Moment an, als ich dich sah, wollte ich dich spüren.“ Ein zärtliches Lächeln erhellte sein Gesicht. „Aber ich kann warten. Ich kann noch eine Nacht länger warten, Daniela. Und dann …“, er strich ihr sanft über das Gesicht, „… wird es paradiesisch sein.“

Sie schluckte. Den ganzen Abend über hatte sie sich ihm so nahe gefühlt. Sollte sie ihm jetzt bekennen, wie sehr sie sich vor einer Geburt fürchtete. Aber sie wusste, dass es ihre Pflicht sein würde, ihm einen Sohn zu gebären. Als er sie voller Bewunderung ansah, brachte sie es nicht über sich, ihm ihre Schwäche einzugestehen.

Der herrliche Prinz Rafael hielt sie für furchtlos und mutig. Sie besaß nicht Chloe Sinclairs Schönheit. Gewiss, sie hatte Tugenden, die Rafael an ihr schätzte. Allerdings war sie nicht mutig genug, ihm ihre Ängste zu gestehen.

Rafael beugte sich herab und küsste ihre Brust. Dann löste er sich von Daniela und ging langsam zur Tür. Daniela stützte sich auf den Ellbogen ab und beobachtete ihn. Ihr Blick wanderte über seine breiten Schultern zu seiner schmalen Taille und dem festen Po hinab.

An der Tür blieb Rafael stehen, drehte sich um und schaute sie ein letztes Mal an. Seine Augen funkelten in der Dunkelheit geradezu animalisch. „Du siehst so wunderschön aus, Daniela. Bist du dir sicher, dass ich nicht bleiben soll?“

Ihr Lächeln war voller Sinnlichkeit. „Gute Nacht, Rafael.“

Er seufzte, verbeugte sich leicht vor ihr und ging hinaus. Die Tür schloss er ganz leise hinter sich.

Vor Zufriedenheit seufzend, kuschelte Daniela sich in die Kissen. Doch ihre Freude währte nicht lange. Denn eine innere Stimme warnte sie: *Du bist eine Außenseiterin, eine Frau, die eine eigene Meinung hat. Lauf nicht in dein Verderben. Einen Mann wie ihn kannst du nicht halten.* Doch sie war bereits dabei, sich ganz und gar in Rafael zu verlieben.

Schon bald schlief sie ein und träumte von ihm und dem Paradies.

Rafael hatte mit seiner Absicht, den so genannten maskierten Reiter zu heiraten, wie vorhergesehen einen Skandal ausgelöst. Allerdings begriff Orlando am nächsten Tag, dass es mehr war als nur ein weiterer Streich des Kronprinzen. Der Prinz begann nämlich – und wie es schien, geradezu absichtlich –, sich Feinde zu machen. Orlando hatte keine Ahnung, was er vorhatte. Das beunruhigte ihn zutiefst, denn bisher hatte er Rafael stets als leicht berechenbar eingestuft.

Doch nun fing er an, den Hof gegen sich aufzubringen. Er zog nämlich die entzückende Contessa Daniela vor den Augen des Kabinetts auf sein Knie. Auf diese Weise erinnerte er die Anwesenden daran, dass er gegen den Willen seines Vaters eine Braut gewählt hatte.

Die Minister waren empört und äußerten dies auch. Rafael schlug ihnen daraufhin vor, den Raum zu verlassen, wenn es ihnen nicht gefiel.

Nur Bischof Justinian hatte dies auch getan. Er war sogar so weit gegangen, ihnen anzudrohen, sie nicht zu verheiraten, bis der König seine Einwilligung gegeben hatte.

Contessa Daniela war beim Zornesausbruch des Bischofs zusammengezuckt. Sie schien sich ihrer Bedeutung nicht bewusst zu sein und merkte nicht, dass der Prinz sie dazu benutzte, sich vor den anderen zu beweisen. Allerdings fühlte sich Daniela sichtlich unwohl. Aber Rafael ließ nicht von ihr ab und flüsterte ihr von Zeit zu Zeit etwas ins Ohr.

Mit ihren großen blauen Augen blickte sie ängstlich und unsicher drein. Orlando fiel jedoch auf, dass allmählich ein zorniger Ausdruck auf ihrem Gesicht erschien, je länger die alten Männer Rafael ärgerten und verhöhnten. Schließlich schien sie sogar damit zufrieden zu sein, auf dem Schoß des Kronprinzen zu sitzen, um ihm auf diese Weise Rückendeckung zu geben.

Der Liebhaber und die Kämpferin, dachte Orlando und schüttelte den Kopf.

Rafaels zarte Berührung schien das Einzige zu sein, was die hübsche Raubkatze davon abhielt, über den Tisch zu springen und die Männer anzufauchen, die es wagten, Amanteas zukünftigen König nicht gebührlich zu behandeln. Rafaels und Danielas gemeinsame Front brachte die Minister schließlich zum Schweigen.

Die jüngeren Männer – vor allem Adriano und Niccolo –, die ebenfalls anwesend waren, wechselten angewiderte Blicke mit Orlando, wagten es aber nicht, sich offen gegen Rafael zu stellen.

Einen kurzen Moment lang blickte Orlando Adriano fest in die Augen. Dann wandte sich der schöne junge Mann beschämt ab. Orlando freute sich insgeheim. Er wusste, dass die Schwachstelle des Prinzen bei seinen Freunden lag. Adriano war eifersüchtig, flammte rasch auf und war keineswegs zuverlässig. Es überraschte den Vetter des Kronprinzen nicht, dass Adriano so feindselig Contessa Daniela gegenüberstand.

Die Signorina lauschte aufmerksam dem, was um sie herum besprochen wurde. Gelegentlich lehnte sie sich zu Rafael und flüsterte ihm etwas ins Ohr. Jedermann sah, dass er ihren Worten volle Aufmerksamkeit schenkte, doch selbst die mutige Contessa Daniela war nicht tollkühn genug, ihre Gedanken im Kabinett des Königs laut auszusprechen.

Die Zusammenkunft zog sich hin. Don Arturo war, wie so oft, äußerst einschläfernd und nahm keine von Rafaels Anregungen auf. Der Kronprinz blieb ruhig, rückte aber nicht von seinem Veto ab, das er gegen die neu vorgeschlagene Steuer des Premierministers einlegte.

Immer wieder streichelte Rafael seine Braut, als ob sie eine Katze wäre, die auf seinem Schoß saß.

Es war für Orlando schier unerträglich, beobachten zu müssen, wie Rafael langsam und besitzergreifend über Danielas Arm strich. Ohne es zu wollen, stellte sich der Vetter vor, wie die beiden einander liebten. Eine solche Frau, dachte er, gibt sich nur einem glücklichen Mann ganz und gar hin. Und vor seinem inneren Auge sah er, wie *er* es war, dem ihre Liebe galt.

Das Paar schien sich auch ohne Worte zu verstehen, und die gegenseitige Anziehung war für alle Anwesenden deutlich zu spüren. Die meisten fühlten sich unbehaglich und hatten das Gefühl, dass Rafael sie mehr duldete, aber nicht wirklich brauchte.

Er schien nur noch Daniela und vielleicht ein Bett zu benötigen.

Als die Herren um halb elf eine kurze Pause einlegten, stellten sich einige von ihnen am Ende der Halle zusammen und echauffierten sich über den Prinzen. Orlando war jedoch nicht davon überzeugt, dass es nur körperliches Verlangen war, das seinen Verwandten dazu brachte, die junge Dame bei sich zu behalten.

Daniela und Rafael sprachen leise miteinander, nachdem die alten Männer den Raum verlassen hatten. Verstohlen beobachtete Orlando die beiden. Er sah, wie sie ihm sanft über die Wange strich und ihm einen zärtlichen Kuss gab.

Vielleicht war Orlando der Einzige, der wirklich bemerkte, wie Rafael sich unter dem Einfluss der Contessa Daniela veränderte. Eines war jedenfalls sicher: Was er sah, gefiel ihm ganz und gar nicht. Es war bereits schlimm genug, dass die Öffentlichkeit sich allmählich hinter Rafael zu stellen begann, nachdem er den beliebten maskierten Reiter gerettet hatte. Nun sah es auch ganz so aus, als ob die Contessa seinen Retter verteidigen wollte, während Rafael die Welt aus einem neuen Blickwinkel zu betrachten schien.

Die zur Schau getragene Langeweile des Prinzen war verschwunden. Ohne, wie zuvor, ein paar selbstgefällige Bonmots zum Besten zu geben, sprach Rafael nun weniger, dafür aber mit Überzeugung.

Orlando, den das verliebte Paar erzürnte, ging ebenfalls in die Halle hinaus. Er fragte sich, was aus seinen Plänen werden würde, wenn Rafael lange genug lebte, um mit seiner Gattin ein Kind zu zeugen.

Vermutlich würde es nicht lange dauern. Er wusste nicht, ob er Rafaels Ableben so rasch bewerkstelligen konnte. Bisher war der nichts ahnende Rafael jeder tödlichen Falle entkommen. Wenn Daniela ihm einen Sohn schenken würde, fiele der Thron an ihr Kind und nicht an Rafaels jüngeren Bruder Leo. Das durfte nicht geschehen.

Orlando warf einen Blick in den Raum zurück, wo der Kronprinz und Daniela einander hingebungsvoll küssten. Voller Hass und Neid wandte sich der Vetter ab. Auch er war mit seinem markanten Aussehen, seinem Reichtum und seinem Titel der Liebhaber vieler Schönheiten gewesen. Aber keine hatte ihn je auf diese Weise geküsst.

Allerdings bevorzugte er keine sanften Frauen. Vielmehr genoss er es, wenn sich nach dem Liebesakt Striemen auf der weichen Haut seiner Geliebten zeigten. Stets wurden seine Mätressen so sorgfältig ausgesucht, dass nichts von seinen abartigen Neigungen an die Öffentlichkeit drang.

Er verstand die Verbindung zwischen dem Prinzen und seinem neuesten Spielzeug nicht. Die seltsame Kraft, die davon ausging, beunruhigte ihn. Vielleicht war es das Beste, Rafaels neue Verbündete gegen ihn aufzubringen. Dazu müsste Orlando nicht einmal lügen.

Das Kabinett diskutierte nach der Pause weiter. Doch am Nachmittag kam es zu einem Eklat, denn Contessa Daniela hatte auf einmal von Don Arturos herablassendem Benehmen gegenüber Rafael genug. Sie unterbrach den Premierminister.

„Das reicht, mein Herr!“ platzte sie heraus, rutschte von Rafaels Schoß herunter und beugte sich zornig nach vorn.

Fassungslos blickte Don Arturo sie an. Doch als Rafael kaum ein Lachen zu unterdrücken vermochte, verlor der Premierminister endgültig die Geduld.

„Sie sollten nicht einmal hier sein, Contessa Daniela! Für wen halten Sie sich eigentlich?“

„Für eine Freundin des Vaterlandes und Ihre zukünftige Königin!“ gab sie wütend zurück.

Rafael lachte vergnügt, doch die Minister glaubten, ihren Ohren nicht zu trauen.

Aber Daniela Chiaramonte war noch nicht fertig. „Sie sind derjenige, der nicht hier sein dürfte, wenn Sie so mit dem Herrscher Ihres Landes sprechen. Noch nie in meinem Leben habe ich eine solche Respektlosigkeit erlebt. Sie sollten Amantea dienen und nicht Zwietracht säen. Warum untergraben Sie absichtlich die Autorität Seiner Hoheit?"

Der versöhnliche Landwirtschaftsminister versuchte zu vermitteln. „Don Arturo untergräbt nicht die Autorität Seiner Hoheit …"

„Das tut er durchaus", fuhr Daniela ihn mit empört funkelnden Augen an.

„Daniela", sagte Rafael leise hinter ihr.

„Ja, Hoheit?" erwiderte sie, ohne den Blick von Don Arturo zu wenden.

„Würden Sie uns für einen Moment entschuldigen?"

„Ganz wie Sie wünschen, Hoheit", antwortete sie steif. Bevor sie jedoch den Raum verließ, flüsterte sie ihm noch zu: „Ihr Vater würde sich das nicht gefallen lassen. Warum tun Sie es?"

„Gehen Sie, meine Liebe", sagte er sanft und küsste ihr die Hand.

Interessiert beobachtete Orlando die Kabinettsmitglieder. Es herrschte eine äußerst angespannte Stimmung. Vermutlich würde gleich gewaltiger Streit ausbrechen.

Daniela ging mit hoch erhobenem Kinn hinaus. Rafael beobachtete sie, bis sie die Tür hinter sich geschlossen hatte. Dann wandte er sich an die Anwesenden.

„Don Arturo", begann er mühsam beherrscht zwischen zusammengebissenen Zähnen hervor, „meine Herren Minister." Dann konnte er seinen Zorn nicht mehr im Zaum halten. Er schrie: „Sie sind von Ihrem Posten enthoben!" Bei diesen Worten schlug er mit der Faust auf den Tisch.

Daniela, die draußen vor der Tür lauschte, riss vor Überraschung die Augen auf, als sie Rafaels wütende Worte vernahm. Nachdem der Premierminister eine Erklärung verlangte, fing er an zu toben. Alle erhoben nun ihre Stimmen, aber die Rafaels war nicht zu übertönen.

Oh mein Gott, was habe ich angerichtet, dachte Daniela entsetzt.

Ein würdevoller Palastdiener stürmte in diesem Moment die Halle entlang und sah, wie Daniela an der Tür lauschte. Sein faltiges Gesicht wirkte empört.

Beschämt zog sich Daniela zurück. Sie nahm sowieso an, dass die entlassenen Kabinettsmitglieder nun jeden Augenblick aus dem Raum stürzen würden. Noch konnte sie kaum glauben, dass sie sich zu einem solchen Zornesausbruch hatte hinreißen lassen. Sie hatte Don Arturo di Sansevero, den hoch geschätzten Berater des Königs, wie ein Fischweib angeschrien. Dennoch war sie froh, dass Rafael endlich die Beleidigungen dieses Mannes nicht länger hinnahm.

Mit gemischten Gefühlen eilte sie in ihre Gemächer zurück, wo sie hoffte, zumindest dort in keine Schwierigkeiten zu geraten.

Als sie an einem der vielen Salons vorbeiging, hörte sie das perlende Lachen einer Sopranstimme. Neugierig schaute Daniela durch die offene Tür in das Zimmer und entdeckte Chloe Sinclair. Sie saß auf einem eleganten Sofa und trug einen rosa Seidenschal. Dabei wirkte sie strahlend schön, und ihr blondes Haar schimmerte seidig.

Zu ihren Füßen und auf den Ottomanen, die um sie herumstanden, befanden sich ihre Verehrer. Hübsche junge Männer hingen an ihren Lippen und überschütteten sie mit Komplimenten. Junge Damen saßen bescheiden daneben und blickten

Chloe wehmütig an, als ob sie sich wünschten, dass ein wenig ihres Glanzes auf sie abfärbte.

Daniela sank der Mut. Wenn es jemals ein weibliches Gegenstück für die Schönheit des Prinzen gegeben hätte, dann war es einzig und allein diese Feenkönigin.

Was tut sie hier? Sie muss gekommen sein, um Rafael zu treffen. Aber …

Daniela wollte nicht weiter darüber nachdenken, da sie sonst erneut zornig geworden wäre. Schließlich sollte sie Rafael morgen heiraten.

Auf einmal entdeckte die Engländerin mit ihren himmelblauen Augen Daniela Chiaramonte. Sogleich verwandelte sich ihre Fröhlichkeit in kalte Feindseligkeit. Ihr Lachen erstarb, und sie schaute Daniela abschätzig an. Dann wandte sie den Blick ab und lächelte einen der jungen Herren zu ihren Füßen an. Es war eine solch abweisende Geste, dass Chloe Sinclair Daniela genauso gut die Tür vor der Nase hätte zuschlagen können.

Mit zusammengepressten Lippen ging Daniela weiter, bis sie zu ihren Gemächern gelangte. Dort lief sie zornig auf und ab und wartete darauf, dass Rafael zu ihr kam. Die Zusammenkunft des Kabinetts war offensichtlich beendet, so dass er nun wieder bei ihr sein konnte.

Es sei denn, er lässt sich von dieser eingebildeten Schauspielerin ablenken, dachte Daniela. Sie konnte es nicht leugnen: Eine heftige Eifersucht hatte sie ergriffen, und sie fürchtete sich vor der Macht, die diese Frau über Rafael besaß. Chloe Sinclair hatte die Schönheit und die Anmut, die zu einem Prinzen passten, und Daniela fühlte sich mehr denn je hier fehl am Platz.

Einige der Blumen im Salon begannen bereits zu welken. Ungeduldig zog sie eine Rose, die den Kopf hängen ließ, aus einem der Bouquets und stieß dann einen kleinen Schmerzensschrei aus, als sie sich an einem Dorn stach. Sie saugte an ihrem verletzten Finger und ging dabei ins Schlafzimmer. Unruhig trat sie auf den Balkon und wartete.

Rafael muss kommen, dachte sie. Er hatte ihr versprochen, dass er sie heute noch zum Hafen begleiten würde, damit sie sich dort von den Brüdern Gabbiano verabschieden konnte. Die Familie sollte am Nachmittag nach Neapel reisen.

Einige Augenblicke später trat eine ihrer Zofen zu ihr, um einen Besucher anzukündigen. Freudig eilte Daniela in den Salon, blieb jedoch auf der Schwelle überrascht stehen.

Mitten im Zimmer stand – ganz in Schwarz gekleidet – Orlando und bewunderte ihre Blumen.

Orlando di Cambio sah man die Verwandtschaft zur Familie Fiori deutlich an. Obgleich er schwarzes Haar und einen dunkleren Teint hatte, erinnerte er doch auf verblüffende Weise an den Kronprinzen. Er trug eine kleine Lederschatulle, in der Dokumente aufbewahrt wurden. Als Daniela den Raum betrat, drehte er sich zu ihr um und lächelte sie an. Dabei blickten seine grünen Augen kalt.

„Contessa Daniela." Seine Stimme klang tief und ruhig. Er verbeugte sich vor ihr. „Seine Hoheit hat momentan noch zu tun und bat mich, nach Ihnen zu schauen."

„Wirklich?" Sie spürte, wie sie bleich wurde.

Er hat also zu tun, dachte sie entsetzt. Zorn stieg in ihr auf. Sie versuchte, ihre Gefühle vor Rafaels Vetter zu verbergen, da sie sich nicht als eifersüchtige Närrin zeigen wollte.

Orlando warf einen raschen Blick auf die Zofe, die an der Tür stand. Dann sah er wieder Daniela an. „Wollen wir ein wenig im Korridor spazieren gehen und uns unterhalten?"

„Ganz wie Sie wünschen."

Orlando wies auf die Tür. „Nach Ihnen, Contessa Daniela."

Sie achtete kaum darauf, wohin sie gingen. Vor ihrem inneren Auge sah sie nur Rafael mit seiner englischen Schönheit. Wütend erinnerte sie sich an seine Zärtlichkeiten am Abend zuvor. Und er wollte ihr ein Geschenk machen. War all das nun vergessen?

Gereizt schritt sie neben Orlando her, als sie den leeren Marmorgang entlangliefen. Am anderen Ende befand sich ein Zitronenbaum, der in einem Terrakottatopf stand. Das Sonnenlicht fiel auf die Blätter, und die Seeluft spielte mit den Seidenvorhängen, die vor den offenen Balkontüren hingen.

Orlando schwieg. Er besaß eine breitere Stirn und eine schärfer gebogene Nase als Rafael, doch er bewegte sich fast wie er. Daniela war entschlossen, ihm ihren Ärger nicht zu zeigen, und bemühte sich darum, ein Gespräch zu beginnen.

„Ich hatte gar nicht gewusst, dass Seine Hoheit Vettern hat", bemerkte sie. „Ich dachte, dass alle di Fiori außer Rafaels Vater jenem schrecklichen Mordanschlag auf König Alphonso und Königin Eugenia zum Opfer gefallen waren."

„Rafael und ich sind nur entfernte Verwandte", erwiderte Orlando. „Die di Cambio verließen Amantea vor hundert Jahren wegen eines Familienstreits und ließen sich in der Toskana nieder."

Daniela interessierte sich zwar für die Geschichte der berühmten di Fiore, zu denen sie bald gehören würde, doch Orlando schien nicht weiter darüber sprechen zu wollen. Sie hatte auch nicht vor, ihn zu drängen. Jetzt erreichten sie den Balkon, und er bat sie hinauszutreten. Der Duft des Zitronenbaums erfüllte die sonnenwarme Luft. Von hier oben bot sich einem der Blick auf die breite Einfahrt, die zu den großen schwarzen Toren der Palastmauer führte. Dort sah sie Soldaten postiert und Kutschen, in denen im Auftrag des Königshauses Gegenstände transportiert wurden.

Orlando legte die Lederschatulle auf das Geländer und schaute Daniela an. „Signorina, in Wahrheit bin ich gekommen, um mit Ihnen über Ihre bevorstehende Hochzeit zu sprechen. Sie haben vorhin gesagt, Sie seien eine Freundin des Vaterlandes, was ich Ihnen glaube. Sie wollen das Beste für Amantea und für Rafael."

„Natürlich will ich das."

Orlando zögerte und sah in die Ferne. „Ich befürchte, dass mein Vetter einen großen Fehler begeht. Sie müssen verstehen, dass meine Verpflichtung zuerst Amantea und König Lazar gilt. Leider wird das, was ich Ihnen zu sagen habe, nicht erfreulich für Sie sein."

Unerfreulicher konnte es kaum sein als der Gedanke daran, dass ihr Verlobter in diesem Augenblick bei seiner schönen Geliebten weilte. Daniela fühlte sich schrecklich bedrückt. Sie verschränkte die Arme. „Was ist es?"

Orlando sah sie mit ernster Miene an. „Ich befürchte, dass Rafael seine Zukunft zerstört, wenn er Sie heiratet. Es mag sogar zu einem weiteren Bruch in der königlichen Familie kommen, wie es damals geschah, als meine Vorfahren Amantea verließen."

Verwirrt blickte sie ihn an.

„Ich mag Rafael, das müssen Sie wissen. Aber alle kennen seine Launen. Er ist jemand, der die Dinge oft nicht so ernst nimmt, wie es ratsam wäre. Ich weiß nicht, ob er sich der Konsequenzen bewusst ist, die es nach sich ziehen würde, wenn er Sie heiratet. Ich habe ihn zur Mäßigung angehalten, aber der Prinz hört nicht. Deshalb bin ich zu Ihnen gekommen."

Daniela erschrak zutiefst. „Welche Konsequenzen?"

„Es ist sehr wahrscheinlich, dass König Lazar ihn enterben und statt seiner Prinz Leo zu seinem Nachfolger bestimmen wird."

„Was sagen Sie da?" rief Daniela entsetzt. Sogleich dachte sie an Rafaels Worte auf dem Boot, als er ihr von seiner schwierigen Beziehung zu seinem Vater erzählt hatte.

„Kurz bevor die königliche Familie nach Spanien gereist ist, drohte der König Rafael vor dem ganzen Kabinett mit dem Verlust der Krone."

„Ich kann mir nicht vorstellen, dass Seine Majestät diese Drohung tatsächlich wahr machen würde", erwiderte sie entsetzt. „Glauben Sie das? Rafael wäre am Boden zerstört."

„Nun, er hat seiner Familie bereits so manche Schande bereitet."

Daniela zuckte zusammen. „Ich glaube nicht, dass König Lazar ihn meinetwegen enterben würde. Zwar mag ich arm sein, doch ich bin aus guter Familie ..."

„Sie wurden wegen Straßenräuberei verhaftet, Signorina. Das mag Ihre Herkunft ein wenig in den Hintergrund rücken. Glauben Sie wirklich, dass Seine Majestät eine überführte Wegelagerin als die Mutter zukünftiger Fiori-Könige annehmen wird? Man wird Sie für einen Schandfleck in der Familie ansehen – nicht besser, als wenn Sie Chloe Sinclair wären."

Daniela warf Orlando einen scharfen Blick zu. Er lächelte bedauernd, doch der Ausdruck in seinen grünen Augen verriet Berechnung.

„Der König kann sogar Ihre Ehe auflösen – und das wird er auch."

„Aber ich schulde Rafael doch etwas. Er hat mir das Leben gerettet und meine Freunde befreit. Ich gab ihm mein Wort. Das kann ich doch jetzt nicht brechen."

„Wenn Sie ihm etwas schulden, gibt es noch mehr Grund, ihn als Ihren Gatten abzuweisen. Wenn Sie Rafael heiraten, zerstören Sie sein Leben. Wollen Sie das?"

„Natürlich nicht. Warum behandeln die Leute ihn wie ein

Kind? Er ist ein erwachsener Mann, und ich bin diejenige, die er will", rief sie lauter, als sie eigentlich wollte.

Orlando schwieg. Sein mitleidsvoller Blick schien zu fragen: *Warum ist er dann in diesem Moment bei Chloe Sinclair?*

„Contessa Daniela", sagte er schließlich. „Ich will Sie nicht verletzen. Sie sind noch so jung. Wirklich, es war gedankenlos von ihm."

Danielas Mund zitterte. „Was meinen Sie damit?"

Orlando schüttelte den Kopf. „Ich habe es bereits dreißig, vierzig Mal miterlebt. Diese Affären dauern eine Woche, vielleicht zwei. Sie müssen doch von seinem Ruf gehört haben."

„Das ist nur Gerede", erwiderte sie unsicher.

„Nein, das ist es nicht", sagte Orlando traurig. „Es beginnt immer so, als hätte er die Liebe seines Lebens gefunden. Teure Geschenke, Komplimente, bezaubernde Worte, Verführung. Doch dann fängt er an, sich zu langweilen. Chloe Sinclair ist die Einzige, der es bisher gelungen ist, sein Interesse für mehr als einen Monat zu fesseln. Und ich nehme an, dass wir beide wissen, warum. Sie sind nicht so", fügte er mit sanfter Stimme hinzu. „Sie verdienen Besseres. Laufen Sie nicht in diese Falle. Er mag der Kronprinz und mein Vetter sein. Aber ich bin ein Kavalier und möchte Ihnen deshalb sagen, dass Rafael di Fiore bei den Frauen ein Schurke ist. Er weiß, wie er sie verführen kann, und über kurz oder lang wird er auch Sie fallen lassen und sich ein neues Spielzeug suchen."

Daniela blickte Orlando an und vermochte nur schwer die Tränen zurückzuhalten. Jedes Wort, das Orlando sagte, schien direkt aus dem Tagebuch ihrer geheimen Ängste zu stammen. Er fügte hinzu: „Ich hasse es, Ihnen diese schlechte Nachricht übermitteln zu müssen, aber ich bin mir ganz sicher, dass Sie nur eine weitere seiner Launen sind. Es tut mir sehr Leid."

Sie schüttelte den Kopf und wandte sich dann ab. Vor Entsetzen war ihr übel. Sie hatte es geahnt. Es wäre ja auch zu schön gewesen, um wahr zu sein.

„Leider gibt es noch etwas", sagte Orlando sanft und öffnete die Lederschatulle.

Plötzlich befürchtete Daniela, dass sich darin Bestechungsgelder befanden, mit denen sie veranlasst werden sollte, Rafael aufzugeben. Doch als er sie bat, in die Schatulle zu sehen, entdeckte sie dort fünf kleine Porträts, die alle junge Frauen darstellten. „Was ist das?"

„Das sind die jungen Damen, von denen der Prinz eine als seine Braut wählen soll." Kurz schilderte Orlando das Übereinkommen, das König Lazar mit seinem Sohn getroffen hatte – Rafael durfte während der Abwesenheit seines Vaters Amantea regieren, wenn er dafür eine der jungen Damen als zukünftige Gemahlin erwählte. „Deshalb bin ich mir auch sicher, dass Rafael enterbt wird, wenn er Sie heiratet", erklärte Orlando nüchtern. „Es gefiel ihm nicht, diesen Befehl von seinem Vater zu erhalten. Sein Stolz ertrug es nicht, dass die Frauen ohne seine Einwilligung ausgewählt wurden. Ich befürchte, dass er Sie nur heiratet, um sich dem König zu widersetzen."

„Oh mein Gott", flüsterte Daniela erschrocken. Sie senkte den Kopf. Wie sehr sie sich in diesem Moment für ihre Gutgläubigkeit hasste!

Was für eine Närrin sie doch gewesen war, offenen Auges in die Falle des Frauenhelden zu laufen! Wie hatte sie ernsthaft glauben können, dass er eine Frau wie sie begehrte? Sie war für ihn eine Diebin, und ihm waren fünf Prinzessinnen als Gemahlinnen angeboten worden. Wieso hatte sie nicht bemerkt, dass seine einzige Absicht darin lag, die Welt zu schockieren und Seine Majestät zu erzürnen?

Auch in der Nacht zuvor hatte er nur sein Spiel mit ihr getrieben – das verstand Daniela nun. Mein Gott, wie töricht war sie gewesen, ihm zu glauben! Beim Gedanken an die Freiheiten, die sie ihm gestattet hatte, schauderte sie. Sie hatte ihm ganz und gar vertraut, und er hatte nur mit ihr gespielt. So, wie er in der Nacht des Festballs mit ihr gespielt hatte, als er seinen Freunden befohlen hatte, sie für seine lüsterne Unterhaltung zu ihm zu bringen.

Welch ein Heuchler war er doch! Er hatte sie dazu gezwungen, ihm ihr Ehrenwort zu geben, während er ihr im Gefängnis seine wahren Beweggründe verschwiegen hatte.

Ich hasse ihn, dachte sie. Plötzlich fehlte ihr Mateo, ihr einziger wahrer Freund. Sie vermisste Großvater und wollte nur noch nach Hause.

„Zweifelsohne würde der König Rafaels Ehe mit Ihnen als den Tropfen betrachten, der das Fass zum Überlaufen bringt", fuhr Orlando fort. „Der Thron wird an Leo übergehen. Was aus Rafael wird, weiß ich nicht. Wichtiger jedoch ist die Frage, was aus Amantea wird."

Daniela verschränkte die Arme und blickte auf die Stadt hinaus. Sie fühlte einen schrecklichen Schmerz. „Wenn Rafael ein solcher Schurke ist, dass er so etwas seinem Vater und mir antun kann, warum wollen Sie ihn dann überhaupt auf dem Thron sehen? Vielleicht verdient er ihn gar nicht."

„Sein ganzes Leben war bisher darauf ausgerichtet, eines Tages König zu werden. Ihm fehlt nur die Reife, das ist alles. Und die wird hoffentlich im Lauf der Zeit kommen. Prinz Leo ist erst zehn Jahre alt. Ein Kind auf dem Thron untergräbt die Stabilität eines Landes."

Sie schloss die Augen und versuchte, klar zu denken. „Ich weiß nicht, was ich tun soll. Ich kann ihn nicht einfach zurückweisen. Meine Freunde sind immer noch in Gewahrsam. Wenn ich mein Wort breche, wird Rafael zornig sein. Ich möchte keinen Schurken heiraten oder König Lazars Wut auf mich ziehen. Aber wenn ich Rafael nun zurückweise, könnte er die Brüder Gabbiano noch immer an den Galgen bringen. Selbst in Neapel wird man sie beobachten."

„Das stimmt", erwiderte Orlando und holte tief Atem. „Nachdem die Hochzeit bereits morgen stattfinden soll, ist es vielleicht zu spät, um einen Rückzieher zu machen. Unsere einzige Hoffnung ist nun eine Annullierung, wenn der König und die Königin nach Amantea zurückkehren."

Unsicher sah Daniela ihn an.

„Wissen Sie, was nötig ist, um eine Annullierung zu erhalten?" erkundigte er sich auffallend rücksichtsvoll.

Sie verneinte.

„Sie dürfen sich ihm nicht … ihm nicht hingeben. Und wenn Sie guter Hoffnung wären … Nichts ist schlimmer als ein uneheliches Kind königlichen Bluts", sagte Orlando mit leiser Stimme.

„Ich verstehe." Daniela wandte sich ab. Das war zumindest eine gewisse Erleichterung. So verletzt sie sich auch fühlen mochte – wenigstens musste sie sich keine Sorgen mehr machen, im Kindbett frühzeitig zu sterben.

Eine Weile schwiegen beide. Daniela warf einen Blick hinter sich in den Gang, um zu sehen, ob Rafael von seinem Treffen mit Chloe Sinclair zurückgekehrt war. Es wäre nicht gut, wenn er sie mit Orlando entdeckte, da er sonst Verdacht schöpfen könnte.

„Ich muss gestehen, dass ich nicht wusste, was ich von einer Straßenräuberin zu erwarten hatte", bemerkte der Florentiner. Als sie zu Orlando hinsah, blickte er sie aufmerksam an. „Vielleicht hätten Sie dem Gesetz nach an den Galgen gehört", meinte er und strich ihr mit der Fingerspitze über die Wange. „Aber Sie sind wahrhaftig eine Entdeckung."

Errötend wandte Daniela sich ab. Seine Liebkosung verwirrte sie.

„Geben Sie ihn auf, wenn es an der Zeit ist. Ich werde mich darum kümmern, Sie vor dem Zorn des Königs zu bewahren. Ihre Bereitwilligkeit, nichts von Rafael zu verlangen, wird mir helfen, mit Seiner Majestät um Ihre Freiheit zu feilschen. Ich werde mich darum bemühen, dass man Sie nicht für Ihre Verbrechen vor Gericht stellt. Wenn Sie zu diesem Zeitpunkt noch unberührt sein sollten", fuhr er fort und lächelte sie rätselhaft an, „könnten wir beide vielleicht zu einem Arrangement kommen."

„Seien Sie nicht ungehörig", erwiderte Daniela entsetzt. „Wenn Rafael und ich heiraten, werden auch Sie mein Verwandter sein."

Orlando warf ihr einen düsteren Blick zu, schloss die Schatulle und ging davon.

„Wie kommst du nur auf die Idee, dich an ein gewöhnliches Bauernmädchen binden zu wollen?" wütete Chloe. Ihre eisblauen Augen funkelten zornig. Sie ging so aufgebracht im Salon auf und ab, dass ihr der Rock um die Beine wirbelte. „Glaubst du wirklich, dass *sie* dich befriedigen kann? Ich kann dir mit Gewissheit sagen, dass dein Interesse an ihr schon bald nachlassen wird. Sie ist wie alle anderen. Sie wird dich zu Tode langweilen, und du wirst zu mir zurückgekrochen kommen. Aber wenn du das tust, schlage ich dir die Tür vor der Nase zu. Glaubst du, ich brauche dich? Ich kann jeden Mann haben!"

Rafael seufzte.

„Jeden!“ schrie sie und trat empört auf ihn zu. „Nick, Orlando, sogar den König, wenn ich ihn will!“

„Zum Teufel, zeig etwas Anstand“, tadelte der Prinz sie, den ihre Drohungen kalt ließen.

Chloe lachte bitter. „Macht dir das Angst, Rafael? Hast du Angst, dass ich mich im Bett deines Vaters mehr vergnügen könnte? Er ist schließlich noch so kraftvoll wie ein Hengst. Der König ist ein echter Mann – nicht wie du.“

„Und in dreißig Jahren Ehe hat er noch niemals meine Mutter betrogen. So hübsch du auch sein magst, Chloe – ich glaube kaum, dass er deinetwegen untreu werden würde.“

Sie stieß einen verächtlichen Laut aus. „Du Weichling! Ich sollte ihn verführen, nur um dich zu ärgern. Die Königin ist alt und völlig reizlos.“

Nun begann sie also auch noch, seine Mutter zu beleidigen. Rafael versuchte, sich zu beherrschen. „Wie schade, dass du so von ihr denkst. Mutter mag dich“, erwiderte er.

Chloe brachte diese Äußerung nur einen kurzen Moment aus der Fassung. „Ich weiß, dass deine Mutter mich hasst. Sie hasst jede Frau, die versucht, in deine Nähe zu kommen.“

Rafael zuckte die Schultern. „Sie ist nur eine gute Menschenkennerin.“

„Und du hängst noch immer an ihrem Schürzenzipfel. Vielleicht sollte ich stattdessen Orlando nehmen. Was meinst du dazu?“ fragte sie hochmütig.

„Vergnüg dich von mir aus mit dem Gärtner, wenn das deiner Eitelkeit gut tut. Mir ist es völlig gleichgültig. Schließlich warst du alles andere als keusch, als ich dich traf.“

„Grobian!“ zischte Chloe. Rafael war überrascht, dass sie ihm nicht von ihrer Affäre erzählte.

Er wusste, dass sie bereits seit einiger Zeit ein Verhältnis mit seinem alten Jugendfreund hatte. Doch es hatte ihn wenig gekümmert. Er hätte blind sein müssen, um es nicht zu bemerken. Bei fast jedem gesellschaftlichen Anlass konnte man die beiden zusammenstehen sehen. Sie machten sich über die Leute lustig und waren kaum zu trennen. Das schöne Paar schien sich zugetan zu sein, aber Rafael war sich stets sicher gewesen, dass mehr dahinter steckte.

„Dein Vetter ist sehr anziehend", fuhr Chloe fort. „Und ich habe gehört, dass er weiß, wie man eine Frau zufrieden stellt."

„Du kannst jeden ins Bett nehmen, den du willst, solange du nur einsiehst, dass du in meinem nicht mehr willkommen bist", erwiderte Rafael ungeduldig.

Chloe zuckte zusammen und blickte ihn voller Hass an.

„Du wirst dich bei ihr rasch langweilen", prophezeite sie voller Bitterkeit. Dann drehte sie sich um und ging zu dem gestreiften Sofa, auf das sie sich setzte. Sie verschränkte die Arme, so dass ihre üppigen Brüste besonders gut zur Geltung kamen, und zog einen Schmollmund.

Rafael stand am Fenster und rieb sich die Schläfen. Ihr Gekeife hatte bei ihm Kopfschmerzen ausgelöst. Vielleicht war es auch die Bösartigkeit, die sie dabei gezeigt hatte, die ihn quälte.

Du wirst dich bei ihr rasch langweilen. Zum Teufel, sie mochte Recht haben. Er wusste es nicht. Vor einer halben Stunde, als Chloe ihn auf dem Gang angesprochen und mit gepresster Stimme gebeten hatte, mit ihm reden zu dürfen, war er voller Entschlossenheit in den Salon getreten. Er wollte seine Affäre mit ihr beenden, ehe er Daniela heiratete. Doch dann hatte er noch einmal gesehen, warum und wie Chloe Sinclair es als Einzige geschafft hatte, ihn vier Monate lang an sie zu fesseln.

Sie wusste genau, was sie zu welchem Zeitpunkt sagen und tun musste, um ihn dazu zu bringen, genau das zu tun, was sie von ihm wollte. Auch wenn ihre Manipulationen oft durchsichtig waren, so waren doch die Ängste, die sie in ihm ansprach, echt. Sobald die Tür hinter ihnen geschlossen war, hatte Chloe nicht mehr von seinen Selbstzweifeln – seinen Schwachpunkten – abgelassen und hatte seine Wunden immer wieder aufs Neue aufgerissen.

Sie benutzt dich. Das ist offensichtlich. Du kennst sie nicht einmal. Sie hätte dir alles versprochen, um ihr Leben zu retten – und um noch eine Krone dazuzubekommen. Du bist so einfältig, Rafael. Man kann ihr nicht trauen. Glaubst du, diese Frau ist anders? In vierzehn Tagen wirst du dich gelangweilt von ihr abwenden.

Vielleicht hatte Chloe Recht. Es beunruhigte ihn sogar, daran zu denken, dass er ihr in der Nacht zuvor seine tiefsten Ängste offenbart hatte. Sie konnte all das, was er ihr gestanden hatte, gegen ihn verwenden. Vielleicht hatte er sich zu rasch entschieden. Wie konnte er seinem eigenen Urteil trauen, wenn er sich so oft getäuscht hatte?

Doch er hatte seine Absicht, Daniela zu heiraten, bereits öffentlich bekannt gegeben. Er hatte es vor dem Kabinett geäußert, dass er sie zur Gattin nehmen wollte. Jetzt noch einen Rückzieher zu machen, würde ihm jede Glaubwürdigkeit rauben.

Ihm sank der Mut, als er plötzlich ein Schniefen hörte. Er sah zu Chloe hin, die zu weinen begonnen hatte.

Sie hatte den Kopf gesenkt, und zwei Tränen liefen ihr die Wangen hinab. „Warum bringst du mich dazu, so hässliche Dinge zu sagen? Ich hasse dich, ich liebe dich. Ich möchte nur, dass du glücklich bist."

Rafael wusste, dass er durch die Tränen beeinflusst werden sollte, vermochte jedoch nichts dagegen zu tun. Er konnte es nicht ertragen, eine Frau weinen zu sehen – und das wusste

Chloe. Sie glaubte wahrscheinlich sogar, dass sie ihn liebte, auch wenn er seit langem wusste, dass die einzige Person, die in ihrer Welt etwas zählte, Chloe selbst war. Dennoch tat es ihm Leid, sie so zu verletzen.

Als sie erneut schluchzte, ging er zu ihr, hockte sich neben das Sofa und reichte ihr wortlos sein Taschentuch mit seinem Monogramm.

Sie nahm es und trocknete sich die Tränen.

Mein Gott, was tue ich? Rafael unterdrückte einen Seufzer. Er dachte an Daniela und hatte Angst.

Dann hob er den Blick und betrachtete kühl seine Geliebte. Mit ihren ständigen Stimmungsschwankungen und wilden Ausbrüchen war es schwer, mit Chloe auszukommen, aber zumindest waren sie einander gewöhnt. Sie wusste, dass sie nicht zu viel von ihm erwarten durfte, und im Bett waren sie wie füreinander geschaffen. Vielleicht war es zu früh, schon jetzt die Verbindung zu ihr zu lösen. Solange Chloe bekam, was sie wollte – einfache Dinge wie schöne Geschenke und viel Aufmerksamkeit –, belastete sie ihn nicht weiter. Sie erschütterte ihn nicht und versuchte auch nicht, hinter seinen Panzer vorzudringen.

Vorsichtig legte er die Hand auf ihren Schenkel und liebkoste sie. „Weine nicht, meine Süße“, murmelte er. „Es wird schon alles gut werden.“

Chloe seufzte und sah ihn schmollend an. „Ich bin dir nicht wichtig. Ich bin dir ganz gleichgültig.“

„Du weißt, dass das nicht stimmt.“

„Du würdest sie nicht heiraten, wenn du mich lieben würdest“, sagte sie, und erneut stiegen Tränen in ihre großen blauen Augen.

„Ich bin meiner Familie und Amantea verpflichtet“, erklärte

Rafael sanft. „Das weißt du. Ich habe dir gesagt, dass mein Vater mich dazu zwingt, eine Gattin zu wählen."

„Und was ist so großartig an ihr?"

Der unsichere Ausdruck in ihren Augen verwirrte ihn. Er wusste, dass Chloe sich von den fünf Prinzessinnen auf den Porträts nicht beeinträchtigt gefühlt hatte. Doch sobald es um Daniela ging, schmollte sie. „Hast du dich in sie verliebt, Rafael?"

Er wusste nicht, was er auf diese Frage antworten sollte. Vor allem jedoch wollte er nicht ihren Zorn entfachen. „Cloe, ich kenne sie erst seit einigen Tagen", erwiderte er ausweichend.

Obgleich ihr die Antwort nicht gefiel, blieb sie ruhig. Erleichtert atmete Rafael auf.

Seine Worte fühlten sich wie ein Verrat an Daniela an und flößten ihm das Gefühl ein, ein richtiger Schurke zu sein. Doch gleichzeitig weigerte er sich, Schuld zu empfinden.

Verdammt noch mal, die Gesellschaft erkannte sein Recht an, sich als ein reicher, hochgestellter Mann eine Geliebte zu halten. Auch Daniela musste das wissen. Jedermann, der etwas auf sich hielt, hatte eine solche Mätresse an seiner Seite. Nur der Fels von Amantea war ein Traumgatte, und es war allgemein bekannt, dass Rafael, der Draufgänger, seinem Vater in keiner Weise ähnelte.

„Hör zu", sagte er und strich erneut über Chloes Schenkel. „Wir müssen noch keine Entscheidung über unsere Beziehung treffen. Vielleicht sollten wir einige Tage darüber nachdenken."

Unter halb gesenkten Lidern sah sie ihn an. Er merkte durchaus, wie sie darüber nachdachte, was sie noch aus ihm herauspressen konnte.

Beruhigend sprach er auf sie ein. „Du gehst jetzt nach Hause und entspannst dich für ein paar Tage. Verwöhne dich, lade deine Freunde ein, während ich diese Hochzeit hinter mich bringe. In Ordnung? Dann komme ich bald zu dir."

„Versprochen?"

Schuldbeladen nickte er.

Chloe seufzte und sah ihn flehend an. „Gut. Du weißt, dass ich dir nichts abschlagen kann. Aber nun ..." Sie legte ihm die Arme um den Nacken und küsste ihn auf die Wange. „Oh Rafael", hauchte sie ihm ins Ohr, so dass er unwillkürlich erbebte. „Wir wollen uns lieben. Jetzt sofort. Du hast mir gefehlt, Rafael. Ich brauche dich. Ich bin gar nicht dazu gekommen, dir dein Geburtstagsgeschenk zu geben."

Eine innere Stimme protestierte, als sie ihn küsste und seine Lippen mit ihrer Zunge öffnete. Er erstarrte, war jedoch zu sehr Kavalier, um sie wegzustoßen. Dennoch war er entschlossen, sich aus ihren Fängen zu lösen, ohne einen weiteren Tobsuchtsanfall oder weitere Tränen zu provozieren.

Nachdem Chloe den Kuss beendet hatte, legte sie sich einladend zurück auf die Kissen des Sofas, wobei sie an den Schleifen an ihrem Kleid zog und ihn verführerisch ansah. „Spiel mit mir, Rafael."

Er zwang sich dazu, bedauernd zu lächeln. „Du könntest einen Heiligen in Versuchung führen, Chloe. Leider habe ich heute Nachmittag noch zwei wichtige Besprechungen vor mir." Er warf einen Blick auf seine Taschenuhr, wagte aber nicht, ihr zu sagen, dass er Daniela versprochen hatte, sie zum Hafen zu begleiten, um sich dort von den Gabbianos zu verabschieden. Schon jetzt war er spät dran.

„Wir machen es schnell."

„*Chérie,* es gibt gewisse Freuden, die ich nicht überstürzen möchte", flüsterte er.

„Du bist ein unverbesserlicher Charmeur und willst mich

nur auf später vertrösten." Wehmütig sah sie ihn an. „Es tut mir Leid, dass ich dich verletzt habe, Rafael."

Er sah sie an und merkte, dass er keineswegs verletzt war. Vielleicht zeigte das nur, dass er von Anfang an gewusst hatte, dass sein Herz nicht an dieser verwöhnten Schönheit hängen würde.

Möglicherweise hatte er sie auch absichtlich gewählt, da sie ihn nicht weiter bedrängte – im Gegensatz zu einer gewissen Wildkatze. Er konnte sich nicht vorstellen, dass Daniela jemals vorsätzlich etwas Grausames zu ihm sagen würde. Dieser Gedanke ließ Sehnsucht nach ihr in ihm aufsteigen. Er hatte das Gefühl, sofort seine Geliebte verlassen zu müssen.

Galant nahm er ihre Hand, küsste sie und verließ daraufhin rasch den Salon.

Es ist spät, verdammt, dachte er und eilte den Marmorgang entlang. Wenn seine Braut nun auch noch böse auf ihn war!

Eine Weile später stand er bereits in gebührendem Abstand von ihr und ihren Freunden am Hafen. Ungeduldig schlug er mit der Reitgerte an seine Stiefel und ärgerte sich über die lange Umarmung, die sie dem dumpf wirkenden Riesen namens Rocco gönnte.

Danielas kühle Höflichkeit ihm gegenüber hatte ihm deutlich gezeigt, dass sie von seinem Zusammentreffen mit Chloe wusste. Sie verlor kein Wort darüber, sondern zeigte ihm nur die kalte Schulter.

Er wagte es nicht einmal, seinen Charme einzusetzen, um sie wieder in bessere Stimmung zu bringen. Stattdessen schwieg er bedrückt. Er wurde jedoch immer zorniger, weil er es nicht geschafft hatte, sich von Chloe zu lösen. Seine Braut sah in ihrem blauen Straßenkleid hinreißend aus, und Rafael betrachtete sie sehnsüchtig. Sie trug eine hübsche Haube, an die sie zwei Rosen gesteckt hatte, und ihre kurzen Handschuhe waren weiß.

Als Nächstes umarmte sie den mittleren Bruder, der eine Brille trug. Dann beugte sie sich zu dem sommersprossigen Gianni hinab, den sie lange Zeit in die Arme schloss. Dann folgte die verwitwete Mutter, die sich entschlossen hatte, ihren Söhnen zu folgen.

Rafael fühlte sich wie ein Schurke, als er den tränenreichen Abschied beobachtete. Er holte die Dose mit Pfefferminze heraus und nahm ein Bonbon, das er sich in den Mund steckte. Wenn es auch nichts nutzte, so wich er zumindest auf diese Weise der Anwandlung aus, nicht laut zu rufen: *In Ordnung, sie können bleiben!*

Diese Idee ließ er jedoch in dem Moment fallen, als sich seine zukünftige Frau ihrem lebenslangen Bewunderer, dem edlen Mateo zuwandte.

Rafael kniff die Augen zusammen. Er beobachtete das Paar aufmerksam, um Anzeichen für eine tiefere Zuneigung zu erkennen. Daniela nahm Mateos Arm, und sie gingen gemeinsam zum Rand des Hafenbeckens, wobei sie sich lebhaft miteinander unterhielten.

Rafaels Schläfen pochten. Dann bemerkte er, wie der kleine Gianni ihn anlächelte und ihm zuwinkte. Finster runzelte er die Stirn. Er zwang sich dazu, zur Kutsche zurückzugehen und dort auf Daniela zu warten. Entsetzt musste er sich eingestehen, dass er schon jetzt, noch bevor er sie heiratete, entsetzlich eifersüchtig war.

„Ich möchte, dass du das für mich tust, Mateo", sagte Daniela bittend und sah in die dunklen Augen ihres Freundes. „Du bist der Einzige, dem ich vertrauen kann."

„Du weißt, dass ich es tun werde. Aber warum lässt du dich auf diese Leute ein?“ fragte Mateo zornig. „Ich werde so schnell wie möglich zurückkehren und dich retten.“

„Wie lange sage ich dir schon, dass ich mich um mich selbst kümmern kann?“ erwiderte Daniela und warf einen Blick über die Schulter auf ihren Verlobten. Rafael hatte ihr seinen kräftigen Rücken zugewandt und ging zur Kutsche. Die Abendsonne ließ sein goldbraunes Haar schimmern. Sie wandte sich an Mateo. „Außerdem wirst du nicht zurückkommen. Du weißt genau, dass man dich hängen wird, wenn man dich wieder ertappt. Deine Mutter und die Brüder brauchen dich.“

Traurig sah Mateo sie an und ließ den Kopf hängen. „Ich habe dich im Stich gelassen. Es war meine Schuld, dass man dich gefangen hat. Und nun bist du dazu gezwungen, ihn zu heiraten. Es ist eine Schande …“

„Es wird mir gut gehen, Mateo. Ich kann ihn so lange zurückweisen, bis der König und seine Gemahlin wiederkommen. Wenn du mir wirklich helfen willst, tust du, worum ich dich bitte. Fahr nach Florenz und finde so viel wie möglich über den Herzog Orlando di Cambio heraus.“

„Warum willst du etwas über ihn erfahren?“

„Er behauptet, mir helfen zu wollen. Wenn ich mitmache, kann meine Ehe mit Rafael aufgelöst werden, sobald Lazar und Allegra wieder in Amantea sind. Aber ich traue ihm nicht ganz. Er ist aalglatt und bewegt sich im Palast, als würde er ihm gehören. Wirst du mir den Gefallen tun?“

Seufzend nickte Mateo. „Natürlich werde ich das.“

„Gut, doch sei vorsichtig. Ich kenne die Macht Orlandos in Florenz nicht. Er könnte gefährlich sein.“

„Ich werde ihn gern für dich ausspionieren – wenn die Wachen des Königs mich nicht die ganze Zeit beobachten.“

„Behaupte doch einfach, dass du dich nach Arbeit umschaust“, schlug Daniela vor.

Mateo stimmte zu.

Innerlich dankte sie allen Heiligen, dass ihr Freund einverstanden war. Zum einen wollte sie tatsächlich mehr über den undurchsichtigen Orlando herausfinden, zum anderen gab es Mateo auch eine Aufgabe, die ihn davon abhielt, zu ihr zurückzukehren und sie retten zu wollen.

„Die Florentiner Adeligen sollten Orlando kennen. Du kannst versuchen, mit ihren Dienern zu sprechen. Ich habe übrigens herausgefunden, dass er eine Reederei und Lagerhäuser in Pisa besitzt.“

In diesem Augenblick erklang die Schiffsglocke. Einige Männer der königlichen Leibgarde traten auf Daniela und Mateo zu, um ihn an Bord zu begleiten. Verzweifelt sahen sich die beiden an.

„Mateo“, sagte Daniela leise. „Du wirst mir fehlen.“ Voller Trauer wollte sie ihn umarmen, doch er hielt eine Hand hoch, um sie davon abzuhalten.

„Nein, wenn ich dich nun in die Arme schließe, will ich dich nie mehr loslassen. Außerdem würde er mir wahrscheinlich den Kopf abreißen“, murmelte er und nickte in Richtung Rafael, der ungeduldig vor der Kutsche auf und ab lief.

„Verzeih mir“, flüsterte sie, da sie nicht wusste, was sie sonst sagen sollte.

„Wofür? Dass du die Tochter eines Herzogs bist? Das ist nicht deine Schuld.“ Er klammerte sich an die Mütze, die er in der Hand hielt, und sah aufs Meer hinaus. „Geh zu deinem Prinzen, Daniela. Aber vergiss niemals, dass er dich nicht mehr verdient, als ich es tue. Ich bezweifele, dass es zu einer Annullierung der Ehe kommen wird.“

„Mateo, er benutzt mich nur.“

Er sah sie an. „Das glaube ich nicht.“ Mit diesen Worten gab er ihr einen Kuss auf die Stirn, drehte sich um und ging langsam über den Steg auf das Schiff.

Die Soldaten zogen ihn ein, sobald sich Mateo an Bord befand, und schon bald setzte das Schiff Segel.

Daniela stand am Hafen, lange nachdem es verschwunden war. Sie hüllte sich in ihren Schal, obgleich die Abendluft mild war. Seit der Kindheit hatte sie sich nicht mehr so einsam gefühlt.

Jetzt vernahm sie Schritte hinter sich. Rafael kam auf sie zu. Das wusste sie, ohne sich umdrehen zu müssen.

Er blieb hinter ihr stehen und legte ihr die Hände auf die Schultern. Am liebsten hätte sie sich zu ihm umgewandt und an seiner Brust geweint. Doch als sie an Orlandos Worte dachte, erstarrte sie und rührte sich nicht.

Ihr Bräutigam war ein Frauenheld, doch sie wollte ihm nicht das Leben zerstören. Er würde es auch nicht mehr schaffen, sie mit seinem Charme erneut schwach werden zu lassen.

Noch nie hatte sie jemand gebraucht – und würde es auch niemals.

Rafael zog sie näher an sich und legte ihr sein Kinn auf die Schulter. „Wie geht es dir?“ fragte er.

„Gut“, sagte sie mit abweisender Stimme und wünschte, er wäre nicht so freundlich zu ihr.

„Es wird ihnen an nichts fehlen“, erklärte Rafael zärtlich. „Wir werden uns darum kümmern.“

Daniela holte Luft, drehte sich zu ihm um und sah ihm in die Augen. Er wirkte besorgt.

„Dieser Mateo …“ sagte er widerwillig. „Er scheint ein guter Mann zu sein.“

Überrascht blickte Daniela ihn an. Rafael räusperte sich und sah starr in die Ferne. Dieses Eingeständnis war ein weiteres Zeichen seiner Großzügigkeit, die sie niemals erwartet hätte. Es traf sie mitten ins Herz, und sie hasste ihn beinahe dafür, dass er sie so erschüttern konnte.

„Ja“, erwiderte sie kurz. „Er ist ein Prinz unter den Männern.“

Sie trat beiseite und ging bebend zur Kutsche. Nachdem sie sich in das Gefährt gesetzt hatte, bemerkte sie, dass Rafael noch immer an der gleichen Stelle stand, so verwirrt schien er zu sein.

Mit einem fragenden und verletzt wirkenden Blick sah er sie an. Sie senkte die Lider und richtete sich dann auf. Auf einmal fühlte sie sich schuldig, dass sie ihn so abweisend behandelt hatte. Eigentlich war es nicht typisch für sie, aber er hatte ihr das Gefühl gegeben, allein und verlassen zu sein.

Rafael schob die Hände in die Taschen und schien ihre Bemerkung wie ein Mann abzuschütteln, der daran gewöhnt war, mit launischen Frauen umzugehen. Aufmerksam beobachtete Daniela ihn, als er auf sie zukam.

Er ist wirklich der am besten aussehende Mann, den ich kenne, dachte sie bitter. Sie betrachtete seine athletischen Beine in der dunkelblauen Hose, seine schmale Taille und die breiten Schultern. Sein klassisch geschnittenes Gesicht mit den sinnlichen Lippen drängte ihr die Erinnerung an seine Liebkosungen auf.

Entschlossen riss sie sich von dem Anblick los. Rafael setzte sich ihr gegenüber und gab dem Kutscher das Zeichen zur Abfahrt.

Eine Weile schwiegen beide.

„Gibt es etwas, das dich quält?“ fragte er behutsam.

Daniela sah aus dem Fenster. „Nein.“

„Daniela", sagte er zärtlich.

„Ich möchte nach Hause", erwiderte sie mit heiserer Stimme. Sie spürte, dass er sie ansah, weigerte sich aber, sich ihm zuzuwenden.

„Dein Zuhause ist jetzt bei mir."

„Das ist es nicht!" platzte sie heraus. „Es gibt Leute, die auf mich zählen. Es ist meine Pflicht, mich um sie zu kümmern. Ich habe sie seit Tagen nicht gesehen – weder Großvater noch Maria …"

„Daniela", sagte Rafael beruhigend. Er beugte sich nach vorn und stützte sich mit den Ellbogen auf den Knien ab. Dann nahm er ihre Hände und hielt sie in den seinen. „Du wirst meine Gemahlin, die Kronprinzessin, werden. Deine Pflicht ist es nun, an meiner Seite zu sein und dem Wohle Amanteas zu dienen. Ich habe bereits gute medizinisch ausgebildete Leute beauftragt, Maria bei der Pflege deines Großvaters zu unterstützen."

„Das hast du getan?"

„Ja."

„Er braucht aber mich."

„Liebling, beruhige dich. Ich habe den Eindruck, dass du wegen der Hochzeit so nervös bist."

Daniela wandte den Blick ab. Sie wusste, dass sie sich ungehörig benahm. Doch sie brachte es nicht über sich, ihn über Chloe Sinclair auszufragen. Rafael war sich wahrscheinlich nicht einmal im Klaren, dass er etwas falsch machte. Es hatte keinen Sinn, die Zeit, die sie miteinander verbringen sollten, noch unangenehmer werden zu lassen, als sie bereits war.

„Wir schaffen es schon", erklärte er. „Du willst doch jetzt nicht dein Versprechen zurücknehmen?"

„Es ist Wahnsinn, Rafael. Das weißt du doch. Du solltest mich nicht heiraten. Was wird dein Vater sagen?"

„Er wird uns gratulieren, nehme ich an."

Daniela rollte mit den Augen. Der Blick des Kronprinzen wirkte klug und besonnen – keineswegs naiv.

Dieser Mann hat wie Orlando seine Pläne, dachte sie. Beide erschienen ihr gleich bedrohlich.

„Mein Vater kann nicht ständig Einfluss auf mein Leben nehmen, Daniela", bemerkte Rafael, ließ ihre Hände los und setzte sich zurück. Er stützte den Ellbogen am Fensterrahmen ab und schaute in die vorbeiziehende Landschaft. „Nun, zuerst mag er durchaus etwas verärgert sein. Doch sobald er weiß, dass die Zukunft von Amantea gesichert ist, wird er seinen Zorn vergessen. Darauf kannst du dich verlassen."

„Und wie willst du ihm dieses Gefühl geben?"

„Indem wir ihm einen Enkelsohn schenken."

Erschrocken blickte Daniela ihn an, erwiderte aber nichts. Sie wagte es nicht. Auch hatte sie keine Ahnung, wie sie ihm in ihrer Hochzeitsnacht in weniger als vierundzwanzig Stunden widerstehen sollte. Wenn dieser verführerische Mann an ihr Bett treten würde und ihr den Himmel auf Erden zeigen wollte.

10. KAPITEL

„Sie haben den Verstand verloren. Das wissen Sie doch – oder?“ Einige Stunden vor seiner Hochzeit stand Rafael vor dem Spiegel und zog sich das Halstuch zurecht. Dann betrachtete er den Schnitt seiner gestreiften Weste. „Oh, durchaus“, stimmte er zu. Er war bester Dinge. Die Sonne schien und er würde eine Frau heiraten, die er und nicht sein Vater gewählt hatte.

Er hatte sein Leben selbst in die Hand genommen.

Adriano stand mit verschränkten Armen neben dem Spiegel und starrte ihn an. „Rafael …“

Der Prinz achtete nicht auf ihn, sondern nickte seinem Kammerdiener zu. Der hielt ihm den schimmernden weißen Gehrock hin, so dass Rafael hineinschlüpfen konnte.

„Ausgezeichnet, Königliche Hoheit“, murmelte der Diener, während er an der Jacke zupfte.

Rafael nickte und betrachtete sich kritisch im Spiegel. Dann nahm er einen Faden von einer der goldenen Epauletten.

„Ihr Degen, Hoheit.“

Rafael ergriff die lange silberne Waffe und steckte sie in die juwelenbesetzte Scheide, die an seiner Hüfte hing.

Jede halbe Stunde wurde ihm berichtet, wie weit seine Braut bereits mit den Vorbereitungen war. Es schien so, als ob ihre endgültige Verwandlung von einer Wegelagerin in eine Prinzessin ausgesprochen schwierig wäre, da sie sich mit Händen und Füßen dagegen wehrte.

„Rafael“, sagte Adriano erneut. „Sie können das nicht durchhalten.“

Rafael lächelte ihn an.

Finster blickte sein Freund drein. „Und was ist mit Chloe?“

Der Kronprinz schlug ihm auf die Schulter und entschied in diesem Moment, dass er Chloe tatsächlich nicht mehr brauchen würde. Daniela war die einzige Frau, die er begehrte. „Ich habe eine ausgezeichnete Idee, di Tadzio. Sie können sie haben."

Verständnislos schaute Adriano ihn an. „Was?"

„Sie scheinen ein großes Interesse an der Frau zu haben. Sie gehört Ihnen. Noch ein Hinweis – fallen Sie nicht auf die Tränen herein. Sie weint schon beim geringsten Anlass. Aber für ihre Schauspielkunst wird sie schließlich bezahlt. Leider befürchte ich, dass ihr Orlando gefällt. Passen Sie also auf."

„Es ist nichts zwischen Chloe und mir", erwiderte Adriano leise.

Rafael wählte ein Rasierwasser und lachte spöttisch. „Ich habe euch zusammen gesehen. Verstehen Sie mich nicht falsch – es ist mir ganz gleichgültig. Sie haben meinen Segen", sagte er locker und achtete nicht auf Adrianos Protestrufe. „Wissen Sie, Chloe ist wegen meiner Hochzeit sehr wütend."

„Natürlich. Ich habe sie gerade besucht, und sie war völlig niedergeschlagen."

Der Blick des Prinzen wurde hart. „Halten Sie mir Chloe vom Leib. Ich will nicht, dass sie über Daniela herfällt."

„Rafael, Sie können das nicht tun. Mein Gott, wie haben Sie sich gewandelt! Sie waren früher so amüsant. Nun sind Sie bereits seit Tagen ein Langeweiler."

„Sagen Sie mir nur, was Sie von mir denken, di Tadzio", erwiderte Rafael gut gelaunt.

„Chloe liebt Sie!" rief Adriano und folgte Rafael, der durch das Zimmer ging. „Heiraten Sie eine der Prinzessinnen, die ihr Vater für Sie ausgewählt hat. Aber Chloe gehört zu Ihnen. Sie spricht die ganze Zeit nur von Ihnen."

Rafael rollte mit den Augen.

„Ich glaube, Sie machen einen großen Fehler."

„Einen Fehler?" Er nahm Adriano am Arm und zog ihn zum Balkon, wo er die Türen weiter aufstieß. „Schauen Sie."

Unter ihnen sah man eine jubelnde Menge, so weit das Auge reichte. „Eine königliche Hochzeit. Noch dazu mit dem maskierten Reiter. Sie verstehen überhaupt nichts, di Tadzio. Schauen Sie sich die Leute an. Sie sind begeistert!"

Adrianos Blick wanderte über den Platz. „Einiges scheinen Sie doch aus den Jahren mit Schauspielerinnen gelernt zu haben. Sie schätzen eine gute Inszenierung."

„Sie Narr, verstehen Sie denn überhaupt nichts?" Verärgert wandte sich Rafael an Adriano. „Wenn Chloe geglaubt hat, dass ich sie je heiraten würde, muss sie den Verstand verloren haben. Daniela Chiaramonte wurde dazu geboren und erzogen, eine Königin zu sein. Das können Sie Chloe von mir ausrichten."

Adriano betrachtete ihn verächtlich. „Das werde ich, Hoheit."

Adrianos Blick verärgerte Rafael. „Sie sollten sie wirklich ausprobieren, di Tadzio. Sie ist hinter der Bühne sogar noch besser als auf den Brettern."

Adriano fluchte leise und verließ das Zimmer. Wütend starrte der Kronprinz hinterher, bis er Elans Anwesenheit bemerkte, der die ganze Szene beobachtet hatte.

„Was ist?" fuhr er ihn an.

Unbeteiligt blickte Elan drein. „Hoheit, Adriano hat ... Wie soll ich es sagen? Ach, vergessen wir es."

„Sie meinen, dass er Recht hat? Ist es das?" wollte Rafael wissen und unterdrückte ein unangenehmes Schuldgefühl. Er wollte nicht weiter daran denken, war jedoch über sich selbst verärgert, dass er Adriano so aufgewühlt hatte.

„Nein, das meine ich ganz und gar nicht." Elan trat mit einem gefüllten Glas Wein auf Rafael zu und reichte es ihm. „Ich halte Ihre Entscheidung für die beste, die Sie jemals getroffen haben."

Etwas beruhigt nahm der Kronprinz einen tiefen Schluck und nickte. „Das ist sie auch. Daniela ist meine Wahl. Sie ist gut für Amantea. Sie ist schön, mutig, und vor allem ist sie treu." Er war fest entschlossen, an seine Braut zu glauben. „Sie hat alles, was ich brauche. Wenn meinem Vater meine Wahl nicht gefällt, kann er den verdammten Thron Leo überschreiben. Das kümmert mich wenig."

Elan betrachtete Rafael belustigt und hob dann das Glas. „Auf die Braut!"

„Auf den maskierten Reiter!" prostete Rafael ihm zu.

Sie stießen an und tranken.

Lieber Gott, betete Daniela, deren Gesicht hinter dem Schleier bleich war, bitte lass mich nicht hinfallen, wenn ich aus der Kutsche steige. Bitte lass mich nicht wie eine Närrin erscheinen.

Die prachtvolle Kutsche, gezogen von sechs Schimmeln, hielt vor der Kathedrale. So weit das Auge reichte, sah man eine wogende Menschenmenge. Die königliche Leibgarde tat ihr Bestes, das jubelnde Volk in Schranken zu halten. Ängstlich klammerte Daniela sich an den Arm ihres Großvaters. Der Herzog von Chiaramonte sah mit seinem weißen Schnurrbart und der Uniform sehr würdevoll aus. Er summte vergnügt vor sich hin und schien keineswegs verwirrt zu sein.

„Habe ich dir nicht gesagt, du sollst dir von Prinz Rafael den Hof machen lassen?" fragte der alte Mann lächelnd.

„Großvater!"

„Es muss wohl mein Lob über dich gewesen sein, das den Ausschlag gegeben hat", sagte er zwinkernd. „Wie viele junge Damen können stehend auf einem Pferd reiten?"

„Oh Großvater!"

Sie war am Ende ihrer Geduld. Den ganzen Tag hin und her geschubst und von eingebildeten Hofschneidern und Friseuren bedrängt zu werden – das hatte sie ungeduldig und reizbar gemacht. Sie hatte sich hartnäckig gegen die Quälgeister gewehrt, doch als sie schließlich für ihren großen Auftritt bereit war, musste sie zugeben, dass sie ihrem Bräutigam in nichts nachstand.

Ihr in Locken gelegtes Haar wurde von einem Diadem aus glitzernden Diamanten gekrönt, die in der Form von Rosenknospen angeordnet waren. Ihr Kleid war aus weißem Satin, der mit Brüsseler Spitze versehen und mit goldenen Schleifen verziert war. Eine lange Schärpe aus goldfarbener Seide, mit Muscheln und Blumen bestickt, vollendete ihre elegante Erscheinung. Zwischen ihren Brüsten saß eine Juwelenbrosche, die den fauchenden Wappenlöwen des königlichen Hauses darstellte. Auch die langen Handschuhe und ihre Schuhe waren aus weißem Satin.

Der Duft der hellen Rosen ihres Brautstraußes stieg Daniela in die Nase, während jeder Zoll ihrer Haut von dem Seidenunterkleid liebkost zu werden schien. In ihren Ohren klangen die Glocken der Kathedrale wider, die Kanonen feuerten Salutschüsse ab, und die Menge jubelte.

Ein Blick in die Gesichter der Menschen zeigte ihr, dass Rafael mit seiner Wahl viele Herzen gewonnen hatte. Daniela hatte nicht angenommen, dass der maskierte Reiter so beliebt war. Die Vergangenheit des königlichen Lebemannes schien an diesem freudigen Tag vergessen zu sein. Das Volk glaubte an seinen guten Charakter, seit er sich ihr und ihren Freunden gegenüber großzügig erwiesen hatte. Dabei verstanden die Leute gar nicht, dass sie genau das taten, was er von ihnen erwartete. Daniela empfand ihn eher als einen berechnenden Fürsten denn als einen charmanten Prinzen.

In diesem Moment wurde der Kutschenverschlag geöffnet. Daniela sah in das beruhigend freundliche Gesicht des jungen Grafen Elan, Rafaels Trauzeugen. Er stand draußen und strahlte sie an. Jetzt half er ihrem Großvater aus der Kutsche, bevor er der Enkelin die Hand als Stütze darbot.

Es war an der Zeit.

Daniela zitterte und hielt den Atem an. Sie riss sich zusammen, zog den Kopf ein und stieg aus der Equipage. Einen Augenblick blieb sie stehen, um die Menschen auf dem Platz zu betrachten. Vor ihr ragte die graue Kathedrale in den Himmel, und um ihre Türme kreisten Möwen.

Das Volk jubelte, als es die Prinzessin sah. Sie schluckte und sah Elan an, der sie ernst willkommen hieß.

„Bitte sagen Sie mir, dass er schon in der Kirche ist", flüsterte sie ihm zu. „Bitte sagen Sie mir, dass es sich um keinen furchtbaren Scherz handelt."

„Contessa Daniela, Ihr Bräutigam erwartet Sie", erwiderte Elan lächelnd und führte sie zu ihrem Großvater, vor dem er sich verbeugte. „Euer Gnaden."

Der alte Mann nickte. Als sie auf den Eingang des Doms zuschritten, roch Daniela den Weihrauch, der ihnen aus der Kirche entgegenschlug. Sie konnte bereits Orgeltöne vernehmen.

Unsicher klammerte sie sich an den Arm ihres Großvaters und konnte im ersten Augenblick, als sie den Dom betraten, nichts sehen. Nachdem sich ihre Augen an das düstere Licht gewöhnt hatten, sah sie, dass der weiße Teppich, der durch das Mittelschiff zum Altar führte, voller Rosenblätter lag. Am Ende wartete bereits der Prinz auf sie.

Seine große Gestalt war vom vielfarbigen Licht überflutet, das durch das Rosettenfenster hereinfiel.

Daniela blickte ihn durch den Schleier an, ehe sie sich in der

Kirche umschaute. Sie war bis auf den letzten Platz mit den angesehensten Familien des Landes gefüllt. Alle trugen die vom Hof vorgeschriebene Kleidung, die im Stil des vergangenen Jahrhunderts gehalten war. Sie war sich sicher, dass viele empört waren, weil ein so wichtiges Ereignis so kurzfristig angesetzt worden war.

Sogar das Chorgestühl war voll besetzt. Daniela wollte gar nicht wissen, was diese eingebildeten Aristokraten, Höflinge und Hofdamen wirklich über sie dachten.

Die Orgel ließ ein Crescendo ertönen, dann wurde es still. Elan sah Daniela an und nickte ihr aufmunternd zu.

In diesem Moment begann ihr Großvater, sie den Gang zum Altar entlangzuführen. Die Orgelmusik setzte wieder ein, und diesmal wurde die Nationalhymne gespielt, die an Vivaldi erinnerte.

Daniela hatte den Blick auf Rafael gerichtet. Die Hände hinter dem Rücken verschränkt, stand er gelassen am Fuß des Altars, wo sich in einem Meer von Blumen zahlreiche Priester befanden, die in einem Halbkreis um den rot gekleideten Kardinal standen. Rafael ließ ihn von Rom einschiffen, nachdem sich der Bischof von Amantea geweigert hatte, die beiden zu trauen.

Wie, um alles in der Welt, hat er es geschafft, alles so schnell zu regeln, dachte sie, während sie langsam neben ihrem Großvater auf ihren Bräutigam zuschritt. Der Mann musste nur mit den Fingern schnippen und erhielt alles, was er begehrte.

Sie konnte noch immer nicht glauben, dass sie wirklich Rafaels Gemahlin werden sollte. Das konnte doch gar nicht sein. Wahrscheinlich bin ich in Wahrheit noch immer im Gefängnis und stelle mir alles nur vor, ging es ihr durch den Kopf, während sie starr vor sich hin sah.

Als sie nur noch ein paar Schritte vom Altar entfernt war,

konnte sie ihren Bräutigam deutlicher erkennen. *Der wundervolle Rafael.* Er sah so schön aus, dass ihr die Knie weich wurden.

Er trug eine Uniform der königlichen Kavallerie, deren Ehrenkommandeur der Kronprinz seit jeher war. Sein Gehrock war weiß mit goldenen Knöpfen, die Hose dunkelblau und die Degenscheide juwelenbesetzt. Seine goldbraune Haarmähne war zurückgekämmt, und auf seiner Stirn befand sich eine Krone aus schlichtem Gold, die seine Stellung als Herrscher des Landes zeigte.

Zärtlich betrachtete er Daniela. Als sie auf ihn zutrat, reichte er ihr die Hand. Sie bemerkte kaum, dass ihr Großvater sie mit tränenfeuchten Augen anlächelte, als sie Rafaels Hand nahm und mit ihm zum Altar schritt.

Die Hochzeitszeremonie selbst verging wie im Flug, und sie konnte sich später kaum an etwas erinnern. Ganz deutlich hatte sich ihr jener Moment eingeprägt, als sie sich Seite an Seite mit Rafael auf das Samtkissen knien sollte, um die heilige Hostie zu empfangen. Verstohlen warf sie einen Blick auf ihren Bräutigam und sah, dass er betete. Mit gesenktem Kopf und geschlossenen Augen wirkte er wie ein Prinz aus dem Mittelalter, der sich auf den Kampf vorbereitet.

Rasch schaute Daniela weg, da seine Schönheit sie bis ins Innerste traf.

Nach einer scheinbaren Ewigkeit von Schwüren, dass er ein treuer Gatte und sie eine gehorsame Ehefrau zu sein hatten, war die Trauung vorüber. Daniela konnte sich kaum daran erinnern, etwas gesagt zu haben, da sie sich so betäubt gefühlt hatte. Der freundliche Kardinal strahlte das Paar an und nickte Rafael zu – die Aufforderung, nun die Braut zu küssen.

Als sich Rafael ihr zuwandte, sah sie, dass er sie verführerisch anlächelte. Auf einmal war er wieder ganz der Draufgänger.

„Oh nein, das wirst du nicht", hauchte sie. Mit weit aufgerissenen Augen trat sie einen Schritt zurück, da sie befürchtete, dass er sie vor der ganzen Versammlung leidenschaftlich küssen würde.

Doch dann trat an die Stelle des begehrlichen Ausdrucks auf seinem Gesicht ein zärtlicher. Vorsichtig nahm er ihren Schleier.

„Das ist die letzte Maske, hinter der du dich jemals zu verbergen brauchst, meine geliebte Gemahlin", flüsterte er. Dann hob er ihn über ihren Kopf und nahm ihr Gesicht in die Hände.

Daniela war sich jeder anwesenden Person in der Kirche bewusst, als sich Rafael zu ihr herabbeugte. Doch in dem Augenblick, in dem seine weichen Lippen die ihren berührten, vergaß sie alles.

Sie hörte nur von fern den donnernden Applaus, und auch die Worte des Kardinals erreichten ihre Ohren nicht. Auf einmal fühlte sie sich so schwach und schwindlig, dass sie sich an die Schultern ihres nun angetrauten Mannes klammern musste.

Er lächelte während des Kusses, ließ aber nicht ab von ihr. Sondern fuhr fort …

Die Feier, die der Trauung folgte, fand im Festsaal des königlichen Palastes statt. Rafael saß am Kopfende des Tisches. Er hielt ein gefülltes Weinglas in der Hand und lehnte sich gelassen auf seinem Stuhl zurück. Er fühlte sich satt und empfand tiefe Freude.

Rafael di Fiore: Verheiratet, überlegte er. Als sein Blick über die Gäste an den großen runden Tischen wanderte – es waren etwa vierhundert seiner treuen Freunde und der wichtigsten Adeligen mit ihren Frauen –, fühlte er sich mit einem Mal wie das Oberhaupt einer großen Sippe. Nun fehlte nur noch eine Reihe hinreißender, braver und gesunder kleiner Rafaels, die bei ihm am Tisch saßen. Doch das würde schon noch kommen.

„Jeder muss heiraten", verkündete er. „Ich werde es zum Gesetz machen."

„Dann wandere ich nach China aus", erklärte Niccolo.

Elan lächelte. Ein paar andere lachten. Die meisten hatten sich damit abgefunden, dass er das Mädchen geheiratet hatte, von dem sie ausgeraubt worden waren. Nur hier und da wurden noch ein paar Scherze darüber gemacht.

„Was könnte besser sein?" fuhr Rafael fort. „Ein herrliches Essen. Die kühle Abendluft, die durch die offenen Türen dringt. Gelächter von Freunden, die ihr Leben für mich lassen würden, und hier zu meiner Rechten meine entzückende, hinreißende Gattin", sagte er und nahm zärtlich Danielas Finger.

Ängstlich schaute sie ihn an und ließ sogleich den Blick auf ihren unberührten Teller sinken. Sie sah aus, als ob sie am liebsten hinausgestürzt wäre.

Rafael lächelte und betrachtete ihre zarte Haut, die leicht gerötet war. Seine tapfere Braut war sichtlich verwirrt, zog jedoch ihre Hand nicht fort. Oh nein, dachte er trocken, ihr Stolz verbietet es ihr. Sanft strich er Daniela über die samtige Haut und lauschte der einschmeichelnden Melodie einer Harfe, einer Flöte und einer Violine.

Wie wird sie im Bett sein, fragte er sich. Er konnte es beinahe erraten, und die Vorstellung bewegte und erregte ihn zutiefst. *Eine zitternde Unschuld mit der Seele einer Wildkatze.*

Er legte seine Hand behutsam unter ihre Finger und hob sie an seine Lippen. Dann küsste er sie auf die Fingerknöchel und blickte ihr tief in die Augen, die sich unruhig hin und her bewegten. Als sie ihn unter halb gesenkten Wimpern unsicher ansah, lächelte er ihr aufmunternd zu.

„Du hast nichts gegessen“, flüsterte er. Sie war den ganzen Abend über sichtbar überfordert und jedes Mal erschrocken gewesen, wenn man sie als *Hoheit* angesprochen hatte. „Hast du keinen Appetit?“

Daniela befeuchtete sich rasch die trockenen Lippen und schüttelte den Kopf. „Ich ... Ich kann nicht.“

Rafael stellte das Weinglas ab und nahm ihre schmale Hand in seine beiden. Er beugte sich zu ihr und stützte die Ellbogen auf den Tisch. Aufmerksam betrachtete er ihr Gesicht.

„Habe ich dir schon gesagt, wie schön du heute aussiehst?“ fragte er.

Sie wollte die Hand wegziehen und runzelte die Stirn. Doch er ließ sie nicht los.

„Bitte benimm dich nicht so vor all diesen Leuten“, flüsterte sie.

„Welchen Leuten?“ fragte er leise. „Ich sehe nur einen Menschen. Eine hinreißende junge Frau. Meine Gemahlin.“ Wieder küsste er ihre Hand.

Misstrauisch sah Daniela ihn an und warf dann erneut beunruhigt einen Blick in den Festsaal.

„Du wirst dich daran gewöhnen, Liebling“, erklärte er. „Schon bald wirst du sie nicht mehr beachten.“

„Wie werde ich mich an dich gewöhnen?“

„Ach, ich möchte nicht, dass du dich zu sehr an mich gewöhnst. Ich will dir niemals langweilig werden.“ Mit dem Daumen strich er ihr über den Handrücken. „Liebling, wir beide brauchen nur ein wenig Zeit, um einander kennen zu lernen. Hab keine Angst vor mir.“

Sie senkte den Blick und schwieg.

„Was ist mit dir, Daniela?“

Statt zu antworten, zuckte sie nur leicht die Schultern.

Rafael sah sie an und fühlte sich auf einmal so sehr als Beschützer, wie er das seit seiner Kindheit nicht mehr empfunden hatte. Ihre Schüchternheit und Verletzlichkeit zogen ihn in ihren Bann.

„Bist du müde?“ fragte er zärtlich.

Daniela nickte, wobei sie den Blick noch immer gesenkt hatte.

Er streichelte ihr die Wange. „Warum gehst du nicht zu Bett?“ schlug er vor, und sein Herz begann heftig zu pochen.

Langsam hob sie den Kopf und sah ihn fragend an. Diesmal lag ein Ausdruck von Verzweiflung in ihren aquamarinblauen Augen. Er beugte sich zu ihr und küsste ihre weiche Wange, ohne auf den Jubel rundum zu achten, der seiner Geste folgte.

„Es gibt nichts zu fürchten“, flüsterte er ihr ins Ohr. „Das verspreche ich dir.“

Ihr blasses Gesicht verriet Angst und Elend. Er war geduldig gewesen, auch wenn er sie aus tiefstem Herzen begehrte. Heute Nacht wollte er seine Belohnung erhalten.

„Also gut“, sagte Daniela kaum hörbar. Sie schob den Stuhl nach hinten, ohne ihn anzusehen.

Sogleich erhob sich Rafael und half ihr beim Aufstehen. Sie hielt den Blick zu Boden gerichtet, und ihre Wangen waren tief gerötet, als er sie vom Tisch die paar Stufen des Podiums hinabführte. Im Gang vor dem Festsaal blieben sie stehen. Sie hob ihr Kinn und sah ihn flehend an.

„Du brauchst Zeit für dich allein. Ich verstehe.“ Eine Hand hielt er hinter dem Rücken, als er sich nach vorn beugte und ihre Finger ein letztes Mal küsste.

Daniela nickte und löste sich von ihm.

Es war gut, dass Rafael das Verbot ausgesprochen hatte, die uralte Tradition zu befolgen und das königliche Paar in das

Schlafzimmer zu begleiten. Zärtlich beobachtete er Daniela, wie sie vor ihm floh. Er schüttelte den Kopf und lächelte. Wahrscheinlich sank sie vor Scham in Ohnmacht, wenn er das blutige Leintuch dem Palastdiener überreichte – wie es Tradition war, um die Jungfräulichkeit der Braut öffentlich zu beweisen.

Es ist an der Zeit, mein Kätzchen, dachte er. Es ist an der Zeit. Er hatte das Gefühl, als stünde ihm heute Nacht etwas ganz Besonderes bevor.

Zutiefst verängstigt und verwirrt floh Daniela den Gang entlang und kämpfte gegen die Tränen an. Was tat er nur mit ihr? Er war ein grausamer, fürchterlicher Mann! Warum spielte er mit ihr? Er hatte sie doch nur aus Berechnung geheiratet. „*Liebling?*" Warum nannte er sie Liebling? Sie wollte keine Zärtlichkeit in seinen grünen Augen sehen. Warum machte er es ihr so schwer?

Sie rief sich die Tatsachen ins Gedächtnis. Wer Rafael di Fiore wirklich war, das wusste sie. Er war ein Schürzenjäger, ein Draufgänger mit unstillbarem Verlangen, und seine Ehe war eine Farce. Noch vor ein paar Nächten hatte er sie – eine völlig Fremde – auf sein Zimmer bringen lassen, um sich mit ihr zu vergnügen.

Nun, er konnte sein Bestes versuchen, doch sein Charme würde keine Wirkung bei ihr haben. Zornig kam sie bei der Treppe an, wo ihr Diener den Weg zeigten. Er würde ihr das Herz nicht brechen – ganz gleich, wie zärtlich seine Blicke und wie sanft seine Stimme sein mochten.

Als sie in dem üppig ausgestatteten Gemach stand, das ihr zugewiesen worden war, zog sie mit Hilfe einer Kammerzofe das Brautkleid aus. Sie riss sich das Diadem vom Kopf und kämpfte gegen das einengende Korsett an. Gleich darauf trug sie nur noch ihr schlichtes Unterkleid. Sie schickte die Zofe fort, um endlich wieder frei atmen zu können.

Mit vor Schmerzen pochendem Kopf trat sie auf den Balkon und atmete die kühle Nachtluft tief ein.

Das Letzte, was sie wollte, war, dass Rafael di Fiore ihr einzureden versuchte, wie schön sie war. Welche Lügen! Chloe Sinclair war schön, nicht sie.

Noch einmal atmete sie tief ein und schüttelte die Spannung ab, unter der sie den ganzen Tag über gestanden hatte. Sie blickte auf die Stadt, die unter ihr lag.

Das Fest in den Straßen war noch im Gang, soweit sie das nach den Geräuschen, Lichtern und gelegentlichem Feuerwerk sagen konnte. In der Ferne sah sie die silberne Sichel des Mondes über dem Meer, das die Insel umspülte.

Was für ein Tag! Sie wusste noch immer nicht, wie sie ihn durchgehalten hatte. Vor allem die letzten Augenblicke und die Qual, den Festsaal vor aller Augen verlassen zu müssen, da jedermann wusste, wohin sie ging und was nun folgen würde.

Es war ein zermürbender Tag gewesen. Und die Nacht lag erst noch vor ihr.

Ängstlich warf sie einen Blick über die Schulter auf das Bett. Dann sah sie zur Tür. *Ich werde ihm niemals widerstehen können.* Er war so anziehend und wusste genau, wie er eine Frau betören musste. Sie begehrte ihn so sehr – und sie würde seine Zukunft zerstören, wenn sie ihrem Verlangen nachgab.

Obgleich er ein Schurke war, brachte sie es nicht über sich, sein Leben zu ruinieren. Nicht, nachdem sie seine verletzliche Seite gesehen und erlebt hatte, wie viel ihm Amantea bedeutete. Sie wollte nicht schuld daran sein, dass er das verlor, was er wirklich liebte.

Auch wenn sie annahm, dass er seinen eigenen Schlüssel hatte, eilte sie rasch zur Tür des Gemachs und sperrte ab.

Dann schaute sie sich im Zimmer um und entdeckte ihre Reitstiefel, die ordentlich in einer Ecke standen. Daneben befanden sich auf einem Stuhl ihre Hose und ihr Hemd. Sie hatte den Bediensteten verboten, die schwarze Kleidung wegzuwerfen. Zu ihrer Überraschung hatten sie ihr gehorcht.

Noch ehe sie sich im Klaren war, was sie tat, lief Daniela zu ihren Sachen und zog sie an. Mit zitternden Händen und ohne irgendeine Vorstellung, was sie tun wollte, schlüpfte sie schließlich in die Reitstiefel. Sogleich fühlte sie sich stärker und hoffte, dass es doch noch einen Weg geben würde, wie sie sich und Rafael retten konnte. Mit wild klopfendem Herzen hastete sie zur offenen Balkontür.

Sie schluckte und warf noch einen letzten Blick in das Gemach, bevor sie hinaustrat und über das Geländer kletterte. Das Dach unter ihr besaß mehrere Ebenen und Türmchen, die hier und dort in den nächtlichen Himmel ragten. Es würde leicht sein, hinabzukommen. Sie sah, dass sie nur auf dem Dach hinuntergleiten musste und dann etwa vier Fuß zu springen hatte. Weiter unten befand sich eine Plattform, von der sie ohne Schwierigkeiten ganz auf den Boden gelangen konnte.

Sollte sie es wagen?

Lüge mich niemals an.

Mateo und die anderen befanden sich in Sicherheit. Rafael di Fiore benutzte sie nur. Ihre Entscheidung stand fest.

Sie wollte so schnell wie möglich von hier verschwinden.

Im Billardraum versuchten Rafaels Freunde, ihn mit Sherry und Zigarren noch länger festzuhalten. Doch der Kronprinz dachte an Danielas Unschuld und riss sich nach einiger Zeit lachend von ihnen los. Er war zwar nicht mehr nüchtern, aber durchaus noch bei klarem Verstand.

„Genug von eurem schlechten Einfluss auf meine Tugendhaftigkeit", erklärte er lachend. „Ich habe noch etwas zu erledigen ..."

Pfiffe ertönten. Endlich war es ihm möglich, sich zu entfernen, auch wenn er einem anzüglichen Spruch seiner Freunde, der eher an Zwölfjährige denken ließ, nicht entging. Er verabschiedete sich von ihnen, während die Männer riefen: „Schickt die Frauen herein. Wir wollen uns mit ihnen amüsieren! Der Ehemann ist endlich nach Hause gegangen."

Schmunzelnd schritt Rafael den Gang entlang und fragte sich, ob sie jemals ihre Possen lassen würden. Seufzend dachte er daran, dass dies die Männer waren, denen er die höchsten Stellungen in der Regierung gegeben hatte, nachdem er das alte Kabinett aufgelöst hatte. Zum Glück wussten sie, wann sie ernst zu sein hatten.

Heute Abend ist ein Neuanfang, dachte er und nickte einem Diener zu, der sich vor ihm verbeugte. Langsam stieg er die Treppe hoch und versuchte zu verstehen, dass er nun verheiratet war. Er hatte nicht erwartet, sich anders zu fühlen, doch eben dies tat er jetzt.

Vor dem Schlafgemach blieb er stehen und legte die Hand auf den Türknauf. Er wusste nicht, was er drinnen vorfinden würde. Vielleicht schlief Daniela schon, vielleicht weinte sie auch. Vielleicht wartete sie mit einem Dolch in der Hand auf sein Erscheinen.

Lächelnd drehte er den Knauf. Das Lächeln verschwand, auch wenn er nicht wirklich überrascht war.

Es war zugesperrt.

Rafael fand fast sofort den Schlüssel in seiner Westentasche und schloss die Tür auf. Ehe er eintrat, hielt er jedoch für einen Moment inne, da er auf einmal ein wenig Angst davor verspürte, was sie mit ihm vorhatte.

Dann stieß er entschlossen die Tür auf und sah ins Zimmer. Es war dunkel, und die Vorhänge wehten in der Brise, die durch die offene Balkontür ins Gemach blies. Er schloss die Tür hinter sich und trat leise auf das Bett zu, wo er schimmernden weißen Satin bemerkte. Rafael runzelte die Stirn, als er wieder das Gefühl zärtlicher Ritterlichkeit verspürte, das sie in ihm auslöste. War seine arme kleine Braut vielleicht vor Erschöpfung zusammengebrochen, noch bevor sie es geschafft hatte, sich zu entkleiden?

„Daniela?“ fragte er leise.

Doch als er den Stoff der vielen Röcke berührte, riss er die Augen auf. Sie war nicht da.

Er wirbelte herum. Sein Blick glitt suchend durchs Zimmer. Sie war verschwunden. Entsetzt und sich selbst verfluchend, dass er an Flucht nicht gedacht hatte, eilte er zum Balkon. In diesem Moment vernahm er von unten in der Dunkelheit einen leisen Schrei.

„Hilfe!“

11. KAPITEL

Schweißperlen liefen Daniela über das Gesicht, während sie sich mit aller Kraft an das Türmchen klammerte, das nur fünfzehn Fuß unter dem Balkon stand.

Sie hatte sich gerade an das Mondlicht gewöhnt und sah jetzt das Gesicht ihres Mannes, das wie immer belustigt wirkte. Die Hände auf das Geländer gestützt, betrachtete er sie interessiert.

„Was tust du dort draußen, meine Liebe?"

„Oh, sei jetzt kein Unmensch", flehte sie ihn aufgeregt an und blickte auf den Erdboden unter sich, der unendlich viele Fuß entfernt zu sein schien. Verzweifelt klammerte sie sich noch fester an das kleine Türmchen. „Ich kann nicht weiter. Ich sterbe gleich."

„Übertreib nicht gleich, Daniela", erwiderte Rafael fröhlich, zog seinen Gehrock aus und schwang ein Bein über das Geländer. „Ich bin dein Ehemann und werde dich retten."

„Sei vorsichtig", sagte sie, wobei sie einen Moment daran dachte, dass sein betont heiteres Benehmen vermutlich bedeutete, dass er vor Wut kochte.

„Keine Angst, ich werde unseren Kindern von dieser Nacht erzählen", fuhr er fort, während er geschmeidig das Mansardendach hinabglitt, an dessen Rand er stehen blieb. „Und unseren Kindeskindern. Und deren Kindern." Er sprang.

Daniela blieb die Luft weg.

Er landete geschickt auf dem selben flachen Absatz, den Daniela vor ihm benutzt hatte. Mit klopfendem Herzen blickte sie Rafael an.

„Ich werde es sogar", sagte er und trat über einen Abgrund, „in die Annalen der Geschichte Amanteas eintragen lassen. Vielleicht sollte ich diesen Tag sogar zu einem Feiertag erklären. Den Dachklettertag – wie wäre das?"

Entsetzt hielt sie den Atem an, als er einen Moment ein wenig schwankte.

„Du bist betrunken!“

Er drückte sich an das Türmchen und rückte langsam näher an sie heran. Dabei sah er sie gekränkt an. „Das bin ich nicht. Es wäre doch nicht sehr höflich von mir – oder? Wie, zum Teufel, bist du hierher gekommen?“

„Du Narr! Natürlich bist du betrunken. Du wirst uns beide umbringen.“

„Also wirklich, meine Liebe. Ich habe schon viel dümmere Dinge getan und sie auch überlebt. Aber erkläre mir doch, warum du auf dieses Türmchen geklettert bist, obwohl du doch eher nach unten wolltest.“

Daniela schürzte die Lippen. „Ich versuchte, wieder hochzuklettern.“

„Hast du das?“ Er sah sie aufmerksam an.

„Bitte, Rafael. Ich glaube nicht, dass ich es noch viel länger durchhalte.“

Er schmunzelte. „Wirst du dich genauso fest an mich klammern wie an das Türmchen?“

„Mein Gott, ich hasse ihn. Ich hasse ihn.“ Sie hörte ihn lachen. Wütend riss sie die Augen auf. „Das ist ganz und gar nicht lustig!“

„Also gut. Warte einen Moment.“ Mit seinen längeren Beinen schaffte er es, die Lücke im Dach, die sie überhaupt erst in diese unangenehme Lage gebracht hatte, zu überbrücken. Während er vorsichtig hin und her balancierte, um einen sicheren Stand zu finden, fasste er sie um die Hüften.

„Das soll wohl ein Scherz sein“, meinte sie.

„Lass los“, befahl er, und diesmal klang seine Stimme nicht mehr belustigt.

„Du kannst dich nirgends festhalten. Du wirst fallen. Klettere wieder zurück.“

„Hab keine Angst, Liebes“, beruhigte er sie. „Tue, was ich dir gesagt habe. Ganz langsam.“

„Rafael.“

„Es wird schon gehen. Lass einfach los. Ich halte dich.“

Daniela schloss beim Klang seiner sanften Stimme die Augen, doch obwohl sie ihm nun gehorchen wollte, vermochte sie nicht die Arme vom Türmchen zu lösen. „Ich kann nicht.“

„Still“, sagte er. „Es wird dir nichts geschehen. Du musst mir vertrauen, Liebling.“

Daniela schluckte. „Also gut. Ich lasse jetzt los.“

„Fein. In meinen Armen darfst du dich nicht rühren.“

Sie wusste, dass jegliche plötzliche Bewegung ihn aus dem Gleichgewicht bringen konnte. Sie verfluchte sich, beide in eine solche Lage gebracht zu haben, und löste sich dann langsam, Zoll um Zoll, vom Türmchen. Innerlich stieß sie Stoßgebete aus.

Sie konnte die unglaubliche Kraft in Rafaels Armen, seinen Schultern und seiner Brust spüren, als sie sich allmählich an ihn lehnte. Seine Bewegungen waren bedächtig und geschmeidig. Vermutlich war er in den Jahren seiner Degenübungen zu dieser Körperbeherrschung gelangt. Mit der Kraft eines Beines schaffte er es, sie beide vor dem Sturz in den Abgrund zu bewahren.

Sie konnte nichts anderes tun, als zu warten. Ihr Herz pochte vor Angst, als er sich vom Rand des Türmchens abstieß und sie und sich über den Spalt zog.

Beide fielen auf den flachen Absatz, wo sie sich in Sicherheit befanden. Keuchend lag Daniela da und dankte Gott für ihre Rettung.

„Habe ich mir einen Kuss verdient?“ fragte Rafael.

Wachsam kniff sie die Augen zusammen.

Er lächelte schalkhaft, und ein paar Strähnen seines schimmernden Haars fielen ihm ins Gesicht. „Nein?“

„Wir sind noch nicht im Zimmer.“

„Du darfst dich nicht wundern, dass ich es zumindest versucht habe“, meinte er. „Es muss deine Hose sein. Wahrhaftig eine Qual für einen Mann, wenn ich das einmal sagen darf.“

Er legte sich in aller Seelenruhe rücklings auf das Dach und verschränkte die Arme unter dem Kopf. „Was für eine schöne Nacht! Weißt du, so manche Frau hat bereits ihr Leben riskiert, *in* mein Schlafzimmer zu gelangen. Doch du bist die Erste, die hinauswollte. Du bist wahrhaftig die Erste“, wiederholte er mit zärtlicher Stimme, wobei er zufrieden in den nächtlichen Himmel hinaufschaute.

Daniela betrachtete sein Profil – seine langen Wimpern, seine schmale Nase und die hohe Stirn. Eine Welle der Scham über ihre Feigheit überkam sie. „Es tut mir Leid, Rafael.“

„Nun, mein Schatz, ich habe dir schon vergeben.“

„Hast du das?“

„Ich habe dir gesagt, dass es nur eine Sache gibt, womit du mich erzürnen könntest.“

„Dich anzulügen.“

„Genau.“

„Rafael?“

Der Mond erhellte seine Wange, als er sich ihr zuwandte. Es zeigten sich bereits goldbraune Bartstoppeln auf seinem Gesicht, was ihm ein raueres Aussehen gab. Er strich ihr über die Schläfe. „Du hast wunderschöne Augen. Was gibt es?“

Daniela zog sich nicht zurück, doch sie hatte völlig vergessen, was sie eigentlich sagen wollte. Sein nachdenklicher Blick wurde weich.

„Ich sehe, dass du rot wirst“, raunte er und kniff sie zärtlich in die Wange. Dann zog er die Hand zurück und verschränkte erneut die Arme unter dem Kopf.

Daniela schaute auf das ferne Meer. „Betörst du alle Frauen auf diese Weise?“

Er antwortete nicht. Sie spürte, dass ihre Frage ihn verletzte. „Nun“, sagte er schließlich. „Ich rette nicht alle vor dem Tod. Aber im Allgemeinen versuche ich, sie mit meinem Charme einzunehmen.“

„Es ist also eine Taktik.“

„Nein, ich habe keine Taktik. Verführung ist keine Wissenschaft. Es ist eine Kunst. Und du, meine Liebe, befindest dich in den Händen Michelangelos.“

„Wirst du … Ach, natürlich wirst du das. Wie dumm von mir …“

„Was?“

„Es ist egal.“

„Was, Daniela?“ flüsterte er und lächelte sie betörend an. „Ob ich dich verführen werde?“

„Nein! Das wollte ich nicht fragen!“ erwiderte sie entsetzt und schaute weg.

„Woran denkst du dann?“ Sie senkte die Lider und errötete. Dennoch wollte sie herausfinden, ob er es ernst mit ihr meinte. „Du … Du wirst natürlich deine Geliebte behalten. Miss Sinclair, nicht wahr?“

Sie wusste, dass er sie ansah, schaffte es aber nicht, seinen Blick zu erwidern. Ihre Stimme klang fast tonlos, und ihre Worte zerschnitten die unangenehme Stille. „Vielleicht sollten wir ins Zimmer gehen und es hinter uns bringen …“, begann sie. Doch als sie aufzustehen versuchte, hielt er sie an der Taille fest. Plötzlich lag sie auf dem Rücken, und er bedeckte ihren Mund mit Küssen. Ein paar Strähnen seines langen Haares fielen ihr ins Gesicht, seine Hand hielt ihre Wange und liebkoste ihren Nacken. Es war wunderbar.

Noch schlimmer war es, dass sich ihre Arme ohne ihr Zutun plötzlich um ihn legten und sie ihn mit dem Gefühl schmerzlicher Freude an sich drückte. Erst allmählich verstand sie, dass er ihren Mund öffnen wollte, und langsam gab sie ihm nach.

Rafael flüsterte ihren Namen und gab ihr einen langen tiefen Kuss. In diesem Moment existierte nichts und niemand anders in der Welt als Rafael. Sein Mund auf dem ihren, seine Hände auf ihrer Haut, seine Schultern und sein Rücken unter ihren Handflächen.

Er drängte mit der Zunge immer tiefer in ihren Mund und bewegte sich mit seinem großen warmen Körper langsam auf ihr. Sein linker Arm stützte ihren Kopf, während seine rechte Hand begann, ihren Körper zu erkunden. Er legte die Hand auf ihr Zwerchfell, und sie fragte sich, ob er ihr Herzklopfen spürte.

Auf einmal merkte sie, dass er ihr Hemd langsam aufknöpfte. Sie machte sich von ihm los. „Rafael", brachte sie keuchend hervor, als er unter den Stoff griff und eine Brust umfasste. Sie stöhnte, schloss die Augen und überließ sich der Empfindung.

Niemals hatte sie geahnt, dass die Berührung eines Mannes so zärtlich sein konnte. Rafael küsste sie mit seinen samtweichen Lippen auf den Hals, wobei die Bartstoppeln sie leicht kratzten. In aufreizender Weise liebkoste er ihre Brüste unter dem Hemd.

Daniela merkte gar nicht, dass sie die Luft anhielt, als er mit dem Daumen und dem Zeigefinger über die Knospe strich, die sofort hart wurde. Sogleich setzte er das sinnliche Spiel mit der anderen fort. Sie verlor jegliches Zeitgefühl und stöhnte erst wieder, als er sie nicht mehr streichelte. Diesmal geschah es aus dem Wunsch nach mehr.

„Bald, meine Liebste. Hab Geduld.“ Leise Belustigung war in seinem Flüstern zu vernehmen, doch es genügte, um sie daran zu erinnern, dass sie ihm widerstehen wollte.

Er knöpfte ihr Hemd zu und betrachtete sie zärtlich. Heftig atmend öffnete Daniela die Augen und sah ihn verwirrt an. Ein leichtes Lächeln huschte über sein Gesicht, und der Ausdruck in seinen Augen wirkte wissend. Im schwarzen Himmel über ihnen schimmerte der Mond silbrig.

Mit dem Ellbogen stützte er sich auf dem Dach ab. Mit einem Mal merkte Daniela, dass ihre Hände noch immer hinter seinem Kopf verschränkt waren und sie ihn nicht gehen lassen wollte.

„Siehst du?“ raunte er und zeichnete mit der Fingerspitze kleine Kreise auf ihren Bauch. „Du hast nichts zu befürchten.“

Dessen war sie sich nicht so sicher, lächelte ihn aber verträumt an, da sie seine Küsse noch immer in Bann hielten. „Du bist meiner Frage geschickt ausgewichen.“

„Oh nein, ich bin ihr nicht ausgewichen. Ich wollte einfach meine Frau küssen. Ist das falsch?“

„Also, wie lautet die Antwort? Oder willst du es mir nicht sagen?“

Rafael senkte den Blick und spielte mit einem Knopf an ihrem Hemd. „Ich mag es gar nicht, es zugeben zu müssen.“

„Du bist in sie verliebt“, sagte sie leise.

„Überhaupt nicht“, erklärte er. „Es geht mir ums Prinzip.“

„Welches Prinzip?“ fragte Daniela misstrauisch.

„Nun, wenn ich dir in dieser Sache nachgebe, meinst du vielleicht, dass du mich genauso wie diese Bauernburschen von deiner Bande herumkommandieren kannst.“

„Ich habe noch nie jemand herumkommandiert!“

„Wenn du allerdings deshalb fragst, weil du mich ganz allein für dich haben möchtest, kann ich dir den Wunsch nicht abschlagen." Er lächelte sie gewinnend an, doch Daniela ließ sich nicht beirren.

„Ist dir jemals schon gesagt worden, dass du ziemlich eingebildet bist?"

„Ich?" rief er aus und sah sie neckend an. Seine Stimme klang weich, und er strich ihr sanft durch das Haar. „Ich habe sie bereits des Palastes verwiesen, Daniela. Denn ich möchte meine Gattin nicht beschämen."

Sie sah in die Ferne, da sie enttäuscht war, dass er die Affäre nicht völlig abgebrochen hatte.

„Danke für diese Höflichkeit", erwiderte sie steif.

„Bist du dir sicher, dass du mich nicht ganz für dich willst? Das solltest du besser gleich sagen. Ganz im Ernst, du solltest mich sofort für dich einfordern, wenn du das möchtest."

„Was würde mir das bringen?"

„Man weiß nie."

Ich könnte genauso gut den Mond besitzen wollen, dachte Daniela. Anstatt ihm zu antworten, strich sie ihm mit den Fingerknöcheln sanft über seine raue Wange. Er lächelte und schien ihre Berührung zu genießen.

„Rafael?"

„Ja, Daniela?"

„Warst du entsetzt, dass ich zu fliehen versuchte?"

„Nein."

„Warst du entsetzt, dass ich zurückkam?"

„Nein."

„Nein?" wiederholte sie, denn seine Antwort überraschte sie. Sogar sie selbst war über ihre Entscheidung, zurückzukehren, verblüfft gewesen. Ihr Gewissen hatte sie davon abgehalten, den Mann im Stich zu lassen, der sie und ihre Freunde gerettet hatte. Sie schuldete es ihm, nicht ohne eine Erklärung wegzulaufen. Vor allem, da sie wusste, dass er schon einmal betrogen worden war.

„Du hast mir dein Wort gegeben. Ein Augenblick der Angst ist unter diesen Umständen verständlich. Aber du hast mir dein Wort gegeben, und ich weiß, dass du kein Feigling bist."

Daniela sah beschämt zur Seite. „Rafael?" sagte sie leise.

„Ja, Daniela?" erwiderte er und seufzte zufrieden.

„Es tut mir Leid, dass ich dir einen Schlag versetzt habe", sagte sie. „Und dich zwei Mal getreten habe. Obwohl du es verdient hast."

„Und mir tut es Leid, dass ich dich angeschossen habe", erwiderte er und sah sie schuldbewusst an.

„Nun, du hattest einen guten Grund", gab sie mit ernster Miene zu. „Schließlich habe ich dich ausgeraubt."

Er sah sie auf einmal verwundert an.

„Was ist?" fragte Daniela.

Rafael schüttelte den Kopf und begann dann zu lachen.

„Ich verstehe nicht, warum du lachst. Machst du dich schon wieder über mich lustig?"

Er beugte sich über Daniela und küsste sie auf die Lippen. „Ich glaube, du hast mich verzaubert, Prinzessin Daniela di Fiore."

„Verschwende nicht deine Galanterien an mich, Rafael", gab sie errötend zurück, doch ihr Lächeln zeigte ihm, dass sie seine Worte freuten.

Er stand auf und bot ihr die Hand dar. „Komm, wir wollen hineingehen."

Der Gedanke, mit ihm im Schlafzimmer zu sein, ließ sie beinahe wieder die Fassung verlieren. Aber schließlich konnte sie nicht den Rest ihres Lebens auf dem Dach verbringen. Deshalb erhob sie sich auch. Sie kletterten vorsichtig nach oben, wobei Rafael ihre Hand nicht losließ. Es war ein Glück gewesen, dass er rechtzeitig gekommen war, um sie zu retten. Obgleich es leicht gewesen war, die Dächer hinunterzugleiten, wäre es Daniela fast unmöglich gewesen, wieder hinaufzuklettern. Mit Rafaels Hilfe jedoch schaffte sie es.

Auf dem Balkon nahm Rafael sie sofort in die Arme. Das geheimnisvolle Lächeln ihres Mannes bezauberte sie so, dass sie sich gleich an ihn schmiegte.

Rafael ließ sie nicht los, sondern drehte sich um und drängte sie sanft gegen die Mauer. Er senkte den Kopf und presste seine Lippen auf ihre. Sein sinnlicher Kuss versprach mehr als alle Worte, dass es eine erinnerungswürdige Nacht werden würde. Doch Daniela verspürte Angst, je näher der Augenblick rückte.

Er hielt sie mit beiden Händen am Po fest und lachte leise, was sie sogleich wieder dazu brachte, sich innerlich gegen ihr Verlangen zu wehren. Sie befanden sich zu sehr in der Nähe des Schlafzimmers, zu sehr in der Nähe des Betts. Doch seine heißen Küsse waren so leidenschaftlich, dass sie wie Wachs dahinschmolz. Atemlos liebkoste sie seine Brust und fuhr ihm dann durchs Haar.

Sie begehrte ihn so sehr und wünschte sich nichts mehr, als dass er wieder dasselbe tat wie in jener Nacht auf der Yacht.

Rafael hob zuerst einen ihrer Schenkel und dann den anderen hoch, so dass sie schließlich ihre Beine um ihn geschlungen hatte. Daniela gehorchte ihm, und als er damit zufrieden schien, dass ihr Körper dem seinen nahe genug war, fuhr er mit dem Küssen fort.

Er atmete heftig, löste sich von ihren Lippen und blickte sie an. „Ich habe eine Idee“, murmelte er. „Wir wollen sehen, was hier drinnen ist.“ Er hielt sie am Rücken fest, zog sie dann von der Wand fort und ging langsam mit ihr in das Schlafzimmer.

Danielas Mund wurde trocken. „Rafael ...“

„Ja, Liebling“, erwiderte er leise und knabberte an ihrer Wange.

Ihr Herz klopfte wild. „Ich ... Ich bin noch nicht bereit.“

„Ganz ruhig“, flüsterte er und wiegte sie leicht in den Armen, als wäre sie ein Kind, das man besänftigen musste. „Das wirst du.“

„Rafael.“

Er küsste ihr die Nasenspitze. „Daniela, mein Engel. Mein feuriger kleiner Engel. Habe keine Angst. Ich werde mich sehr gut um dich kümmern. Erinnerst du dich noch daran, was ich dir vor ein paar Nächten gezeigt habe?“

„Ja, ich erinnere mich.“

„Es gibt noch so viel mehr für dich zu erfahren.“

„Wirklich?“ flüsterte sie, wobei ihre Stimme vor Sehnsucht heiser klang.

Rafael ging durch das Zimmer und kniete sich aufs Bett. Dort legte er sie sanft auf die Matratze und begann sie langsam zu küssen.

Wieder schlang er ihre Beine um seine Hüften, und sie erbebte beim Gefühl der Hitze zwischen ihren Schenkeln.

„Gefällt es dir?“ flüsterte er. „Wie sich unsere Körper zusammen anfühlen? Meinst du nicht, dass wir zusammenpassen, Daniela? So ist es nicht immer, weißt du. Oft spürt man, dass es nicht stimmt.“

„Rafael ...“ Sie konnte kaum seinen Namen aussprechen, so sehr verlangte sie nach ihm.

Wie rasch vergaß sie doch all ihre Vorsätze!

Er lächelte. „Daniela.“ Während er sie aufmerksam betrachtete, begann er, ihr schwarzes Hemd mit einer Hand aufzuknöpfen. „Wir gehören zu denen, bei denen es stimmt. Spürst du das nicht?“

Sie fragte sich, wie oft er das anderen Frauen zugeflüstert hatte. Das Schlimmste jedoch war, dass sie glauben wollte, dass er es nur ihr gesagt hatte.

Sie bemühte sich, ihre Stimme nüchtern klingen zu lassen. „Nun, Rafael …“

„Daniela“, wiederholte er mit rauer Stimme. Er streifte ihr das Hemd von den Schultern und begann erneut, sie zu küssen, während er ihr mit geschickten Händen die übrigen Knöpfe öffnete. „Wie entzückend du bist! Wie unschuldig! Hab keine Furcht.“

„Ich glaube, dass du jetzt aufhören solltest.“

„Jetzt?“ Er senkte den Kopf und küsste ihren Hals. „Nein, nicht jetzt, meine Liebe. Jetzt werde ich dir ein Vergnügen bereiten, wie du es noch nie erlebt hast.“

„Aber … Ich … Ich will es gar nicht“, versuchte sie einzuwerfen.

Rafael war inzwischen in Höhe ihrer Taille angekommen und wanderte zu ihrem Nabel hinab, in den er leicht biss.

„Du hast mich gebissen!“

„Habe ich das?“ Seine Stimme klang schmeichelnd. „Ich könnte dich wie einen Pfirsich essen, Schatz. Vielleicht sollte ich das auch.“

„Ich glaube, dass es jetzt wirklich genug ist …“

„Vielleicht bekomme ich niemals genug von dir.“ Sein warmer feuchter Mund wanderte über ihre Haut zur Rundung ihrer Brust hinauf, wo er die Brustspitze küsste und daran zu saugen begann. Daniela glaubte, vor Lust zu vergehen.

Sie erbebte. „Bitte!“

„Bitte was, Daniela? Was soll ich tun? Das vielleicht?“ Er ließ die Hand zwischen ihre Schenkel gleiten und rieb dort sanft.

„Hör auf!“ stöhnte sie und erbebte erneut, während sie versuchte, seiner sanften Leidenschaft zu entkommen. „Du weißt, dass ich das nicht gemeint habe. Bitte, lass mich los.“

„Ich möchte dich verwöhnen“, flüsterte er. „Ich wünsche mir, dass du dich wohl fühlst. Und das wirst du, Daniela.“

„Ich fühle mich bereits wohl. Du musst jetzt aufhören …“

Er fasste nach den Knöpfen ihrer schwarzen Hose, warf ihr ein schalkhaftes Lächeln zu und knöpfte sie auf.

„Wunderschön“, flüsterte er und zog die Hose langsam, Zoll um Zoll, ihre Hüfte hinab. Er senkte den Kopf und küsste ihre Brust und ihren Hals. „Daniela“, raunte er. „Ich begehre dich so sehr.“

Langsam wanderte er mit dem Mund über ihren flachen Bauch und hielt dann inne. Er setzte sich auf ihre Schenkel und begann, sein Hemd aufzuknöpfen.

Einen Moment gab es die Möglichkeit, ihm zu entkommen. Während Rafael seine Manschetten öffnete, setzte sich Daniela auf. Doch als sein weißes Hemd ihm über die Schultern glitt und er seinen Oberkörper enthüllte, vergaß sie ganz, ihre Absicht in die Tat umzusetzen.

Er war wunderschön. Unbeschreiblich schön!

Sie holte Luft, denn der wahrhaftig herrliche Anblick seiner seidenweichen Haut, seiner breiten Schultern und kraftvollen Arme, die im Mondlicht schimmerten, ließ sie schwindlig werden.

Sie war einfach sprachlos. Der letzte Rest an Widerstand verschwand. Wie um Himmels willen sollte sie ihm widerstehen? Sie hatte keine Chance.

Schließlich war sie auch nur ein Mensch. Außerdem vermochte

sie einer solchen Kraft nichts entgegenzusetzen. Wenn er sie wollte, konnte er sie haben – das wusste sie.

Doch im Innersten war ihr auch klar, dass Rafael di Fiore niemals eine Frau gegen ihren Willen nehmen würde.

Sie hob den Blick von seinem athletischen Oberkörper zu seinem ernsten Gesicht und stellte fest, dass er sie beobachtete.

Schweigend blickten sie sich eine Weile an.

Ich darf dein Leben nicht zerstören, dachte sie. Du bist zu wunderbar, um alles für mich wegzuwerfen. Sie verspürte das Bedürfnis, ihm zu sagen, wie vollkommen und eindrucksvoll er doch war, biss sich jedoch auf die Zunge. Er weiß es, dachte sie, oh ja, er weiß es.

Rafael sah sie an und umfasste dann ihre Hände. Er hob sie zu seinen Lippen und presste in jede ihrer Handflächen einen Kuss. Dann legte er sie auf seinen flachen Bauch und lud sie so dazu ein, ihn zu berühren.

Vor Begierde aufstöhnend, überließ sie sich ihren Empfindungen. Sie erkundete seine samtige Haut und strich über seine Brust, um seinen Körper nach und nach kennen zu lernen. Nun erbebte er unter ihren Händen.

Lust glitzerte in seinen Augen, und sein Haar fiel ihm über die Schultern. Er sah wild und animalisch aus – und äußerst männlich.

Wie unter einem Zauber stehend, glitt sie mit den Fingern über seine Schultern und krallte sich dann in seine muskulösen Arme.

Rafael schloss die Augen und senkte den Kopf, während sie ihn erkundete. Sie beugte sich nach vorn und strich ihm die langen Strähnen hinter die Schultern, verlor sich dann im Spiel mit seinem Haar und bedeckte schließlich sein Gesicht mit zärtlichen Küssen. Seine Haut schmeckte ein wenig salzig und roch nach Cognac und dezentem Parfüm.

Sie schwor sich, sogleich aufzuhören. Nur noch einen Moment. Nur einen …

Noch immer konnte sie nicht glauben, was tatsächlich geschah. Prinz Rafael befand sich in ihren Armen, in ihrem Bett, war ihr Ehemann, wenn auch nur für eine Weile. In einem wahren Rausch der Sinne strich sie ihm mit den Lippen über den Hals, spürte seinen pochenden Puls.

Rafael überließ sich ganz ihren Liebkosungen. Immer wieder flüsterte er Danielas Namen.

Wie von selbst öffneten sich ihre Lippen, und sie gab ihm einen Kuss, wobei sie seine weiche Haut leicht zwischen die Zähne nahm und leidenschaftlich daran saugte.

„Daniela. Oh mein Gott, Daniela“, sagte er stöhnnd. „Was für ein Narr ich doch gewesen bin.“

„Warum?“ fragte sie und suchte nach einer anderen Stelle, an der sie knabbern konnte.

„Ich dachte, ich wüsste, was Lust ist. Aber nichts … nichts hat mich auf dich vorbereitet. Du lässt mich alles spüren.“

Sie rückte ein wenig von ihm ab, um ihn anzuschauen. Sein Gesicht drückte völlige Hingabe aus. Noch niemals hatte sie etwas so Erotisches wie ihn in diesem Moment gesehen. Verzweiflung vermischte sich mit Verlangen. Sie schloss die Augen, da sie sich so sehr danach sehnte, sich ihm ganz mit Körper und Seele auszuliefern. Sie wollte ihn in sich aufnehmen, um niemals mehr allein sein zu müssen.

Die Erinnerung an die Einsamkeit schlug wie eine Welle über ihr zusammen. Sie hasste sich dafür, doch sie spürte, dass sie Rafael brauchte. Während sie noch immer seine Brust liebkoste, legte sie sich auf den Rücken, wobei sie am ganzen Körper zitterte.

Rafael öffnete die Augen und sah sie voller Leidenschaft an.

„Nun bin ich an der Reihe", flüsterte er. Er strich über ihre Wange, ihr Kinn und dann ihren Hals, bis er ganz leicht ihre Brust berührte. Dann schob er die Enden des aufgeknöpften Hemdes zur Seite und betrachtete ihre Brüste. Zärtlich umfasste er sie, strich mit dem Daumen über die Spitzen und kniff ganz leicht hinein, so dass Daniela erregt seufzte.

Daraufhin bedeckte er ihren Körper mit Küssen. Langsam legte er sich mit dem nackten, warmen Oberkörper auf sie und drängte seine Zunge in ihren Mund.

Daniela erstarrte jedoch, als sie seine Hand spürte, mit der er langsam ihre geöffnete Hose an der Seite nach unten schob. Die Vernunft setzte wieder ein, als ihr klar wurde, dass alles zu rasch vor sich ging. Sie musste ihn aufhalten, ihn retten. *Aber er würde sehr zornig sein.*

Sie klammerte sich an seine Schultern. „Rafael ..."

„Küss mich", flüsterte er hingebungsvoll.

Sie spürte etwas Hartes, das gegen ihren Bauch drängte. Als ihr klar war, worum es sich handelte, riss sie sich von seinem Mund los.

„Nein, nein", keuchte sie atemlos. „Tu das nicht, Rafael. Tu es nicht. Wir dürfen nicht."

„Wir dürfen schon. Und wir werden es auch", sagte Rafael rau und lächelte sie begehrlich an. Seine Augen glänzten wie im Fieber. Als er seine Lippen wieder auf ihre presste, bewegte sich seine Hand in ihrer Hose.

Daniela schnappte nach Luft. „Nein! Bitte, Rafael ..."

„Doch, Daniela. Mein Gott, *doch.*" Er berührte ihren Venushügel und glitt langsam mit dem Finger in sie hinein.

Sie stieß einen Schrei der Verblüffung aus und fand die Kraft, sich gegen ihn zu wehren.

„Daniela, beruhige dich. Ich werde dir nicht wehtun, meine Liebe ...“

Sie achtete nicht auf ihn, sondern kämpfte nun wild entschlossen – wie in jener Nacht auf der Landstraße, als er sie im Wald gefangen hatte. Wie damals gewann er auch diesmal mühelos. Seine linke Hand umfasste ihre Handgelenke, so dass sie beide Arme über ihrem Kopf halten musste. Rasch legte er einen Schenkel über ihre Beine, um sie davon abzuhalten, ihn ein weiteres Mal in die Lenden zu treten.

„Beruhige dich“, keuchte er. „Daniela, mein Engel. Ich würde dir niemals wehtun, das weißt du doch. Du gehörst jetzt zu mir.“ Er küsste sie sanft auf die Stirn, und sie schluchzte beinahe, da sie sich so sehr wünschte, dass seine Worte der Wahrheit entsprachen. „Es ist an mir, dich zu beschützen, und mein Recht, dich zu nehmen. War ich nicht vorsichtig genug?“

„Nein, das warst du nicht. Lass mich sofort los“, erwiderte sie heftig. Sie musste sich von ihm befreien, da sie ihren Kampf mit sich selbst, mit ihrem Begehren nicht viel länger durchzuhalten vermochte. Vor Enttäuschung und Verzweiflung stiegen ihr Tränen in die Augen, und sie begann erneut, um sich zu schlagen.

„Daniela, hör sofort auf“, befahl er ihr und drückte ihre Handgelenke nach unten. „Du weißt, dass ich das Recht dazu habe.“

„Aber ich will es nicht!“

Rafael lachte leise und küsste ihre Wange. „Du hast mir versprochen, mich niemals anzulügen, *ma chère*. Es ist unsere Hochzeitsnacht, Liebste, und das war Teil unserer Abmachung. Ein wichtiger Teil, wie du weißt. Gib dich mir hin, Schatz. Leg dich zurück und lass mich dich lieben.“

„Tu mir das nicht an, Rafael!“

Diesmal klang sein Lachen wollüstig. „Es gefällt mir, wenn du meinen Namen unter Stöhnen aussprichst“, raunte er und begann, ihr Ohr zu küssen. „Spiel nicht mit mir, Daniela. Ich spüre deine Feuchtigkeit und bin überzeugt, dass du es sehr genießen wirst.“

Sie presste die Augen zu, da seine heißen Küsse sie zu sehr verwirrten. „Ich hasse dich.“

Leise lachte er. „Das wirst du morgen früh nicht mehr sagen. Also, als Erstes werde ich dich nun ganz ausziehen. Und dann werde ich dich ganz langsam lieben, Daniela“, erklärte er und streifte ihr das Hemd ab. „Langsam und sanft, meine jungfräuliche Braut. Nur das erste Mal wird es wehtun, mein Schatz. Und danach – das verspreche ich dir – erwartet dich eine Welt des Genusses.“

„Bitte, nein“, entgegnete sie schwach.

„Still“, flüsterte Rafael. „Es ist ganz natürlich, beim ersten Mal ängstlich zu sein. Schließlich weißt du nicht, was geschehen wird. Aber du musst mir vertrauen, Schatz. Wenn du dich entspannst, kann ich dir die Angst nehmen.“

„Hör auf, mich zu berühren!“

Diesmal sah Rafael wirklich verärgert drein. Er runzelte die Stirn. „Verdammt, du hast nun Amantea und mir gegenüber eine Pflicht. Treib dein Spiel nicht zu weit.“

„Das ist kein Spiel. *Ich* spiele nicht!“ erwiderte sie. Aber er achtete nicht darauf, sondern zog ihr die Reithose über die Hüften hinunter. Sie warf den Kopf auf das Bett, da sie sich zugleich hilflos und wütend fühlte.

Rafael war so sanft, wie er es versprochen hatte. Sie konnte ihn nicht aufhalten. Oder vielleicht war es doch die tiefe Sehnsucht in ihr, ihn zu spüren, die sie davon abhielt, sich weiterhin gegen seine Leidenschaft zu stemmen.

Er zog die Hose über ihre Schenkel und liebkoste dabei die Haut, die sich vor ihm entblößte. Seine feingliedrigen Hände strichen über sie, und Daniela genoss seine Berührungen. Rafael beugte sich zu ihrem Mund herab und küsste sie, doch sie fand zumindest die Kraft, den Kuss diesmal nicht zu erwidern. Stattdessen drehte sie den Kopf zur Seite, stöhnte jedoch hoffnungslos und lustvoll zugleich, als er über ihren Venushügel strich.

Vielleicht hat Orlando doch nicht Recht, dachte sie verzweifelt. Vielleicht würde der König nichts gegen sie einzuwenden haben. Dann könnte sie sich Rafael ganz und gar hingeben und ihn für sich behalten, ohne dass es schlimme Folgen nach sich ziehen würde.

Was für eine Närrin du doch bist!

Seine Berührung war leicht und zeigte seine Erfahrung. Sie versuchte, sich ihm zu entwinden, doch seine Finger drängten nur tiefer, während er flüsterte: „Ganz ruhig, Liebes, ganz ruhig."

Sie stöhnte unwillig, während er ihr sinnliches Vergnügen bereitete. Wellen der Erregung durchfluteten sie, als er sie immer näher dem Gipfel der Lust brachte. Ihr Herz klopfte wie wild.

Als sie schließlich den Moment höchster Ekstase erlebte, küsste er sie voller Leidenschaft …

Von Wollust überwältigt, liebkoste Rafael seine Frau, während sein ganzer Körper bebte. Er zog mit der Zunge eine heiße Spur zu ihren Brüsten, nahm die Spitzen nacheinander in den Mund, während er ihre Hose noch weiter nach unten schob. Erregt wand sie sich unter ihm. Er musste sie besitzen. Länger vermochte er nicht zu warten. Noch niemals zuvor hatte er eine solche Leidenschaft bei einer Frau erlebt, noch nie zuvor hatte er sich nach einer Frau so sehr gesehnt.

Er berührte sie, so tief es ging, mit dem Finger und wünschte sich, dass sie immer wieder zum Gipfel der Lust kommen würde. Als er sie unter sich spürte und schmeckte, wusste Rafael auf einmal, dass er niemals genug von ihr bekommen würde. Er erkannte, dass sie ihn durch sein Verlangen nach ihrer reinigenden Flamme der Liebe zu ihrem Sklaven machen könnte.

Daniela erbebte von neuem und stöhnte verhalten. Er küsste sie erneut und drang mit der Zunge in ihren Mund ein. Doch diesmal versuchte Daniela, ihn in die Zunge zu beißen, was ihr jedoch nicht gelang. Ihr Widerstand schürte das heiße Feuer des Verlangens in ihm noch weiter an.

„Was ist denn, meine Liebe? Willst du ein raueres Spiel?" flüsterte er heiser. „Ich kann deinem Wunsch gern nachkommen, wenn du das wirklich willst."

„Lass mich los! Ich hasse dich", entgegnete sie zornig und krallte sich in seinen Rücken. Sie war wirklich eine kleine Wildkatze.

„Ja, du scheinst mich wirklich zu hassen", sagte Rafael lächelnd, während er mit dem Mittelfinger über ihre hart gewordene Knospe vor und zurück strich. „Darf ich dich dort küssen?"

Sie stöhnte und hob ihm unwillkürlich die schmalen Hüften entgegen.

„Du hast Recht. Ich sollte aufhören, Zeit zu verschwenden." Er legte sich auf sie und drückte sein Becken gegen ihre Schenkel. Was für eine göttliche Lust es doch war!

„Spürst du, was du mit mir tust?" flüsterte er und fuhr mit seiner harten Männlichkeit über ihren Venushügel.

Sie hielt den Atem an, stöhnte jedoch unter der Berührung. „Bitte!"

In wilder Leidenschaft krümmte er sich über ihren schmalen

Körper. Er wusste, dass seine Kraft ihm jederzeit zum Sieg verhelfen würde. Heftige Lust ließ ihn jegliche Ritterlichkeit und Ehre vergessen. Nichts zählte mehr – nur noch der Wunsch, mit ihr ganz zu verschmelzen. „Ich will dich jetzt." Inzwischen hatte er ihre Handgelenke losgelassen, da es ihm gleichgültig war, ob sie ihn schlug. Nichts konnte ihn mehr aufhalten. Er griff nach unten und befreite sein schmerzendes Glied, das wie wild pochte.

Bis er nicht tief in sie eingedrungen war, erschien ihm jeder Augenblick eine Verschwendung zu sein.

„Nein, nein", stöhnte Daniela, als er sich zwischen ihre Schenkel schob und sie in die Arme zog.

Er versuchte, sie zu beruhigen, indem er ihr über das Haar strich. „Atme ruhig, meine süße Frau. Wenn du gegen mich ankämpfst, tut es nur weh", flüsterte er keuchend. „Ich will nicht, dass du Schmerzen hast. Mein Schatz, lass mich hinein."

Danielas Angst und Verlangen hatten ihren Höhepunkt erreicht. Sie hielt die Augen geschlossen und seufzte: „Rafael."

Als er sein Glied zu ihrer feuchten Pforte führte, bemerkte er plötzlich durch den Nebel seines Verlangens, dass sie zu weinen begonnen hatte.

Er blickte auf sie hinab, während sein Puls raste.

Sie hatte nicht geweint, als man sie verhaftet hatte. Weder im Gefängnis noch bei der Verabschiedung von ihren Freunden war ihr eine Träne über die Wangen gelaufen. Selbst ihre Hochzeit hatte sie nicht zum Schluchzen gebracht. Doch nun weinte sie. Sein wildes Mädchen, das Gesetze brach, weinte und zitterte unter ihm.

Vor Angst.

Er hielt inne und schaute sie verwirrt an. Auf einmal meldete sich wieder sein Verstand. *Mein Gott, er hatte sie einfach überwältigt und war nur wenige Sekunden davon entfernt …*

Wildes Verlangen meldete sich von neuem.

Nein, sagte er sich innerlich und schloss die Augen vor Enttäuschung. Mit einem Fluch auf den Lippen riss er sich von ihr los und stand vom Bett auf, wobei er gegen die eigene Lust ankämpfte. Er fühlte sich wie jemand, den er nicht kannte. *Was hatte sie mit ihm gemacht? Verdammt! Was geschah mit ihm?*

„Verschwinde", sagte sie mit zitternder Stimme.

Die Hände in die Hüften gestützt, blickte er sie heftig atmend an. Sie war aus dem Bett geschlüpft und stand nun mit dem Rücken zur Wand da. Rasch hatte sie seinen Degen ergriffen, ihr schwarzes Hemd hing offen über ihren weißen Brüsten und gewährte ihm den Blick auf ihren flachen Bauch.

Wieder durchfuhr ihn ein heftiges Verlangen. Ja, er hätte sogar in Kauf genommen, dass sie bewaffnet war. Doch er hielt sich zurück und sah sie nur an. Er hoffte, schon seines Stolzes wegen, dass sich seine Scham nicht in seinem Gesicht widerspiegelte. Im Moment war er allerdings noch viel zu zornig, um zu bereuen.

Er verstand nicht, was mit ihm geschehen war. Noch nie zuvor hatte er sich einer Frau aufgedrängt. Er hatte sogar schon zwei Männer aus diesem Grund in Duellen getötet. Dennoch vermochte er nicht, sich bei Daniela zu entschuldigen.

Wie hatte er sie so missverstehen können? Er hatte ihre Zurückweisungen gehört, sie jedoch nur als Zeichen der Schüchternheit verstehen wollen. Und er hätte schwören können, dass sie sich nach ihm verzehrt hatte. Er war verwirrt. Warum wollte sie ihn nicht? Sie war doch seine Gemahlin.

„Ich sagte, verschwinde!"

Rafael wandte sich ihr zu. „Ich gehe nirgendwohin." Das war das Letzte, was er jetzt brauchte – dass man bei Hofe hinter vorgehaltener Hand darüber Scherze machte, wie er in seiner

Hochzeitsnacht von seiner Gemahlin hinausgeworfen worden war. Er begriff noch immer nicht, was geschah. Frauen wiesen ihn nicht zurück. Gesetzlich gehörte sie ihm. Er hatte ihr das Leben gerettet, und sie besaß nicht das Recht, ihn abzulehnen. Heute Nacht würde sie ihm nicht die kalte Schulter zeigen.

Nicht im Schlafzimmer. Niemals dort.

„Ich meine es ernst! Verschwinde!“ Ihre blauen Augen funkelten, als sie, mit gezogenem Degen, auf ihn zutrat. Sie stieg auf das Bett, schritt langsam darüber und sprang auf der anderen Seite auf den Boden, bis sie ihm die Klinge unter das Kinn hielt.

Er betrachtete zuerst verächtlich die Waffe und dann seine Frau. „Was tust du da, Daniela? Willst du mich erstechen?“

Sie zitterte leicht. „Ich sollte es. Ich sollte dich umbringen und diesem Königreich und den Frauen der Welt damit einen Gefallen erweisen.“

„Sprich nicht von den Frauen der Welt, solange du selbst noch keine geworden bist“, sagte er leise.

„Was soll das heißen?“ rief sie, und ihre Wangen röteten sich vor Zorn.

Er blickte auf ihre jungenhafte Kleidung. „Es soll heißen, dass du nur ein kleines verängstigtes Mädchen bist, das nicht weiß, was ihm entgeht. Aber keine Sorge“, sagte er. „Ich werde noch eine Frau aus dir machen. Wie kannst du es wagen, mich nach all dem, was ich für dich getan habe, zurückzuweisen?“

„Ich versuche nur, dir zu helfen!“ brachte sie mühsam hervor.

„Mir helfen? Was, zum Teufel, meinst du damit?“

„Ich habe von deinen fünf Prinzessinnen erfahren“, entfuhr es Daniela. „Wenn ich dir widerstehe, kann unsere Ehe noch annulliert werden, sobald dein Vater zurückkommt. Du kannst dann eine von ihnen heiraten und wirst nicht den Thron verlieren. Sonst verlierst du das ganze Königreich um meinetwillen, Rafael. Das werde ich nicht gestatten. Amantea braucht dich."

Entgeistert blickte er sie an. „Mit wem hast du geredet?" fragte er drohend.

„Es ist ganz gleichgültig, wer es mir erzählt hat. Ich möchte niemandem Schwierigkeiten machen. Das einzig Wichtige ist nur, dass du mich und meine Freunde gerettet hast. Und nun ist es an mir, dich zu beschützen."

„Mich zu beschützen? Verdammt, Daniela, du bist meine Gemahlin! Es ist an dir, mir zu gehorchen und mich in dein Bett zu lassen!" donnerte Rafael und trat einen Schritt auf sie zu. „Einmal in deinem Leben könntest du tun, was ich sage. Nun befehle ich dir als dein Herr und Herrscher, mir zu verraten, mit wem du gesprochen hast."

„Mit Orlando!" rief sie und trat zitternd einen Schritt zurück.

Rafael erstarrte. „Mit Orlando?"

„Er sagte, dass er nicht noch ein weiteres Zerwürfnis im königlichen Haus möchte. Außerdem erzählte er mir von der Drohung des Königs, Prinz Leo zu seinem Nachfolger zu machen, falls du nicht tust, was er sagt. Rafael, wenn du nicht eine dieser Frauen heiratest, wird man dich enterben. Ich möchte nicht, dass du alles verlierst, weil du mich und meine Freunde gerettet hast. Ich will nicht dafür verantwortlich sein, dass dein Leben ruiniert wird."

„Einen Augenblick." Seine früheren Erfahrungen mit Frauen ließen ihn ihre edlen Beweggründe noch nicht ganz glauben. Schließlich stand hier das Mädchen, das gesagt hatte, es wolle niemals heiraten. „*Wann* hat Orlando dir all das erzählt?"

Sie schluckte. „Gestern."

„Gestern“, wiederholte er, und seine Ängste begannen, die Oberhand zu gewinnen. „Und du wusstest, was du tun wolltest? Dich mir verweigern? Das wusstest du schon gestern? Du hast diesen Plan mit meinem Vetter ausgeheckt?“

Stumm blickte sie ihn an.

„Los, Daniela. Heraus damit.“ Rafaels Herz pochte heftig, und Übelkeit stieg in ihm hoch. „Du bist also heute vor Gott getreten und hast mir vor aller Augen und Ohren ein Versprechen gegeben, das eine Lüge war? Hast du heute in der Kirche gelogen?“

„Du verstehst überhaupt nichts!“ rief Daniela, der Tränen in die Augen gestiegen waren.

„Oh, ich glaube, ich verstehe schon.“ Verächtlich blickte er sie an.

Vielleicht verwirrten ihm die unbefriedigte Lust und der verletzte Stolz die Sinne. Doch er sah Julia vor sich und stellte fest, dass er wieder einmal einer herzlosen Frau in die Falle gegangen war.

Aber Daniela sah so unschuldig, so jung aus.

Er war ein solcher Tor!

„Eine Annullierung also? Du hattest vor, mich zu täuschen, bevor du noch einen Fuß in die Kirche gesetzt hast“, sagte Rafael bitter. „Vielleicht hast du mich von Anfang an belogen … Natürlich hast du das. Schon im Gefängnis. Du hast alles getan, um dich zu retten, nicht wahr? Und Mateo.“ Seine Stimme klang verächtlich.

„Das ist nicht wahr! Ich meine es ernst. Ich versuche, dich zu beschützen, Rafael!“

„Du beschützt doch nur dich selbst, du kleine Diebin!“ brüllte er. „Du hast mir dein Wort gegeben. Ich hätte es wissen müssen: Alle haben mich vor dir gewarnt.“

„Du bedeutest mir etwas."

„Tue ich das?" Er hob das Kinn und sah sie zornig an. Seine Stimme klang jedoch ruhig. „Dann leg dich auf das Bett, spreiz die Beine und beweise mir, dass du keine Lügnerin bist."

„Wie kannst du es wagen, so mit mir zu sprechen?" erwiderte Daniela wütend. „Ich bin nicht eine von deinen Mätressen."

„Verdammt!" flüsterte er. „Du hast mich benutzt."

„*Ich* habe *dich* benutzt?" wiederholte sie fassungslos. „Du bist derjenige, der mich benutzt hat! Das hast du von Anfang an klar und deutlich gesagt. Du hast erklärt, du heiratest mich nur deshalb, weil du die Liebe deines Volkes erlangen möchtest. Dann fand ich heraus, dass du mich benutzt hast, um deinem Vater die Stirn zu bieten – einem Mann, den ich zufälligerweise auch noch bewundere."

„Ich benutze dich nicht, um mich gegen meinen Vater zu erheben. Nur habe ich es satt, ständig von anderen beherrscht zu werden. Auch du wirst es nicht tun. Verdammt noch mal", brachte er gequält hervor. „Du solltest auf meiner Seite sein."

Daniela wollte etwas erwidern, doch sie brachte keinen Ton heraus.

„Nun verstehe ich, dass du mich wie alle anderen nicht ernst genommen hast", sagte Rafael leise. „Ich habe gehofft, du würdest an mich glauben."

„Ich glaube an dich, Rafael. Deshalb habe ich dich heute Nacht zurückgewiesen." Tränen schimmerten ihr in den Augen. „Wenn du unsere Ehe vollziehst, wirst du niemals König sein. Es ist entweder Amantea oder ich. Ich lasse dich nicht die falsche Entscheidung treffen."

„Wirklich?" fragte er zynisch. „Ich weiß nur, dass ich am heutigen Tag mein Wort vor Gott und meinem Land gegeben habe, ein Versprechen, das ich deinetwegen nicht brechen werde."

„Bleib weg von mir!“ rief Daniela, als ihr Mann einen weiteren Schritt auf sie zu tat.

„Ich werde dich nicht berühren, liebe Gemahlin“, sagte er voller Verachtung. „Ich muss nur die Spitze des Degens benutzen.“

„Wofür?“

Rafael antwortete nicht. Er warf ihr einen warnenden Blick zu, nahm dann den Degen zwischen den rechten Daumen und Zeigefinger und stach sich mit der Spitze in den linken Daumen.

Fassungslos sah Daniela zu. „Warum hast du das getan?“ wollte sie wissen.

Er zuckte zusammen, als ihm das Blut aus der kleinen Wunde tropfte. Er drückte sie zu, so dass noch mehr herauskam, und ging dann zum Bett. Dort schlug er die Laken zurück und wischte das Blut auf die Leintücher.

Verblüfft sah Daniela ihm zu.

„War es schön für dich?“ fragte er höhnisch, als er das Betttuch von der Matratze zog und es zur Tür brachte.

Finster blickte sie ihn an.

Er warf ihr einen überlegenen Blick zu und ging in das andere Zimmer, wo er die Tür öffnete und einem Diener, der davor gewartet hatte, das blutbefleckte Laken reichte.

Daniela verstand erst jetzt, was er da tat. Entsetzt rannte sie hinter ihm her. „Rafael, bleib da!“

Er schloss rasch die Tür und stellte sich ihr in den Weg. Mit verschränkten Armen sah er sie spöttisch an.

Entsetzt erwiderte sie seinen Blick. „Du stolzer, trotziger Mann! Was hast du getan?“

„Keine Annullierung, meine Liebe. Glaubtest du, ich würde dir erlauben, dass du mich vor ganz Amantea zum Narren machst? Jetzt entkommst du mir nicht mehr. Der Beweis für deine Entjungferung ist bereits unter den Leuten. Deshalb würde ich vorschlagen, dass wir nun zurück ins Bett gehen und beenden, was wir angefangen haben."

Zornig blickte sie ihn an. „Du arroganter, skrupelloser Kerl! Du würdest vor nichts zurückschrecken, um deinen Kopf durchzusetzen."

Spöttisch verbeugte er sich vor Daniela.

Ungläubig schüttelte sie den Kopf. „Du bist einfach noch nicht erwachsen."

„Ich habe einen gewissen jungenhaften Charme", erwiderte er und genoss es, dass er sie genauso aufgebracht hatte wie sie ihn.

Sie kniff die Augen zusammen. „Dein so genannter Beweis nützt überhaupt nichts. Die Untersuchung eines Arztes kann noch immer zeigen, dass ich unberührt bin, wenn deine Eltern zurückkehren. Die Ehe kann noch immer annulliert werden. Und ich werde nicht aufgeben. Wenn du mich begehrst, musst du mich zwingen, dir zu Willen zu sein. Und ich weiß genau, dass du das nicht tun wirst."

Nein, das würde er nicht.

Rafael überlegte sich, was er als Nächstes machen konnte. Es schien ihm, als ob er nur eine Wahl hätte.

Langsam trat er auf sie zu.

Sie beobachtete ihn mit großen Augen und rührte sich nicht, als er näher kam. Wahrscheinlich war sie zu stolz, um in diesem Moment zurückzuweichen. Er umfasste ihr hübsches Gesicht und presste den Mund auf den ihren. Leidenschaftlich küsste er sie.

„Ich werde dich nicht zwingen müssen, Daniela", flüsterte er. „Wir werden sehen, wie lange du durchhalten kannst."

Sie stöhnte kaum hörbar bei seinem Kuss. Ihr schlanker, warmer Körper wurde weich und drängte sich an ihn – zweifelsohne gegen ihren Willen. Sie war genauso um eine Erfüllung ihrer Lust gebracht worden wie er. Ihr Verlangen war da, doch sie hatte ihre Wünsche klar geäußert.

„Du weißt, wo du mich finden kannst, Schatz. Aber diesmal wirst du nichts bekommen, wenn du mich nicht bittest“, flüsterte er. Lächelnd löste sich Rafael von ihr, drehte sich um und ging in sein angrenzendes Zimmer.

Daniela stand dort, wo er sie verlassen hatte, und sah ihm mit einem verlorenen Blick nach, als er die Tür hinter sich schloss.

Doch er sperrte sie nicht zu.

12. KAPITEL

Am nächsten Nachmittag sollten sie das erste Mal öffentlich als verheiratetes Paar auftreten. Ein majestätisches neues Schiff der königlichen Marine sollte getauft werden. Unter einem azurblauen Himmel war die kleine Hafenstadt mit den weißen Häusern und roten Dächern festlich herausgeputzt. Auf dem Kai drängten sich viele Leute, die gekommen waren, um einen Blick auf das Kronprinzenpaar zu werfen. Daniela fragte sich, ob die Gratulanten bemerkten, dass sie mit ihrem Gatten kein Wort wechselte.

Rafael hielt auf einem Podium eine kurze Rede, während Daniela neben ihm stand und mit gezwungenem Lächeln zuhörte. Ihr Gatte bezauberte die Menge mit seiner melodisch tiefen Stimme und seiner Ausstrahlung.

Es war schrecklich für sie, ihn in der Öffentlichkeit zu begleiten, während sie sonst so gut wie nichts mehr miteinander zu tun haben wollten. Doch sie war fest entschlossen, zumindest in dieser Hinsicht ihren Teil der Abmachung einzuhalten. Sie wollte ihm dazu verhelfen, die Liebe seines Volkes zu gewinnen. Allerdings merkte sie immer wieder, dass er ihre Hilfe eigentlich gar nicht benötigte.

Die Leute *wollten* an ihn glauben. Sie wollten ihn lieben. Sie brauchten nur ein Zeichen von ihm, dass er sich um sie kümmerte, und schon flogen ihm die Herzen zu.

Er sprach sehr gewandt. Trotz seiner schlichten Kleidung hatte er Ausstrahlung, die Daniela nur bewunderte. Die Meeresbrise trug der Menge seine beredten Worte über eine glänzende Zukunft zu. Die Menschen schienen den Anblick des Kronprinzenpaares begeistert aufzunehmen, denn sie jubelten, nachdem er geendet hatte.

Auch Daniela klatschte, während ein tosender Applaus losbrach und ihr beinahe den Atem nahm.

Rafael strahlte die Menge an und warf dann die Flasche Champagner gegen den gewaltigen Rumpf des Schiffes. Mitgerissen riefen die Leute laut: „*Viva il principio! Viva la principessa! Viva Amantea!*“

Lächelnd winkte Rafael ihnen zu, während das Sonnenlicht auf den Wellen glitzerte. Dann wandte er sich an Daniela, reichte ihr die Hand und warf ihr einen viel sagenden Blick zu. Der Ausdruck seiner Augen verriet Leidenschaft und Feindseligkeit zugleich. Sie verstand, was sie zu tun hatte, und legte ihre zitternde Hand auf die seine. Er zog sie zu sich und präsentierte sich so dem Volk, das begeistert klatschte.

Daniela hob ihr Kinn, während die Menschen ihnen zujubelten. Sie hatte seit dem Streit in der Nacht zuvor keineswegs das Gefühl, dergleichen zu verdienen.

Ihr Besuch in der Hafenstadt dauerte nicht lange. Am Abend sollte eine Einladung der Botschafter stattfinden, vor der Daniela sich bereits fürchtete. Die kommenden Tage waren ausgefüllt mit ähnlichen Ereignissen, und ihr blieb nichts anderes übrig, als alles über sich ergehen zu lassen. Ebenso wie Rafael war auch sie nun öffentliches Eigentum. Als sie in die Kutsche stiegen, war es nötig, so lange zu winken, bis keine Leute mehr auf der Straße zu sehen waren. Endlich bog das Gefährt auf die Landstraße ein – gar nicht weit von der Stelle entfernt, wo sie Rafael einmal ausgeraubt hatte. Mit großer Geschwindigkeit fuhren sie nach Belfort zurück.

Rafael saß Daniela in der Kutsche gegenüber. Er zog seine Handschuhe aus und presste eine Hand auf seine Augen.

Am liebsten hätte sie ihm gesagt, wie bewegend sie seine Rede gefunden hatte. Doch sie entschloss sich, von sich aus kein

Gespräch zu beginnen. Es hätte wahrscheinlich zu einer weiteren Auseinandersetzung geführt.

Die angespannte Stille wurde den ganzen Weg zum Palazzo Reale zurück von keinem der beiden unterbrochen. Rafael blickte sie allerdings herausfordernd an, als wollte er sie dazu bringen, ihn anzusehen, damit sie sein Verlangen nach ihr erkannte. Doch Daniela hielt starrköpfig den Blick gesenkt oder schaute von Zeit zu Zeit aus dem Fenster.

Als sie am Palast eintrafen, stieg Daniela aus der Kutsche und eilte sogleich zu ihren Gemächern, ohne ein Wort mit jemand zu wechseln. Denn sie konnte die Anspannung nicht länger ertragen. Sie musste etwas zu tun haben.

Sie lief die Marmortreppe hinauf und versperrte die Tür zu ihren Gemächern, da sie Rafael nicht traute. Sie befürchtete, dass er zu ihr kommen und versuchen würde, sie wieder ins Bett zu locken. Deshalb zog sie rasch mit Hilfe einer Kammerzofe ihr festliches Kleid aus und ein elegant geschnittenes Reitkostüm an.

Sie brauchte dringend einen wilden Galopp. Seit ihr Pferd im königlichen Reitstall untergebracht war, hatte sie es noch nicht ausgeritten. Noch lieber hätte sie den teuren Schimmel genommen, der zu Rafaels Hochzeitsgeschenken gehörte. Doch da sie weder Rafael noch seine Gaben behalten wollte, war es besser, sich lieber an dergleichen Luxus nicht zu gewöhnen. Ihr brauner Wallach war gut genug für sie.

Mit einem breitrandigen Hut und einem Schleier vor dem Gesicht, dazu eine Reitgerte, die sie in der Hand hielt, eilte sie aus den Gemächern. Ungeduldig wehrte sie die Hilfe der Kammerzofen ab. Sie war gerade dabei, die Treppe hinabzulaufen, als Rafael erschien.

Sie erstarrte. Sofort spürte sie ein Kribbeln in ihrem Bauch.

Niemand sonst war in der Nähe.

Als er vom Fußende der Treppe zu ihr heraufschaute, verzog sich sein Mund zu einem gefährlichen Lächeln. „Oh, wie hübsch du wieder aussiehst“, sagte er, während er ein Pfefferminzbonbon lutschte. Mit den Händen in der Tasche kam er langsam, Stufe um Stufe, auf sie zu.

Mitten auf der Treppe stellte er sich ihr in den Weg. Sie tat einen Schritt zur Seite. Er folgte ihr und sah sie mit hochgezogenen Augenbrauen an. Wieder trat sie einen Schritt beiseite, doch er näherte sich ihr erneut.

„Gehen Sie mir bitte aus dem Weg, Hoheit“, forderte sie ihn auf.

„Du hast deinem Gemahl noch keinen Kuss gegeben.“

„Das werde ich auch nicht.“

„Gut, dann küsse ich eben dich.“ Er beugte sich nach vorn, um ihre mit seinen Lippen zu berühren, doch sie hielt sich die Reitgerte vor das Gesicht. Seine Nähe ließ sie erbeben, während der Duft seines Bonbons wunderbare Erinnerungen an seine Küsse in ihr aufsteigen ließ.

Er schien seine Wirkung auf sie genau zu kennen. Plötzlich umfasste er sie an den Hüften und begann sie zu liebkosen. „Du siehst so aus, als wolltest du ausreiten, Daniela.“

„Das stimmt.“ Sie versuchte, ihn von sich zu stoßen. „Ich bin gerade auf dem Weg zu den Ställen.“

„Küss mich nur einmal, dann lasse ich dich vorbei“, erwiderte er.

„Das habe ich schon einmal gehört“, gab sie zweifelnd zurück.

„Ein Kuss.“ Er hielt inne. „Oder würdest du es bevorzugen, wenn ich jemand anders küsse?“

Daniela kniff die Augen zusammen. „Glaubst du wirklich, dass du mich eifersüchtig machen kannst?“

„Ich hoffe es. Gib mir einen Kuss, und ich werde mich benehmen“, flüsterte er.

„Und dann lässt du mich in Ruhe?“

„Wenn du es dann noch immer willst.“

„Also gut, ich bin einverstanden“, erwiderte sie.

Er legte einen Finger auf ihre Lippen. Als er Zustimmung in ihren Augen las, strich er ihr sanft mit den Fingerspitzen über die Wangen und senkte dann den Kopf. Sein weicher Mund glitt aufreizend über den ihren. Da ihr schwindlig wurde, hielt sie sich an seiner Taille fest, während sein Kuss allmählich leidenschaftlicher wurde. Sie schloss die Augen und öffnete die Lippen.

Es war sinnlos.

Die Leidenschaft brannte bereits zu heftig zwischen ihnen, als dass sie sich noch von Rafael hätte losreißen können. Er gab ihr sein Pfefferminzbonbon mit der Zunge und nahm es dann wieder, als er sich schließlich von ihrem Mund löste.

Dann drängte er sie mit kaum unterdrücktem Verlangen an das weiße Marmorgeländer. Wortlos umfasste er einen ihrer Schenkel und hob ihn auf das weiße flache Geländer. Dann beugte er sich wieder zu ihr herab und küsste sie heiß. Er legte seine Hand auf ihren anderen Schenkel und hob auch ihr linkes Bein, so dass sie schließlich ganz auf dem Geländer saß.

Daniela stützte sich hinten mit einer Hand ab und hielt Rafael mit der anderen an der Schulter. Ihr Herz raste vor Erregung, während er sich langsam auf die Knie ließ. Sie hatte keine Ahnung, was er vorhatte, besaß jedoch nicht die Stärke, zu protestieren, als er ihre Röcke hochschob und den Schlitz in ihren weißen Pantalons aufzog. Hilflos legte sie den Kopf zurück, als sie spürte, wie sein Daumen sie berührte. Als er schließlich seinen feuchten, warmen Mund auf ihre intimste Stelle presste, keuchte sie vor Erregung.

„Oh mein Gott", stöhnte sie. Sie musste sich fest an seine Schulter klammern, um nicht vom Geländer zu fallen.

Rafael lachte leise. Dann benutzte er seine Zunge, um sie zu liebkosen. Er glitt mit dem Mittelfinger in sie und blies sanft auf das erregte Geschlecht, so dass ihr ganzer Körper bei dieser Empfindung erbebte.

Sie stützte sich mit einem Ellbogen leicht ab, während sie mit der anderen Hand seinen Hals umfasste. Ihre Reitgerte hielt sie noch mit zwei Fingern fest, wobei die Spitze immer wieder über Rafaels Po strich, so dass er es durch seine enge Hose spüren konnte.

Danielas Brust hob und senkte sich, während sie benommen vor Lust auf seinen blond schimmernden Kopf zwischen ihren Schenkeln blickte. Er ließ die Zunge kreisen und seufzte immer wieder zufrieden. Sie strich ihm durch das Haar, während er fortfuhr, sie mit dem Mund und den Fingern zu reizen.

Daniela bat Gott um Verzeihung, dass nicht einmal diese schockierenden Liebkosungen genug für sie waren. Nichts würde jemals genug sein, bis sie Rafael ganz in sich aufnehmen und spüren würde.

Er schien zu merken, dass sie sich anspannte und kurz vor dem Gipfel der Lust war. Als er sich zurückzog und zu ihr aufsah, schrie sie vor Enttäuschung auf. Ein Blick in seine Augen zeigte ihr, dass er sich nur noch mühsam unter Kontrolle hielt. Mit der linken Hand liebkoste er ihren Schenkel, und der königliche Siegelring glitzerte golden.

Er wischte sich den feucht schimmernden Mund mit dem Handrücken ab. „Bist du nun so weit, mich freundlich zu bitten, Liebe?"

Sein herausfordernder Blick brachte Daniela blitzartig in die Wirklichkeit zurück. Empört sah sie ihn an.

„Überhaupt nicht", brachte sie atemlos heraus.

„Ach, wie schade", erwiderte er und strich ihr bedauernd die Röcke glatt.

Daniela blickte ihn fassungslos an, da sie nicht glauben konnte, dass er sie so zu quälen vermochte.

Kalter Zorn blitzte in seinen Augen, als er aufstand und ein paar Stufen hinabging. „Denk dir nichts, Daniela. Wenn ich leiden muss, sollst du das auch tun. Lass es mich wissen, wenn du deine Meinung geändert hast."

Benommen sprang sie vom Marmorgeländer herab und tat unsicher einige Schritte. Sie zitterte vor Erregung und unerfüllter Sehnsucht. Langsam sank sie nieder und setzte sich auf die Treppe, ohne dabei zu bemerken, dass er stehen geblieben war und zu ihr hinsah.

Sie schlang die Arme um sich und senkte verzweifelt den Kopf. Ihr ganzer Kampfgeist war verschwunden. Sie hasste Rafael – und brauchte ihn. Brauchte ihn so sehr. Wie konnte er sie so zurücklassen, unerfüllt, allein und voller Scham über ihre eigene Lüsternheit?

Doch hatte sie ihm nicht das Gleiche in ihrer Hochzeitsnacht angetan? Das verstand sie erst jetzt. Auf einmal hörte sie Schritte, und Rafael tauchte neben ihr auf. Er setzte sich auf dieselbe Stufe und rückte zu ihr. Sanft küsste er sie auf die Wange.

„Verzeih mir, Liebste. Es tut mir so Leid." Seine Stimme klang heiser. „Lass mich dich bitte nach oben bringen. Bitte, mein Engel. Ich brauche dich so sehr."

Sie erbebte vor Verlangen und rutschte von ihm fort.

Doch Rafael war sogleich wieder neben ihr. Er strich ihr über die Wange und dann mit zitternder Hand über das Haar. Mit geschlossenen Augen schmiegte er seine Stirn an ihre Schläfe. „Bitte, Daniela. Es raubt mir noch den Verstand. Du bist meine

Frau. Weise mich nicht zurück. Ich denke immer nur an dich. Du bist die Einzige, die ich begehre …"

„Ich habe Angst", erwiderte sie kaum hörbar.

„Das brauchst du nicht", flüsterte er und ließ seine Lippen über ihre Wange zu ihrem Ohrläppchen gleiten. Seine Hand lag auf ihrem Knie. „Ich werde es dich genießen lassen …"

„Ich habe Angst, ein Kind zu bekommen." Sie schloss die Augen, in denen inzwischen Tränen des Zorns auf sich selbst standen. „Ich habe Angst, ein Kind zu bekommen. Davor habe ich Angst."

Rafael hielt inne.

Nun ist es heraus, dachte sie.

„Ich bin ein solcher Feigling", sagte sie. Sie spürte, wie er sie ansah.

„Ich verstehe nicht."

Zitternd holte sie Atem, wagte aber nicht Rafael anzuschauen. „Selbst wenn dein Vater dich nicht enterbt, muss unsere Ehe annulliert werden. Ich kann dir keine Erben schenken. Du musst eine andere finden, Rafael. Ich bin nicht imstande, es zu tun. Es ist unmöglich."

Er schwieg lange. „Ist es … Ist es deine Gesundheit?"

„Meine Gesundheit ist in Ordnung."

„Es tut mir Leid, doch ich verstehe dich noch immer nicht."

Endlich wandte sie sich ihm zu. „Hast du jemals miterlebt, wie eine Frau im Kindbett gestorben ist?"

„Nein."

„Ich schon. An dem Tag im Gefängnis, als du um meine Hand angehalten hast, wusste ich, dass du einen Erben brauchst. Damals dachte ich, dass ich es schon schaffen würde, wenn es an der Zeit wäre. Aber wenn ich dich nicht einmal als meinen Ehemann behalten kann, will ich nicht riskieren, für dich zu sterben. Ich würde einen raschen Tod am Galgen vorziehen, als im Kindbett blutend und voller Angst dahinzusiechen. Noch nie in meinem Leben habe ich so schreckliche Schreie gehört …"

„Still, beruhige dich", sagte Rafael und legte ihr die Hand auf die Schulter. „Daniela, nur wenige Frauen erleiden dieses Schicksal. Du bist jung und kräftig."

„Meine Mutter starb, als sie mich gebar, Rafael. Großvater sagt immer, sie sei schmalhüftig wie ich gewesen." Daniela atmete tief durch und versuchte, die entsetzlichen Bilder zu vertreiben.

„Aber Daniela …" Rafael hielt inne und sah sie an. Der sonst so überlegene Kronprinz schien durch ihr Geständnis völlig aus der Fassung geraten zu sein.

Ihm war äußerst unbehaglich zu Mute. Doch selbst jetzt schaffte er es, nach außen hin gelassen zu wirken. Er legte ihr den Arm um die Schultern und zog sie beschützend an sich. Sanft drückte er ihr einen Kuss ins Haar. „Liebling, ich würde niemals zulassen, dass dir etwas geschieht", flüsterte er. „Ich selbst möchte es nicht erleben, aber wir alle müssen unseren Ängsten gegenübertreten. Ich verspreche dir, dass dir die besten Ärzte zur Verfügung stehen werden."

„Kein Arzt kann die Natur beherrschen."

Zärtlich küsste Rafael sie auf die Schläfe. „Nein, meine Liebe. Nur Gott kann das. Doch ich kann mir nicht vorstellen, dass er dich mir wegnehmen würde, nachdem ich dich nun endlich gefunden habe."

„Mich gefunden?" fragte Daniela bitter. „Du hast mich nur geheiratet, weil du mich benutzen wolltest, Rafael."

Einen Moment sah er ihr tief in die Augen, als gäbe es etwas, was auch er ihr gestehen wollte. Doch um seinen Mund bildete sich ein grimmiger Zug, und Rafael sagte nichts.

Dann stand er auf, strich sich mit der Hand durchs Haar und ließ Daniela allein zurück.

Drei Tage lang beschäftigte sich Rafael ausschließlich mit seinen Aufgaben als Prinzregent. Da war es leicht, Daniela aus dem Weg zu gehen. Wenn er mit seiner jungen Frau in der Öffentlichkeit auftrat oder sie gemeinsam zu Bällen gingen und das glücklich verheiratete Paar spielten, fühlte er sich innerlich angespannt. Er verbrachte die meiste Zeit im Verwaltungsflügel des Palastes, während sie – auf seine Anweisung hin – in ihrem Gemach im zweiten Stock zu verweilen hatte.

Er verzehrte sich vor Begehren und vor Liebe, was ihn zutiefst ängstigte. Dennoch weigerte er sich, sie fortzuschicken. Wenn er das getan hätte, wäre es einem Eingeständnis gegenüber Don Arturo, dem Bischof, Adriano und allen anderen, die ihn vor ihr gewarnt hatten, gleichgekommen. Das wollte er nicht tun. Er hatte vor Gott und seinem Land einen Schwur getan. Nun musste er sein Gesicht wahren und wollte sie auch nicht verlieren.

Warum das so war, verstand er selbst nicht.

Die Erinnerung an ihre süße Hingabe in jener Nacht auf dem Boot, als ihr unschuldiges Gesicht vor Leidenschaft gerötet war, verfolgte ihn während der Tage, die sich endlos hinzuziehen schienen.

Er war so übermäßig selbstbewusst gewesen, dass er gleich zu Beginn ihrer Bekanntschaft geglaubt hatte, sie verführen zu können. Doch in Wahrheit war Daniela es gewesen, die ihn verführt hatte. Und das behagte ihm ganz und gar nicht.

Es war Donnerstag am späten Nachmittag, als sein Magen knurrte und ihn daran erinnerte, dass er wieder einmal vergessen hatte, mittags etwas zu sich zu nehmen.

Er dachte über den Bericht nach, den er gerade zu Ende gelesen hatte, und die Vorstellung, nun etwas zu essen, erschien ihm ganz und gar nicht angenehm. In der Abhandlung ging es um seinen Verdacht auf Gift in der königlichen Küche, der jedoch nicht bestätigt worden war. Obgleich die angesehensten Wissenschaftler der Universität alles eingehend untersucht hatten, war nicht einmal der Hauch eines Verdachts sichtbar geworden. Bisher waren die Katzen, die als Vorkoster benutzt wurden, gesund geblieben, aber dennoch verschlug es Rafael den Appetit.

Er rief also seinen Sekretär, um den nächsten Besucher zu ihm hereinzuführen.

Der fettleibige Conte Bulbati schritt in den kleinen Salon und hielt seine unförmige Nase hochmütig in die Luft. Es war eindeutig, dass er zu jenen gehörte, die Rafael di Fiore als Herrscher nicht ernst nahmen.

Doch es waren kaum zehn Minuten vergangen, da schwand Bulbatis Hochmut immer mehr. Er hatte angefangen zu schwitzen.

Rafael fuhr fort, ihn mitleidlos bloßzustellen, da er wusste, wie sehr dieser Mann Daniela gequält hatte. Dem Prinzen war klar, dass er früher oder später seine Gattin um Verzeihung bitten würde, und wollte dafür ein Präsent haben, das er ihr zu Füßen legen konnte.

Bulbatis Steuerverzeichnis lag offen auf seinem Schreibtisch.

„Eine sehr ungewöhnliche Art des Hofierens, Conte", knurrte Rafael, als er von den geschickt gefälschten Zahlenreihen aufsah. „Meinten Sie wirklich, sie heiraten zu können, indem Sie sie ans Hungertuch bringen?"

Bulbati wischte sich sein teigiges Gesicht mit einem Taschentuch ab. Sein Schweißgeruch erfüllte den ganzen Raum. „Ich kann nicht begreifen, dass Ihre Hoheit mich beschuldigen …"

„Nun hören Sie gut zu, Conte. Es reicht, wie Sie ständig meinen Fragen ausweichen. Wir beide wissen genau, dass Sie schuldig sind. Diese Zahlen sind geändert worden, und Sie sind der Einzige, der das tun konnte und davon profitieren würde. Ihnen stehen mindestens fünfzehn Jahre im Gefängnis bevor, Conte."

„Hoheit, Sie verstehen nicht", rief Bulbati aufgeregt. „Es wurde mir gestattet, einen kleinen Teil für mich selbst zu behalten. Er weiß davon ..." Der Conte hörte unvermittelt auf und sah den Kronprinzen entsetzt an.

Langsam lehnte Rafael sich auf seinem Stuhl zurück und strich sich über das Kinn. „Nun, das ist sehr interessant. Wer hat Ihnen die Erlaubnis gegeben, den Staat zu berauben?"

Rafael zeigte es nicht, doch er war entsetzt. *Schauen Sie in die Bücher des Steuereintreibers dieser Region. Dann finden Sie den wirklichen Verbrecher*, hatte Daniela in jener Nacht in ihrer Villa gesagt. Wie üblich hatte sie damit Recht gehabt.

Bulbati schloss die Augen, und sein Gesicht bekam eine grünliche Farbe. „Oh mein Gott. Was habe ich jetzt getan?" murmelte er.

„Ich warte."

Bulbati sah Rafael verzweifelt an. „Hoheit, Sie verstehen nicht. Er wird mich töten."

„Denken Sie an Ihr Leben im Gefängnis, Conte. Sie haben den König bestohlen. Sie haben Ihre Stellung benutzt, um nicht nur Ihre eigenen Taschen zu füllen, sondern auch noch um eine junge unschuldige Dame in die Hände zu bekommen. Ihre Handlungen sind unehrenhaft, und Ihre Worte entlarven Sie als Feigling. Wenn Sie auf Mitleid hoffen, werden Sie hier keines finden. Zumindest so lange nicht, bis Sie zu kooperieren bereit sind."

„Ich sage Ihnen doch, damit begebe ich mich in tödliche Gefahr“, flüsterte Bulbati ängstlich und wischte sich die Stirn. „Ich würde ständigen Schutz benötigen.“

„Vor wem? Rücken Sie endlich mit dem Namen dieses geheimnisvollen Mannes heraus, oder es gibt keine Hoffnung für Sie.“

Schweiß rann Bulbati über das Gesicht und ließ sein Rüschenhalstuch immer feuchter werden. Er zog daran, als könnte er kaum mehr atmen. „Bitte legen Sie sich nicht mit ihm an, Hoheit. Es ist besser, das Ganze zu vergessen. Ich werde das Geld zurückzahlen …“

„Sein Name.“

„Ich bin nicht der Einzige, der für ihn arbeitet. Es ist nicht nur das Finanzministerium. Er hat mehr Macht, als Sie glauben. Sein Einfluss ist ungeheuer groß.“

„Verdammt noch mal, nennen Sie mir seinen Namen“, brüllte Rafael und schlug mit der Faust auf den Schreibtisch.

Verängstigt sah Bulbati ihn an, schloss dann die Augen und schien sich zu sammeln.

„Orlando.“

Rafael saß eine Weile reglos da.

Es wäre ihm sehr schwer gefallen, hätte er sagen sollen, wie er sich in diesem Moment fühlte. Betäubt. Zornig. Nüchtern. Dann überwog die Wut.

„Sie lügen!“

„Nein, Hoheit! Das ist die Wahrheit!“

„Sie erwarten von mir, dass ich Ihnen, einem ehrlosen Schurken, eher glaube als einem Herzog königlichen Geblüts?“ Rafael stand langsam auf. „Wie können Sie es wagen, meinen Verwandten zu beschuldigen? Nehmen Sie das sofort zurück! Wo sind Ihre Beweise?“

„Ich … Ich habe keine Beweise. Aber ich sage die Wahrheit, Hoheit. Es ist die reine Wahrheit!“

„Es ist eine Lüge!“ herrschte der Kronprinz ihn an und schlug erneut mit der Faust auf den Tisch. Doch diesmal klappte es nicht, wie immer das Beste von jemand anzunehmen, der ihm am Herzen lag. Entsetzen breitete sich wie Gift in seinen Adern aus. Es war nicht das Entsetzen, überrascht zu werden, sondern das Entsetzen darüber, dass er die Anschuldigung als wahr begriff. Dennoch kämpfte er dagegen an. „Wache!“ rief er.

Bulbati hatte sich bereits mühsam erhoben und eilte zur Tür, als die Wärter hereintraten.

„Sperren Sie diesen Mann über Nacht ein. Wir wollen doch einmal sehen, ob er seine Meinung bis morgen ändert“, befahl er.

„Ja, Hoheit“, erwiderte der Wächter und führte den Conte ab.

Nachdem die Tür geschlossen worden war, starrte Rafael mit pochenden Schläfen vor sich hin. Er ging zum Fenster und schaute auf die langen Schatten hinaus, die sich im Park unter ihm bereits zeigten. Vor Zorn und Fassungslosigkeit zitterte er am ganzen Körper.

Er wusste nicht, was er denken sollte.

In den zwei Jahren, seit Orlando von Florenz nach Amantea gekommen war, hatte Rafael oft das Gefühl gehabt, als wäre der Mann nicht genau der, als der er sich ausgab. Doch Rafael hatte sein seltsamer und einsamer Vetter Leid getan. Er besaß weder Familie noch wirkliche Freunde. Der Kronprinz hatte angenommen, dass Orlando etwas eifersüchtig auf ihn war, wie das bei den meisten Männern der Fall zu sein schien. Doch wenn Orlandos Hass tiefer ging, als er das bisher geahnt hatte, war er sich nicht sicher, ob er es wirklich wissen wollte.

Dennoch war Orlando ihm unangenehm aufgefallen, als er

hinter seinem Rücken mit Daniela gesprochen hatte. Selbst wenn es die Absicht seines Vetters gewesen war, ihn und seine Familie zu schützen, so bedeutete Orlandos geheime Unterredung mit Daniela doch einen Vertrauensbruch. Es war allerdings etwas Persönliches, aber die Beschuldigung von Seiten des Conte Bulbati hatte wesentlich weiter reichende Konsequenzen.

Besonders seltsam kam ihm Bulbatis wiederholte Äußerung vor, dass Orlando große Macht besaß und ihn töten würde, wenn er seinen Namen enthüllte. Der Schurke musste lügen, anders konnte es nicht sein.

Er hatte Orlando gerade erst am Vormittag gesehen, und nichts schien sich im Benehmen seines Vetters geändert zu haben. Der Herzog war bei den Zusammenkünften von Rafaels neuem Kabinett anwesend und hatte seine Erfahrung mit eingebracht – was bei den oft noch unbewanderten Kabinettsmitgliedern von großem Vorteil war.

Orlando hatte sich wie immer benommen, und Rafael hatte sein Unbehagen abgeschüttelt. Wenn er nicht einmal seiner eigenen Familie traute, wem dann? Jetzt allerdings, als er über seine Arglosigkeit nachdachte, kam er sich hoffnungslos naiv vor.

Julia hätte ihn ausgelacht.

Rafael stand mit verschränkten Armen am Fenster und starrte hinaus.

Ihm gefielen seine Überlegungen selbst überhaupt nicht. Er hatte sich stets dagegen gewehrt, misstrauisch zu werden, denn das hätte bedeutet, dass Julias Verrat an ihm letztlich doch über ihn gesiegt hätte. Diesmal allerdings zwang er sich dazu, sich das teuflischste Szenario vorzustellen. Er durfte nicht unvorbereitet sein.

Vater war schwer erkrankt. Er litt an Magenkrebs. *Angeblich.* Als Kronprinz war er der Thronfolger, und er hatte keine

Söhne. *Orlando hatte Daniela dazu überredet, nicht mit ihm das Bett zu teilen.*

Wenn Vater und er tot wären, würde der Thron an Leo übergehen. Sein Regent würde Bischof Justinian.

Der Bischof lehnte Rafael zwar ab, doch dem König und Leo war er völlig ergeben. Nein, dachte der Kronprinz, Justinian ist kein Verräter. Wenn allerdings Leo die Macht bekäme und Justinian vor der Volljährigkeit des Jungen sterben würde, wer würde dann Leos Regent?

Diese Frage verursachte eine leichte Übelkeit bei Rafael.

Am liebsten wäre es ihm gewesen, wenn es Darius Santiago, sein wilder Schwager, geworden wäre. Aber Darius lebte seit vier Jahren in Spanien und wusste in den Angelegenheiten Amanteas nicht mehr Bescheid. Außerdem war er eigentlich ein Soldat und kein Staatsmann.

Vielleicht würde man auch den Premierminister Arturo di Sansevero wählen. Und Rafael wusste, wer der Günstling dieses Mannes war.

Orlando.

Und wenn Orlando Leo erst einmal unter seine Fittiche nahm, wer konnte garantieren, dass der Junge überhaupt achtzehn Jahre alt würde?

Rafael atmete tief durch. Wahrscheinlich übertrieb er maßlos. Bisher gab es schließlich keinerlei Beweise, dass die Krankheit seines Vaters etwas anderes als tatsächlich Magenkrebs war. Und auf sein eigenes Leben war bisher noch kein Anschlag verübt worden.

Überhaupt noch keiner.

Unvermittelt drehte sich Rafael um und verließ das Zimmer. Er schritt in die Halle hinaus, um Orlandos Vorgesetzten Don Francisco, den weißhaarigen Finanzminister, aufzusuchen.

Eine böse Vorahnung erfüllte ihn. Er wollte lieber noch nicht daran denken, was geschehen würde, wenn Daniela auf einmal doch guter Hoffnung wäre. Wenn sie ihm einen Sohn gebären würde, wäre es nicht an Leo, sondern an seinem Erben, den Thron zu besteigen.

Entsetzen und Zorn erfüllten ihn, als er darüber nachdachte, dass er Daniela möglicherweise durch die Heirat in Gefahr gebracht hatte. Hatte Orlando sie nicht bereits aufgesucht und mit ihr unter vier Augen gesprochen?

Auf dem Weg zum königlichen Stall befahl er ein paar weiteren Dienern, seine Gattin keinen Moment unbewacht zu lassen.

Über seinen Vetter verlor er noch kein Wort, da er Orlando – sollte er wirklich schuldig sein – nicht aufschrecken wollte. Sollte er nur glauben, dass der törichte Rafael nichts merkte!

Da er auch nicht wollte, dass alle von seinem Besuch bei Don Francisco erfuhren, nahm er eine unauffällige Kutsche zum Stadtpalais des Ministers.

Er schickte seinen Lakaien zur Tür, während er in der Kutsche wartete. Der Diener kehrte allerdings nach kurzer Zeit zurück und berichtete, dass der alte Mann nicht zu Hause sei. Er sei aufs Land gefahren, um die Zeit zu nutzen, die er durch Rafaels wütenden Ausbruch und die Entlassung aller geschätzten Berater seines Vaters gewonnen hatte.

Der Kronprinz unterdrückte einen Seufzer.

Da kam ihm eine Idee. Er befahl dem Kutscher, ihn zu dem Geschäft zu bringen, wo gerade sein Phaeton repariert wurde.

Dort war man gerade dabei, die Tätigkeit für den heutigen Tag zu beenden. Doch als man erfuhr, wer ihnen die Ehre gab, überschlugen sich der Stellmacher und seine Gesellen beinahe, um ihrem Herrscher zu Diensten zu sein. Er wurde zu seinem

Vierspänner geführt, den man inzwischen wieder ganz hergestellt hatte. Ein Junge war gerade dabei, ihn noch ein letztes Mal zu polieren.

Als Rafael den Stellmacher bat, ihm die gebrochene Achse zu zeigen, sah dieser ihn verwirrt an.

„Natürlich, Hoheit", sagte er und befahl zwei Gesellen, das Gewünschte unter den gebrochenen Wagenrädern, die sich in einer Ecke der Werkstatt befanden, zu bringen.

Rafael wartete unruhig, während er sein elegantes Gefährt begutachtete. Es war nur eine merkwürdige Eingebung, aber er wollte die Achse untersuchen, um sicherzugehen, dass niemand seine Hand im Spiel gehabt hatte.

Wie durch ein Wunder war er bei dem Unfall nicht zu Schaden gekommen. Wäre er kein so guter Fahrer gewesen und hätte er es nicht geschafft, noch im letzten Moment aus der Kutsche zu springen, hätte er schwer verletzt werden können.

Damals hatte er über das Missgeschick gelacht und sich mit einem Schluck Likör beruhigt. Doch jetzt lief es ihm bei der Vorstellung, was alles hätte geschehen können, eiskalt den Rücken hinunter.

Als die Burschen nach einer Weile ohne Achse zurückkehrten, erstarrte Rafael. Sie könnten sie nicht finden, berichteten die beiden. Sie sei spurlos verschwunden.

Den Stellmacher verblüffte diese Nachricht. Beschämt schrie er seine Gesellen an: „Seid ihr blind? Entschuldigen Sie mich, Hoheit. Ich werde sie schon ausfindig machen."

Doch als die Sonne unterging, hatte auch der Meister die Achse nicht entdeckt.

Entsetzt verließ Rafael die Werkstatt.

Es herrschte eine wunderschöne Abendstimmung, aber er stand erstarrt auf dem Bürgersteig und sah blicklos geradeaus.

Verzweifelt versuchte er, sich zu sammeln. Er war wahrhaftig nicht zu früh wachgerüttelt worden!

Benommen lief er los, ohne zu wissen, wohin. Die Kutsche ließ er stehen und achtete auch nicht auf die Blicke der Vorübergehenden. Konnte er nicht einmal in seinem Leben wie alle anderen die Straße entlangspazieren? Zumindest bis er wusste, was er zu tun hatte.

Er ignorierte die Rufe und Bücklinge der Leute – jener Leute, die alle auf ihn zählten, während er es noch nicht einmal schaffte, seine junge Frau unter seinem Dach zu beschützen.

Rafael war so aufgebracht, dass er kaum zu denken vermochte. Mit gesenktem Kopf und den Händen in den Taschen ging er durch die allmählich dunkler werdenden Straßen – ohne ein Ziel, ohne einen Plan.

Als sich die Wut legte, übermannte ihn die Verzweiflung. Er fühlte sich so hilflos, so besiegt.

Er würde Vater in die Stadt zurückrufen müssen, da er allein nicht mehr zurechtkam. Auf keinen Fall durfte er nämlich jetzt einen Fehler begehen. Er hatte keine Angst vor Orlando. Nein, er fürchtete vielmehr, einen schlimmen Fehler zu machen. Es ging aber um zu viel, als dass ein Narr wie er sich allein daran wagen konnte.

Rafael, der Draufgänger, dachte er und hasste sich. Er war nichts anderes als eine nutzlose Dekoration.

Aber selbst Vater würde es schwer fallen, in einer so schwierigen Situation das Richtige zu tun. Verdammt, was *würde* der König tun?

Ich werde es Orlando auf den Kopf zusagen, dachte Rafael. Ihn wie ein wild gewordener Stier angreifen.

Doch das würde nicht genügen. Eine direkte Konfrontation war sinnlos, wenn Orlando seit zwei Jahren im Hintergrund geschickt seine Fallen gestellt hatte. Der Mann war eindeutig ein versierter Lügner.

Verdammt, sogar Darius wüsste, was er zu tun hätte. Darius hätte ein ebenso hinterhältiges Spiel wie Orlando gespielt, bis er genügend Beweise in der Hand gehabt hätte, um ihn zu überführen. Und dann würde er ihn ... Ja, was würde er eigentlich mit ihm machen? So wie er Santiago kannte, würde er dem Mann einfach die Kehle durchschneiden und die Angelegenheit vergessen. Aber Rafael war nicht so.

Seine Mutter hatte ihn dazu erzogen, Gewalt nur als allerletzte Maßnahme einzusetzen. Da er einmal König sein würde, hatte sie ihn gelehrt, seine Macht sinnvoll einzusetzen und sich nicht zu einem Despoten zu entwickeln.

Der Laternenanzünder ging mit einer Leiter unter dem Arm an ihm vorbei. Er würdigte Rafael kaum eines Blickes, da er so sehr darauf konzentriert war, die Laternen in dem vornehmen Stadtteil, in dem sich der Kronprinz inzwischen befand, anzustecken.

Er schritt auf dem Bürgersteig dahin und nahm ein Pfefferminzbonbon aus seinem Döschen, um es sich in den Mund zu stecken. Dann ging er mit den Händen in den Taschen weiter.

Plötzlich hörte er, wie eine Kutsche neben ihm anhielt und eine bekannte Männerstimme zu ihm herausrief.

„Welch eine Überraschung!"

„Rafael? Liebling, bist du es?"

Traurig seufzend drehte er sich zur Kutsche hin und sah Chloe und Adriano, die nebeneinander in einem mondänen Zweispänner saßen.

„Wenn das nicht der frisch verheiratete Ehemann ist!" spottete Chloe.

„Was tun Sie hier, Rafael?" fragte Adriano überrascht.

„Er sieht recht verlassen aus.“

„Ist alles in Ordnung?“

Rafael sah seinen Freund nur betrübten Blickes an und betrachtete dann Chloe.

Das fein geschnittene Gesicht seiner früheren Geliebten schimmerte unter ihrem breitkrempigen modischen Hut. Doch schon bald erstarb ihr gekünsteltes Lächeln, und sie sah Rafael ernst an. „Was ist geschehen, Rafael?“

Auch Adriano betrachtete ihn besorgt. „Ist etwas passiert?“

„Steig sofort ein!“ befahl Chloe und machte dem Kronprinzen sogleich Platz.

Er rührte sich aber nicht.

Er hatte Chloe seit der Hochzeit mit Daniela nicht wieder besucht, aber er wusste, dass er sie jederzeit zurückgewinnen konnte. Die Gesellschaft erkannte sein ungeschriebenes Recht an, sich als reicher einflussreicher Mann eine Geliebte zu halten. Er wollte sich nicht auch noch mit Schuldgefühlen herumschlagen. Wenn aber die Unsicherheit seiner Gattin sie davon abhielt, seine Bedürfnisse zu erfüllen – warum sollte er sein Vergnügen dann nicht woanders suchen?

Beim Anblick der hinreißenden blonden Frau mit den blauen Augen wusste er, dass er eigentlich nicht einsteigen sollte.

Aber die vertraute Flucht in Ausschweifungen war zu verführerisch, und ohne noch ein weiteres Wort zu verlieren, sprang er in die Kutsche.

13. KAPITEL

Chloe sah ihn begehrlich an, als sich ihre Hände zufällig berührten. Rafael setzte sich neben sie und stellte fest, dass nicht viel Platz in der Kutsche war.

Die Engländerin befand sich zwischen den beiden Männern und legte jedem einen Arm um die Schultern, wobei sie sich halb auf Rafaels Schoß setzte.

„Ist das nicht gemütlich?“ schnurrte sie. „Meine zwei Lieblinge.“ Sie küsste zuerst Adriano auf die Wange und dann Rafael, dem sie ins Ohr flüsterte: „Du weißt, dass dich deine Chloe immer trösten kann.“

Er sah sie voll ungestillter Leidenschaft an, und sie lächelte triumphierend. Rasch blickte er fort.

„Hast du mich vermisst?“ fragte sie.

Er machte sich von ihr los und hasste sich und Daniela innerlich dafür, dass er sich so weit bringen ließ. Sie hätte ihm nachgeben sollen. Schließlich war sie seine Ehefrau!

Chloes Finger strichen über seinen Hals und spielten mit seinen Haaren, während Adriano die Pferde zum Weiterfahren veranlasste.

Eine Weile fuhren sie schweigend durch die Straßen. Dann bemerkte Rafael, dass Chloe zufrieden lächelte. Ihr schadenfroher Blick ließ ihn vermuten, dass Adriano ihr erzählt hatte, der Kronprinz verbringe seine Nächte nicht im Bett seiner Frau, sondern sei in sein altes Gemach im Westflügel gezogen.

Doch sie sagte nichts, sondern berührte ihn nur von Zeit zu Zeit. Rafael vermochte vor Verlangen kaum mehr zu denken. Er hatte das Gesicht von ihr abgewandt und sah auf die schmalen Häuser, an denen sie vorbeifuhren.

Nach einiger Zeit bog der Zweispänner durch ein offenes

Holztor in die dunkle Privatallee vor Chloes Stadthaus ein. Das Gespann hatte kaum angehalten, als sie auch schon ihren Hut abnahm, ihn beiseite warf und Rafael an sich zog.

Mit einem leisen Stöhnen nahm er verlangend von ihrem Mund Besitz. Verzweiflung stieg in ihm hoch, doch er unterdrückte sie. Er umschloss ihre üppige Brust mit einer Hand und knetete die lilienweiße Haut. Chloe seufzte und streichelte ihn zwischen den Schenkeln.

Rafael klammerte sich an sie. Ihre Berührung ließ ihn sogleich steif werden. Sein Freund machte die Zügel fest und wandte sich dann zu ihnen. Nach einem Moment löste sich die Engländerin atemlos von Rafaels Lippen und lächelte lüstern.

„Meine Lieblinge", flüsterte sie.

Rafael sah keuchend auf, während Adriano begann, Chloe das Haar zu öffnen und sie zu küssen.

Der Kronprinz zog das tief ausgeschnittene Dekollete noch weiter nach unten, bis die Brüste ganz zum Vorschein kamen. Dann kniete er sich vor die Bank zwischen Chloes gespreizte Beine.

Alles war ihm gleichgültig geworden. Er achtete auch kaum darauf, dass sie sich bereits in Vorfreude die Lippen leckte.

Es war nicht das erste Mal, dass sich die beiden Freunde eine Frau miteinander teilten, doch Rafael fragte sich, ob er diesmal nicht zu nüchtern dafür war.

„Ich möchte mich nicht aufdrängen", murmelte er atemlos. Schließlich hatte er seine Geliebte Adriano an seinem Hochzeitstag überlassen.

Chloe sah zu ihm herab, während sie Adrianos Taille liebkoste. „Unsinn, Rafael." Sie strich ihm durchs Haar. „Warum gehen wir nicht hinein und trinken etwas?"

„Nein, ihr beide geht", erwiderte der Kronprinz und blickte

seinen Freund unsicher an. „Ich leihe mir nur die Kutsche, um nach Hause zu kommen, wenn es gestattet ist."

„Du gehst nirgendwohin", widersprach Chloe sanft und rieb ihm mit ihrem zierlichen Fuß zwischen den Beinen.

Er zuckte vor Lust auf und schloss die Augen.

„Geh mit ihm, Chloe. Er braucht dich. Es ist schon in Ordnung", sagte Adriano. Rafael öffnete die Augen und sah, dass sein Freund sie auf die Stirn küsste. „Ich sollte sowieso gehen."

„Aber Schatz. Bleib doch!" Sie schmollte. „Rafael macht das nichts aus."

Rafael sah woanders hin. Ich sollte wirklich gehen, dachte er.

„Nein, Liebste. Behandle ihn gut", flüsterte Adriano sanft.

Der Kronprinz verstand nicht ganz, was vor sich ging. Falls Adriano in Chloe verliebt war, dann sollte er es sagen, und er würde sich sogleich zurückziehen. Doch als sie sich aufsetzte und ihre großen Brüste vor seinen Augen waren, schluckte er. Er hatte sich entschieden.

Sie zog sich das Kleid zurecht und drückte sich an ihm vorbei, um auszusteigen. Rafael folgte ihr, wobei er seinem Freund einen Blick über die Schulter zuwarf.

„Danke, di Tadzio. Ich schulde Ihnen etwas."

„Keineswegs", erwiderte Adriano mit einem wehmütigen Lachen.

Rafael lief Chloe in die hell erleuchtete Eingangshalle hinterher. Er achtete nicht auf den verblüfften Butler, sondern eilte die Treppe hoch in den ersten Stock. Auf halbem Weg holte er sie ein und zog sie in die Arme.

Mit geröteten Wangen blickte sie ihn an. Aus ihren Augen sprach eine beinahe mädchenhafte Bewunderung. Er beugte den Kopf zu ihr herab und beobachtete, wie sie ihr Oberteil öffnete.

Vom Hof her hörten sie, wie Adriano mit der Kutsche fortfuhr.

„Es war grausam von dir, ihn wegzuschicken“, tadelte Chloe Rafael.

„Er wird es überleben.“

„Er verehrt dich, und er ist großartig.“

„Du bist zu gierig, Chloe“, erwiderte Rafael grinsend. „Keine Sorge! Ich werde dich heute schon ganz allein außer Atem bringen.“

„Du kannst es versuchen“, flüsterte sie lächelnd. Sie nahm seine Hände und begann, ihn nach oben zu führen. Doch als er die Treppe hochblickte, wusste er plötzlich, dass es sinnlos war.

Daniela beherrschte seine Sinne. Daniela, die er so sehr brauchte, dass er vor ungestillter Leidenschaft hätte weinen können. Daniela, seine Frau, die er mit einer Heftigkeit liebte, dass es ihn zu Tode erschreckte. Und diese Angst war der einzige Grund, warum er überhaupt hier war.

Das Wort *Ehebruch* beschrieb auf einmal kein harmloses Spiel mehr.

Es ist nicht richtig, was ich hier mache! Selbst wenn sie sich ihm verweigerte, so war es doch falsch.

Er sollte seinem Volk ein Vorbild sein. Das leise Flüstern seines Gewissens war nicht mehr zu überhören.

Geh nach Hause, Rafael. Du kannst das nicht mehr tun.

Es war an der Zeit, seine Treue zu beweisen. Es war an der Zeit, endlich erwachsen zu werden.

„Beeile dich, Liebling. Bleib doch nicht stehen!“ drängte Chloe ihn.

Er stand auf der Treppe und schloss die Augen. Er hasste sich. In diesem Moment war er unfähig dazu, Chloe stehen zu lassen, aber ebenso unfähig, mit ihr nach oben zu gehen.

Unsicher trat sie zu ihm und streichelte ihm die Brust. „Geht es dir gut? Komm mit mir, Rafael. Ich habe mir etwas Besonderes für dich ausgedacht."

Er versuchte, sich zu sammeln. Ungeduldig schüttelte er sie ab, als sie die Arme um ihn legen wollte.

„Was ist los, Geliebter?" Ohne Hemmungen strich sie leicht über seine pulsierende Männlichkeit. „Ich mache alles gut."

Grob packte er sie am Handgelenk, obgleich er kaum die Kraft aufbrachte, sie zurückzuweisen.

„Hör auf!" sagte er zwischen zusammengebissenen Zähnen. „Hören wir beide auf. Du weißt, dass ich nicht hier sein sollte. Ich will es gar nicht."

„Aber du brauchst es", flüsterte Chloe. „Niemand kann dich so befriedigen wie ich."

Das stimmt nicht, dachte Rafael. Du hinterlässt nur eine Leere in mir. Verzweifelt wurde ihm bewusst, dass niemals mehr eine Frau ihn so befriedigen könnte wie Daniela. Sie war die Einzige, von der er träumte. Die Einzige, die ihn nicht haben wollte …

Verdammt, das wird sie sehr wohl, dachte er mit zorniger Entschlossenheit.

Sie durfte ihm das nicht länger antun. Er würde nicht zulassen, dass er sich so entehrte. Er hatte vor Gott sein Wort gegeben, treu zu sein. Und das würde er auch.

Steif trat er eine Stufe herab und schob dabei Chloe von sich. „Es tut mir Leid. Es wird nichts passieren. Wir wissen beide, dass es falsch wäre. Und ich komme auch nicht zurück. Gute Nacht."

Nun funkelten ihre Augen vor Zorn. Doch Rafael drehte sich um und ging die Treppe hinunter.

„Du Betrüger! Komm sofort zurück!" schrie sie zornig hinter ihm her. „Wage es nur nicht, mich zu verlassen! Wohin gehst du?“

Er schritt zur Tür, wo er stehen blieb und, ohne sich umzudrehen, sagte: „Nach Hause. Zu meiner Frau.“

Und sie würde noch vor dem Morgengrauen seine Frau sein – in mehr als einer Hinsicht!

Er wollte nicht mehr warten und sich von ihr abweisen lassen. Er würde sich nehmen, was ihm zustand.

Während Chloe ihm einen Schwall von Schimpfwörtern hinterherschrie, schritt Rafael in die Dunkelheit hinaus. Erleichterung machte sich in ihm breit, als er in Richtung des Palazzo Reale lief.

Wo ist mein Mann?

Es war bereits nach elf Uhr nachts, und niemand hatte Rafael seit Stunden gesehen. Daniela war es nicht möglich, einzuschlafen, da sie ein furchtbarer Verdacht über seinen Verbleib quälte. Um sich abzulenken, begann sie, den Palast zu erkunden.

Im Augenblick lief sie allein durch die Ahnengalerie – ein langer Raum, der mit roter Seide ausgeschlagen war. Die Lakaien mussten sie für wahnsinnig halten, als sie ihnen befohlen hatte, alle Kerzen in der Galerie anzuzünden, damit sie die Gemälde betrachten konnte. Aber das war ihr gleichgültig. Sie schritt, die Hände hinter dem Rücken verschränkt, über den glänzenden Parkettboden und sah sich die Vorfahren ihres Gatten an, um sie sich in der richtigen Reihenfolge einzuprägen.

Es schien zwar vergeudete Zeit, wenn sie sowieso vorhatte, die Ehe wieder annullieren zu lassen. Aber es gab sonst nichts für sie zu tun. Den ganzen Tag über wurde sie von sechs Männern der königlichen Leibgarde bewacht und hielt sich ausschließlich im Palast auf.

Die Ahnengalerie hatte auf beiden Seiten eine Tür, vor denen unbeweglich die Wachen standen. Daniela fragte sich, ob wohl der Rest ihrer Ehe genauso verlaufen würde: stets unter den Augen von Wächtern, sogar in ihrem eigenen Zuhause. Wenn sie den Palast überhaupt als ihr Zuhause bezeichnen konnte.

Gemächlich ging sie ans andere Ende des fensterlosen Raumes und blieb vor einem großen Gemälde stehen, das in einem goldfunkelnden Rahmen über dem offenen Kamin hing.

Es war ein Porträt der königlichen Familie, angefertigt für Serafinas Hochzeit mit dem Conte Darius Santiago. Die Gemahlin, Rafaels Schwester, war die atemberaubendste Frau, die Daniela jemals erblickt hatte – eine wahre trojanische Helena.

Das ist wirklich eine Prinzessin, dachte Daniela niedergeschlagen.

Prinzessin Serafina hatte eine makellos blasse Haut, eine rabenschwarze Lockenpracht und funkelnde klare Augen. Der Bräutigam neben ihr sah ebenso schön und betörend aus, doch seine schwarzen Augen strahlten keinerlei Fröhlichkeit aus. Aber die Art, wie er zärtlich seine Hand auf die seiner Braut gelegt hatte, zeigte deutlich, dass der stolze Spanier in den Händen dieser Göttin wahrscheinlich zu Wachs wurde.

Zu Serafinas Rechten stand der markant aussehende, finster blickende König Lazar, ihr Vater. Sein schwarzes Haar war an den Schläfen inzwischen silbergrau geworden. Für einen Herrscher war er erstaunlich bescheiden gekleidet.

Auf der anderen Seite des jungen Paares saß Königin Allegra voll mütterlicher Anmut. Sie hielt den damals noch sehr kleinen Prinzen Leo im Arm. Sie war bekannt für ihr großmütiges Herz.

Daniela betrachtete sie wehmütig und fragte sich, wie ihr Leben wohl verlaufen wäre, wenn ihre eigene Mutter noch am Leben gewesen wäre.

Ihr Vater wäre kein von Trauer gebrochener Mann gewesen und hätte nicht das gesamte Familienvermögen verspielt. Sie wäre zu einer anständigen jungen Dame erzogen worden und hätte sich zu keinem Wildfang entwickelt. Wenn sie eine Mutter gehabt hätte, wäre ihr vielleicht ihre eigene Weiblichkeit nicht als so etwas Fremdes erschienen. Wie sollte sie denn einmal Rafaels Kinder erziehen, wenn sie selbst nie eine Mutter gehabt hatte?

Nachdenklich schweifte ihr Blick zu dem Gemälde zurück. Der Säugling Leo sah mit seinen rosigen Wangen und dem schwarzen Haarbüschel, das lustig in die Höhe stand, wahrhaft entzückend aus.

Rafael stand auf dem Porträt hinter seiner Mutter; seine Hand, die in einem weißen Handschuh steckte, lag beschützend auf ihrer Schulter. Der Künstler hatte sein feuriges Blitzen in den Augen gut getroffen. In seinem Gesicht zeigte sich aber auch die stolze Entschlossenheit seines Vaters und der nachdenkliche Zug seiner Mutter.

Daniela betrachtete längere Zeit das Bild und gab sich ganz der Verzweiflung hin, wie wenig sie selbst doch in diese Familie passte.

In diesem Moment hörte sie Stimmen, die von der Tür zu ihrer Linken herrührten. Sie wandte sich dorthin und sah, wie die Wachen den Herzog Orlando einließen.

Daniela unterdrückte ein müdes Seufzen und zwang sich zu einer höflichen Miene, als er mit einem charmanten Lächeln auf sie zukam.

„Ach, hier sind Sie also, Daniela!“ begrüßte er sie mit freundlicher Stimme. Es reichte ihm nicht, sie vertraulich beim Vornamen zu nennen, sondern er nahm auch noch ihre Hände in die seinen, als er sie erreichte. Sie sollte wohl dankbar sein, dass er sie so herzlich behandelte. Er war der Erste seit Tagen, der sich so liebenswürdig zeigte.

„Ich habe Sie überall gesucht“, sagte er.

„Oh?“

„Ja, ich habe mir Sorgen um Sie gemacht.“

Fragend neigte sie den Kopf zur Seite. Entschlossen hakte er sich bei ihr unter und führte sie lächelnd weiter.

„Ich wollte mich davon überzeugen, dass es Ihnen gut geht“, sagte Orlando leise.

„Es geht mir gut genug“, erwiderte Daniela.

Er warf ihr einen listigen Blick zu. „Haben Sie an all die Dinge gedacht, über die wir gesprochen haben?“

„Oh ja.“

„Hm“, ließ sich Orlando vernehmen, wobei er sich ein wenig skeptisch anhörte.

„Was ist los?“ fragte Daniela sogleich.

Er spitzte sinnierend den Mund. „Vergeben Sie mir, wenn ich über solch delikate Angelegenheiten mit Ihnen spreche, meine Dame. Aber ich habe die Leintücher begutachtet, die Sie in Ihrer Hochzeitsnacht verwendeten. Ich weiß allerdings, dass Sie eine einfallsreiche Frau sind und dieser Beweis nichts besagen muss. Ich möchte nur sichergehen, dass wir uns richtig verstehen.“

„Sie spionieren mir also nach.“ Sie zog ihren Arm aus dem seinen und entfernte sich einige Schritte von ihm. Da fiel ihr Blick auf ein Porträt, das König Lazar als jungen Mann darstellte. Auf einmal bemerkte sie, wie verblüffend die Ähnlichkeit zwischen ihm und dem Florentiner Herzog war.

Orlando schaut mehr dem König gleich als Rafael, dachte sie. Seltsam, dass die Familienähnlichkeit bei einem fernen Verwandten noch so groß war.

Er holte Daniela ein und veranlasste sie dazu, stehen zu bleiben. „Was ist geschehen?“

Einen Moment sah sie ihn ausdruckslos an. Plötzlich erinnerte sie sich an etwas, was er bei ihrer letzten Unterredung gesagt hatte: *Nichts ist schlimmer als ein uneheliches Kind königlichen Bluts.*

Ihre Augen wurden größer.

Nein! Rasch sah sie auf den Boden. Ihr Puls raste. *Konnte es stimmen? War Orlando König Lazars unehelicher Sohn?*

Vielleicht war es ein Familiengeheimnis, von dem niemand wissen sollte. Das Herz schlug ihr bis zum Hals.

Er ist älter als Rafael – der wahre älteste Sohn des Königs.

Ihr Verdacht ließ plötzlich alles, was Orlando zu ihr gesagt hatte, in einem anderen Licht erscheinen.

Daniela hatte dem Herzog unwillkürlich von Anfang an misstraut, so dass sie Mateo sogar damit beauftragt hatte, in Florenz etwas über ihn in Erfahrung zu bringen. Es wäre für jeden Mann schwer zu ertragen, mit ansehen zu müssen, wie der Thron, der eigentlich ihm zustand, an den von aller Welt bewunderten Bruder fiel. Auf einmal glaubte sie nicht mehr so recht an die verwandtschaftlichen Bedenken, die Orlando bezüglich Rafaels Zukunft hegte. *Er* war es schließlich, der ihre Ehe mit dem Kronprinzen annulliert haben wollte. Vielleicht hatte er etwas zu gewinnen.

„Ich möchte wissen, was geschehen ist“, wiederholte der Herzog ungeduldig.

Noch einmal warf sie einen Blick auf das Porträt des Königs. „Was glauben Sie, das geschehen ist, Euer Gnaden?“

Er kniff die Augen zusammen. Dann nahm er ihr Kinn zwischen Daumen und Zeigefinger und hob es grob an. „Spielen Sie bloß nicht mit mir!“

„Mein Herr!" rief einer der Wachen scharf. Zwei uniformierte Leibwächter kamen sofort auf sie zugeeilt.

Orlando ließ seine Hand sinken.

„Hoheit?" fragte einer der Wärter.

„Es ist in Ordnung. Ich kann auf mich selbst aufpassen", erwiderte Daniela, deren Blicke zwischen der Leibgarde und dem vor Zorn bebenden Orlando hin und her flogen.

„Ich will eine Antwort."

„Es geht Sie überhaupt nichts an", antwortete sie, während sich die Wächter verbeugten und wieder zurückzogen. „Und wagen Sie es bloß nie mehr, mich anzufassen."

„Es geht mich sogar sehr viel an", zischte Orlando bösartig. „Haben Sie sich ihm hingegeben?"

Daniela schwieg, errötete aber bei dieser unziemlichen Frage. Ihr Herz pochte vor Empörung über seine Unverschämtheit.

Eine Weile sah er sie durchdringend an, dann umspielte ein grausames Lächeln seine Mundwinkel. „Nein", flüsterte er. „Sie sind noch rein. Ich kann es riechen. Mein Gott, Sie gefallen mir."

Daniela riss die Augen auf und wurde tiefrot. Hastig drehte sie sich um und ging so würdevoll wie möglich hinaus.

Orlando folgte ihr mit einem leisen Lachen. „Wohin gehen Sie, Daniela? Möchten Sie nicht noch ein bisschen mit Ihrem Verwandten plaudern?"

„Lassen Sie mich in Ruhe!" Mit jedem Schritt war sie überzeugter davon, dass er der Halbbruder ihres Mannes war und sie nur deshalb begehrte, weil sie zu Rafael gehörte.

Sie erreichte die weiße Marmorhalle. Orlando und die Leibwächter folgten ihr.

In diesem Augenblick bog Adriano di Tadzio vor ihr um die Ecke. Mit seinem üblichen arroganten Gang kam er auf sie zu.

Obgleich sie den Mann eigentlich nicht ausstehen konnte, floh sie nun zu ihm.

„Mein Herr, verzeihen Sie“, rief sie verzweifelt. „Haben Sie meinen Gatten gesehen?“

Er blieb stehen und blickte sie hochmütig an. „Das habe ich wahrhaftig“, erwiderte er herablassend.

„Wo ist er?“

„Adriano“, begrüßte Orlando ihn, der hinter Daniela auftauchte.

Adriano warf ihm einen hasserfüllten Blick zu. „Euer Gnaden.“

„Haben Sie Rafael gesehen?“ wiederholte Daniela. Auch wenn ihr Mann ihr seit Tagen aus dem Weg gegangen war, würde Orlando zumindest seine Distanz wahren, wenn der Prinz in der Nähe war.

Adriano musterte Daniela verächtlich. „Ja, das habe ich.“

„Wo ist er?“

„Ich glaube kaum, dass Sie das wissen möchten, Hoheit.“ Voller Geringschätzung sprach er ihren Titel aus.

„Sagen Sie mir schon, wo er ist, di Tadzio.“

„Wenn Sie wirklich darauf bestehen.“ Er warf einen Blick auf Orlando, dann wandte er sich wieder an Daniela. „Rafael ist im Bett seiner Geliebten.“

Daniela riss entsetzt die Augen auf.

„Sind Sie sicher?“ fragte sie mit leiser Stimme.

„Ganz sicher. Wenn Sie mich nun entschuldigen würden …“

Sie drehte sich um und bemerkte in ihrer Benommenheit kaum, dass die beiden Männer noch leise miteinander sprachen.

„Wohin gehen Sie?“ fragte Orlando.

Adriano zuckte die Schultern. „In meine Gemächer.“

„Ich komme mit, wenn ich darf.“

Die beiden eleganten Herren verbeugten sich vor Daniela. Dann eilte sie den Korridor entlang, Tränen brannten in ihren Augen. Während sie zu ihrem Zimmer lief, empfand sie Verzweiflung und Angst. Doch als sie schließlich die Tür hinter sich abschloss, zitterte sie vor Zorn – über sich selbst.

Sie war diejenige gewesen, die Orlando statt Rafael geglaubt hatte.

Ja, sie hatte ihren Mann in Chloe Sinclairs Arme getrieben.

Und sie würde ihn verlieren, wenn sie ihre Ängste nicht überwand und endlich die schlichte Tatsache zugab: dass sie sich hoffnungslos in diesen Mann verliebt hatte.

Sie wischte sich eine Träne von der Wange und schniefte. Noch nie zuvor hatte sie jemand gebraucht, doch die Vorstellung, dass sie diesen wunderbaren Menschen vielleicht verlieren könnte, ließ sie vor Angst beinahe ohnmächtig werden.

Nein, dachte Daniela und hob stolz das Kinn. Ich werde ihn nie aufgeben. Er ist mein Mann, und ich werde um ihn kämpfen.

Wenn die Ehe mit ihr den Verlust der Thronfolge bedeutete, war das seine Schuld. Sie hatte ihr Möglichstes getan. Außerdem schien er sich nie besonders große Sorgen darum gemacht zu haben.

Orlando konnte auch alles erfunden haben. Im Grunde gab es keinerlei Möglichkeiten für den Herzog, jemals die Krone zu erben. Schließlich konnten auch Prinz Leo und Serafinas sechs Kinder Ansprüche erheben. Aber manche Menschen vermochten das Glück anderer nicht zu ertragen. Vielleicht gehörte Orlando dazu. Wenn sie nur daran dachte, dass sie ihm beinahe erlaubt hatte, die Ehe mit dem Mann ihrer Träume zu zerstören …

Daniela richtete sich auf, ging in ihr Schlafzimmer und schaute sich das Bett an, wo sie seit der Hochzeitsnacht allein geschlafen hatte. Sie wusste, dass Rafaels altes Gemach im Westflügel lag, aber es war ihr auch klar, dass es heute Nacht sinnlos wäre, ihn dort aufsuchen zu wollen.

Morgen – das schwor sie sich – würde sie ihren Gatten verführen. Würde er sie noch wollen, nachdem er die hinreißende Miss Sinclair mit einem Fingerschnippen zu sich rufen konnte?

Daniela trat vor den Spiegel und sah sich gerade lange genug an, um zuzugeben, dass sie – nun ja, ganz hübsch war. Auf ihre eigene schlichte Art. Sie berührte ihr Gesicht und schaute sich ihre Augen an, die Rafael schön genannt hatte. Dann ging sie zu Bett.

Sie legte sich auf den Bauch und schaute zum Balkon, wo sich die Vorhänge unter dem leichten Nachtwind aufblähten.

Vergib mir, Rafael, dachte sie. Ich habe einen Fehler begangen. Ich hätte an dich glauben sollen.

Und vielleicht sollte ich auch an mich glauben.

„Sie erröten jedes Mal wie ein Schulmädchen, wenn Sie mich sehen", sagte Orlando, als er und Adriano den Gang entlanggingen.

Der jüngere Mann warf dem älteren einen finsteren Blick zu, schaute aber rasch wieder fort. „Ich hasse Sie", murmelte er.

Orlando lächelte. „Das weiß ich. Sie sollten sich zusammenreißen, mein Guter. Sie sind der Einzige, der unter diesen merkwürdigen Schuldgefühlen leidet. Chloe fand das recht amüsant und ich auch. Ich dachte, Sie wären schon einmal mit einem Mann und einer Frau im Bett gewesen."

„Nicht auf diese Weise."

Orlando grinste wissend. Adriano starrte ihn erneut grimmig an und ging weiter.

Der Bursche ist ein Wrack, dachte der Herzog kopfschüttelnd.

Es war an Rafaels Hochzeitsnacht geschehen. Orlando war

zu Chloe gegangen, um sie zu trösten und sie für seine Zwecke gefügig zu machen. Als er in ihrem Stadthaus eintraf, hatte er dort bereits Adriano vorgefunden. Er und die frühere Geliebte des Kronprinzen waren am Boden zerstört. So hatte er sie schließlich beide getröstet. Jeder, der Rafael nahe stand, war schließlich eine mögliche Waffe in Orlandos Händen.

Jetzt sah Adriano gehetzt den dunklen, kaum erleuchteten Gang entlang. Dann blickte er wieder den Herzog an.

„Sie sind wahnsinnig, darüber Ihre Scherze zu treiben. Wenn es nun jemand erfährt …"

„Sie meinen Rafael, nicht wahr?"

„Irgendjemand!"

Orlando lächelte herablassend. „Tut mir Leid, aber Rafael weiß es bereits. Glauben Sie mir."

Adriano wandte sich ihm zu und blickte ihn entsetzt an. „Was soll das heißen?"

„Er hat es bloß geflissentlich übersehen. Schon lange hätte er Sie den Wölfen zum Fraß vorwerfen können, wenn er gewollt hätte. Aber anscheinend hat er sich entschlossen, Sie stattdessen zu schützen." Einen Moment betrachtete er Adriano aufmerksam. „Sie sind sicher, solange Sie ihn nicht zu sehr verärgern."

„Nein, es stimmt nicht, was Sie sagen! Er weiß nichts davon. Ich könnte es nicht ertragen", erwiderte di Tadzio.

Orlando vermutete, dass er Recht hatte. Er hatte Gerüchte gehört, die am Hof erzählt wurden. Adriano war drei Mal vom Rand der Selbstzerstörung zurückgerissen worden, und zwar von niemand anders als von Rafael, dessen Tat der eigentliche Grund für Adrianos Verzweiflung gewesen war.

„An Ihrer Stelle würde ich mir keine Sorgen machen", meinte der Herzog beinahe liebevoll. „Jedermann am Hof hat etwas zu verbergen. Wollen Sie mich übrigens hereinbitten?"

Inzwischen waren sie vor Adrianos Gemächern angekommen.

Der schob die Hände in die Taschen und sah mit geröteten Wangen auf den Boden.

„Ich glaube nicht, dass dies klug wäre“, sagte er nach einer Weile, obgleich seine dunklen Augen leidenschaftlich funkelten. „Nicht hier.“

Orlando zuckte die Schultern. „Wie Sie meinen. Wir werden uns bestimmt wieder sehen.“

„Sie werden … Sie werden es doch niemand erzählen, oder?“

„Schlafen Sie, di Tadzio. Sie machen sich zu viele Sorgen. War Rafael übrigens tatsächlich bei Chloe, oder haben Sie das erfunden?“

Adriano lachte kurz auf. „Er ist noch bei ihr.“

„Doch nicht den ganzen Tag? Keiner hat ihn seit Stunden gesehen.“

Adriano strich sich eine Locke aus der Stirn. „Ich habe gehört, dass er in der Stadt verschwand, nachdem er mit jemand aus Ihrem Ministerium gesprochen hatte.“

Orlando horchte auf. „Wissen Sie, mit wem?“

„Ein widerlicher kleiner dicker Kerl. Seinen Namen weiß ich nicht. Ich glaube, ihm wird Unterschlagung vorgeworfen.“

„Wurde er verhaftet?“

„Rafael hat ihn eine ganze Weile befragt, aber der Mann hatte meines Wissens nur hartnäckig geschwiegen. Elan hat erzählt, dass sie ihn daraufhin in eine der Gefängniszellen unter dem Palast warfen. Ich vermute, dass sie ihn morgen zum Sprechen bringen wollen.“

Orlandos Herz begann wild zu klopfen. „Rafael hat ihn persönlich befragt?“

Adriano nickte.

„Merkwürdig", bemerkte der Herzog gelassen. „Gute Nacht, di Tadzio."

„Ciao", murmelte Adriano und ging in sein Gemach.

Der Herzog stand eine Weile nachdenklich da und versuchte, seine Gedanken zu ordnen.

Er durfte keine Zeit verlieren.

Er musste schnell handeln.

Heute Nacht.

Sein Puls raste, und das Blut schien in seinen Adern zu tosen. Wenn der Prinz bereits etwas vermutete, durfte er keinen Augenblick mehr verschwenden. Er schritt eilig zur Treppe.

Als Erstes musste er herausfinden, wie viel Bulbati Rafael erzählt hatte. Er glaubte zwar, dass Bulbati ihn zu sehr fürchtete, als dass er irgendetwas offenbart hatte, aber sicher konnte er natürlich nicht sein.

Orlando eilte in den Keller des Palastes, wo Bulbati in einer der streng bewachten Zellen festgehalten wurde.

Den finster dreinblickenden Soldaten der königlichen Garde wies er sich als Bulbatis Vorgesetzter aus, der das gute Recht hatte, ihn zu den Anschuldigungen zu befragen. Als die Soldaten zögerten, gab er sich so hochmütig und schroff, dass er rasch durchgelassen wurde.

Vielleicht haben sie etwas von meinem Vater in mir gesehen, dachte er bitter.

Die Luft hier unten war feucht und kühl. An den unverputzten Steinmauern waren Fackeln aufgehängt. Orlando löste seinen Zopf, als er eine weitere Treppe zu Bulbatis Zelle hinunterging. Sein langes schwarzes Haar fiel ihm offen über die Schultern.

„Ist da jemand?" rief der Conte. „Ihr könnt mich hier nicht verhungern lassen!"

Orlandos großer Schatten glitt die Wände entlang, während

er schweigend an den leeren Zellen vorbeiging. Nur eine war besetzt.

„Prinz Rafael? Hoheit, sind Sie es?" stammelte Bulbati, als er den Schatten näher kommen sah.

Orlando erblickte die dicken Finger des Conte, mit denen er sich an die Gitterstäbe klammerte.

„Oh Gott", flüsterte Bulbati, als er den Besucher erkannte.

Gelassen lächelte Orlando ihn an.

Bulbati trat einige Schritte zurück. „Ich habe ihnen nichts gesagt, mein Herr. Überhaupt nichts!"

„Hast du ihnen meinen Namen genannt?" fragte Orlando leise, als er einen Schlüssel aus der Westentasche nahm und damit vor den Augen des anderen zu spielen begann.

Natürlich war es nicht der Schlüssel zur Zelle, aber das wusste Bulbati nicht.

„Nein!" rief er entsetzt. „Ich habe ihnen nichts verraten!"

„Aus irgendeinem Grund glaube ich dir nicht, Bulbati." Er nahm seinen Dolch aus der Scheide.

„Ich habe nichts gesagt! Wirklich nicht! Bitte glauben Sie mir! Sie müssen mir glauben!"

Mit weit aufgerissenen Augen sah Bulbati den Herzog angsterfüllt an. Schweiß lief ihm über das Gesicht, und er rang nach Atem.

„Hast du ihnen meinen Namen genannt, du Verräter?" fragte Orlando erneut. „Ich will es endlich wissen!"

„Helfen Sie mir!" keuchte der Gefangene. Plötzlich sank er mit krebsrotem Gesicht auf den Fußboden.

Orlando zog die Augenbrauen hoch und betrachtete ihn neugierig. „Hast du ihn genannt?"

Aber der Conte antwortete nicht. Er ächzte nur, und sein massiger Körper zuckte unkontrolliert.

„Bulbati!“

Mit gerunzelter Stirn ging Orlando in die Hocke und schaute ihn zwischen die Gitterstäbe hindurch an.

Das Zucken hörte auf. Bulbati wurde starr, und man konnte nur noch ein seltsames Röcheln vernehmen. Seine Augen blickten ins Leere. Orlando wartete, doch Bulbati rührte sich nicht mehr. Der Herzog steckte die Hand durch die Gitterstäbe und stieß ihn an. Nichts.

Plötzlich spie der Körper des Conte seinen Mageninhalt aus.

Angeekelt sprang Orlando auf. Bulbati würde keine Geheimnisse mehr verraten, so viel war sicher. Er starrte auf den Leichnam und musste auf einmal lachen. Das war das erste Mal, dass er einen Mann zu Tode erschreckt hatte.

Er lief den schwach erleuchteten Gefängnisgang zurück. „Wache!“ rief er und wies zu Bulbatis Zelle, als die Soldaten herbeiliefen. „Was, zum Teufel, geht hier vor sich? Der Conte ist tot!“

„Was sagen Sie?“ fragte einer der Männer verblüfft.

„Schaut selber nach! Der Kerl liegt tot in seiner Zelle. Ich verlange eine Erklärung.“

Er beobachtete, wie die Wachen aufgeregt miteinander redeten. Innerlich jubelte er. Vielleicht konnte er sein Versteckspiel doch noch länger aufrechterhalten. Endlich war es so weit, das Netz über Rafael zu werfen, der – ohne es zu wissen – den Mittelpunkt von König Lazars Kosmos darstellte.

Es war an der Zeit, den jungen Koch Cristoforo wieder einzusetzen.

Orlando verließ den Kerker und ging leichten Schrittes die steinerne Wendeltreppe hinauf in den Palast.

14. KAPITEL

Er fand Cristoforo im selben Bordell, wo er ihn auch die letzten Male aufgestöbert hatte. Wieder einmal riss er den schlanken Jüngling aus dem Bett der hübschen Carmen, stieß ihn in seine schwarze Kutsche, fesselte ihn an Händen und Füßen und fuhr wie der Teufel zum Stadtpalais des Premierministers.

Die Fahrt dauerte nicht lange, aber Orlando war dennoch ungeduldig. Endlich blieb das Gespann vor Don Arturos riesigem Palazzo stehen. Er hatte den Premierminister schon oft besucht, denn seit dem Tod des geliebten Neffen Giorgio hatte der alte Mann Orlando unter seine Fittiche genommen, um ihn wie einen Sohn zu verwöhnen.

Mein richtiger Vater hat nicht einmal den leisesten Verdacht, wer sein Sohn überhaupt ist, dachte Orlando voll hasserfüllter Bitterkeit. Er sprang vom Kutschbock und öffnete den Verschlag. Er bedachte Cristoforo mit einem drohenden Blick.

„Du weißt, was du zu sagen hast?"

„Ja, Euer Gnaden." Cristoforo schluckte. „Ist es nicht zu spät, ihn noch zu besuchen, mein Herr? Es ist bereits nach Mitternacht."

Orlando lächelte böse. „Don Arturo möchte derart schlimme Nachrichten sicher ohne Verzögerung erfahren, mein Junge."

Den großen schlaksigen Burschen überlief ein kalter Schauer, und er blickte starr aus dem Kutschenfenster.

„Tue nichts Unüberlegtes, Cristoforo. Ich komme gleich zurück, um dich zu holen." Mit diesen Worten überprüfte er noch einmal die Fesseln, sperrte dann den Verschlag von außen zu und ging zum Haus.

Als er auf den pompösen Eingang zuschritt, dachte er über seine Lügen nach und spürte, wie er sich – einem Chamäleon gleich – wandelte. Als er schließlich an die Haustür schlug, zeigte seine Miene den Ausdruck großen Zorns. Scheinbar unruhig ging er auf und ab, bis ein Diener im Nachthemd und Schlafmütze öffnete. Er hielt eine Kerze hoch.

„Mein Gott, Euer Gnaden! Ist etwas geschehen?"

„Wecke den Premierminister!" befahl Orlando sogleich.

„Wie bitte?"

„Um Amanteas willen – hol ihn! Wir befinden uns in einem Ausnahmezustand."

Er stieß die Tür auf und schritt ins Foyer. Der Diener wurde bleich. „Sofort, Euer Gnaden!"

Nachdem er davongeeilt war, um Don Arturo zu wecken, ging Orlando wieder zur Kutsche hinaus und befahl Cristoforo auszusteigen. Er hielt ihn grob am Arm fest und zerrte den jungen Mann mit sich in den Palazzo. Dort stieß er ihn in den Salon.

„Warte hier, bis ich dich hole. Und enttäusche mich nicht", murmelte er warnend. Dann sperrte er ihn wieder ein.

Orlando kehrte in die Eingangshalle zurück, wo er gerade noch Zeit hatte, einen Blick in den Spiegel zu werfen. Er setzte gerade noch eine empörte Miene auf, als auch schon Don Arturo im Morgenmantel herbeieilte.

„Orlando, was tun Sie hier zu dieser Stunde? Was ist geschehen?"

„Don Arturo!" Er trat auf ihn zu. „Wir müssen uns sofort unter vier Augen unterhalten."

Der ältere Mann runzelte die Stirn, wobei sich seine buschigen Augenbrauen, die über der Nase zusammengewachsen waren, heftig bewegten. „Gut. Beruhigen Sie sich. Gehen wir in mein Arbeitszimmer."

„Ich habe schreckliche Nachrichten bezüglich der Krankheit unseres Königs. Entsetzliche, niederschmetternde Nachrichten", sagte Orlando, sobald Don Arturo die Tür des Arbeitszimmers hinter ihnen geschlossen hatte.

„Was ist es?" fragte der Premierminister und blieb an seinem Schreibtisch stehen. Über dem offenen Kamin hing ein Porträt seines verstorbenen Neffen.

Orlando rieb sich die Stirn. „Ich weiß kaum, wie ich es sagen soll." Er erwiderte den besorgten Blick seines Gegenübers. „Ich habe Beweise, dass die Krankheit des Königs in Wahrheit kein Magenkrebs, sondern vielmehr die Folge einer … einer Vergiftung ist."

„*Was?*" Don Arturo riss die Augen auf und sank langsam auf seinen Stuhl.

„Ich habe einen jungen Koch in der Palastküche ausfindig gemacht, der behauptet, dass ein uns bekannter Mann ihn bestach, das Essen Seiner Majestät zu vergiften. Die Vergiftung hätte vor acht Monaten begonnen."

„Wen hat er beschuldigt?"

„Er kann es Ihnen selbst sagen, denn ich habe ihn gleich mitgebracht."

„Hierher?" fragte der Premierminister.

„Ja, ich hole ihn. Dann können Sie selbst beurteilen, ob Sie ihm Glauben schenken oder nicht. Er wartet im Salon."

„Orlando, einen Augenblick! Ich brauche einen Moment, um dies alles zu begreifen. Mein Gott! Der arme König! Ein Giftmischer?" Don Arturo sah ihn scharf an. „Wie haben Sie diesen Verbrecher entdeckt, und wie um Himmels willen haben Sie ihn dazu gebracht, zu gestehen?"

„Cristoforo kam freiwillig zu mir und hat mir alles gestanden, da er meinen Schutz suchte. Nachdem Seine Majestät Amantea verlassen hatte, wurde der Bursche nicht länger gebraucht. Nun versucht sein Auftraggeber, Cristoforo umzubringen, damit er nichts verraten kann."

Don Arturo beugte sich nach vorn, und er senkte die Stimme zu einem Flüstern. „Wer ist es, Orlando?"

Der Herzog warf ihm einen gequälten Blick zu. „Wer hat durch den Tod des Königs viel zu gewinnen? Es ist mir beinahe unerträglich, es auszusprechen. Aber ich glaube, Sie wissen, von wem ich rede."

„Rafael", erwiderte der Premierminister mit einem Tonfall, als wagte er es kaum, diesen Namen zu nennen.

Orlando schloss kurz die Augen und nickte.

Don Arturo presste die Hand vor den Mund und lehnte sich entsetzt zurück.

Der Herzog warf ihm einen scharfen Blick zu, innerlich frohlockte er über die Leichtgläubigkeit des alten Mannes. „Ich bringe jetzt den Koch."

Orlando verließ das Arbeitszimmer und ging in den Salon, um Cristoforo zu holen. Er schloss die Tür auf und steckte den Kopf ins Zimmer.

„Es ist Zeit", knurrte er grimmig. Doch als sein Blick durch den Raum schweifte, war kein Cristoforo zu entdecken. Nur ein Fenster stand offen.

Er fluchte und eilte dorthin. Gerade noch sah er, wie der Bursche um die Ecke des Palazzo bog. Die kleine Dirne vom Bordell war bei ihm. Sie flohen Hand in Hand. Carmen musste ihnen gefolgt sein und ihm dann zur Flucht verholfen haben.

Indem er wilde Schimpfwörter ausstieß, sprang Orlando über den Sims auf den weichen Erdboden unter dem Fenster. Er zog seinen Dolch heraus und rannte, so schnell ihn die Beine trugen, den beiden hinterher.

Der Bursche wich den Nachtwächtern aus, anstatt ihren Schutz zu suchen. Es war ihm wohl klar, dass sie ihn doch nur Orlando übergeben würden. Das junge Paar verließ behende die Hauptstraße und verschwand in einer der Gassen. Orlando stürzte hinterher.

Das einzig vernehmbare Geräusch waren die Schritte der drei, die in den schmalen Straßen widerhallten. Orlando brauchte den Koch lebend, doch was er mit dem Mädchen machen sollte, wusste er.

Vor ihm trennten sich die beiden. Cristoforo rannte in ein Gässchen nach rechts und Carmen nach links. Ihnen dicht auf den Fersen, entschloss sich Orlando, dem Burschen zu folgen.

Er war etwas außer Atem, lachte jedoch, als er sah, dass Cristoforo in eine Sackgasse gelaufen war.

Cristoforo starrte auf die Mauer, die sich vor ihm in den Himmel erhob, und wirbelte dann herum, um sich Orlando zu stellen.

Der Herzog beugte sich kurz nach vorn, um die Hände auf die Schenkel zu stützen. Er keuchte und ging dann langsam auf den Koch zu. Cristoforo trat ein paar Schritte zurück. Gehetzt blickte er auf den Unrat, der an der Häusermauer lag. Anscheinend suchte er verzweifelt nach einer Waffe.

„Zeit, um zurückzugehen“, sagte Orlando atemlos.

„Nein! Ich gehe nicht zurück!“ schrie er. „Ich will nicht!“

„Aber du wirst es. Du wirst Don Arturo alles erzählen, was wir ausgemacht haben.“

„Soll ich ihm sagen, dass Sie den Tod des Königs wünschen, Sie Teufel?“ rief Cristoforo.

„Mein armer kleiner Junge“, höhnte Orlando.

„Ich wollte nie jemand etwas antun. Sie haben mich dazu gezwungen.“

„Wir haben eine Abmachung. Du hast mir deine Seele verkauft, weißt du noch?"

„Ich werde mich nicht daran halten. Es ist schon schlimm genug, was ich dem König antun musste. Ich bringe nicht auch noch seinen Sohn an den Galgen."

„Rafael ist ein Narr. Er verdient es nicht besser."

„Er ist aber weder böse noch wahnsinnig. Er ist nicht wie Sie!" schrie Cristoforo. „Warum tun Sie ihnen das an?" Schluchzend ging er rückwärts zu dem Abfallhaufen.

Orlando blickte ihn mit wachsendem Zorn an. Ihm wurde klar, dass man Cristoforo nicht trauen konnte. Seine Flucht und seine Angst zeigten das deutlich. Wenn er ihn nun zu Don Arturo zurückbrachte, würde er vielleicht tatsächlich die Wahrheit verraten.

Er weiß zu viel.

Orlando kochte plötzlich vor Wut über seine verschwendete Zeit. Er hasste jeden sinnlosen Aufwand. Langsam trat er auf den Burschen zu, den Dolch gezückt. Cristoforo blickte gebannt auf das Messer, und er hörte zu schluchzen auf.

„Du enttäuschst mich, Cristoforo."

„Nein, bitte! Ich bin unbewaffnet", flüsterte er.

Orlando kam näher. Plötzlich traf ihn etwas am Kopf, und einen Moment wurde er abgelenkt. Er zuckte zusammen, als der Ziegel neben ihm auf den Boden fiel. Ohne sich umzudrehen, wusste er, dass Carmen den Stein geworfen hatte. In diesem Augenblick rannte Cristoforo an ihm vorbei.

Orlando achtete nicht auf den Schmerz und stürzte ihm hinterher. Mit blutüberströmtem Gesicht erwischte er ihn am Hemd und riss ihn nach hinten. Dabei stellte er ihm ein Bein, so dass der Koch hinfiel.

Der Herzog beugte sich über ihn und schnitt ihm die Kehle

durch. Dann sprang er über den zuckenden Körper hinweg, um dem Mädchen nachzujagen.

Sie hatte einen ziemlichen Vorsprung und bewegte sich rasch und behände. Orlando suchte sie in einigen Sackgassen, bis er merkte, dass er ihre Schritte nicht mehr hören konnte.

Die schlaue kleine Dirne ist daran gewöhnt, immer wieder zu entkommen, dachte er. Aber er würde sie schon noch fangen. Sie hatte keine Chance.

Eine Bewegung ließ ihn aufschauen. Carmen kletterte an einem alten wackligen Gitter hoch, von wo aus sie einen Balkon erreichte. Dann zog sie sich zum Dach hoch. Orlando folgte ihr, doch das Holz des Balkons brach unter seinem schweren Gewicht. Fluchend stürzte er in die dunkle Gasse hinab, während das Mädchen weiter das Dach hochstieg.

Er sprang mit einem Holzsplitter in der Hand auf und schleuderte seinen Dolch hinterher. Doch anstatt Carmen zu treffen, blieb das Messer in der Mauer unter dem Dach stecken. „Du billiges Geschöpf!“ schrie er. „Du entkommst mir nicht! Ich werde dich finden!“ Seine Worte hallten in den Gassen wie die Flüche eines Dämons wider.

Mit vor Zorn roten Augen blickte er zu seinem Messer hoch. Er versuchte nicht einmal, es herunterzuholen.

Schließlich war es eine Mordwaffe.

Bebend vor Wut und Anstrengung drehte Orlando sich um und ging langsam dorthin zurück, wo er hergekommen war. Er hasste Carmen. Wenn er sie fing, würde sie keinen angenehmen Tod sterben. Das schwor er sich.

Er versuchte sich einzureden, dass Carmen zu verängstigt war, um den Vorfall den Ordnungshütern zu melden. Wer würde außerdem einer Dirne eher glauben als einem Mann königlichen Blutes? Für den Fall allerdings, dass sie doch so tollkühn war, wollte er die Stadtpolizei und die königliche Leibgarde auf sie und die Lügen, die sie verbreitete, aufmerksam machen. Er selbst musste nun erst einmal ins Haus des Premierministers zurückkehren und ihm eine plausible Erklärung liefern. Schließlich wartete der Mann wahrscheinlich noch immer im Morgenmantel auf ihn.

Angestrengt überlegte er, was er ihm sagen konnte, während er durch die erwachende Stadt wanderte. Er musste vorsichtig sein, denn er benötigte vor allem Don Arturo auf seiner Seite. Wie konnte er das Verschwinden seines Zeugen erklären?

Aber er wird dir so oder so Glauben schenken. Du gibst ihm schließlich das, was er mehr als alles andere auf der Welt will, überlegte Orlando nach einer Weile. Den Kopf des charmanten Prinzen auf einem silbernen Tablett. Ja, der Premierminister würde nur zu willig sein, ihm alles zu glauben.

Daniela hatte einen herrlich unkeuschen Traum. Es schien ihr so, als wäre die Tür leise aufgegangen und ein schmaler Lichtkegel ins Zimmer gefallen. Dann war die Tür wieder geschlossen worden, und sie sank noch tiefer in den Schlaf. Sie hatte das Gefühl, als ob die Matratze unter einem neuen Gewicht leicht nachgeben würde. Es war ihr, als glitte jemand neben ihr ins Bett. Dann wandelte sich der Traum. Ihr Atmen wurde tiefer. Sie spürte warme sanfte Hände, die unter den Ausschnitt ihres Nachtgewands wanderten und langsam begannen, ihren ganzen Körper zu erkunden, während sie auf dem Bauch lag und einen Arm unter dem Kissen hatte.

Rafael.

Ihr Körper entspannte sich. Lust schlug wie eine Welle über ihr zusammen. Sie spürte Küsse auf ihrem Rücken, und ein glatt rasiertes Gesicht rieb an ihrer Haut. Dann liebkoste er mit den Lippen ihre Schenkel, die sich unter seinen spielerischen Zärtlichkeiten leicht spreizten. Als jedoch seine Zunge in sie fuhr, wachte sie ganz und gar auf.

Ein Beben durchlief Daniela. Sie holte Luft und richtete sich ein wenig auf. Ohne inne zu halten, legte er seine Hand auf ihr überempfindliches Juwel und verwöhnte es dabei sanft mit seiner Zunge.

Sie fasste hinter sich und strich ihm durch sein weiches Haar. Seine kräftigen Arme und seine Brust waren nackt. Als sie ihn berührte, sah er auf und blickte sie voller Leidenschaft an. Dann senkte er wieder seine Lider und fuhr fort, ihr Vergnügen zu bereiten.

Daniela hatte schon bald alle Hemmungen überwunden. Es war ihr kaum möglich, einen klaren Gedanken zu fassen. Nun galt es nur noch, ihren Empfindungen zu folgen.

Als sie vor Lust laut stöhnte, begann er wieder ihren Rücken mit dem Mund zu liebkosen, wobei er sie fest an den Hüften hielt. Er schob ihr das Nachtgewand über den Kopf, zog es ihr aus und glitt dann auf sie. Seine Haut fühlte sich heiß und glatt auf ihrem Rücken an.

Sein kraftvoller Körper schien sie ganz einzuhüllen, sie zu beschützen. Daniela hörte, wie er keuchte, und spürte den Stoff seiner Hose, die gegen ihren Po rieb. Seine harte Männlichkeit drängte sich gegen sie.

Daniela drückte den Kopf nach hinten, als seine Finger leicht über ihren Hals strichen, um dann zu ihren Brustspitzen hinabzuwandern. Sie seufzte vor Begierde.

„Willst du mich?“ fragte er atemlos.

Sie sagte unter Stöhnen seinen Namen und wusste, dass sie vergehen müsste, wenn er sie nun unerfüllt lassen würde. Sein Siegelring schimmerte im Mondlicht, als er mit der Hand über ihre heiße Haut fuhr.

Er küsste ihre Schulter. „Willst du mich?“

Daniela schloss die Augen. „Rafael, Rafael“, brachte sie keuchend hervor. „Nimm mich!“

„Dreh dich um“, flüsterte er heiser. Er rollte von ihr hinunter, so dass sie sich auf den Rücken drehen konnte. Währenddessen zog er sich ganz aus und betrachtete dabei ihren Körper.

Einen Moment später lag er bereits wieder nackt neben ihr, umfasste ihre Brüste und küsste sie. Sie zog seinen Kopf zu sich und schloss die Augen.

„Ich liebe dich, Rafael“, sagte sie leise. „Ich möchte dich nicht verlieren.“

Langsam erhob er sich und sah ihr tief in die Augen, als könnte er ihr bis in die Seele blicken. „Du wirst mich niemals verlieren.“

„Rafael.“ Sie legte ihm die Arme um den Nacken. „Mach, dass sie uns nie trennen können.“

Er beugte den Kopf und küsste sie. Dabei spreizte er sanft ihre Beine.

Jetzt raunte er ihr zärtliche Worte ins Ohr. Sie beobachtete jede Regung in seinem Gesicht, während sie in seinen Armen lag. Noch nie hatte sie jemand so sehr vertraut wie Rafael in diesem Moment. Er entfachte ein Feuer der Leidenschaft in ihr, und schon bald hatte sie das Gefühl, ganz in Flammen zu stehen. Erregt spreizte sie die Beine weiter und spürte, wie er ganz auf sie glitt. Behutsam drang er in sie ein und flüsterte ihr dabei beruhigende Worte zu.

Heiser sagte er ihr, dass es nun gleich wehtun würde. Daniela schrie leise auf, als er tiefer vorstieß, doch sie ignorierte den Schmerz, da sie wusste, dass er nun für immer zu ihr gehören würde.

„Meine Liebste“, flüsterte Rafael und drückte ihr heiße Küsse auf die Stirn. „Meine Liebste. Ich habe dich so sehr gebraucht. Du hast mir gefehlt." Der männliche Duft seiner Haut vermischte sich mit ihrem Parfüm. Er liebkoste ihre Brüste, bis die Spitzen unter seinen Berührungen hart wurden.

Scheu suchte sie in der Dunkelheit seine Lippen. Daniela öffnete ihren Mund weiter, um sich völlig seinen leidenschaftlichen Küssen hinzugeben. Tief drang seine Zunge in sie ein und erforschte das Innere ihres Mundes. Währenddessen folgten seine Finger den Kurven ihrer Hüften.

„So süß, so eng", flüsterte Rafael. Er nahm ihre Pobacken in beide Hände, knetete sie und spreizte dann langsam ihre Beine noch weiter.

„Was … Was tust du da?" fragte sie verwirrt.

„Nun werde ich es zu seinem Ende bringen, Liebling", murmelte er keuchend. Er zitterte, da er seine Leidenschaft so zügeln musste. Jetzt legte Daniela die Arme um ihn und bereitete sich auf das vor, was nun kommen sollte.

Rafael zog sich sanft zurück und stieß dann wieder in sie. Er stöhnte vor Lust und bewegte sich immer schneller.

Sie schloss die Augen und hielt sich mit einer konzentrierten Miene an seinen kräftigen Oberarmen fest. Schweigend biss sie sich auf die Lippe.

Plötzlich geschah jedoch etwas Seltsames. Allmählich wandelte sich nämlich der Schmerz in Lust.

Verwirrt öffnete Daniela die Augen und sah Rafael an. Er hatte die Augen geschlossen, und seine Bewegungen wurden nun langsamer, wobei er aber immer tiefer in sie eindrang. Er genoss jeden Moment, und sein Gesicht strahlte Glück und Ekstase aus.

„Oh Gott, ja!" seufzte er und ließ seinen Kopf hängen. Sein goldbraunes Haar fiel wie ein seidener Vorhang auf sie herab.

Einen Augenblick später stöhnte auch sie, und ihr angespannter Körper begann unter dem seinen wieder weicher und nachgiebig zu werden. Das Gefühl, von ihm angefüllt zu sein, verdrängte das anfängliche Unbehagen. Eine Welle der Erregung durchflutete sie. Sie erbebte und klammerte sich an ihn, vor Lust stöhnend. Sie nahm nur noch ihre Empfindungen wahr, die immer stärker wurden, bis sie aufschrie und sich mit aller Kraft an ihn presste.

Rafael flüsterte ihr Worte der Leidenschaft zu. Sie hatte das Gefühl, in diesem Moment geboren zu werden.

Er küsste sie und stützte sich mit beiden Händen über ihrem Kopf ab, während ihn seine letzte noch verbliebene Selbstbeherrschung verließ. Immer heftiger stieß er in sie, bis er sich schließlich ganz der Welle der Lust, die über ihm zusammenschlug, hingab. Ein wilder animalischer Schrei entfuhr ihm.

Daniela schaute mit weit aufgerissenen Augen auf den Baldachin über ihnen. Schwer sank Rafael auf sie und seufzte vor Glück. Sie nahm ihn liebevoll und selig in die Arme.

Nach einer Weile zog er sich vorsichtig aus ihr zurück. Sie zuckte etwas zusammen.

Rafael schaute sie an. Seine goldbraune Mähne war zerzaust. Noch immer atmete er keuchend, sah jedoch äußerst zufrieden aus. Daniela lächelte und überließ sich dem süßen Gefühl, dass sie nun wahrhaftig zueinander gehörten. Plötzlich stiegen ihr Tränen in die Augen, und sie umfasste sein geliebtes Gesicht.

Selbst wenn sie im Kindbett sterben müsste – er war es wert.

Er gab ihr einen langen Kuss in die Handfläche. „Ich muss dir etwas sagen, Daniela“, flüsterte er.

Sie erwiderte nichts. Sie wusste sowieso schon von seinem Besuch bei Chloe Sinclair und war sich nicht sicher, ob sie darüber sprechen wollte.

„In Wahrheit habe ich dich nicht geheiratet, weil du der maskierte Reiter warst." Er schaute sie an. „Ich habe deine Beliebtheit beim Volk eigentlich gar nicht gebraucht. Das war nur eine Ausrede, als ich um deine Hand anhielt. Es war viel mehr als das … Ich habe nur nicht gewagt, es dir zu sagen."

„Was ist es, Rafael?" fragte sie verwirrt.

„Ich wusste vom ersten Moment an, als ich dich sah, dass ich dich mein Leben lang gesucht habe", flüsterte er. „Ich hätte jede Ausrede benutzt, um dich zu meiner Frau zu machen, Daniela di Fiore."

Er küsste sie. Daniela schloss die Augen. Sein Geständnis erschütterte sie zutiefst. Als er ihr Gesicht liebkoste, sah sie ihn wieder an. Sie hasste es, ihm nun diese Frage stellen zu müssen, aber sie wollte es wissen.

„Bist du heute Abend bei Miss Sinclair gewesen?"

„Ja, ich war dort", gab er schuldbewusst zu. „Aber geschehen ist nichts. Ich schwöre es bei meiner Ehre, Daniela. Ich habe die Affäre für immer beendet. Danach bin ich sofort zu dir gekommen, denn du bist meine Frau."

„Du bist von ihr fortgegangen, ohne dass …?" Sie sehnte sich so sehr danach, ihm zu glauben.

„Ja, meine Liebste. Ich habe verstanden, dass ein Mann mehr braucht als nur fleischliches Vergnügen." Er strich ihr mit einer Fingerspitze über das Kinn und ihren Hals. „Allein du beglückst meine Seele. Vergibst du mir?"

„Ja, das tue ich. Aber …" Sie hielt einen Moment inne. „Ich weiß, dass ich dich nicht an mich binden kann. Doch wenn du mich jemals hintergehst, wirst du mein Vertrauen verlieren."

„Das weiß ich", erwiderte er ernst. Er legte seine Hand auf ihren Bauch und küsste sie auf die Stirn. „Bitte hab keine Angst. Es gibt niemand auf der Welt, der mir mehr bedeutet, als du es tust. Eher würde ich mein Königreich und mein Leben verlieren als dich. Heute Nacht habe ich vieles begriffen, Daniela. Du bist die Einzige für mich.“

Sie lag auf dem Rücken und wandte ihm ihr Gesicht zu. „Ich glaube dir, Rafael. Mein Herz liegt in deinen Händen.“

„Und ich werde es so sanft wie einen kleinen Sperling halten, meine Liebste.“ Er küsste sie von neuem, gähnte hinter vorgehaltener Hand und streckte sich.

Er nahm sie in die Arme, zog sie eng an sich und strich ihr durchs Haar. Als sich ihre strahlenden Blicke trafen, lächelte er und flüsterte: „Schlafe, Prinzessin.“

Glücklich seufzend, legte sie ihre Wange auf seine Brust und gehorchte ihm widerspruchslos.

15. KAPITEL

„Ich muss schon sagen, Hoheit. Ich könnte mich daran gewöhnen“, sagte Daniela lächelnd, während sie sich zufrieden noch tiefer in die große Badewanne aus blau durchzogenem Marmor gleiten ließ.

Rafael saß ihr gegenüber. Er hatte den Kopf zurückgelegt, die Augen geschlossen, und die Arme hingen über den Wannenrand. Bei ihren Worten öffnete er die Augen und lächelte sie begehrlich an. „Es hat seine Vorteile, zum Königshaus zu gehören.“

Als er nach einem *Biscotto* griff, das auf einem Silbertablett neben der Wanne lag, beobachtete Daniela fasziniert das Spiel seiner Muskeln. Wassertropfen liefen über seine bronzefarbene Haut, die im Morgenlicht, das durch die hohen Fenster im Badegemach des Prinzen fiel, verführerisch schimmerten.

Eigentlich war ihr Bad ein unentschuldbarer Luxus angesichts der Dürre, die im ganzen Land herrschte. Aber Daniela war infolge ihrer Entjungferung wund aufgewacht und wollte sich nun ein bisschen verwöhnen lassen.

Rafael trank einen Schluck starken Kaffee und bemerkte dann ihren verliebten Blick. Er lächelte, beugte sich nach vorn und küsste sie zärtlich auf die Wange.

„Ich habe über deine mögliche Enterbung nachgedacht. Und ich glaube, ich habe eine Lösung“, verkündete Daniela plötzlich.

Er zog die Augenbrauen hoch. „Da spricht meine große Heldin. Heraus damit! Dein Vorschlag ist sicherlich sehr gut.“

„Wir sollten so zusammenarbeiten, wie du an jenem Tag im Gefängnis von Amantea gesagt hast. Lass uns gemeinsam durchs Land reisen, damit die Menschen dich persönlich kennen lernen. Das wäre sehr wichtig.“

„Weshalb?“

„Die Leute wollen dich verehren, Rafael. Aber bisher sind ihnen von dir nur deine berüchtigten Skandale bekannt. Sie werden sehen, wie du wirklich bist. Du hingegen könntest dir ein Bild vom Leben einfacher Leute machen. Ich bringe dich hin. Dann hättest du die Möglichkeit, mit ihnen zu sprechen und zu erfahren, was sie denken, fühlen und wovon sie träumen. Ich bin mir sicher, dass wir eine Lösung finden werden, um ihnen wirklich zu helfen. Dann werden sie dich genauso lieben, wie ich das tue. Und da das Wohl Amanteas bei deinem Vater an erster Stelle steht, wird er vielleicht einsehen, dass wir gemeinsam viel erreichen können, und uns seinen Segen geben.“

Rafael blickte sie schweigend an.

„Was hältst du davon?“

Verwundert schüttelte er den Kopf. „Du bist wahrhaft einmalig, meine kluge schöne Frau.“ Er beugte sich vor zu ihr und küsste sie. „Das machen wir.“

Sie lächelte.

„Daniela?“

Sie stahl sich einen raschen Kuss. „Ja, Liebster?“

Die Anrede erfreute Rafael zutiefst, und er streichelte ihr Gesicht. „Ich vermute, dass du nicht mehr so große Angst vor einer Geburt hast?“

Sie senkte den Blick und nickte scheu.

Sanft fasste er ihr unter das Kinn und hob es an, so dass sie ihn ansah. „Ich werde nicht erlauben, dass dir irgendetwas geschieht. Außerdem könnte es noch Wochen oder Monate dauern, bis du guter Hoffnung bist. Aber wenn die Zeit kommt, werden dir die besten Ärzte und Hebammen zur Seite stehen. Das schwöre ich dir!“

„Wirst du bei mir sein?“ fragte sie flehend.

Rafael sah sie mit großen Augen an. Einen Moment dachte er nach. „Wenn du das möchtest. Ja, ich werde bei dir sein."

„Wenn du bei mir wärst, weiß ich, dass ich zu stolz zum Weinen wäre."

Er nahm ihre Hand, hob sie zu seinen Lippen und küsste sie. „Dann werde ich für dich da sein, Daniela. Für immer."

Sie legte ihm die Arme um den Nacken und zog Rafael, so gut es ging, an sich.

Nach einer Weile des Liebkosens begannen sie, sich spielerisch gegenseitig zu waschen. Auf einmal unterbrach sie ein lautes Klopfen an der Tür.

„Rafael!"

Der Prinz runzelte die Stirn. „Elan? Was zum Teufel wollen Sie? Ich bin beschäftigt! Die Privatsphäre ist ein Luxus, den man sich als Mitglied der königlichen Familie nicht leisten darf", flüsterte er Daniela zu.

„Es tut mir Leid, Rafael. Aber ich hielt es für nötig, es dich gleich wissen zu lassen. Ich habe gerade recht schockierende Nachrichten erfahren."

„Was denn?" fragte der Kronprinz ungeduldig.

„Vielleicht möchten Ihre Hoheit das lieber allein hören."

„Meiner Gemahlin gehört mein ganzes Vertrauen. Nur heraus mit der Sprache", befahl er Elan durch die geschlossene Tür, wobei er Daniela einen schalkhaften Blick zuwarf.

„Wie Sie wünschen", rief Elan. „Graf Bulbati wurde letzte Nacht tot in seiner Zelle aufgefunden."

Daniela riss bei dieser Nachricht die Augen auf. Fragend blickte sie Rafael an. Sein Lächeln war verschwunden, und seine Miene wirkte hart und verschlossen.

„Ich komme sofort", sagte er mit grimmiger Stimme. Er strich ihr beruhigend über die Wange, als er sich erhob, doch am Ausdruck seiner Augen erkannte sie, dass er in Gedanken bereits weit fort war.

Er stieg aus der Wanne und griff nach einem Handtuch. Von seinem Körper lief das Wasser hinunter, und seine bronzefarbene Haut schimmerte im Morgenlicht.

„Was ist los, Rafael?"

„Das ist eine lange Geschichte."

Er strahlte plötzlich etwas Bedrohliches aus, weshalb Daniela ihm auch nicht aus der Wanne folgte. Stattdessen beobachtete sie, wie er sich abtrocknete. Dann zog er sich eine dunkle Seidenrobe an, die er sich lose um die Taille knüpfte. Daraufhin kam er zu ihr zurück und umfasste ihr Gesicht. Noch einmal küsste er sie lange. Wieder regte sich die Leidenschaft zwischen ihnen. Daniela zitterte und öffnete die Lippen, um die Liebkosungen seiner Zunge zu genießen.

Als er sich schließlich von ihrem Mund löste, sah er sie voller Verlangen an. „Ich kehre so rasch, wie ich kann, zurück."

Sie lächelte ihn an. Er drückte ihr noch einen Kuss auf die Stirn, drehte sich um und schritt dann in den angrenzenden Raum. Dabei wirkte er in seinem Seidenmantel wie ein Krieger, dem die goldbraune Haarmähne feucht über die breiten Schultern fiel.

Eine Stunde später saß Daniela in einem ihrer neuen hübschen Musselinkleider, das Haar frisiert und mit duftender Haut in ihrem Gemach. Sie studierte gerade das Hofprotokoll, als eine Kammerzofe mit einem Silbertablett hereinkam.

Daniela schaute von ihrer langweiligen Lektüre auf. „Ja?"

„Ein Brief ist für Sie abgegeben worden, Hoheit."

„Danke. Gib ihn mir."

Die Dienerin tat, wie ihr geheißen wurde. Daniela nahm den Brief vom Tablett und bedeutete der Zofe mit einer Handbewegung, dass sie allein gelassen werden wollte. Sie faltete das feine Büttenpapier auseinander und las dann mit großem Interesse.

An Ihre Königliche Hoheit, Principessa Daniela di Fiore, geborene Contessa Chiaramonte
Von Schwester Bernadetta Rienzi, Oberin der Schwestern von Santa Lucia

Überrascht las Daniela den Absender. Schwester Bernadetta? Sie erinnerte sich noch mit Grauen an die Nonne aus der zweiten Klosterschule, aus der sie wegen Ungezogenheit hinausgeworfen worden war. Diese Schwester hatte sie das letzte Mal mit acht Jahren gesehen!

Warum schrieb sie ihr nun einen Brief? Wahrscheinlich will sie mich wieder einmal zurechtweisen, dachte sie trocken und las weiter.

Hochverehrte Prinzessin Daniela,
als meine frühere Schülerin haben Sie sich stets als ein intelligentes Mädchen gezeigt. Es war ein großes Unglück, dass Sie damals nicht Ihre Ausbildung bei uns beenden konnten.

„Ha, ha!“ spottete Daniela laut. „Ein großes Unglück für wen?“

Mir wurde aus zuverlässiger Quelle mitgeteilt, dass Sie als maskierter Reiter stets denen geholfen haben, die es am bittersten benötigten. Verzeihen Sie meine Direktheit nach all den Jahren des Schweigens. Aber wenn Sie noch immer diejenigen retten wollen, die sich in Gefahr befinden, sollten Sie wissen, dass es jemand gibt, der Ihre Hilfe und den Einfluss, den Ihnen Ihre neue Stellung gewährt, dringend braucht.

Interessiert runzelte Daniela die Stirn.

Die junge Unglückliche, um die es geht, ist ein gefallenes Mädchen. Sie heißt Carmen und tauchte letzte Nacht völlig aufgelöst bei uns auf. Sie behauptet, die Zeugin eines abscheulichen Mordes geworden zu sein und sich nun selbst in Lebensgefahr zu befinden. Das Opfer war angeblich ein junger Koch der königlichen Küchen. Wir haben Carmen die Nacht über in unserem Kloster untergebracht, aber um Gottes Güte willen weiß ich nicht, wie wir sie beschützen sollen, falls sich ihre Geschichte tatsächlich als wahr herausstellt.

Auf Grund ihres augenblicklichen unaussprechbaren Lebenswandels und der Identität des Mörders, den sie klar und deutlich sah, ist es ihr nicht möglich, zur Stadtpolizei zu gehen und dort eine Aussage zu machen. Sie, Königliche Hoheit, sind die Einzige, mit der sie sprechen möchte. Wenn Sie willens sind, das Mädchen anzuhören, kommen Sie bitte so schnell wie möglich in das Kloster Santa Lucia. Der Heilige Geist sei mit Ihnen.

Ihre Schwester in Christi,
Schwester Oberin Bernadetta Rienzi

Ohne eine Sekunde zu zögern, griff Daniela nach Handschuhen und Hut und eilte aus ihren Gemächern. Sie wollte Rafael aufsuchen, um ihn wissen zu lassen, wohin sie fuhr. Sobald sie auf den Gang trat, folgten ihr sechs kräftige Soldaten der Leibgarde.

Ein Diener informierte sie, dass sich der Kronprinz mit seinem neuen Kabinett im Beratungssaal befand.

Daniela betrat den Raum, als gerade eine heftige Diskussion über den Tod Bulbatis im Gang war. Rafael saß am Kopfende des langen Tisches. Elan, der sarkastische Conte Niccolo, der hochmütige Adriano und ein paar andere hatten zu beiden Seiten Platz genommen.

Adriano warf Daniela einen abweisenden Blick zu. Sie achtete nicht auf ihn, sondern reichte ihrem Mann den Brief, den sie soeben erhalten hatte. Er nahm ihre Hand und führte sie – galant wie immer – an die Lippen. Rasch überflog er das Schreiben.

Angespannt beobachtete sie ihn, als er den Brief auf den Tisch legte und sich stirnrunzelnd am Kopf kratzte.

„Ich werde mitkommen", teilte er Daniela mit. Dann sah er seine neuen Minister an. „Niccolo, Elan, Adriano, ihr begleitet uns. Die anderen können sich jetzt entfernen. Wir versammeln uns heute Nachmittag noch einmal."

„Rafael, das Mädchen scheint Todesängste auszustehen. Sie wird nicht vor allen ihre Geschichte erzählen wollen", protestierte Daniela mit leiser Stimme.

Er erhob sich, legte die Hand auf ihren Rücken und drängte sie zur Tür. „Ich weiß. Aber ich habe eine gewisse Ahnung, wen sie als den Schuldigen nennen wird."

„Wirklich?" fragte Daniela und sah ihn überrascht an. „Wen verdächtigst du?"

Rafael schüttelte den Kopf. „Warten wir erst einmal ab."

Zu ihrer Bestürzung ließ er sich im Gang vor dem Beratungssaal seine Waffen bringen. Besorgt blickte sie ihn an, während er seinen Degen und die Pistole festmachte. Dann folgte sie ihm hinaus. Wachsam sah er im Hof vor dem Palast umher und half Daniela dann in die Kutsche, die bereits auf sie wartete.

Seine drei Freunde kamen in einem zweiten Wagen nach. Danielas Leibgarde eskortierte auf Pferden das königliche Gespann, um es zu bewachen.

Daniela und Rafael sprachen wenig miteinander. Daniela war verwirrt und hätte ihn am liebsten zu Graf Bulbatis Tod befragt, doch sie spürte, dass er zornig war. Er strahlte etwas Bedrohliches aus, so dass sie nicht den Mut hatte, mit ihm zu reden. Ihr Gefühl, dass ein Unheil in der Luft lag, nahm noch zu. Rafael sah angespannt aus dem Fenster.

Als sie am Kloster eintrafen, begrüßte Oberin Bernadetta die Prinzessin, aber sie verschwendeten keine Zeit mit langen Gesprächen. Die große entschlossen wirkende Nonne ging, die Hände in den Ärmeln ihrer schwarzen Kutte, voran. Für eine Frau besaß sie etwas zu breite Schultern.

Die Schwester führte Daniela sogleich zu dem Mädchen. Rafael und die anderen Männer warteten schweigend in einem Zimmer neben dem Eingangsportal.

Carmen war eine hübsche, schwarzhaarige Frau, die dunkle, wache Augen hatte. Für ihr Gewerbe war sie bemitleidenswert jung, vielleicht sechzehn oder siebzehn Jahre alt. Doch ihr Benehmen ließ sie wesentlich älter erscheinen. Daniela schloss sich mit dem Mädchen ein und sprach beruhigende Worte. Dann bat sie Carmen, ihre Geschichte auch in Anwesenheit des Kronprinzen zu erzählen. Zögernd stimmte sie zu.

Daniela drückte dem Mädchen ermutigend die Hand, erhob sich und ging zur Tür, um Rafael zu holen.

Obgleich Carmen schon vieles gesehen zu haben schien, begannen ihre Augen zu funkeln, als der große schöne Mann eintrat. Er schien ein Prinz wie aus dem Märchen zu sein. Die Wirkung, die er auf sie hatte, fiel ihm gar nicht auf. Entweder war er an dergleichen gewöhnt, oder er war zu sehr mit seinen Gedanken beschäftigt. Er setzte sich neben Daniela, stützte die Ellbogen auf die Knie und betrachtete das Mädchen aufmerksam.

Er wirkte wie ein Mann, der alles in die Hand nehmen konnte. Daniela fühlte sich sehr stolz.

Stockend berichtete Carmen, wie der junge Koch Cristoforo des öfteren Bestechungsgelder angenommen hatte, um sie aufsuchen zu können. Der Mann, der zu diesem Zweck immer wieder bei Cristoforo aufgetaucht war, hatte langes schwarzes Haar, grüne Augen und trug stets schwarze elegante Kleidung. Es war Carmen stets gleichgültig gewesen, warum der Fremde ihren Liebhaber bezahlte. Sie wusste nur, dass ihr Freund Angst vor ihm hatte.

Daniela spürte, wie Rafael sich neben ihr anspannte, als Carmen von der Nacht zuvor erzählte. Der schwarz gekleidete Mann war mit einer Kutsche gekommen, um Cristoforo mit sich zu nehmen.

„Ehe Cristoforo mein Zimmer verließ, bat er mich, ihm zu folgen. Er hatte schreckliche Angst, dass ihm etwas Furchtbares geschehen würde. Sogar bezahlen wollte er mich. Also bin ich ihm gefolgt“, erzählte Carmen, wobei ihre dunklen Augen traurig dreinblickten. „Den ganzen Weg bin ich gerannt, obgleich ich kaum mithalten konnte. Die Kutsche bog um mehrere Ecken, und ich nahm Abkürzungen, denn ich kenne die Stadt sehr gut. Deshalb wusste ich auch, wem der Palazzo gehört, zu dem sie fuhren.“ Sie sah zuerst Daniela und dann Rafael an. „Dem Premierminister.“

Rafael zuckte leicht zusammen, doch sein Gesicht wirkte ausdruckslos. „Fahr fort.“

Carmen schlang die Arme um ihren mageren Körper und berichtete, wie der Bursche aus Don Arturos Haus geflohen war und eine schreckliche Jagd stattgefunden hatte. „Ich wusste, dass der Mann ihn töten wollte. Deshalb hob ich einen Ziegel auf und warf ihn, so fest ich konnte."

„Hast du ihn getroffen?"

„Ja, Königliche Hoheit. Ich habe ihn hier getroffen", sagte Carmen und wies auf ihre linke Schläfe. Ihre Hand zitterte. „Blut lief ihm über das ganze Gesicht. Er sah schrecklich aus. Aber der Schlag hielt ihn nicht lange auf. Er … Er hat es dann getan."

„Deinen Freund umgebracht?" fragte Daniela leise.

Carmen nickte mit gesenktem Kopf.

Rafael erhob sich, verbeugte sich vor dem Mädchen und verließ das Zimmer. Daniela sprach beruhigend auf Carmen ein und ging dann ebenfalls in die Eingangshalle hinaus, wo ihr Mann bereits mit leiser Stimme seinen drei Freunden Bericht erstattete. Als sie auf die Gruppe zuging, verschwanden die drei sogleich. Nur Rafael stand da und betrachtete sie ernst und sorgenvoll.

„Ich glaube, wir wissen beide, wen sie beschuldigt", sagte Daniela. „Glaubst du ihr? Ich muss zugeben, dass ich nicht weiß, was ich von dem Ganzen halten soll."

„Ich schon", erwiderte Rafael grimmig. Eine Hand ruhte auf dem Degengriff an seiner Seite, während er zornig funkelnd vor sich hinblickte. Mehr denn je sah er wie ein Erzengel aus, der Rache geschworen hatte. „Hol bitte das Mädchen. Ihr beide werdet an einen Ort gebracht, wo ich euch sicher weiß, bis sich Orlando in Gewahrsam befindet."

„Willst du ihn für den Mord an dem Koch gefangen nehmen lassen?"

„Unter anderem. Einige Männer habe ich losgeschickt, um ihn aufzuspüren. Ich habe nämlich die starke Vermutung, dass er auch etwas mit Bulbatis Tod zu tun hat."

Daniela drehte sich um, um Carmen zu holen, blieb dann aber noch einen Moment stehen. Unsicher sah sie ihn an. „Rafael, hast du schon einmal daran gedacht, dass Orlando vielleicht nicht der ist, der er zu sein vorgibt?"

Zerstreut blickte er sie an. „Wie bitte?"

„Bin ich denn die Einzige, der aufgefallen ist, dass Orlando genau wie der König aussieht?"

„Was meinst du?" rief er aus und sah sie fassungslos an.

„Ich hasse es, deinen Vater zu verdächtigen, aber hast du dich noch nie gefragt, ob Orlando näher mit dir verwandt ist? Ist es nicht möglich, dass er dein Bruder sein könnte? Dein Halbbruder, meine ich."

„Ein Bastard? Aber mein Vater würde niemals ..." Rafael sprach den Satz nicht zu Ende.

„Es hätte bereits passiert sein können, bevor Seine Majestät deine Mutter geheiratet hat. Wissen wir, wie alt Orlando ist?" Daniela quälte das eigenartige Schweigen Rafaels. Benommen schüttelte er den Kopf. „Nun, ich hole das Mädchen." Daniela tat ein paar Schritte, blieb dann aber noch einmal stehen. Es war sinnlos, etwas zurückhalten zu wollen. Sie schüttelte ihre Unsicherheit ab und ging zum Kronprinzen zurück. „Ich hätte dir das wahrscheinlich schon früher erzählen sollen. Aber ich wollte nicht, dass du böse mit mir bist."

Fragend sah er sie an.

„Rafael, Orlando hat mir nachgestellt."

Während sein Zorn zuvor noch unterdrückt war, brach er in diesem Moment mit aller Kraft hervor. Seine Augen bekamen die Farbe eines sturmumtosten Meeres. „Was sagst du da?"

„Es begann an jenem Nachmittag, als er zu mir kam, um unter vier Augen mit mir zu sprechen. Er sagte, dass er mich unter seinen Schutz nehmen wolle, sobald unsere Ehe annulliert sei. Natürlich lehnte ich sofort ab", fügte sie hastig hinzu. „Aber dann fing er letzte Nacht noch einmal damit an – während du weg warst."

Rafael blickte sie schuldbewusst an.

„Ich hole jetzt das Mädchen", sagte Daniela unsicher, da sie ihm keine Vorhaltungen machen wollte, nachdem er sich bereits entschuldigt hatte.

Schon bald saßen sie zu dritt in seiner Kutsche. Wieder wurden sie von der berittenen Leibgarde bewacht, und seine drei Freunde folgten in ihrem Gefährt.

Die Straßen von Belfort waren voller Leute, als sie durch die Stadt fuhren.

Rafael hatte seit dem Verlassen des Klosters nichts gesprochen und wirkte sehr angespannt.

Daniela beobachtete ihn aufmerksam. Als sie bemerkte, dass Carmen sie beunruhigt ansah, lächelte sie dem Mädchen aufmunternd zu. In diesem Moment vernahmen sie Rufe auf der Straße. Der Kutscher hielt die Pferde an, und Daniela schaute durch den Vorhangspalt aus dem Fenster. Eine große Gestalt auf einem schwarzen Hengst hielt neben dem Gespann an.

„Ihr seid die Leibgarde der Prinzessin, nicht wahr? Fährt Ihre Hoheit heute aus?"

Es war Orlandos angenehme Stimme. Daniela warf ihrem Gatten einen bedeutungsvollen Blick zu. Ihr war klar, dass Orlando annahm, sie sei allein, weil sie und Rafael so wenig Zeit miteinander verbracht hatten.

„Wenn du mir erlaubst, mein Lieber", murmelte sie und schaute ihn verschwörerisch an.

Rafael lächelte und wies Carmen an, sich zu ducken. Daniela zog den Vorhang neben ihrem Sitz zurück und öffnete das Fenster. „Seien Sie gegrüßt, Orlando."

„Daniela." Unter dem Schatten seines schwarzen Huts funkelten seine Augen verschlagen.

Die Soldaten beobachteten die Szene aufmerksam. Ihnen

musste klar sein, dass sie Orlando nur mit Rafaels Erlaubnis begrüßte. Die bewaffneten Männer waren klug genug, nichts zu sagen.

Der Herzog lächelte sie an und lenkte sein Pferd näher an die Kutsche. „Man hat Sie also endlich aus Ihrem Käfig gelassen. Gratuliere. Sie sehen so strahlend wie immer aus.“ Er nahm den Hut ab.

Daniela musterte sein Gesicht. Sogleich sah sie die große Beule an seiner Schläfe.

„Mein lieber Vetter“, erwiderte sie stirnrunzelnd. „Was haben Sie mit Ihrem armen Kopf angestellt?“

Das war das Zeichen, auf das Rafael gewartet hatte.

Ohne Vorwarnung riss er den Verschlag auf, zog seinen Degen und sprang auf Orlando zu.

16. KAPITEL

Ehe sich Rafael auf seinen Vetter stürzen konnte, bäumte sich dessen erschrecktes Pferd auf. Orlando klammerte sich an den Hals des Pferds, während Rafael an dessen Zügeln riss. Die sechs Männer der Leibgarde ritten eilig herbei.

Ein gewaltiges Chaos brach aus.

Daniela beobachtete das Kampfgetümmel, aber der Kutscher jagte seine Pferde weiter, um dem Tumult zu entgehen. Sie hing fast aus dem Fenster und sah, dass Orlando es schaffte, im Sattel zu bleiben. Er trat Rafael mit dem Stiefel gegen die Brust. Der Prinz strauchelte, so dass Orlando seinem Pferd die Sporen geben und an den Wachen vorbei entfliehen konnte. Er lenkte sein Pferd in eine Gasse.

„Ergreift ihn!" rief Rafael.

Daniela hielt den Atem an, als ihr Mann einen der Soldaten vom Pferd stieß und sich selbst in den Sattel schwang.

Er wies mit dem Kopf in ihre Richtung und befahl seinen Männern: „Einige kommen mit mir mit. Die anderen bringen die Prinzessin in meinen Palast."

„Rafael!" Daniela wollte ebenfalls mitreiten. Doch er sah sie scharf an und schien ihre Absicht klar zu verstehen.

„Nein, Daniela. Du bleibst", befahl er. „Kümmere dich um das Mädchen. Sie ist unsere einzige Zeugin."

Mit diesen Worten gab er seinem Pferd die Sporen und galoppierte mit drei Soldaten davon. Sie kamen nur langsam voran, da sich eine Menge gebildet hatte, als der Kampf ausgebrochen war.

„Alles in Ordnung?" fragte Daniela Carmen rasch.

Das Mädchen nickte, als sie plötzlich weiteres Geschrei vernahmen.

„Gib mir dein Pferd, Mann!“

„Rafael wird uns brauchen!“

Daniela sah aus der Kutsche und entdeckte Elan, Adriano und Niccolo, die sich die Pferde der restlichen Soldaten nahmen. Sie wirkten so aufgeregt, als wollten sie auf eine Fuchsjagd gehen und nicht einem gefährlichen Mörder folgen.

„Verdammt, ich habe meinen Degen nicht mitgebracht“, erklärte plötzlich Adriano.

„Hier!“

Niccolo warf ihm eine seiner Pistolen zu.

„Seid vorsichtig!“ rief Daniela. Keiner der Männer drehte sich zu ihr um.

Sie beobachtete, wie sie die Straße hinab Rafael folgten. Ihr wurde schwer ums Herz vor Furcht.

Rafael und die drei Leibwächter jagten auf der Landstraße etwa eine halbe Meile hinter Orlando her.

Der Kronprinz hatte sich weit nach vorn gebeugt und galoppierte so schnell wie möglich, ohne das Tier zu sehr zu erschöpfen. Er wusste nicht, wie lange diese Jagd noch dauern würde. Jeder Muskel in seinem Körper war vor Zorn und unterdrücktem Hass angespannt.

Schweiß rann ihm in die Augen und ließ den Staub der Straße an seiner Haut kleben. Er blinzelte in die im Westen allmählich untergehende Sonne und konzentrierte sich dann wieder auf den schwarz gekleideten Reiter vor ihnen.

Orlando hatte bereits versucht, seine Verfolger in der Stadt loszuwerden. Doch als sie sich geteilt hatten, um ihn zu umzingeln, war der Herzog noch einmal ausgebrochen. Rafael hatte keine Ahnung, wohin sein Vetter ritt, aber er hätte ihn bis ans Ende von Amantea gejagt, solange er nur weit weg von Daniela war. Es wäre ihm nicht möglich gewesen, den Herzog zu verfolgen, wenn er nicht gewusst hätte, dass sich seine Frau in Sicherheit befand.

Seine Aufmerksamkeit war so sehr auf den Reiter gerichtet, dass er kaum die fernen Rufe hinter ihm wahrnahm. Als ihn schließlich die Stimmen über dem Lärm der Hufe auf der Straße erreichten, warf er einen raschen Blick über die Schulter und sah, dass seine Freunde ihm folgten.

Er hob winkend eine Hand, um ihnen zu zeigen, dass er sie gesehen hatte. Langsamer wurde er jedoch nicht, da er auf keinen Fall Orlando aus den Augen verlieren wollte.

Der Herzog führte sie beinahe zwanzig Meilen die Landstraße entlang. Er ritt an der Abbiegung zum Hafen vorbei und strebte dem Norden zu, wo es bewaldete Berge gab. Als Rafael das sah, wurde ihm klar, dass Orlando nicht vorhatte, Amantea zu verlassen, obgleich ihn das möglicherweise gerettet hätte.

Vielleicht hoffte er, sich in der Wildnis verstecken zu können.

Während die Sonne langsam hinter den Bergen, die sich vor ihnen erhoben, verschwand, galoppierten sie hinter dem Gejagten her.

Plötzlich wusste Rafael, wohin Orlando wollte. Er sah die mittelalterliche Zitadelle, die jahrhundertelang die Burg der Herzöge di Cambio gewesen war. Er runzelte die Stirn. Der Ort war eine alte Ruine. Nun ritt Orlando in den Wald hinein und verschwand aus ihrem Blickfeld.

Wenig später erreichten sie eine mit Gras überwucherte Straße. Efeu hing von den Bäumen herab.

Rafael überblickte rasch die Umgebung und entschloss sich erneut, seinen Vetter einzukreisen. Da seine Freunde nicht weit hinter ihnen waren, hatte er diesmal genügend Männer. Wenn er nicht auf sie wartete, würden sie wahrscheinlich ahnungslos weiterreiten.

„Bleibt ihm auf den Fersen!“ rief er den Soldaten zu.

„Wohin reitet er, Hoheit?“ fragte einer der Leibgarde atemlos.

„Zur alten Burg der di Cambios. Lasst ihn nicht aus den Augen! Ich will ihn lebend!“ Die drei Männer ritten weiter, während er sein Pferd zur Abbiegung zurücklenkte, um dort auf seine Freunde zu warten.

Ihr Eintreffen würde einen großen Vorteil gegenüber Orlando bedeuten. Der Herzog hatte wahrscheinlich nur vier Männer gesehen, die ihm folgten.

Als seine Freunde auftauchten, fühlte sich Rafael erleichtert. Sie hielten mit ihren Pferden an der Stelle, wo er bereits ungeduldig ihrer harrte.

„Wie wollen Sie weiter vorgehen, Rafael?“ fragte Elan rasch und wischte sich mit dem Unterarm den Schweiß von der Stirn.

„Wir werden ihn umzingeln. Sie und Niccolo reiten ans südliche Ende der Zitadelle …“

Plötzlich erfüllten schreckliche Schreie und angstvolles Wiehern die Luft, die einem das Blut in den Adern gefrieren ließen. Es klang fast so, als würden Menschen und Pferde abgeschlachtet. Fluchend wendete Rafael seinen Wallach.

„Vorsicht!“ rief Elan, als sie ihre erschöpften Pferde dazu zwangen, in die Richtung der markerschütternden Schreie zu galoppieren.

Der Wald war nicht tief. Die überwachsene Straße führte etwa fünfzig Ellen weit, bis sie auf offene Felder trafen, welche die Ruine umgaben.

„Beeilt euch!“

„Ich glaube nicht, dass wir noch etwas tun können!“ sagte Niccolo erschüttert.

Die furchtbaren Schreie wurden schwächer.

Sie ritten aus dem Wald. Der Weg vor ihnen führte durch ein vertrocknetes Feld und dann einen Hügel hoch.

„Ich kann niemand sehen!“ erklärte Adriano und blickte sich gehetzt um.

Die Laute, die inzwischen zu einem grässlichen Stöhnen geworden waren, schienen vom hinteren Teil des Hügels zu kommen.

„Oh mein Gott“, flüsterte Rafael und sah auf den Weg vor ihnen. Sein Pferd scheute vor den Schmerzenslauten, doch er zwang es dazu, weiterzutraben.

Vorsichtig bewegten sie sich vorwärts.

Als sie oben ankamen, erstarrten alle vor Entsetzen. Doch schon im nächsten Moment sprangen sie aus den Satteln und rannten zum Rand der mit spitzen Eisenpfählen versehenen Grube. Drei Pferde und zwei der Männer waren bereits tot, aufgespießt auf diesen schrecklichen Folterwerkzeugen, die Orlando hatte errichten lassen.

Rafael glitt durch den Schlamm zum letzten Überlebenden, doch der röchelnde Mann starb, als er ihn erreichte.

Dann senkte sich Stille herab.

Eine unheimliche, grauenhafte Stille. Die finsteren Mauern der Zitadelle erhoben sich über ihnen in den Himmel. Die Festung war nicht einmal eine Viertelmeile entfernt.

„Oh mein Gott“, sagte Rafael nach einer Weile und blickte auf die Toten.

Die anderen schwiegen.

Finster sah er seine Freunde an. Ihm war klar, dass weitere tückische Fallen auf sie warten konnten. Die drei waren seine engsten Freunde, und er hätte es nicht ertragen, sie zu verlieren. Am liebsten wäre er umgekehrt, da er fürchtete, dass sie es nicht alle lebend aus dieser Hölle schaffen würden. Doch wenn er nun aufgab, würde er vielleicht nie wieder eine Gelegenheit bekommen, Orlando zu fassen.

Er durfte nun nicht mehr als ihr Freund denken. Er musste wie ein König handeln.

Elan hatte seine Augengläser abgenommen und sah weg. Er war grünlich geworden, Adriano kreidebleich. Niccolos Gesicht verzog sich vor Hass, während er auf die Zitadelle starrte.

„Da!“ rief er plötzlich. „Auf den Boden!“

Eine Kugel schlug neben Rafael ein.

Die Freunde ließen sich fallen. Für den Moment waren die Toten vergessen. Flach auf dem Boden am Rand der Grube liegend, zielte Niccolo mit seiner Pistole.

„Was tun Sie da?“ fragte Rafael ihn.

„Sparen Sie sich Ihre Kugeln. Von hier werden Sie ihn niemals treffen“, sagte Adriano mit seltsam ruhiger Stimme.

„Sie haben Recht, di Tadzio“, murmelte Niccolo. „Das stimmt.“

Rafael sah zu, wie der braunhaarige kräftige Mann auf seinem Rücken in die Grube rutschte. Er sah so aufgebracht aus, dass er beinahe irre wirkte. Rasch stieg er über den toten Hauptmann der Leibgarde und nahm dessen Gewehr.

Rafael sagte: „Ich will ihn lebend. Denken Sie daran!“

Zornig drehte sich Elan zu ihm um. „Selbst jetzt wollen Sie ihn noch schonen?“

„Gerade jetzt“, erwiderte Rafael finster.

Niccolo kletterte wieder aus der Grube und legte sich dann mit dem Bauch auf den Boden, um zu zielen. „Dann verhaften Sie mich, Rafael. Ich will, dass er stirbt.“ Er drückte ab.

Ein Schrei ertönte.

„Sie haben ihn getroffen!“ keuchte Elan.

Orlandos schwarzes Pferd sprang hinter den Büschen hervor, wo sich der Herzog versteckt hatte. Er klammerte sich an den Sattel. „Haben Sie ihm nun eine Kugel verpasst oder nicht?“ fragte Elan aufgebracht.

Niccolo antwortete nicht, sondern lud das Gewehr ein weiteres Mal.

„Nein, Sie haben das Pferd getroffen“, murmelte Rafael und beobachtete, wie der stolze Hengst schließlich taumelte und nach vorn fiel, während sich Orlando zur Seite warf, um nicht von ihm erdrückt zu werden. Dann rannte er zu einer Baumgruppe, um dort Deckung zu finden. „Gehen wir! Nun kann er nur noch zu Fuß flüchten.“

Alle liefen zu ihren Pferden zurück und stiegen auf. Der Kronprinz sah, wie der Herzog zum Wald lief. „Elan, Niccolo, ihr reitet in diese Richtung“, befahl er und wies nach links. „Di Tadzio und ich nehmen die rechte Seite. Wir müssen ihn umzingeln. Benutzt lieber eure Degen als die Pistolen. Lassen Sie das Gewehr liegen, Niccolo! Wir sollten vermeiden, uns aus Versehen gegenseitig zu erschießen. Alle mit dem Plan einverstanden?“ fügte er hinzu und sah rasch vom einen zum anderen.

Nach dem Blutbad, das sie miterlebt hatten, wirkten alle erschüttert, nickten jedoch grimmig.

„Gut, holen wir ihn uns.“ Er nickte Adriano zu, und sie wendeten die Pferde in die entgegengesetzte Richtung, in die Elan und Niccolo galoppierten.

Sie ritten an dem schwarzen Hengst vorbei, der tot auf dem Boden lag. Dann galoppierten sie in den dunklen Wald.

Rafaels Puls pochte, während sie Orlando jagten. Adriano hielt sich etwa zwanzig Fuß zu seiner Rechten.

Im Wald waren die unterschiedlichsten Geräusche zu vernehmen. Die Blätter raschelten im Wind, und die Vögel zwitscherten. Als ein Ast knackte, riss Rafael den Kopf zur Seite und legte die Hand auf den Degen. Doch es waren nur drei Rehe, die über eine Lichtung liefen.

Er sah fragend zu Adriano, während ihm der Schweiß über die Wangen lief. Sein Freund schüttelte den Kopf, um ihm zu zeigen, dass auch er nichts entdecken konnte.

Orlandos schwarze Kleidung würde ihm helfen, in der zunehmenden Dunkelheit immer weniger sichtbar zu sein.

Sie ritten weiter.

Allmählich verlor Rafael jedes Zeitgefühl. Er wusste nicht, wie lange sie schon hinter Orlando hergejagt waren, als plötzlich zwei Schüsse und ein Schrei in der Ferne zu hören waren. Sofort gaben Rafael und Adriano ihren Pferden die Sporen und hetzten die Tiere einen Pfad entlang.

Wieder ertönte ein Schuss.

Rafael betete, dass es Niccolo war, der schoss. Doch als er und Adriano zu einem kleinen Hain an einem Bach gelangten, entdeckten sie Niccolo, der auf dem Rücken lag. Als sie von den Pferden sprangen und zu ihm rannten, versuchte er, sich aufzusetzen. Rafael schluckte, denn er sah den dunklen Blutfleck, der sich über Niccolos braune Weste auszubreiten begann.

„Er sprang von einem Baum herab“, brachte er keuchend hervor. Niccolos Gesicht war kreidebleich. „Er ist weggerannt! Er könnte überall sein.“

„Versuchen Sie, nicht zu sprechen.“ Rafael zog rasch den Gehrock aus und bedeckte Niccolo damit. Er riss sich das Halstuch herab und benutzte es, den Blutfluss zu verringern. „Wo ist Elan?“

Niccolo zitterte heftig und flüsterte: „Ich weiß nicht. Sein Pferd hat ihn abgeworfen.“ Er begann zu husten.

Rafael zog ihn hoch. Niccolo lehnte sich schwach an Adriano.

„Bleiben Sie bei ihm", befahl Rafael.

Adriano nickte, als der Kronprinz aufsprang und sich umsah. Er zog den Degen und stürzte sich in kalter Wut ins Dickicht. Dort entdeckte er eine Stelle, wo die Äste abgebrochen waren. Elans erschrecktes Pferd war hier wahrscheinlich durchgaloppiert.

„Elan!" Er quälte sich durch ein Dornengestrüpp und warf einen hasserfüllten Blick auf die Äste über ihm. „Du Barbar", sagte er leise. „Elan!"

Er fürchtete sich vor dem, was er wohl finden würde. Es war bereits schlimm genug, dass der stets sarkastische Niccolo verletzt war. Rafael weigerte sich einzugestehen, dass Niccolo tödlich verwundet war. Er konnte nur daran denken, dass er keine Ahnung hatte, wie er ohne Elans scharfen Verstand und seinen beruhigenden Einfluss auf ihn weitermachen sollte.

„Elan! Antworten Sie mir, verdammt noch mal."

„Rafael!" Plötzlich ertönte die dünne Stimme des Visconte zu seiner Linken.

„Elan! Wo sind Sie?" rief Rafael. Sein Herz pochte heftig, während er sich umsah. „Sind Sie verletzt?"

„Ich bin hier!"

Rafael wirbelte herum und sah, wie Elan sich durch dasselbe Dorngestrüpp kämpfte, das er zuvor hinter sich gelassen hatte.

„Niccolo hat es erwischt, Rafael."

„Ich weiß." Er sah, dass sein Freund überall Schnitte aufwies und seine Augengläser verbogen waren. Aber er schien nicht ernsthaft verletzt zu sein.

„Mir ist das Pferd durchgegangen. Orlando sprang plötzlich von den Bäumen vor uns herab und eröffnete das Feuer. Er traf

Niccolo. Ich glaube, er hat mich nur verfehlt, weil ich zu seiner Linken war."

„Haben Sie gesehen, wohin er lief?"

„In Richtung Zitadelle, glaube ich." Hilflos blickte er sich um. „Mein Pferd ist verschwunden."

„Vergessen Sie es." Rafael nahm den verwirrten Visconte am Arm und führte ihn zu dem Hain zurück.

Adriano sah auf, als sie zu ihm traten. Als er Elan erblickte, seufzte er erleichtert, schaute dann jedoch wieder auf Niccolo. „Er ist bewusstlos."

Rafael blickte bitter auf das blasse Gesicht seines Freundes, dem die Schmerzen deutlich anzumerken waren. Der Kronprinz kniff die Augen zusammen, während er innerlich vor Zorn raste.

„Ihr beide bleibt bei Niccolo", sagte er. „Ich werde das grausame Spiel beenden."

„Sie müssen den Verstand verloren haben, wenn Sie glauben, dass ich Sie allein lasse", sagte Adriano leise. Entschlossen sah er zu Rafael hoch.

„Das ist eine Sache zwischen ihm und mir."

„Rafael", entgegnete di Tadzio. „Sie wissen nicht einmal, wer Orlando wirklich ist."

„Wissen Sie es?"

Einen Moment lang antwortete Adriano nicht. In seinen dunklen Augen zeigte sich ein Schuldgefühl, das er jedoch rasch wieder verbarg. „Ich habe meine Vermutungen", murmelte er.

„Was meinen Sie damit?" fragte Elan ihn.

Adriano warf einen kurzen Blick auf den Visconte und sah dann wieder Rafael an.

„Sie bleiben bei Niccolo", wiederholte er. „Das ist ein Befehl." Mit der Hand am Degen ging Rafael davon. Ihn dürstete nach Blut.

„Orlando!“ brüllte er.

Er schob ein paar Zweige beiseite und stapfte weiter, wobei er so zornig war, dass er keinerlei Angst mehr verspürte.

Der Wald wurde immer dichter.

Eine Weile verging, ohne dass etwas geschah.

Rafael fing an zu brodeln. „Komm heraus und stelle dich!“ schrie er.

„Gibt es denn so etwas? Wagt es der Goldjunge des Königs tatsächlich, allein mit mir zu kämpfen? Mann zu Mann?“ fragte eine höhnische Stimme in seiner Nähe.

Rafael schnellte herum.

„Wo ist nun Ihre Armee, Rafael? Es ist dunkel, und Sie sind ganz allein.“ Orlando lehnte am breiten Stamm einer Eiche. Er hatte die Arme verschränkt und grinste hämisch.

„Wer bist du wirklich?“ wollte Rafael wissen und hob den Degen, während er vorsichtig näher kam.

Orlando lächelte.

„Hast du nun meinen Vater vergiftet oder nicht?“ stieß Rafael zornig hervor.

„*Ihren Vater?* Oh, Sie meinen wohl den heiligen König Lazar. Den von Gott erwählten Hirten seiner Herde, der niemals eine Sünde begangen, niemals seine Gattin betrogen hat. Sie lieben doch Ihre Frau Mutter, nicht wahr, Rafael?“

„Beantworte meine Frage“, erwiderte er zwischen zusammengebissenen Zähnen. „Hast du den König vergiftet oder nicht?“

„Natürlich nicht. Das haben Sie getan, Rafael. Genauso, wie Ihre Schergen letzte Nacht den jungen Koch ermordet haben, bevor er Ihren Plan enthüllen konnte. Erinnern Sie sich nicht mehr?“ Orlandos Zähne funkelten im Dunkeln, als er grinste. „Sie sehen verwirrt aus. Vielleicht sollten Sie Don Arturo fragen. Er kennt die ganze Geschichte.“

„Ich will eine einfache Antwort! Du stellst mein Wohlwollen arg auf die Probe“, erwiderte Rafael und setzte die Degenspitze unter Orlandos Kinn.

Der Mann warf ihm einen verächtlichen Blick zu. „Das kümmert mich nicht, Rafael. Verstehen Sie denn nicht? Ihr *Wohlwollen* vergrößert nur meinen Hass auf Sie.“

Der Hass, der ihm entgegenschlug, entsetzte Rafael. Er schüttelte den Kopf, wobei er weiterhin den Degen auf Orlando gerichtet hielt. „Was habe ich dir jemals getan?“

„Als Erstes einmal wurden Sie geboren.“

„Was hat mein Vater getan, dass du ihn vergiften willst?“

Orlando lachte bitter. „*Ich* wurde geboren.“

Der Kronprinz starrte den Herzog an. „Bist du mein Bruder, Orlando?“

„Nur Ihr Mörder“, erwiderte er und hob eine Pistole, die er direkt auf Rafaels Gesicht richtete.

Rafael stürzte nach vorn und schlug dabei Orlandos Arm nach oben, als dieser den Abzug drückte. Die Kugel verfehlte ihr Ziel, während die beiden Männer miteinander rangen. Auf einmal schlug Rafael seinen Vetter mit voller Kraft ins Gesicht.

Das ließ ihn zwar nicht die Besinnung verlieren, warf ihn jedoch auf den Boden.

Keuchend trat Rafael einen Schritt zurück und umfasste den Degengriff mit beiden Händen. „Steh auf“, knurrte er.

Orlando hielt seine Hände in die Luft. „Wollen Sie mich töten, Hoheit? Sie sehen doch, dass ich keine Waffe bei mir habe.“

„Zieh deinen Degen.“

„Was soll das? Wünscht der galante Prinz ein Duell?“

„Zieh deinen Degen, du Feigling!“

Orlando starrte ihn an. „Sie sollten besser zwei Mal darüber nachdenken. Schließlich wissen Sie, dass ich an Ihrer Stelle keine Sekunde zögern würde."

„Mir ist bereits klar, dass du kein fairer Gegner bist. Steh auf", knurrte er.

„Schon gut, schon gut." Orlando erhob sich mühsam, klopfte sich den Staub aus den Sachen und grinste. „Aber Sie sollten wissen, dass ich mich nach Ihrem Tod um die edle Daniela kümmern werde."

Statt zu antworten, stürzte sich der Kronprinz erneut auf Orlando. Und zwar genau in dem Augenblick, als dieser seinen Säbel aus der Scheide zog. Der darauf folgende Kampf war heftig. Sie fochten miteinander, und dann gelang es Rafael, ihn zurückzudrängen.

„Wieso ist es Ihnen noch immer nicht gelungen, Ihre eigene Frau zu entjungfern, Rafael? Ein Herzensbrecher wie Sie!" spottete Orlando.

„Du solltest dich selbst sehen", erwiderte der Prinz angewidert. „Du bist wahrlich bemitleidenswert."

„Begehrt Daniela Sie nicht?"

„Oh, das glaube ich schon", sagte Rafael und streifte ihn mit der Klinge.

Orlando höhnte. „Seit wann?"

„Seit letzter Nacht", antwortete er selbstzufrieden, während er näher kam.

Orlando erstarrte einen Moment. „Soll das heißen, dass sie sich endlich begatten ließ?"

Die Beleidigung, die seiner Frau galt, traf Rafael so heftig, dass er am liebsten seinem Zorn freien Lauf gelassen hätte. Aber er riss sich zusammen, da er wusste, dass sein Gegner einen Wutausbruch sogleich zu seinem Vorteil nutzen würde. „Ein Kavalier", erwiderte er kühl, „spricht über dergleichen Dinge nicht."

Orlando schnitt angewidert eine Grimasse und stürzte sich erneut auf ihn.

Metall schlug auf Metall, so dass Funken stoben.

Die beiden Männer umkreisten einander und warteten darauf, dass der andere einen Fehler machen und sich in die schwächere Position begeben würde.

Plötzlich holte Orlando aus, um Rafael direkt in die Brust zu stoßen. Dem Prinzen gelang es, der gegnerischen Waffe zu entkommen und zurückzuschlagen.

Rafael, der viele Jahre das Fechten praktiziert hatte, sah voraus, dass sein Gegner sich zurückzog, um ihn von neuem anzugreifen. Er stürzte sich nach vorn. Sein blitzschneller Angriff traf Orlando tief in der rechten Schulter. Der Herzog schrie auf und fiel benommen vor Schmerzen auf ein Knie.

Rafael zog seinen Degen zurück, während Orlando seine Wunde betrachtete.

„Gib auf", sagte Rafael, während er den Degen weiterhin auf seinen Gegner gerichtet hielt. Am liebsten hätte er Niccolo gerächt, hielt sich aber gerade noch zurück. Der Mann vor ihm hatte viel mehr als nur einen Mord zu verantworten.

Orlando starrte auf seine Wunde, ehe er langsam den Kopf hob. Seine Augen waren vor Wut beinahe rot. „Ich werde niemals aufgeben. An Schmerzen bin ich gewöhnt, Sie nicht." Mühsam erhob er sich auf die Beine. „Aber Sie werden es bald."

Wieder griff er Rafael an. Er besaß noch immer eine Kraft, die wohl nur von seinem dämonischen Hass genährt werden konnte. Der Prinz war jedoch ein guter Fechter, so dass er jedem der Hiebe auszuweichen verstand – bis sich der Absatz seines Stiefels zwischen zwei Wurzeln verfing.

Das war genug, um ihn aus dem Gleichgewicht zu bringen. Sofort sprang Orlando nach vorn. Rafael ließ sich fallen, um dem Degen seines Gegners zu entgehen. Doch zu seinem Entsetzen verlor er den Griff seiner Waffe, als er versuchte, sich abzufangen.

Verzweifelt fasste er nach seinem Degen, während Orlandos tödliche Klinge über ihm hing.

„Gute Nacht, süßer Prinz“, sagte Orlando mit einem gehässigen Grinsen.

„*Keine Bewegung.*“

Sie hörten das Klicken einer Pistole.

Rafael nahm seinen Degen, sah auf und entdeckte Adriano. Sein Freund war plötzlich aufgetaucht und hielt nun seine Waffe an Orlandos Schläfe.

Der Prinz sprang auf, riss den Degen aus Orlandos Hand und schleuderte ihn beiseite. „Keine Sekunde zu spät, di Tadzio.“

„Nicht der Rede wert, Rafael.“ Adriano rührte sich nicht von der Stelle.

Der Herzog begann, höhnisch zu lachen. „Nun, nun. Wenn das nicht der Lustknabe des Prinzen ist.“

Adriano drückte die Waffe fester an Orlandos Schläfe. „Erlauben Sie mir, ihn zu töten, Rafael. Lassen Sie mich ihn für Niccolo und die Männer auf dem Feld umbringen.“

„Da scheint mir jemand nervös zu sein“, sagte Orlando höhnisch, während er von einem zum anderen sah. „Was ist los mit dir, mein Lieber? Hast du Angst, dass dein Freund an der Wahrheit über dich ein bisschen schwer zu schlucken haben würde?“

„Rafael!“ Adriano blickte ihn verzweifelt an. „Hören Sie nicht auf ihn.“

„Verschwinden wir von hier“, murmelte Rafael und wies mit dem Degen auf Orlando. „Dreh dich um, und geh mit den Händen über dem Kopf.“

„Einen Moment noch", sagte der Herzog. „Ich glaube, es gibt etwas, was Sie über Ihren kleinen Freund di Tadzio erfahren sollten. Es gibt nämlich ein Guckloch in der Wand zu Chloes Schlafzimmer …"

„Du bist ein Lügner!" brüllte Adriano zornig. „Hören Sie nicht auf ihn. Achten Sie nicht auf seine schmutzigen Lügen!"

„Von dort hat Ihr hübscher Junge Sie mit Chloe beobachtet. Sie erlaubte es ihm, zuzuschauen. Jede Schauspielerin liebt ein Publikum. Das wissen Sie doch."

Rafael erstarrte, denn er glaubte, seinen Ohren nicht zu trauen.

„Nein, das habe ich nicht getan! So etwas würde ich niemals tun!" Adriano schrie beinahe.

Für einen schrecklichen Moment vermochte Rafael es nicht, seinen Freund anzuschauen. Er sah ins Leere, schüttelte jedoch die Beschuldigung für den Augenblick von sich ab.

Sie besaß keinerlei Bedeutung.

„Sei still, Orlando", sagte er. „Du bist eine Schlange, aber nicht glatt genug, um diesmal zu entkommen. Achten Sie nicht auf ihn, di Tadzio."

„Erlauben Sie mir, diesen Hurensohn zu erschießen, Rafael. Er verdient es. Das wissen Sie", erwiderte Adriano zwischen zusammengebissenen Zähnen.

„Beruhigen Sie sich", befahl der Prinz ihm, während Orlando lachte.

Adriano wagte es nicht, Rafael anzusehen. Stattdessen warf er dem Herzog einen hasserfüllten Blick zu. „Es ist eine Lüge."

„Das weiß ich", antwortete der Kronprinz und bemühte sich darum, seine Stimme sachlich klingen zu lassen. „Nun verschwinden wir aber endlich …"

„Mein lieber Adriano, wie kannst du dich so von mir abwenden, nachdem wir so vieles miteinander geteilt haben?" unterbrach Orlando den Prinzen.

„Ich hasse dich", flüsterte Adriano. „Das Einzige, was ich tun muss, ist auf den Abzug zu drücken."

„Zu dumm, dass er mich lebend will."

Rafael wandte sich den beiden zu. „Orlando, sei endlich still! Und Sie, di Tadzio, achten Sie nicht auf ihn! Er behauptet diese Dinge nur, um Sie wütend zu machen, und hofft, mich gegen Sie aufzubringen. Spielen Sie ihm nicht in die Hände."

„Oh, Sie sind derjenige, mit dem er spielen möchte, Rafael", murmelte der Herzog lächelnd.

„Du Hurensohn! Ich bringe dich um!" brüllte Adriano und schlug ihm mit der Pistole ins Gesicht. Orlando lachte wie ein Wahnsinniger, als könnte ihn nichts verletzen.

„Erzähl ihm schon, Adriano", sagte der Herzog in einem zärtlichen Tonfall. „Erzähl ihm, was du mit ihm machen willst. Vielleicht gestattet er es dir ja. Man kann nie wissen."

„Mein Gott", murmelte Rafael.

„Ich mag Ihnen zwar ähnlich sehen, Rafael, aber in Wahrheit schlägt sein Herz nur für seinen Prinzen."

„Lass ihn zufrieden." Rafael brachte es immer noch nicht fertig, seinen Freund anzusehen. „Hör auf mit dem Gerede. Sofort. Das ist eine Angelegenheit zwischen dir und mir."

„Es ist etwas zwischen mir und der Welt, Rafael", unterbrach Orlando ihn. „Sie sind nichts. Sie sind eine Witzfigur. Es ist zwischen mir und unserem Vater."

Adriano war nun fast einem hysterischen Anfall nahe. „Hören Sie nicht auf ihn, Rafael. Bitte, es ist nicht wahr. Ich schwöre Ihnen, dass ich so nicht bin. Das ist eine schmutzige, widerliche Lüge ..."

„Ruhe, di Tadzio!" fuhr Rafael ihn an und drehte sich zu

ihm um. „Ich weiß, dass er lügt. Vergessen Sie es. Es ist mir ganz gleichgültig. Was meinst du, wenn du von unserem Vater sprichst?“ wollte er von Orlando wissen.

„Rafael?“ fragte Adriano und sah ihn an. Sein Blick wirkte hoffnungslos.

Der Kronprinz sah unwillig auf seinen Freund. Er konnte in Adrianos Augen die Pein lesen, die dieser empfinden musste. Rasch schaute er zu Boden, während er verzweifelt darüber nachdachte, was er ihm Beruhigendes sagen konnte. Ihn quälte die Angst, dass sein Freund die Pistole auf sich selbst richten würde.

„Sie sollten ihn wirklich ausprobieren, Hoheit“, sagte Orlando nach einem Moment des Schweigens. Er warf einen hämischen Blick auf di Tadzio und fügte hinzu: „Ich tat es. Und er war gut.“

Rafael war sich sicher, dass Adriano nun den Abzug drücken würde. Doch er tat es nicht. Stattdessen fiel auf einmal seine ganze Anspannung von ihm ab, und sein fein geschnittenes Gesicht wurde ausdruckslos. Er ließ die auf Orlandos Schläfe gerichtete Waffe sinken, ohne ein Wort zu sagen.

„Gut“, meinte er schließlich zum Herzog. „Du gewinnst.“

Er drehte sich um und ging mit steifen Schritten davon, so dass nur noch Rafael seinen Degen auf Orlando hielt.

„Adriano! Wohin gehen Sie?“ rief er ihm hinterher. „Ich weiß, Adriano. Ich habe es seit Jahren gewusst, aber es ist mir gleichgültig. Es ist mir völlig egal!“

Sein Freund ging mit hängenden Schultern weiter.

„Di Tadzio!“ Rafael ließ Orlando nicht aus den Augen. „Kommen Sie zurück! Wohin wollen Sie denn?“

Orlando musterte nun interessiert Rafael.

„Ich will nur nach Niccolo und Elan sehen“, erwiderte Adriano, ohne sich umzudrehen. Dann verschwand er zwischen den Bäumen.

„In Ordnung. Ich bleibe währenddessen hier", rief Rafael mit strenger Stimme. Seine Nackenhärchen stellten sich jedoch in böser Vorahnung auf. „Los, du herzloser Hurensohn", murmelte er. „Dreh dich um, und geh mit erhobenen Händen vorwärts."

Orlando lachte höhnisch, gehorchte aber. Als sie in die gleiche Richtung liefen, wohin Adriano verschwunden war, ertönte ein Schuss.

Nein! Einen Moment lang blieb Rafael die Luft weg. Entsetzen ließ ihn völlige Leere verspüren. Er konnte nicht einmal atmen.

Nein.

Er begann zu rennen, wobei er Orlando beiseite stieß. Sein Herz pochte wie wild.

„Nein!"

Er fand Adriano auf dem Boden in der Nähe des moosbewachsenen Bachufers. Verzweifelt fiel er auf die Knie, nahm seinen toten Freund in die Arme und weinte hemmungslos. Schließlich brachte Elan die Pferde.

Orlando war entkommen.

17. KAPITEL

Daniela war eingenickt, während sie auf ihren Mann gewartet hatte. Ihre Kammerzofe weckte sie gegen drei Uhr morgens, um ihr mitzuteilen, dass Seine Hoheit heimgekehrt war. Sie schüttelte die Benommenheit ab und eilte zu ihm, um zu erfahren, wie die Jagd nach seinem Vetter verlaufen war. Auf dem Weg dorthin traf sie Elan.

Ein Blick auf seine zusammengesunkene Gestalt, sein bleiches Gesicht und der niedergeschlagene Ausdruck in seinen Augen verrieten ihr, dass etwas Schreckliches geschehen war. Um Rafael das Erzählen abzunehmen, zwang sich Elan, die Prinzessin zur Seite zu nehmen und ihr die furchtbaren Nachrichten mitzuteilen.

Entsetzt hielt Daniela die Hand vor den Mund, als sie hörte, dass Niccolo und Adriano tot waren. Sofort eilte sie zu Rafael, wobei ihr das Herz vor Trauer schwer war.

Daniela fragte die Dienerschaft, wo ihr Herr sich aufhalte. Sie fürchtete sich davor, in welchem Zustand sie ihn auffinden würde, als endlich einer der Lakaien ihr mitteilte, dass der Prinz hinausgegangen sei.

Daniela hastete durch die Marmorhalle und dann zur Hintertür in die Dunkelheit hinaus. Die Nachtluft war kühl.

Er saß auf einer der Stufen, die von der Veranda zu dem angelegten Garten hinabführten. Sein Rücken war ihr zugewandt, aber er rührte sich nicht, als hätte er nicht einmal die Tür gehört, die sie hinter sich geschlossen hatte.

Daniela hielt inne, als sie ein Zittern durchlief. Dann zwang sie sich dazu, weiterzugehen.

„Rafael?“ fragte sie sanft.

Er schwieg.

Mitfühlend trat sie zu ihm. Er hatte die Arme verschränkt und auf seine Knie gestützt, während er das Gesicht in der Armbeuge geborgen hatte.

Mein armer Prinz, dachte sie, während sie sich neben ihm niederließ.

Unsicher hob sie die Hand und berührte seine Schulter. Als er nicht protestierte, strich sie ihm über den Rücken und begann ihn sanft zu streicheln, um ihm auf diese Weise stillen Trost zukommen zu lassen.

Nach einer Weile hob er den Kopf. Er seufzte und blickte starr in die Nacht.

Daniela hatte fast Angst, richtig zu atmen. „Mein Liebster, es tut mir so Leid", flüsterte sie.

„Mein Leben ist ein einziges Chaos", sagte er mit hohler Stimme.

„Das stimmt nicht, Geliebter."

„Ich habe versagt. Ich bin unfähig. Was weiß ich schon?"

Daniela rückte näher und legte Rafael zärtlich den Arm um die Schultern. „Du darfst dir selbst keine Vorwürfe machen."

„Er hat meine Freunde umgebracht."

„Ich weiß, Liebster."

Er schüttelte ihren Arm ab. „Er hat Niccolo von vorn in die Brust geschossen und Adriano …" Rafael erbebte und rieb sich die Stirn. Seine Augen hielt er geschlossen, während sein Gesichtsausdruck tiefe Erschütterung verriet. „Er hat ihn auch umgebracht. Durch seine Grausamkeit. Das hätte er nicht tun dürfen." Seine Stimme hatte sich zu einem heiseren Flüstern gesenkt. „Ich werde ihn fassen, Daniela. So wahr mir Gott helfe – ich werde ihn finden und ihn in die Hölle zurückschicken."

Vorsichtig streichelte sie seine Schulter.

Ein unterdrücktes Schluchzen war zu hören, und plötzlich

zog er sie an sich. Einen Moment sah sie sein gequältes Gesicht, ehe er sie so heftig umarmte, dass er sie beinahe erdrückte. Sie hielt ihn fest, sprach jedoch nichts. In einem solchen Augenblick gab es keine Worte.

Daniela spürte, wie sein kraftvoller Körper in der kühlen Nachtluft zitterte.

Dann legte er auf einmal seinen Kopf in ihren Schoß und klammerte sich an ihre Taille.

Sie schlang die Arme um ihn, strich ihm über das Haar und beugte sich mit leidenschaftlicher, beschützender Liebe über ihn. In diesem Moment lebte sie nur für Rafael. Mit Tränen in den Augen schenkte sie ihm ihre ganze Kraft, denn sie wusste, wie sehr er litt.

Deutlich spürte sie sein Bemühen, die Trauer nicht ganz über sich hereinbrechen zu lassen. Er hielt sich an ihr fest und bebte. Daniela zog ihn noch näher an sich und strich ihm sanft über das Haar, während sie flüsterte: „Still, mein Liebster. Still."

Sie hatte keine Ahnung, wie lange sie so verweilten. Schließlich ließ der Schmerz ihn, der ihm die Luft abzuschnüren schien, ein wenig los. Das Zittern seines Körpers wurde schwächer, während sie ihm besorgt über den Rücken strich.

Der Sonnenaufgang war noch Stunden entfernt. Schweigend saßen sie da und lauschten auf das beruhigende Rauschen des Meeres.

Daniela erinnerte sich an die Zeit zurück, in der sie auf eine Nachricht von ihm gewartet und Angst gehabt hatte, ihm könnte etwas zugestoßen sein. Sie beugte sich über ihn und küsste ihn sanft auf die Wange. „Komm ins Bett, Liebster. Du bist völlig erschöpft."

Er seufzte laut. „Ja."

Gehorsam stand er auf und bot ihr seine Hand, um sie hochzuziehen. Sie legte ihm den Arm um die Taille, während sie durch die Dunkelheit zurück zur Tür schritten.

Sie gingen durch den leeren Ballsaal unter der gewaltigen Kuppel des Palastes. Müde stiegen sie die Marmortreppe hinauf.

„Möchtest du etwas essen?“ fragte Daniela und betrachtete ihren Mann besorgt.

Er schüttelte den Kopf.

„Ein warmes Glas Milch? Tee?“

„Nichts“, flüsterte Rafael und drückte ihr einen Kuss auf das Haar. Er führte sie zu dem Zimmer, in das Adriano und Tomas sie in der Nacht seines Geburtstagsballs gebracht hatten. Diesmal gingen sie ohne weiteres Aufheben hinein. Sie durchquerten den kleinen Salon, um ins Schlafzimmer mit den Spiegeln über dem Bett zu treten.

Beide waren zu erschöpft, um sich auszuziehen. Sie ließen sich auf die riesige Matratze sinken und schmiegten sich aneinander. Eine Weile lagen sie schweigend da und sahen sich an. Rafael legte den Kopf auf das Kissen und schloss die Augen.

„Es ist zu heiß zum Schlafen“, sagte er nach einer Weile.

„Versuche es, Liebster. Du bist müde.“

Er seufzte.

Nach längerer Zeit blickte Daniela ihn an und strich ihm sanft über das Haar.

„Ich sehe sie ständig vor mir“, murmelte er mit geschlossenen Augen.

„Dann schau mich an.“

Mühsam öffnete er die Augen, die einen gequälten Ausdruck hatten. Er blickte zu seiner Frau. Sie beugte sich über ihn und küsste ihn auf die Stirn. Dann entschloss sie sich, ihn zu entkleiden, damit er sich entspannter fühlte.

Zuerst setzte sie sich hin, band ihm behutsam das Halstuch

auf und zog es fort. Daraufhin knöpfte sie seine Weste auf. Er sagte nichts, sondern beobachtete sie nur, während sie seine Hände in ihren Schoß zog und die Manschettenknöpfe öffnete. Sie bat ihn, sich aufrecht hinzusetzen, damit sie seinen Oberkörper entblößen konnte.

Er wehrte sich nicht. Als sie das Blut auf seinen Kleidungsstücken sah, zuckte sie leicht zusammen, dankte aber innerlich Gott, dass es nicht seines war. Seine Sachen waren voller Straßenstaub. Er roch nach Pferd, Erde und Schweiß.

Mutlos lächelte er sie an, als sie mit gerümpfter Nase die verschmutzte Kleidung wegtrug. Kurz darauf kehrte sie mit einer Schale, einem Schwamm und einem gefüllten Wasserkrug zurück. Sie setzte sich an den Rand des Bettes.

Während er sich an das Kopfende lehnte, wusch sie ihn mit kühlem Wasser ab. Langsam wischte sie den verklebten Schmutz von seinem Gesicht, seinem Hals und seiner Brust. Er beobachtete jede ihrer Bewegungen, die er im Licht der angezündeten Kerze genau verfolgen konnte. Vorsichtig strich sie über seinen flachen Bauch und die schmalen Hüften, wobei sie ihn liebevoll ansah. Seine Haut schimmerte bronzefarben. Selbst zu einer Zeit wie dieser berührte sie seine edle Schönheit.

„Leg dich auf den Bauch, damit ich dir den Rücken waschen kann“, sagte sie.

Rafael gehorchte. Er verschränkte die Arme über dem Kissen und legte die Wange auf seinen Unterarm. Seine braunen Wimpern senkten sich, während sie den Schwamm auswrang.

Dann fuhr sie fort, ihn zu waschen. Langsam und sanft strich sie ihm über die harmonischen Linien seines Rückens. Nach einer Weile zeigte sich ein Ausdruck der Ruhe auf seinem Gesicht.

Plötzlich wurde Daniela wieder die entsetzliche Gefahr bewusst, in der er sich befunden hatte. Sie beugte sich zu ihm hinunter und küsste ihn voller Inbrunst auf die Wange. Seine Haut fühlte sich rau an, da er dringend eine Rasur benötigte.

Rafael seufzte lange und tief. „Du bist eine gute Ehefrau“, sagte er müde.

„Oh Rafael“, hauchte sie und drückte ihre Nase gegen seine Wange. Ihr Herz schlug schneller.

Er rollte sich auf den Rücken und zog sie zu sich herunter, um sie zu küssen. Gleich darauf lag sie auf ihm. Er bedurfte all ihres Trostes. Zärtlich strich er ihr durchs Haar und streichelte ihren Rücken, während er seine Lippen für ihren Kuss öffnete. Sie liebkoste seine Brust, die Schultern und die Arme, während sie innerlich Gott dankte, dass er körperlich unverletzt war.

„Daniela“, sagte er und stöhnte leise. Er schloss die Augen. „Ich brauche dich heute Nacht. Heile mich.“

„Dann komm zu mir“, flüsterte sie und glitt von ihm.

Er legte die Arme um sie und drehte Daniela langsam auf den Rücken. Sie streichelte seine Stirn, während er sie mit zitternden Händen entkleidete. Sie half ihm, sich ihrer restlichen Sachen zu entledigen, dann glitt er auf sie. Sie zog ihn in die Arme und spreizte einladend die Beine. Liebend und voller Wärme nahm sie ihn in sich auf, bis er Frieden und Ruhe in ihr fand.

Als Rafael erwachte, hielt er Daniela eng an sich gedrückt. Sie hatte sich an ihn geschmiegt, während er auf der Seite gelegen hatte. Sein erster Gedanke galt ihrem Haar, das ihn an der Nase kitzelte. Es hatte das wunderbarste Kastanienbraun, das er kannte.

Dann meldete sich die Erinnerung an den entsetzlichen Verlust, den er am Tag zuvor erlitten hatte. Er wusste, dass die Trauer um seine Freunde ihn nicht so schnell wieder verlassen würde.

Gequält schloss er die Augen und fühlte deutlich die schreckliche Lücke, die der Tod dieser beiden Männer hinterlassen hatte.

Sie waren für immer gegangen. Zum ersten Mal wurde ihm die Vergänglichkeit allen Lebens deutlich bewusst ... Und die Verantwortung für so viele Menschen lastete jetzt auf seinen Schultern. Ein Beben der Angst durchlief ihn, als er an seine Rolle als König dachte. Er zog Daniela näher zu sich und schwor sich, dass ihr niemals etwas geschehen durfte – ganz gleich, was vorfallen mochte.

Während er mit seiner Liebsten so dalag, verspürte er einen Hauch der Ruhe, die ihm Kraft gab. Kraft genug, um die entsetzliche Enttäuschung, die ihm sein Vater bereitet hatte, genauer in Augenschein zu nehmen.

Er zweifelte nicht länger daran, dass Orlando tatsächlich sein Halbbruder war. Sein Vater hatte mehrmals davon gesprochen, dass er sich als junger Mann die Hörner abgestoßen hatte. Rafaels Magen krampfte sich vor Empörung zusammen, als er sich fragte, ob der so genannte Felsen von Amantea seine Mutter betrogen hatte.

Bereits der Gedanke daran ließ ihn erbeben. Seiner eigenen Seelenruhe wegen entschloss er sich, erst ein Urteil zu fällen, wenn er mehr herausgefunden hatte. Er vermochte sich kaum auszumalen, wie sehr seine Mutter verletzt sein würde, wenn sie erfuhr, dass Orlando der nicht eheliche Sohn des Königs war. Sie liebte ihren Gemahl mit selbstloser Hingabe. Vielleicht wusste sein Vater gar nicht, dass Orlando sein Sohn war. Oder vielleicht fürchtete er sich davor, Allegra wehzutun, wenn er in seiner üblichen Art und Weise die Wahrheit direkt offenbart hätte.

Die ganze Angelegenheit bestätigte Rafael nur noch mehr in seinem Vorsatz, keinerlei Affären zu haben.

Er sah Daniela an, während er sich auf den Ellbogen stützte und ihr sanft über das Haar strich. Ihm war bewusst, dass sie nun die Einzige war, der er außer Elan wirklich vertrauen konnte. Wenn es Orlando gelungen war, Adriano zu beeinflussen, würde es ihm bei den meisten anderen auch gelingen.

Selbst bei dem übermäßig treuen Premierminister Sansevero.

Rafael musste Don Arturo festhalten, ohne einen Aufstand unter den Adeligen heraufzubeschwören. Mein Gott, es schien wahrhaftig so, als würden die Ereignisse sonst zu einer Eskalation führen.

In diesem Moment bewegte sich Daniela. Sie drückte ihren weichen Po gegen seine Lende, während sie sich streckte. Sein Körper reagierte sogleich voller Verlangen.

„Guten Morgen, Kätzchen", raunte er und lächelte sie bewundernd an. Genießerisch knabberte er an ihrem Ohr.

„Hm, schnurr", erwiderte sie.

Sie hob die Lider, und er sah sie an. Die Farbe ihrer Augen raubte ihm den Atem.

„Wie ein Wasserfall in einem tropischen Paradiesgarten", flüsterte er und liebkoste Daniela.

Sie kräuselte die Nase. „Was?"

„Deine Augen. Du bist so schön. Ich habe mich so sehr in dich verliebt."

„Du Charmeur", tadelte sie ihn, während sie sich auf den Bauch legte und ein Kichern zu unterdrücken versuchte.

„Das war nicht sehr klug von dir, wenn du mir dadurch entkommen wolltest", sagte er und strich ihr mit der Hand über den Rücken. Seine Fingerspitzen wanderten über die schöne Kurve ihres Pos zu ihren Schenkeln hinab, wo er sie leicht kitzelte, bis sie die Beine spreizte. „Siehst du? Ein Sünder wie ich kann immer einen Weg ins Paradies finden."

„Du Heide!“ Sie kicherte und erbebte leicht unter seiner Berührung. Dann wandte sie ihm das Gesicht zu. Sie lächelte verführerisch, während seine harte Männlichkeit gegen ihre nackte Haut drängte. Zärtlich küsste er sie auf die Wange und dann auf die Schulter. Voll bittersüßer Freude hinterließ er eine heiße Spur von Küssen auf ihrem Rücken, bis er zu ihrem Po kam.

„Du bist ein schamloser Draufgänger“, schimpfte sie ihn spielerisch. Dann drückte sie ihren Rücken nach oben.

„Du könntest mich bekehren“, schlug er vor, als er sich auf sie legte.

„Das würde ich niemals tun“, hauchte sie.

Er lachte und erfüllte dann voller Leidenschaft seine eheliche Pflicht. Ihre herrliche Hingabe brachte ihm ein wenig Genesung, und er fühlte sich aus tiefster Seele für die Liebe dankbar, die sie ihm gerade in dem Augenblick, in dem er sie am meisten brauchte, geschenkt hatte.

Das Staatsbegräbnis für die drei Soldaten der königlichen Leibgarde fand am nächsten Tag statt. Doch das für Rafael um vieles schwerer zu ertragende Ereignis war die Beisetzung seiner Freunde Niccolo und Adriano am darauf folgenden Tag. Es war ein heißer stickiger Nachmittag mit einem bedeckten Himmel. Als die Begräbnisprozession sich ihren Weg durch die Menge auf den Straßen von Belfort bahnte, beobachtete Daniela, wie die Leute immer wieder zum Himmel schauten, ob es wohl regnen mochte.

Sie trafen am Dom ein, wo sie sich hatten trauen lassen. An diesem Tag war die Kirche voller trauernder Menschen, die alle in Schwarz gekleidet waren.

Daniela befand sich in der Nähe des Altars, neben Rafael, dessen Hand sie hielt.

Ganz Amantea sah an diesem Tag seinen Kronprinzen völlig verwandelt. Sein markantes Gesicht war ernst, hohlwangig und so bleich, dass es aus Marmor gemeißelt zu sein schien. Zwar hatte er das Kinn erhoben, doch die kummervolle Miene verriet, was in ihm vorging.

Die Tausenden hier, die zusehen, wissen kaum, was geschehen ist, dachte Daniela. Sie bewunderte ihren Mann, dessen Sorgen und Befürchtungen sie kannte. Trotz dieser Qualen war er so beherrscht, dass es sie erstaunte. Aber sie nahm an, dass seine Erziehung ihn auch auf einen solchen Augenblick vorbereitet hatte.

Orlando wurde im ganzen Land gesucht, obgleich der Kronprinz die Angelegenheit so geheim wie möglich behandelte. Er wollte die königliche Familie nicht bloßstellen, wenn es irgendwie möglich war. Außerdem hatte er angeordnet, dass man Orlando lebend ergreifen sollte. König Lazar sollte ihn selbst befragen können, wenn er aus Spanien zurückkehrte. Rafael hatte den Premierminister unter Hausarrest gestellt, bis seine Rolle in der vermuteten Verschwörung geklärt war.

Die Verhaftung Don Arturos hatte die Beziehung zum mächtigen Bischof Justinian noch schwieriger gemacht, denn der Premierminister und der Mann der Kirche waren seit Jahren enge Freunde. Wieder einmal hatte sich der Bischof gegen Rafael gestellt, indem er versucht hatte, Adriano ein katholisches Begräbnis zu verweigern. Die Todeswunde, behauptete der Bischof, sei eindeutig selbst beigebracht worden.

Rafael schwor beim Schwert seiner Vorfahren, dass di Tadzio keinen Selbstmord begangen hatte, sondern umgebracht worden war. Daniela befragte ihn vorsichtig, bis er zugab, dass dies eine Lüge war. Doch es war eine Sünde, die er gern auf sich nahm. Adriano hatte im Leben keinen Frieden gefunden. Rafael war entschlossen, diesen ihm zumindest im Tod zu verschaffen.

Rasch breitete sich das Gerede über den Zwist zwischen dem geachteten Bischof und dem draufgängerischen Prinzen aus. Am Ende schob Rafael Justinians Bedenken einfach beiseite und holte für das Begräbnis denselben freundlichen Kardinal, der ihn bereits getraut hatte. Daniela vermutete, dass der Mann so hilfsbereit und entgegenkommend war, weil er den zukünftigen König in seiner Schuld haben wollte. Sie wusste, dass Rafaels Widerwillen, sich dem Bischof zu beugen, vielen seiner katholischen Untertanen nicht gefiel. Doch ganz gleich, welchen Preis er zahlen musste – der Prinz sorgte dafür, dass sein Freund in geweihter Erde beerdigt wurde.

Daniela empfand Trauer über den frühen Tod von Adriano und Niccolo, obgleich sie die beiden stets nicht sonderlich freundlich erlebt hatte. Als sie neben Rafael vor dem offenen Grab stand, während die letzten Gebete gesprochen wurden, galt ihr wahres Mitgefühl dem Prinzen und Elan.

Sie hielt sich an Rafaels Arm fest, als die riesige Menge von Trauergästen aus dem Friedhof strömte. Plötzlich zuckte sie zusammen, denn Chloe Sinclair kam auf sie zu. Ihr hübsches Gesicht hatte rote Flecken, und man konnte die Tränen hinter ihrem durchsichtigen Schleier erkennen.

Sie sagte kein Wort des Beileids, sondern ging direkt auf Rafael zu und drohte ihm mit der Faust. „Wie konnten Sie so etwas zulassen? Er hat Sie mehr als ich geliebt, und Sie ließen ihn sterben! Es ist alles Ihre Schuld!“ schrie sie hysterisch.

Die Mitglieder der königlichen Leibwache eilten rasch herbei, um einzugreifen, noch bevor sie die Aufmerksamkeit zu sehr auf sich zog.

Als Rafael und Daniela schließlich einander in der Staatskutsche gegenübersaßen, beugte sie sich vor und berührte leicht sein Knie. Er sah auf – erschöpft und müde.

„Hör nicht auf sie, Liebster. Es war nicht deine Schuld“, sagte sie leise.

Er nickte, sah aber nicht überzeugt aus. Dann nahm er ihre Hand und blickte finster aus dem Fenster.

Orlando glitt wie ein Schatten durch die Nacht. Er wollte seine Chance ergreifen, während die Männer der Leibgarde, die um den Palazzo des Premierministers stationiert war, davoneilten, um die kleine Ablenkung, die er für sie inszeniert hatte, zu untersuchen. Rasch überwand er den Eisenzaun, der das Gebäude umgab. Die Spitzen schimmerten im Mondlicht, als er rasch wie eine Spinne an dem Blumengitter hochkletterte, das in den ersten Stock reichte. Dort stieg er durch ein offenes Fenster.

Leise fluchend fasste er sich an die Schulter, wo Rafael ihn getroffen hatte. Aber zumindest war er im Haus. Er schlich sich durch den dunklen Raum in den Gang, vorbei am Arbeitszimmer, wo das unheimliche Porträt des toten Neffen Don Arturos wie ein Schrein über dem Kamin hing. Fast lautlos glitt er die weiße Marmortreppe hinauf, bis er endlich vor Don Arturos Bett stand. Der alte Mann lag leise schnarchend darin und schlief.

Orlando betrachtete ihn verächtlich. Er hasste die Tatsache, dass er noch immer diesen körperlich schwachen, aber politisch starken Mann brauchte, um sein Ziel zu erreichen.

Nachdem er nun des Mordes an Niccolo, Adriano und den drei Soldaten angeklagt worden war, wusste er, dass Don Arturo wahrscheinlich inzwischen seine Zweifel an seinem Protegé hatte. Orlando war gerade dabei, seine größte und schwierigste Falle für seinen Bruder zu stellen. Sobald das Schicksal Rafael in den Fängen hatte, würde Orlando mehr denn je Don Arturo brauchen, um seine Glaubwürdigkeit wieder herzustellen. Obgleich es sehr riskant war, den Premierminister zu Hause heimlich aufzusuchen, wollte er sich versichern, dass er noch immer sein Verbündeter und der Feind des Prinzen war.

Er musste sehr vorsichtig sein – das wusste er. Nur Don Arturo besaß die Macht, die Thronfolge zu seinen Gunsten zu beeinflussen, sobald die direkten männlichen Erben gestorben waren. Sonst würde vielleicht die Krone an einen Enkel des Königs fallen.

Mit diesem Gedanken setzte er die Maske treuer Besorgnis auf. „Don Arturo! Mein Herr! Wachen Sie auf“, flüsterte er.

Als er den Mann an der Schulter berührte, riss dieser die Augen auf. „Wer ist da?“

„Leise. Ich bin es. Wir müssen miteinander sprechen. Ich habe nicht viel Zeit.“

Der würdevolle Mann rieb sich die Augen. „Orlando! Wie um Himmels willen sind Sie hier hereingekommen? Ach, das ist jetzt gleichgültig. Warten Sie einen Moment. Ich muss mich kurz erleichtern.“

Orlando ging unruhig im Zimmer auf und ab und rieb sich die verletzte Schulter, während Don Arturo aus dem Bett stieg, hinter den orientalischen Paravent trat und dort Wasser ließ. Als er schließlich wieder hervorkam, trug er eine Seidenrobe über seinem langen Nachthemd.

„Es tut mir Leid, dass ich Ihren Schlaf stören musste.“

„Ist schon in Ordnung, mein Guter“, erwiderte Don Arturo. „Ich habe sonst kaum etwas zu tun, seitdem ich arrestiert bin.“

„Es ist wahrhaftig eine Schande, was Ihnen mein Vetter antut. Als hätten Sie etwas falsch gemacht! Wie geht es Ihnen?“

„Ganz gut. Sie sind derjenige, um den ich mir Sorgen mache. Ich weiß, dass Sie gejagt werden. Sie befinden sich wahrscheinlich auf der Flucht. Haben Sie gegessen? Getrunken?“

„Nein, mein Herr.“

„Brauchen Sie Geld?“

Orlando sah ihn scharf an, denn die Besorgnis des Premierministers überraschte ihn. Dann wandte er den Blick ab. „Nein. Sie sind zu freundlich. Ich bin nur hierher gekommen, um Ihnen zu erklären, dass ich Sie aus dieser beschämenden Haft befreien werde, sobald die Zeit reif dazu ist.“

Don Arturo schürzte die Lippen und stemmte die Hände in die Hüften. „Orlando, Sie sind des Mordes angeklagt. Zuerst stirbt dieser Koch, und nun wird behauptet, dass Sie zwei der Freunde des Prinzen und drei Soldaten …“

„Den Einzigen, den ich umgebracht habe, war Niccolo. Und das tat ich nur, um mich zu verteidigen“, unterbrach der Herzog ihn ungeduldig. „Di Tadzio hat sich selbst das Leben genommen, und die Leibgarde stürzte in eine mittelalterliche Fallgrube. Das hätten sie leicht vermeiden können, wenn sie besser aufgepasst hätten. Stattdessen waren sie so sehr hinter mir her, dass sie alle Vorsicht außer Acht ließen. Das war nicht mein Fehler.“

„Ihr Tod war ein Unfall?“

„Ja“, erwiderte Orlando entschlossen. „Rafael versucht, mich zum Bösewicht zu stempeln, um selbst unschuldig zu wirken. Ich glaube, er wird sogar mir die Vergiftung des Königs zur Last legen!“

„Beruhigen Sie sich, Rafael …“

„Sie wissen, dass man ihm nicht trauen kann. Plötzlich löst sich alles in Wohlgefallen auf. Sie und ich sind die Einzigen, die ihn noch aufhalten können! Wenn er es nun auch noch schafft, Sie gegen mich aufzubringen …“ Er sah Don Arturo so gequält an, dass selbst Chloe ihm geglaubt hätte. „Dann bin ich ein toter Mann!“

„Ruhig, setzen Sie sich, mein Lieber. Es wird niemandem gelingen, mich gegen Sie aufzubringen."

Plötzlich trat Orlando einen Schritt auf den Premierminister zu und umarmte ihn innig. Dann ließ er ihn los, senkte den Kopf und rieb sich die Stirn. „Vergeben Sie mir. Verzeihen Sie mir meinen Gefühlsausbruch", murmelte er. „Aber ich bin verletzt, allein, und man jagt mich wie einen räudigen Hund … Ich werde für eine Weile untertauchen müssen, um zu überleben." Er holte tief Atem. „Aber ich habe einen Plan ausgearbeitet, wie man Sie aus Ihrer schmachvollen Lage befreien könnte."

„Haben Sie das? Wie denn?"

„Ich habe meine Männer in Pisa benachrichtigt, die für mich in meinen Lagerhallen arbeiten. Zugegeben, es sind ziemlich grobe Gesellen. Zum passenden Zeitpunkt werden sie die Soldaten um Ihren Palast angreifen, ohne dabei viel Lärm zu veranstalten. Dann werden sie die Uniformen der königlichen Leibgarde anziehen und Sie herausbringen. Niemand wird etwas vermuten."

„Sie angreifen?" Don Arturo lief es kalt den Rücken hinunter. „Sie meinen doch hoffentlich nicht töten?"

„Ich nehme an, dass es sich auch ohne Blutvergießen machen lässt."

„Ihren Männern drohen schreckliche Strafen, wenn Ihr Plan nicht aufgeht." Er hielt inne. „Wenn Sie es allerdings schaffen sollten, mich gemeinsam mit dem alten Kabinett in den Palazzo Reale zu bringen, könnte es uns gelingen, Rafael die Macht zu entreißen, bis der König zurückkehrt."

„Genau das habe ich vor", erwiderte Orlando, obgleich das ganz und gar nicht seinem Vorhaben entsprach. Lazar sollte niemals lebend nach Amantea zurückkommen.

„Also gut." Der alte Mann ergriff den Herzog am Arm. „Ich hoffe, es klappt."

Er nickte kurz. „Ich muss jetzt gehen." Als er durch das Schlafzimmer schritt und sich bereits überlegte, wie er am besten aus dem Gebäude floh, sprach plötzlich noch einmal Don Arturo.

„Sie … Sie erinnern mich an meinen Neffen, wenn er so alt wie Sie geworden wäre."

Orlando blieb stehen und drehte sich um. Das mit Falten durchzogene Gesicht des Premierministers hatte einen wehmütigen und verlorenen Ausdruck.

Das war die deutlichste Äußerung einer echten Zuneigung, die Orlando jemals von einem Menschen bekommen hatte. Er schaute den alten Mann an und spürte, wie ein verborgener Schmerz in ihm aufstieg. Rasch verbarg er ihn wieder unter dem Schild aus Eis, das er sich bereits in jungen Jahren zugelegt hatte. Ohne zu antworten, wandte er sich ab und ging.

Während der nächsten zwei Wochen befolgten sie den Plan, den Daniela ersonnen hatte. Rafael wusste, dass ihre Absicht hinter der Reise durch Amantea der Versuch war, Seine Majestät und dessen Gemahlin für sich zu gewinnen. Sie wollte den Segen des königlichen Paares für ihre Ehe mit Rafael, auch wenn sie einmal der maskierte Reiter gewesen war. Doch für den Prinzen war die Reise eine geeignete Möglichkeit, seine Frau zu beschützen.

Er wusste, dass er das eigentliche Ziel für Orlandos Bösartigkeit war, aber er traute seinem Halbbruder durchaus zu, auch Daniela verletzen zu wollen. Schließlich hatte sie seine eindeutigen Avancen klar und entschieden zurückgewiesen. Er behielt sie ständig im Auge, und sie wurden beide stets von einer Leibgarde von zwanzig Mann bewacht.

Mit nur wenigen Dienern reisten sie leicht und trafen überall auf das einfache Volk. In den unterschiedlichsten Regionen der Insel – von den bewaldeten Bergen über die fruchtbaren Felder bis zu den Fischerdörfern, die sich längs der ganzen Küste erstreckten – begutachteten sie den Zustand des Staats und seiner Bewohner.

Wenn sie mit den treuen Untertanen zusammentrafen, die sie bei ihrer Ankunft begrüßten und Rafaels kurzer Rede lauschten, achteten die begleitenden Soldaten immer darauf, dass die Leute ihren Abstand zu dem königlichen Paar wahrten.

Wohin sie auch immer kamen, ließen die Wachen ihre Blicke suchend durch die Menge schweifen, um eventuell Orlando ausfindig zu machen. Rafael wusste, dass es ihnen nach Rache für ihre ermordeten Kameraden dürstete.

Auch er wollte Rache für Niccolo und Adriano und für das Leiden seines Vaters.

Ein unbändiger Zorn lauerte wie ein gewaltiger Löwe in seinem Inneren.

Der Gedanke an Orlando quälte ihn den ganzen Tag. Die Jagd auf den Flüchtigen war zwar weiterhin im Gange, aber der Herzog war bisher allen Versuchen, ihn zu fangen, geschickt entgangen.

Manchmal zitterte Rafael auf einmal, als fröstelte er. Er hatte Angst davor, dass es Orlando irgendwie gelingen würde, das enge Schutznetz, das er um Daniela gebreitet hatte, zu durchbrechen und sie genauso zu ermorden, wie er das bei seinen Freunden getan hatte. Diese Furcht überschattete für ihn alles, doch er verbarg sie vor seiner Frau. Er schämte sich zu sehr, zugeben zu müssen, dass er sie durch die Ehe mit ihm in Gefahr gebracht hatte.

Während viele Wochen ins Land zogen, kam der Schirokko und stülpte eine unerträglich feuchte und heiße Dunstglocke über die Insel. Obwohl die Wolken am Himmel immer schwerer zu werden schienen, fiel doch kein Tropfen Wasser herab.

Die unerträgliche Hitze zeigte ihre Wirkung bei Mensch und Tier. Die disziplinierten Soldaten der Leibgarde waren alle ausgesprochen schlecht gelaunt. Ihre nervösen Pferde blieben immer wieder stehen oder bissen einander, da Insekten sie unaufhörlich plagten. Während das königliche Paar von Stadt zu Stadt reiste, wurde der Boden unter den Hufen der Pferde immer staubiger.

Rafael wusste, dass er sich täglich weiter in sich zurückzog. Er befürchtete inzwischen nicht nur, dass Daniela etwas geschehen könnte, sondern es quälte ihn noch eine andere Angst. Wenn er vernünftig darüber nachdachte, wusste er, dass Daniela ihm treu war. Sie liebte ihn sehr, und doch stieg immer wieder das Misstrauen in ihm hoch, das ihm durch Julias Verrat vor so vielen Jahren eingeimpft worden war. Er hatte nicht geahnt, wie tief sie ihn damals verletzt hatte.

Je stärker er Daniela liebte, desto größer erschien ihm das Risiko, das er einging. War es klug von ihm gewesen, so viel für eine Frau zu empfinden? Wie weit konnte er seinem eigenen Urteil trauen?

Doch diese Ängste behielt er für sich, da er sich zu sehr dafür schämte. Jeder von Danielas Blicken zeigte ihre vollständige Hingabe, und er wusste, wie lächerlich es war, von einer so treuen Gefährtin einen Betrug zu befürchten. Deshalb war er entschlossen, diese Schwäche zu überwinden. Außerdem bewirkte ihr offenes, ungekünsteltes Lächeln, dass seine Befürchtungen völlig verscheucht wurden. Doch irgendwie kehrten sie stets wieder zurück und überschatteten das Glück, das er mit Daniela teilte.

An jenem Abend, als bei Sonnenuntergang die Zikaden zirpten und die Glühwürmchen vorbeihuschten, dachte er nicht an seine Angst. In der Ferne war ein Grollen zu hören, das sich über den östlichen Horizont ausbreitete, und ein schwacher Wind spielte mit den Blättern der Eiche, unter der er saß.

In der Luft hing der Geruch eines bevorstehenden Sommersturms. Eine Weile zuvor hatte Rafael geglaubt, einen Regentropfen abbekommen zu haben. Doch er hatte sich geirrt.

Einen weiteren langen Tag der Reise hatten sie hinter sich. Sie waren durch eine kleine Stadt gekommen, die sich in der Mitte der Insel befand, wo die Dürre besonders schlimm war. Er hatte zum Volk gesprochen und war von den dort ansässigen Adeligen und dem Bürgermeister geehrt worden. Für ihren kurzen Aufenthalt war die Reisegruppe in einem bequemen Gasthof abgestiegen, wobei sich die Soldaten unauffällig um das Anwesen verteilten.

Rafael nickte auf der Bank hinter dem Gasthof ein wenig ein, nachdem er Elans Depesche vom Palazzo Reale gelesen hatte. Elan hatte wieder einmal vorgeschlagen, die Wasserrationen zu verringern.

Lieber Gott, bitte schenke meinem Volk endlich Regen, dachte der Prinz, als er seine brennenden Augen öffnete. Er beobachtete Daniela, die ihren Schimmel einritt, den er ihr als Hochzeitsgeschenk gegeben hatte.

Während sie das zierliche Tier in einer Acht traben ließ, überlegte er sich lächelnd, dass Reiten ihre zweitliebste Beschäftigung war, sich einer Anspannung zu entledigen.

Sie warf ihm einen Blick zu, als sie auf ihrem Pferd vorbeitrabte. Er lächelte flüchtig.

Dann runzelte Rafael die Stirn, als er sah, wie Daniela ihre Stellung auf dem Rücken des Tieres veränderte. Er hielt den Atem an, als sie sich im Sattel aufrichtete. Mit ausgestreckten Armen ritt sie stehend weiter. Der Prinz war sich nicht sicher, ob ihn die Tollkühnheit seiner Frau begeistern oder entsetzen sollte. Sie konnte so leicht fallen und sich das Genick brechen.

Pferd und Reiterin zogen an ihm vorbei, und seine unwiderstehliche Frau warf ihm ein selbstsicheres Lächeln zu.

Das Gefühl der Liebe schnürte ihm einen Moment die Kehle zu. Plötzlich hochsteigende Angst ließ sein Herz schneller schlagen. Sie war so wunderschön und anmutig.

Sie lenkte das Pferd in einen weiteren Kreis, und dann setzte sie sich zu seiner Erleichterung wieder vorsichtig auf den Damensattel. Langsam brachte sie ihr Pferd vor Rafael zum Stehen.

Daniela beugte sich nach vorn und klopfte ihrem Schimmel auf den Nacken. Daraufhin lächelte sie ihren Mann an. Ihre Wangen waren gerötet, und ihre aquamarinblauen Augen funkelten.

Er warf den Bericht, den er gerade gelesen hatte, beiseite und sprang auf, um zu ihr zu eilen. Beglückt hob er sie vom Sattel und trug sie unter den Baum.

Der Schimmel ging ein paar Schritte weiter und begann die hohen Gräser des Feldes zu fressen.

„Sehr eindrucksvoll", sagte er, als Daniela lachte und sich den Hut abnahm, den sie achtlos beiseite warf.

„Nicht wahr?" Sie strampelte fröhlich mit den Beinen, da er sie noch immer auf den Armen hielt. „Was denkst du nun von deiner Frau?"

„Ich denke, dass ich ihr mein Talent zeigen sollte, um nicht ganz ausgestochen zu werden", murmelte er, wobei er überrascht war, wie heftig seine Leidenschaft für sie war.

„Ich kenne dein Talent bereits, Rafael", flüsterte sie.

„Vielleicht hast du es dir aber nicht gut genug eingeprägt."

„Oh, ich habe ein gutes Gedächtnis."

„Dann möchte ich dir noch mehr schöne Erinnerungen schenken." Er legte sie in das hohe Gras und schmiegte sich an sie. Dann löste er ihr hochgestecktes Haar und küsste sie leidenschaftlich.

Ihre Finger, die in Handschuhen steckten, kratzten ihn über den Rücken, während er ihr hochgeschlossenes Reitkostüm öffnete. „Hm, jemand hat Pfefferminzbonbons gegessen." Daniela leckte sich die Lippen.

„Vielleicht könnten wir unsere Talente zusammenbringen. Reite mich", flüsterte Rafael und warf ihr einen schalkhaften Blick zu. Er setzte sich auf und lehnte sich gegen den Baumstamm, wobei er sie auf sich zog. Er atmete keuchend und betrachtete sie voller Begierde.

Aus ihren Augen sprach die Lust, die er in ihr entfacht hatte. Er befreite sich unter ihren braunen Seidenröcken und schob dann ihre züchtigen Pantalons beiseite, so dass er in sie gleiten konnte. Sie war vor Erregung bereits ganz feucht.

Daniela schloss die Augen, stöhnte leise und begann dann, ihn zu reiten. Er hielt sie an der Taille fest und bewegte sich mit pochendem Herzen in ihrem Rhythmus. Dabei hob und senkte er die Hüften, so dass sie sich auf seinem Schoß auf und ab wiegen konnte. Sie verkörperte für ihn wahre Poesie: eine Göttin lustvoller Sinnlichkeit.

Mühsam öffnete Daniela die Augen und griff nach seinem Halstuch, das sie löste. Dann knöpfte sie seine Weste und sein Hemd auf, um seine Brust zu entblößen.

Sie liebkoste ihn und nahm dann die beiden Enden seines Hemds in ihre zierlichen Fäuste, um ihn tiefer in sich aufzunehmen. Beide stöhnten vor Lust und genossen ihre heiße Vereinigung.

Sie glitt mit den Händen in sein offenes Hemd und streichelte ihn. „Ich liebe dich so sehr, Rafael. Dir gehöre ich ganz und gar."

Er legte ihr die Hand um den Nacken und presste seinen Mund auf ihren. Dabei schloss er die Augen, um endlich seine Ängste zu besiegen. Als er seine Lippen von ihren löste, sagte er voller Inbrunst und aus tiefster Seele: „Ich liebe dich."

Sie stöhnte leise und drückte ihn noch enger an sich.

„Ich liebe dich“, flüsterte er immer wieder.

„Rafael.“

Plötzlich begannen die Blätter über ihnen, heftig zu rascheln, und die ersten dicken Regentropfen fielen in das hohe Gras um sie.

Daniela riss die Augen auf, als sie den Prinzen ansah.

Er schaute zum Himmel empor und lachte. Innerlich dankte er Gott, und ihm stiegen Tränen in die Augen. Freudig umarmte sie ihn, und er atmete den Geruch des Regens tief ein.

Dann fasste er Daniela um die Taille und legte sie rücklings in das weiche Gras. Dort liebten sie sich, bis sie vom warmen Regen völlig durchnässt waren. Das Wasser lief über seine Schultern, und sein nasses Haar fiel auf ihr schönes Gesicht. Über viele Meilen hinweg durchdrang das Leben spendende Elixier die vertrockneten Felder und das staubige Land. Während der Donner in der Ferne grollte, ergoss sich Rafael in die geheimen Kammern der Schöpfung, um neues Leben in ihr zu erwecken.

18. KAPITEL

Daniela hielt den Atem an und blickte gespannt auf den alten Arzt des Königs, als er diskret über ihren kaum sichtbar veränderten Bauch strich. Einen Moment später nahm er die Hand fort und zog ihr wieder das Leintuch über den Körper.

„Ja, es ist, wie Sie vermutet haben, Hoheit“, sagte er mit freundlicher Stimme. „Gott hat Amantea und Ihre Ehe gesegnet. Sie tragen ein Kind unter dem Herzen.“

Ihr Herz klopfte so heftig, dass sie beinahe zu atmen vergaß. Alle Farbe war aus ihrem Gesicht gewichen. „Und was mache ich jetzt?“

Der Arzt lächelte, als er ihrem entsetzten Blick begegnete. „Als Erstes sollten Sie aufhören, sich schreckliche Dinge auszumalen. Verschiedene Damen, die schon seit Jahren meine Patientinnen sind, haben mir anvertraut, dass die Geburtsschmerzen vergessen sind, sobald eine Frau ihr Neugeborenes in den Armen hält.“

Daniela musste lächeln. „Das lässt sich leicht sagen, wenn man ein Mann ist.“

„Alles wird gut gehen. Es wird noch Monate dauern, ehe Sie sehr auf sich Acht geben müssen. Benutzen Sie einfach Ihren Kopf. Essen Sie gut, und ruhen Sie sich häufig aus. Haben Sie keine Angst, mein Kind. Glauben Sie wirklich, dass Ihr hingebungsvoller Gemahl es erlauben würde, dass Ihnen etwas zustößt?“

Der alte Arzt weiß, wie man mit einer schwierigen Patientin umgehen muss, dachte Daniela. Sie lächelte ihn dankbar an. Er zwinkerte ihr zu und überließ sie dann ihren Kammerzofen.

Langsam legte sie die Hände auf ihren Bauch. Sie war noch

immer verwirrt und konnte nicht glauben, dass der ungebändigte Wildfang, der sie stets gewesen war, nun Mutter werden sollte.

Ihre Gedanken schweiften zu jenem Tag vor ein paar Wochen zurück, an dem es endlich geregnet hatte und somit die Dürre beendet war. Die Hoffnung war nach Amantea zurückgekehrt. Obgleich Rafael und sie sich oft eher wie skandalträchtige Liebende als wie ein würdevolles Königspaar verhalten hatten, wusste sie mit Sicherheit, dass sie an jenem wunderbaren Tag empfangen haben musste. Sie hatten ihre Reise beendet und waren wieder im Palazzo Reale eingetroffen, als ihre morgendliche Übelkeit begann. Sie hatte ihrem Gatten nur mitgeteilt, dass ihr die Fahrt zugesetzt habe und sie deshalb eine Weile ausruhen müsse.

Ihr erster Gedanke, als sie sich anzog, war, ihn aus seiner Sitzung zu holen und ihm sogleich von ihrem Zustand zu erzählen. Sie wusste, dass er überglücklich sein würde, entschloss sich aber, noch zu warten, bis die Besprechung vorüber war. Sie brauchte selbst etwas Zeit, um sich mit ihren gemischten Gefühlen auseinander zu setzen. Einerseits freute sie sich, dass ihre Liebe bereits eine Frucht trug. Andererseits hatte sie noch immer große Angst vor den Qualen, die ihr in acht Monaten bevorstehen würden. Auch erzitterte sie bei dem Gedanken, dass die Ankunft eines Kindes ihr Leben von Grund auf und für immer verändern würde.

Daniela ging für eine Weile im königlichen Garten spazieren, um sich zu sammeln. Sie betrachtete gerade die Rosen, die in einer Ecke des Statuengartens wuchsen, als ein Lakai auf sie zukam und ihr einen Brief auf einem Silbertablett darbot.

„Hoheit", sagte der Mann mit einer Verbeugung.

Neugierig nahm Daniela den Brief und entließ den Diener

mit einem Nicken. War es wieder eine Bitte an den maskierten Reiter? Momentan hatte sie allerdings einen wichtigen Grund, derartige Abenteuer abzulehnen. Die Haltung des Arztes war zwar sehr gelassen gewesen, aber sie selbst wollte kein Wagnis eingehen und die eigene Gesundheit oder die ihres Kindes unnötig aufs Spiel setzen. Manchmal schockierte es sie geradezu, wenn sie daran dachte, wie tollkühn sie früher gewesen war, als sie mitten in der Nacht Kutschen ausraubte. Nun gab es so viel mehr Gründe, auf ihr Leben zu achten.

Sie entfaltete das Papier und hielt den Atem an, als sie die kurze Nachricht las.

„Oh, du Narr“, seufzte sie und überflog ein weiteres Mal die zwei Zeilen.

Ungeachtet der Tatsache, dass er gehängt werden würde, sollte er jemals wieder in Amantea auftauchen, wartete Mateo auf Daniela in der Villa der Chiaramonte und bat sie, sofort zu kommen.

Nachdem er seine morgendlichen Sitzungen vorzeitig beendet hatte und die nächsten drei Stunden frei war, machte sich Rafael auf die Suche nach Daniela. Dabei pfiff er eine seiner Lieblingsmelodien – *„La ci darem la mano“*. Er fand die Prinzessin jedoch nicht an den Orten, an denen sie sich meist aufhielt, und erkundigte sich deshalb bei ihrer Kammerzofe nach ihr.

„Meine Herrin ist ausgefahren, Hoheit.“

„Ausgefahren?“ fragte er überrascht.

„Ja, mein Herr. Sie ist vor zwanzig Minuten gegangen.“

„Wohin ist sie? Hat sie die Leibgarde mitgenommen?“

„Ja, Hoheit. Sie haben Ihre Hoheit begleitet. Sie sagte, dass sie sogleich ihren Großvater aufsuchen müsse.“

„Oh nein!“ Rafael runzelte besorgt die Stirn. „Ich hoffe, dem Oberst ist nichts geschehen.“

„Meine Herrin hat nichts gesagt, Hoheit. Aber ich möchte doch hinzufügen, dass sie besorgt zu sein schien.“

„Vielleicht kann ich sie noch einholen“, sagte Rafael, drehte sich auf dem Absatz um und eilte zu den königlichen Ställen. Danielas Großvater war ein zerbrechlicher, alter Mann, dem jederzeit ein Missgeschick zustoßen konnte. Falls ihm etwas geschehen sein sollte, wollte Rafael dabei sein, um Daniela zu helfen.

Wenig später sprengte er auf einem Schimmel die Landstraße entlang. Wie üblich begleiteten ihn ein halbes Dutzend Soldaten, da Orlando noch immer nicht gefasst war.

Der Ritt zur Villa der Chiaramonte dauerte nicht lange, und er hätte den Weg auch im Schlaf gefunden. Das Haus war mit Gerüsten umgeben, da es gerade restauriert wurde, wie Rafael angeordnet hatte. Eine ganze Mannschaft von Steinmetzen und Dachdeckern war an der Arbeit. Ihre Fuhrwerke, die voller Materialien waren, standen auf der überwachsenen Zufahrt. Rafael bemerkte erleichtert, dass Danielas Leibwächter vor dem Haus postiert waren.

„Was ist geschehen?“ fragte er den Hauptmann, als er seinen kräftigen Schimmel vor ihm zum Stehen brachte.

„Ihre Hoheit wollte ihren Großvater besuchen“, erwiderte der Mann, während er Rafael salutierend begrüßte.

„Ist er bei guter Gesundheit?“

„Ja, Hoheit. Soweit ich weiß, schon.“

Rafael schwang sich aus dem Sattel und ging zur Eingangstür. Er öffnete sie und schaute sich im Foyer um, wo er niemand entdeckte. Da erinnerte er sich an den heruntergekommenen Salon, in dem er in jener ersten Nacht mit dem alten Mann gesessen hatte. Also ging er auf dieses Zimmer zu.

„Daniela!“ rief er. Doch als er die Salontür öffnete, entdeckte er seine Frau in den Armen eines anderen Mannes.

Wie vom Donner gerührt blieb Rafael stehen und starrte die beiden an.

Alle drei waren vor Schreck wie gelähmt. Die Uhr auf dem Kaminsims tickte laut in die Stille hinein. Rafael meinte, nicht mehr atmen zu können.

Daniela löste sich von Mateo und trat auf Rafael zu. „Mein Liebster …“

Er hielt eine Hand hoch, um sie abzuwehren. Ein einziges Wort kam ihm über die zusammengepressten Lippen. „Nein.“

Aus Danielas Gesicht wich jegliche Farbe. Mit einem Mal war es das Gesicht einer Fremden für ihn.

„Rafael …“

Das erste Wort, das ihm einfiel, war *Verrat.*

Der erste Gedanke, der sich einstellte, war die Vermutung, dass sie das Ganze von Anfang an geplant hatte.

Rafael gefror innerlich.

Er trat einen Schritt zurück ins Foyer und schloss die Tür. Steif drehte er sich um und ging davon, während sie ihm nachlief. Ohne auf ihr Flehen zu achten, schritt er unbeirrt weiter zur Leibgarde.

Er würdigte Daniela keines Blickes.

„Geh nicht weg! Das darfst du mir nicht antun, Rafael. Ich kann dir alles erklären …“

„Im Haus befindet sich ein Flüchtiger“, sagte er ruhig zu den Soldaten. „Nehmt ihn gefangen.“

„Rafael!“ schrie sie und umklammerte seinen Arm. „Es ist nicht so, wie du denkst. Ich liebe dich! Sieh mich an!“

Grob schüttelte er sie ab, während in ihm ein Sturm tobte. Dann ging er schweigend weiter. Am liebsten hätte er sie gefragt, warum sie das getan habe, brachte die Worte aber nicht über die Lippen. Seine Hände zitterten, und seine Bewegungen waren fahrig, als er die Zügel seines Pferdes ergriff und sich wieder in den Sattel schwang.

„Rafael!“ schrie Daniela, als er seinem Schimmel die Sporen gab und davonritt.

Auf der Landstraße angelangt, sah er, wie drei Reiter auf ihn zugaloppiert kamen. Da sie heftig winkten, hielt er sein Pferd an. Als er sie vor sich sah, erkannte er sie als königliche Boten.

„Hoheit! Visconte Berelli hat uns geschickt.“

„Was gibt es?“ brachte Rafael mühsam hervor. Anscheinend war Elan die einzig treue Seele, die es auf der Welt gab.

„Er bittet Sie, sogleich zum Palast des Bischofs zu kommen. Prinz Leo ist aus Spanien zurückgekehrt. Der Bischof hat den Prinzen zu sich genommen und sich auf sein Recht als sein Vormund berufen. Seine Exzellenz meint – verzeihen Sie mir, Hoheit –, er sagt, dass er Ihnen nicht traue und deshalb den Jungen nicht unter Ihrer Aufsicht wissen möchte.“

„Wie, um Himmels willen, gelangte mein Bruder allein nach Amantea zurück?“ wollte der Kronprinz zornig wissen. Er drängte seinen Schimmel neben die Pferde der königlichen Boten, die bereits wieder zu traben begonnen hatten. „Er ist erst zehn Jahre alt! Meine Eltern würden ihn doch niemals allein reisen lassen.“

„Es scheint, als ob Prinz Leo häufig mit den anderen Kindern in Spanien aneinander geraten ist und beschlossen hat zu fliehen. Er versteckte sich auf einem Schiff, das hierher zurückkehrte. Der Kapitän meinte, dass er wohl ein Abenteuer erleben wollte.“

„Dieser Schelm, das glaube ich gern“, brummelte Rafael. „Ich werde sofort zum Bischof reiten.“

„Gut, Hoheit. Seine Exzellenz wollte den Prinzen weder mit dem Visconte noch mit jemand sonst sprechen lassen.“

„Der alte Mann ist wirklich eine Plage", stellte er missmutig fest.

Solange Orlando noch auf freiem Fuß war, hatte der Bischof nicht genügend Möglichkeiten, um Leo ausreichend zu beschützen.

Seine Leibgarde holte den Kronprinzen erst jetzt ein. Gemeinsam ritten die Männer in Richtung Belfort zurück, wobei sich Rafael darauf zu konzentrieren versuchte, wie er seinen kleinen Bruder in Sicherheit bringen konnte. Doch sein Herz zog sich beim Gedanken an Danielas Verrat schmerzhaft zusammen.

Er verdrängte das erschreckende Bild seiner Frau in den Armen eines anderen Mannes und trieb seinen Schimmel zur Eile an.

Es war gerade Markttag, und auf den Straßen von Belfort wimmelte es von Menschen. Die ganze Welt hat anscheinend etwas feilzubieten, dachte Rafael bitter. Der Palast des Bischofs, sein Ziel, lag nicht fern vom Dom. Die königliche Leibgarde rief den Leuten zu, den Weg für Seine Hoheit, den Kronprinzen, freizumachen, während sie sich durch die stickig heißen Gassen kämpften.

Rafael verspürte Übelkeit in sich aufsteigen, wenn er an Daniela dachte. Immer wieder erlebte er von neuem seine völlige Fassungslosigkeit ob ihres Verrats; es war, als hätte sie ihm mitten ins Gesicht gespien.

Er hatte Mateo Gabbiano verbannt. Ganz gleich, was sie ihm sagen würde – das konnte sie nicht leugnen. Genauso wenig, wie sie abstreiten konnte, dass er die beiden eng umschlungen vorgefunden hatte, als er unangekündigt den Salon betrat. Was wäre noch geschehen, wenn er nicht in diesem Moment gekommen wäre?

Zum unzähligsten Mal drängte er diese Gedanken beiseite.

Er brachte das Pferd vor dem riesigen Bischofspalast mit seinen verspielten Gärten zum Stehen.

Die Männer saßen von den Pferden ab. Rafael ging als Erster die Stufen zur Eingangspforte hinauf. Er schlug an die gewaltige Tür und erstarrte, als sie sich bei seinem Klopfen knarrend öffnete.

Er warf den Soldaten einen warnenden Blick über die Schulter zu und griff nach seinem Degen. Vorsichtig zog er ihn aus der Scheide und stieß die schwere Tür auf.

Kein Diener erschien, um ihn zu begrüßen. Auch das Lachen seines frechen Bruders war nirgends zu hören.

Wachsam schlich er in das Foyer. Er sah nach rechts und nach links und warf einen Blick auf die große geschwungene Treppe, wo er jedoch niemand entdeckte. Langsam ging er weiter.

„Exzellenz?" rief er. Er nickte den Männern zu, die hereingeeilt kamen und sich in allen Räumen im Erdgeschoss zu verteilen begannen. „Leo? Ich bin es, Rafael! Bist du hier?"

„Hoheit!" rief plötzlich einer der Soldaten aus einem entfernt liegenden Zimmer. „Hierher!"

Rafael folgte dem Ruf. Rasch eilte er durch eine ganze Reihe von üppig ausgestatteten Räumen.

„Hier, Hoheit!" rief ein anderer Soldat und wies in einen Saal, der zur Linken des Foyers lag.

Rafael schritt in den Speisesaal und sah, dass sich seine Männer in der Mitte über etwas beugten.

„Hoheit, es ist Seine Exzellenz!"

Rafael fluchte, während es ihm kalt über den Rücken lief. Er drängte sich an den Männern vorbei und beugte sich über den Bischof, der in einer Blutlache auf dem Boden lag. „Steht hier nicht untätig herum! Findet Leo!" rief er entsetzt. „Du!" befahl er einem der Soldaten. „Reite zum Palazzo Reale zurück, um Verstärkung zu holen. Sofort!“

„Ja, Herr!“

Rafael drehte den alten Mann auf den Rücken. Er zuckte zusammen, als er die Stichwunde in der gewaltigen Brust von Bischof Justinian sah. Das Blut war durch seine Roben gedrungen, und Rafael beschmierte sich damit die Hand, als er nach dem Puls des Mannes fühlte. Als er keinen fand, legte er den kahlen Kopf des Bischofs vorsichtig nieder. Ein rascher Blick zeigte ihm, dass der Mann an den Händen und den Unterarmen mehrere Schnitte hatte, was darauf hinwies, dass er sich verteidigt hatte.

Orlando hat es getan. Rafael zweifelte nicht daran. Der Herzog war hier eingebrochen, hatte den Bischof angegriffen und dann Leo entführt.

Rafael blickte starr auf den Ermordeten und spürte erneut, wie Wut in ihm aufstieg. In diesem Moment vernahm er eine tiefe Stimme mit einem ihm nicht bekannten Akzent.

„Hoheit, bewegen Sie sich nicht.“

Empört blickte der Kronprinz auf, um zu sehen, wer es wagte, ihn so anzusprechen.

Er entdeckte eine Schar von Soldaten in den Uniformen der Leibgarde, die ihm alle fremd waren. Langsam und vorsichtig umzingelten sie ihn, wobei jeder seinen Degen gezogen hatte.

„Hoheit, senken Sie Ihre Waffe.“

„Wovon redet ihr? Was habt ihr vor?“ verlangte er zu wissen. „Kehrt auf eure Posten zurück!“ Er sah die Männer an und erkannte auch jetzt kein einziges Gesicht.

Einer, der ihr Anführer zu sein schien, trat ein paar Schritte näher – mit gezückter Pistole.

„Was, zum Teufel, tust du da?“ fragte Rafael scharf, ohne seinen Degen zu senken.

„Genau das, was ich ihm befohlen habe", sagte jetzt eine bekannte Stimme. Orlando trat durch die Tür. „Äußeres kann täuschen, nicht wahr?"

Rafael stürzte sich auf ihn. „*Was hast du mit meinem Bruder gemacht?*"

„Halt!" brüllte ihn der Anführer an, während die anderen näher kamen.

Orlando verschränkte die Arme und sah Rafael selbstzufrieden an.

Der Kronprinz fluchte und versuchte erneut, den Herzog in die Hände zu bekommen. Doch die Ganoven, die nun in Uniformen der königlichen Leibgarde gekleidet waren, stellten sich ihm in den Weg. Er schwang den Degen und brüllte nach seinen Soldaten, die in den Saal gerannt kamen, um ihm zu Hilfe zu eilen. Doch leider waren sie in der Minderheit. Ein paar von ihnen wurden niedergemetzelt, während Rafael, der wie ein Löwe kämpfte, von den Handlangern des Herzogs zu Boden gerungen wurde. Als sie ihn schließlich entwaffnet hatten und auf ein Knie zwangen, bogen sie ihm die Arme hinter den Rücken und legten ihm Fesseln an.

Orlando beugte sich über ihn und sagte gelassen: „Im Namen des Königs und mit der Autorität des Premierministers verhafte ich Sie, Prinz Rafael di Fiore, wegen Mordes an Bischof Justinian Vasari und wegen Hochverrats."

„*Wo ist mein Bruder?*"

Orlando lächelte nur, während seine eisgrünen Augen vor Bosheit funkelten. Dann drehte er sich um und ging. Im Gehen nickte er kurz seinen Männern zu, und sie zerrten Rafael gewaltsam mit sich aus dem Saal. Vor dem Palast stießen sie ihn in eine wartende Kutsche und brachten ihn ohne Umschweife vor das Gericht seiner Feinde.

Daniela war machtlos, als die königliche Leibgarde Mateo ergriff und ihn, Rafaels Befehl befolgend, verhaftete.

Bevor sie ihn wegbrachten, vermochte Mateo Daniela noch den Beweis zu übergeben, der Orlando entlarvte. Dafür hatte er sein Leben aufs Spiel gesetzt.

Sie musste Rafael einholen und ihm alles erklären.

Als ihre Kutsche rasch in Richtung Stadt fuhr, wagte Daniela kaum daran zu denken, welche Folgerungen er aus dem Anblick, der sich ihm geboten hatte, ziehen würde. Er war nicht geblieben, um sie anzuhören. Woher sollte er also wissen, dass der Grund für die Umarmung der gewesen war, dass sie ihrem Freund gerade mitgeteilt hatte, dass sie bald Mutter werden würde. Mateo hatte sie mit einer brüderlichen Umarmung dazu beglückwünscht.

Rafaels kalter Zorn ließ sie vermuten, dass der Anblick bei ihm seine ganze untergründige Angst, in der Liebe betrogen zu werden, bestätigt hatte. Es quälte sie zutiefst, ihn auf diese Weise unabsichtlich verletzt zu haben. Gleichzeitig hatte es sie geschmerzt, wie er sie sogleich von sich gestoßen hatte.

Sein Verhalten war beinahe genug, um sie verzweifeln zu lassen. Würde er ihr denn niemals vertrauen? Wusste er denn nicht, dass sie ihm hoffnungslos verfallen war? Wann würde er es endlich glauben?

Nun war eine halbe Stunde vergangen und sein Ärger vielleicht verflogen. Das hoffte sie wenigstens. Vielleicht würde ihre glückliche Neuigkeit dazu beitragen, ihn wieder sanfter werden zu lassen.

Endlich traf sie am Palazzo Reale ein. Gerade als sie ins Foyer trat und sich die Handschuhe auszog, stürzte Elan auf sie zu.

„Principessa!“

„Was gibt es denn so Wichtiges?“

Elan umfasste ihren Ellbogen. Sein Gesicht war kreideweiß.

„Ist etwas Schlimmes geschehen?"

„Bleiben Sie in der Nähe Ihrer Wachen, Hoheit. Orlando hat zugeschlagen."

„Wo ist mein Gemahl?"

„Don Arturo hat Orlando in die Hände gespielt. Sie haben … Mein Gott, sie haben Rafael für den Mord an Bischof Justinian verhaftet, und Prinz Leo ist verschwunden. Jetzt ist keine Zeit für Erklärungen. Ich muss sofort von hier weg."

„Was? Der Bischof ist tot? Und Rafael ist … ist verhaftet?" Daniela starrte ihn fassungslos an. „Wie ist das möglich? Er ist der Kronprinz!"

„Das ist alles auf Orlando und den alten Groll des Premierministers zurückzuführen."

„Ich komme mit Ihnen! Gehen wir!"

„Nein, Hoheit. Sie müssen hier bleiben. Hier sind Sie in Sicherheit."

„Rafael braucht mich. Außerdem habe ich das hier", sagte sie und hielt zwei zusammengefaltete Dokumente hoch.

„Was ist das?"

„Ich erkläre es Ihnen in der Kutsche …"

„Erklären Sie es mir jetzt, oder Rafael bringt mich um, wenn ich Sie in die Sache mit hineinziehe."

„Orlando ist nicht der Erbe der di Cambio-Linie der königlichen Familie, Elan", sagte Daniela rasch, wobei sie die Stimme senkte. „Er hat diese Identität nur angenommen, um seine Ähnlichkeit mit dem König zu erklären. Sein wahrer Vater ist König Lazar. Er ist die Frucht einer kurzen – sehr kurzen – Liaison zwischen dem König und einer Florentiner Baronin."

„Oh nein", murmelte Elan mit weit aufgerissenen Augen.

„Diese Baronin – Baronessa Raimondi – versuchte Orlando als das Kind ihres Gatten auszugeben. Aber der Baron hat das niemals geglaubt. Orlando sah ganz anders als er aus. Das hier ist die Aussage der treuen alten Dienerin der Baronessa – einer Frau namens Nunzia, die auch Orlandos Amme war."

„Aber … Die Aussage einer Dienerin, Hoheit? Wer wird dem schon Bedeutung beimessen?"

„Zusammen mit diesem hier ist es genug, um Orlando als einen Lügner zu entlarven." Daniela hob das zweite Dokument hoch. „Orlandos Geburtsurkunde auf den Namen Raimondi. Wenn wir Don Arturo einen Grund geben, Orlando zumindest infrage zu stellen, wird es uns vielleicht möglich sein, eine Schwäche bei diesem Dämon zu finden."

„Nun gut, aber ich bin mir noch immer sicher, dass Rafael mich umbringen wird", sagte Elan, der jedoch nicht noch mehr Zeit verschwenden wollte, Daniela von ihrem Plan abzubringen.

Die Prinzessin blieb noch einen Augenblick stehen, um ihrer untersetzten Kammerzofe etwas ins Ohr zu flüstern.

„Sofort, Hoheit!" rief ihr die Frau hinterher, aber Daniela lief bereits mit Elan aus dem Palast.

Während ihre Kutsche durch die Straßen zur Rotunda, dem Parlament, rollte, berichtete Elan von dem unerwarteten Eintreffen Prinz Leos und dem ebenso plötzlichen Verschwinden aus dem Palazzo des Bischofs. Voll Grauen wurde Daniela klar, dass Orlando dieselbe Klugheit, Stärke und Anziehungskraft wie die anderen Mitglieder der di Fiore-Familie besaß, jedoch jeglicher Güte entbehrte und völlig gewissenlos war.

Als sie vor der Rotunda vorfuhren, musste sich der Kutscher einen Weg durch die riesige Menge bahnen, die sich auf der Straße versammelt hatte. Alle waren entsetzt darüber, dass der Bischof ermordet und der Prinz verhaftet worden war. Schließlich wusste jedermann, dass zwischen den beiden offene Feindseligkeit geherrscht hatte.

Daniela und Elan sprangen aus der Kutsche, stießen die Diener und die Leibgardisten beiseite und eilten die Stufen hinauf. In der Rotunda war es fast genauso voll wie auf der Piazza davor. Doch als die Prinzessin erschien, wurde sie durch die Menge geleitet, und Elan folgte ihr auf dem Fuß.

Zornige Stimmen waren aus dem Senatssaal zu vernehmen.

„Das ist der reinste Hohn! Wie können Sie es wagen, den Kronprinzen in Ketten zu legen?" wollte der Admiral der Marine wissen, der Rafael immer gemocht hatte.

„Man hat ihn noch am Tatort mit blutigen Händen erwischt!"

Als Daniela am oberen Ende der Treppe ankam, die in den Senatssaal hinabführte, erstarrte sie vor Entsetzen über das, was sie sah.

Unter ihr hatte sich der Senat in ein gewaltiges Chaos verwandelt.

Don Arturo hatte den Vorsitz inne und stand auf dem Rednerpodest, wo er Rafael wütend beschimpfte. Die anderen Kabinettsmitglieder saßen an den Seitentischen und schrien durcheinander. Einige hatten sich von ihren Sitzen erhoben. Auch Orlando war da – wie immer in Schwarz gekleidet – und schritt mit hoch erhobenem Haupt durch den Saal. Die Arme hielt er verschränkt und warf immer wieder einen spöttischen Blick auf seinen jüngeren Halbbruder.

Rafael, der Kronprinz, der zukünftige König von Amantea, war dazu gezwungen worden, wie ein gewöhnlicher Verbrecher auf dem kleinen Holzpodium zu sitzen, das neben dem Rednerpodest stand.

Daniela traute ihren Augen nicht. Ihr Liebster, ihr Prinz – in Ketten, als würden sie sich zwanzig Jahre früher in Frankreich befinden. Seine stets makellose Kleidung war zerrissen, die Lippen hatte er grimmig zusammengepresst, und in seinen Augen funkelte wilder Zorn. Er sah mit seinen offenen, zerzausten Haaren wie ein gefangen genommener Samson aus.

Daniela ging weiter, ohne zu wissen, was sie nun tun sollte.

„Das ganze Kabinett war anwesend, als König Lazar Sie an jenem Abend gewarnt hat. Er ordnete an, dass Sie eine der fünf gewählten Bräute heiraten sollten. Ansonsten würde Ihnen der Thron genommen und stattdessen Ihr Bruder, Prinz Leo, als Thronfolger Ihres Vaters eines Tages die Krone erhalten." Don Arturos donnernde Stimme klang ihr in den Ohren, während Daniela die Treppe hinabeilte. „Nachdem Sie nun den Willen Ihres Vaters bezüglich Ihrer Heirat außer Acht gelassen haben – trifft es dann nicht zu, dass Sie es dem König unmöglich machen wollten, Sie zu enterben, indem Sie Ihren eigenen Bruder beiseite schafften? Wo haben Sie die Leiche des Kindes versteckt?"

Als Antwort starrte Rafael den Premierminister nur voller Grimm an. Er sagte nichts, da er zu stolz und zu hochmütig war, um nur auch ein Wort für seine Verteidigung vorzubringen. Sein Schweigen jedoch drückte mehr als alle Worte seine Verachtung aus für das, was gerade geschah.

Als Daniela näher kam, hoffte sie, dass er zumindest ein kleines Zeichen der Erleichterung, sie zu sehen, geben würde. Stattdessen jedoch starrte er sie an und wurde bleich. Im selben Augenblick drehte Orlando sich zu ihr um und blieb teuflisch grinsend stehen.

Elan versuchte Daniela aufzuhalten, als sie sich an dem Herzog vorbeidrängte und zum Rednerpodest eilte. Ihr Zorn ließ sie am ganzen Körper zittern. Sie war so wütend, dass sie kein Wort hervorbrachte, sondern nur die zwei Dokumente, die sie in den Händen hielt, Don Arturo reichen konnte.

Der Premierminister hielt sich an dem hölzernen Stehpult

an beiden Seiten fest und blickte wie ein herrischer Richter auf sie herab. „Frauen sind in diesem Gebäude nicht zugelassen, Hoheit.“ Er sah in den Senatssaal. „Hoffentlich ist nun endlich die Ära von Dekadenz und verfallender Moral zu Ende. Vielleicht können wir nun zu dem zurückkehren, was dieses Land so groß gemacht hat.“

„Sie sollten sich diese Papiere wenigstens anschauen, wenn Sie klug sind“, sagte Daniela.

Etwas in ihrem vernichtenden Blick ließ ihn zögern. Widerstrebend nahm er die Dokumente schließlich und überflog sie.

„Daniela.“

Sie sah zu Rafael hin, der leise ihren Namen ausgesprochen hatte. Sie hörte ihn trotz des Lärms. Rasch ging sie zu ihm, während nicht weit entfernt Elan von den Wachen verlangte, den Kronprinzen loszumachen.

Als sie in seine dunkelgrünen Augen sah, las sie darin Zorn, Demütigung und Schicksalsergebenheit. „Du bist hier nicht sicher“, sagte er. „Ich will, dass du sofort dieses Gebäude und Amantea verlässt. Versuche, meinen Vater zu erreichen, ehe Orlando es tut. Warne ihn.“

„Nein, ich werde dich hier nicht zurücklassen. Ich liebe dich!“ Tränen stiegen ihr in die Augen, als sie ihm eine Hand auf die Wange legte. „Ich habe dich nicht betrogen, Rafael. Ich würde dich niemals …“

Er drückte sein Gesicht in ihre Hand und blickte sie voll Verzweiflung an. „Daniela, wenn du mich je geliebt hast, dann geh jetzt. Don Arturo will meinen Kopf, und Orlando hat ihn ihm auf einem Silbertablett serviert. Es gibt nichts, was sie davon abhalten könnte, dich als Nächstes zu töten. Sag Elan, dass er zur alten di Cambio-Zitadelle zurückkehren soll. Ich glaube, dort ist Leo versteckt. Mein Gefühl sagt mir, dass mein Bruder noch lebt. Ich vermute, Orlando will ihn auf irgendeine Weise als seinen Trumpf zurückbehalten. Sage Elan, dass er den Jungen retten muss – ganz gleich, was geschehen mag."

„Ich werde Elan helfen, ihn zu finden ..."

„Nein! Du setzt keinen Fuß auf diesen Boden. Die ganze Burg ist eine einzige Falle."

„Du vergisst, dass du mit dem maskierten Reiter sprichst."

„Daniela, es ist genau das geschehen, was mein Vater immer vorausgesagt hat", flüsterte er.

„Nein, gib jetzt die Hoffnung nicht auf, mein Liebster", befahl sie ihm sanft. „Nun gibt es mehr Gründe als je zuvor, um unsere Zukunft zu kämpfen."

Er sah sie fragend an.

In ihren Augen standen Tränen, doch sie zwang sich rasch zu einem nüchternen Tonfall, ehe sie zu weinen begann. „Nun steig schon von deinem hohen Ross, und benütze deine Sprache, um dich zu verteidigen."

„Daniela, willst du damit sagen ...", begann er.

„Worüber sprecht ihr Turteltauben denn?" unterbrach sie Orlando, der mit einem höhnischen Blick auf sie zutrat.

Sie sahen einander an, ohne auf ihn zu achten.

Danielas ruhiger Blick sprach von ihrer Liebe zu Rafael. Sie war sich bewusst, dass Orlando versuchte, ihr Gespräch mit anzuhören. „Ich habe dich nicht betrogen, und ich werde es dir beweisen", flüsterte sie. Ihre nächsten Worte sprach sie mit lauterer Stimme, da sie auch für Orlando bestimmt waren. „An jenem Tag am Hafen vor vielen Wochen – als ich mich von den Gabbiano-Brüdern verabschiedete – bat ich Mateo, Orlandos Vergangenheit zu überprüfen. Heute ist Mateo mit den Beweisen zurückgekehrt, dass dein Verwandter nicht derjenige ist, der er zu sein behauptet."

Orlando kniff die Augen zusammen. „Von welchen Beweisen sprichst du?“

Daniela musterte ihn von oben bis unten. „Sie werden es noch früh genug erfahren, Euer Gnaden. Ich habe sie gerade Don Arturo übergeben.“

„Daniela“, flüsterte Rafael eindringlich. „Verschwinde von hier.“

Als sie den warnenden Tonfall seiner tiefen Stimme vernahm, sah sie ihn fragend an.

Suche Leo, schien sein eindringlicher Blick ihr zu sagen. Als sie auch noch die große Verzweiflung in seinen Augen las, blieb ihr keine Wahl, als ihm zu gehorchen. Sie trat von ihm fort, ehe die Kraft sie verließ, ihn allein zu lassen. Dann fasste sie Elan, der noch immer in der Nähe stand, am Handgelenk und zog ihn mit sich. Rafael schaute seinen Freund scharf an und nickte in Richtung Ausgang.

„Ich erkläre alles, wenn wir draußen sind“, sagte Daniela leise.

Der Visconte ging widerstandslos mit. Er und die Prinzessin stiegen eilig die Stufen hoch, wobei Daniela gar nicht mehr darauf achtete, dass sie guter Hoffnung war. Das Einzige, was nun wichtig erschien, war es, Rafael vor diesem Pöbel zu erretten. Das Kind und ich sind in Gottes Hand, dachte sie, während sie sich ihren Weg durch die Rotunda zurück zur Kutsche bahnten.

Nachdem sie sich durch die Menge zum wartenden Gespann gedrängt hatten, sah Daniela zu ihrer großen Erleichterung, dass ihre Zofe ihren Anweisungen gefolgt war und ihr all das gebracht hatte, was sie benötigte.

Hinter der Kutsche stand ihr Schimmel und wartete bereits auf sie. Die Zofe reichte ihr einen kleinen, sauber zusammengefalteten Stapel mit schwarzer Kleidung, und Daniela stieg allein in das Gefährt, wo sie sogleich die Vorhänge zuzog.

Kurz darauf sprang sie in einer schwarzen Reithose und einem Hemd, Stiefeln und Handschuhen wieder heraus. Diesmal verbarg jedoch keine Maske ihr Gesicht, und das Haar fiel in einem Pferdeschwanz den Rücken hinab. Bald schon entdeckte sie die Menge und jubelte. Elan starrte sie sprachlos an, als sie sich mit gezogenem Rapier auf ihre Stute schwang.

„Zeigen Sie mir den Weg zur Zitadelle von di Cambio", rief sie und winkte ihn zu sich.

„Ja, Hoheit!" stieß er hervor und befahl einem der Soldaten, ihm sein Pferd zu überlassen.

„Aus dem Weg!" rief Daniela der Menge zu.

Die Leute begannen zurückzuweichen, während eine Hand voll Leibwächter auf die Pferde stiegen und der Prinzessin folgten. Die Männer staunten ebenso wie Elan über ihre Verwandlung von der Gemahlin des Kronprinzen in den maskierten Reiter.

Das andere Ende der Piazza war fast menschenleer.

„Dorthin!" rief Elan und zeigte in eine Richtung.

Daniela gab ihrem Schimmel die Sporen und jagte im Galopp zur Landstraße.

Im Senat brach ein noch größeres Durcheinander als zuvor aus, als Don Arturo und die anderen Kabinettsmitglieder hinter dem Rednerpodest Orlando umringten und wild auf ihn einsprachen. Rafael beobachtete das Geschehen mit klopfendem Herzen.

Obgleich er nicht alle Worte verstehen konnte, sah er doch deutlich, dass der Premierminister mit den Papieren, die Daniela ihm gebracht hatte, zornig vor Orlandos Gesicht hin und her wedelte. Dann gab er sie dem Finanzminister, der neben ihm stand.

Der Kronprinz flehte im Stillen, dass die Enthüllungen dazu

ausreichen würden, Orlandos Behauptungen in Zweifel zu ziehen und diesem schauerlichen Spuk ein Ende zu bereiten.

Der Finanzminister begutachtete die Dokumente und sah dann Orlando überrascht an. Er reichte sie dem ihm am nächsten stehenden Berater des Königs, während Don Arturo eine Frage stellte, die Rafael nicht verstand.

„Lag es denn an mir, zu entscheiden, wer mich gezeugt hat?" erwiderte Orlando laut genug, dass Rafael ihn hören konnte.

„Aber warum haben Sie Ihre wahre Herkunft verschwiegen?"

„Würden Sie der Welt verkünden, dass Sie ein ungewollter Bastard sind?"

„Weiß der König, dass Sie sein Sohn sind?"

„Das müssen Sie schon Seine Majestät selbst fragen", erwiderte Orlando spöttisch. „Warum befragen Sie überhaupt mich? Der Mann dort ist derjenige, der Blut an seinen Händen hat!" rief er und wies auf Rafael. „Zur Hölle mit euch allen! Ich habe nichts als meine Pflicht getan und werde nun nicht ruhig dastehen und mich beleidigen lassen!" Mit einer dramatischen Geste wandte er sich ab und begann, auf den Ausgang zuzueilen.

„Haltet ihn auf!" schrie Rafael und riss wild an seinen Ketten. Die Wachen, die um ihn herumstanden, liefen herbei, um ihn zur Ruhe zu zwingen. „Haltet ihn fest! Er entkommt, ihr Narren! Haltet ihn fest, wenn ihr Leo das Leben retten wollt!"

Orlando warf ihm einen kalten Blick über die Schulter zu, als er schnellen Schrittes die Stufen zum Ausgang hinaufeilte. Rafael spürte, wie sich sein Magen vor Angst zusammenzog, denn er wusste, dass Daniela ihm nicht gehorcht hatte. Sie war nicht in den Palast zurückgekehrt, um ihre Flucht aus Amantea vorzubereiten. Wann hatte sie jemals eine Flucht in Betracht gezogen, wenn ein Mensch, der ihr am Herzen lag, in Gefahr war? Nein, sie war bestimmt mit Elan geritten, um Leo zu finden. Er wusste es, er fühlte es. Und er kannte den Grund, warum sie so tollkühn handelte – aus ihrer Liebe zu ihm und ihrer bedingungslosen Treue.

Er erinnerte sich an das Bild, das sich ihm eingeprägt hatte, als er sie zusammen mit Mateo gefunden hatte. Plötzlich sah er es in einem ganz anderen Licht. Er hatte es als das Zeichen einer Liaison verstanden und nicht als eine brüderliche Umarmung. *Mein Gott, wie konnte ich ihr so misstrauen?* Schuldgefühle quälten ihn. Anstatt Amantea zu verlassen, war sie hier geblieben, um ihn zu retten. Und nun nahte der Tod in Form seines schwarz gekleideten Halbbruders, der sich an ihre Fersen heftete.

Orlando hatte viele Gründe, Daniela zu vernichten. Sie hatte seine Anträge zurückgewiesen; und nun war sie es gewesen, die Beweise gegen ihn Don Arturo vorgelegt hatte. Wenn Rafael sie richtig verstanden hatte, dann trug sie auch noch das Kind des Kronprinzen unter dem Herzen – den zukünftigen König, der ein weiteres Hindernis auf Orlandos Weg zur Macht bedeutete.

Er musste hier heraus. Er musste sie beschützen. Aber er war hoffnungslos gefangen.

„Don Arturo!“ rief er immer wieder und immer lauter.

Der Premierminister sah von seiner erregten Besprechung auf.

„Kommen Sie hierher“, befahl Rafael, und seine Augen funkelten aufgebracht.

Langsam trat Don Arturo näher.

„Was verlangen Sie von mir?“ knurrte Rafael. „Nennen Sie mir Ihren Preis.“

Der alte Mann sah Rafael hasserfüllt an. „Was?“

„Wollen Sie mein Leben für das Ihres Neffen? Würde Sie

das endlich zufrieden stellen? Das sollen Sie haben. Hängen Sie mich für Hochverrat, für Mord, für jedes Verbrechen, das Ihnen sonst noch einfällt …"

„Mir einfällt? Mir ist nichts eingefallen, Hoheit. Sie wurden am Ort des Verbrechens gefunden, wie Sie sich gerade über die Leiche Seiner Exzellenz beugten …"

„Er wird meine Gemahlin umbringen! Lassen Sie mich gehen und sie retten. Das ist alles, worum ich Sie bitte."

„Wer?"

„Orlando!"

„Was wollen Sie damit sagen? Er wird niemand umbringen." Verbittert schüttelte er den Kopf. „Diesmal bekomme ich Sie, Prinz Rafael. Sie haben Bischof Justinian ermordet und den König vergiftet."

„Machen Sie sich nicht lächerlich! Schauen Sie mich an. Ich bin kein Mörder!"

„Sie entkommen mir nicht. Orlando hat mir einen Zeugen gebracht. Ihren Handlanger aus der königlichen Küche. Allerdings haben Sie den Burschen von Ihren gedungenen Mördern umbringen lassen, ehe er Ihr teuflisches Vorgehen enthüllen konnte."

„Wirklich? Orlando hat Ihnen gesagt, dass ich meinen Vater vergiftet habe?"

„Ja. Er hat die schreckliche Wahrheit ans Licht gebracht."

„Aber Don Arturo", sagte Rafael. „Sie und ich waren die Einzigen, die wussten, dass der König krank war. Erinnern Sie sich nicht? Er hat es nicht einmal meiner Mutter gesagt. Woher sollte Orlando also davon wissen? Er wusste es, weil *er* das Gift verabreichen ließ."

Der Premierminister starrte ihn mit einem Blick an, der zwischen Entsetzen und Unglauben schwankte. Als er sprach, klang seine Stimme schwach. „Orlando hat mich bereits gewarnt, dass

Sie versuchen würden, Ihre Verbrechen ihm in die Schuhe zu schieben."

„Ich bin unschuldig! Er hat den Bischof umgebracht und wird über Amantea herrschen, wenn Sie mich nicht sofort freilassen. Was wollen Sie von mir?"

„Versuchen Sie mich zu bestechen?" fragte der alte Mann und schüttelte seine Zweifel ab. „Es gibt keinen Preis, der hoch genug wäre, um das Leben meines Neffen aufzuwiegen."

„Es geht also doch noch um Giorgio. Also gut. Dann sollen Sie mein Leben haben. Aber um der Liebe Gottes willen – nehmen Sie nicht Leo oder Daniela oder dem Kind, das sie unter dem Herzen trägt, das Leben. Sie wissen, dass ich viele Fehler habe, aber niemals mein Wort breche. Lassen Sie mich zu ihr, und ich schwöre Ihnen, dass ich zurückkomme und mich dem Gericht stelle."

Don Arturo schüttelte eigensinnig den Kopf. Die Zeit verstrich, während Rafael in Ketten dastand und wusste, dass Orlando Daniela mit jeder Sekunde näher rückte. Er holte tief Luft und sah den Premierminister an. „Ich werde ein Geständnis unterschreiben. Lassen Sie mich nur gehen und meine Frau retten."

Hasserfüllter Triumph funkelte in Don Arturos Augen. „Das wollen Sie tun?"

„Ja, bringen Sie mir das Papier, und befreien Sie mich von den Fesseln."

„Unterzeichnen Sie auch, dass Sie mir Amantea übergeben, bis der König zurückkehrt?"

Rafael sah ihn wutentbrannt an. „Ich weiß nicht, ob Sie das Ganze nicht von Anfang an mit Orlando geplant haben."

„Und ich weiß nicht, ob Sie nicht rascher auf den Thron wollen und deshalb Ihren Vater vergiftet haben."

„Das würde ich niemals tun! Er ist mein Vater!"

„Und er ist mein Freund." Don Arturo sah ihn an.

„Lassen Sie mich frei und meine Frau retten", flehte Rafael. „Ich komme bestimmt zurück. Sie stirbt, wenn ich nicht bei ihr bin. Ich bitte Sie aus tiefstem Herzen, Don Arturo."

„Sie bitten mich", murmelte er. „Vielleicht müssen wir einander in diesem Fall tatsächlich trauen. " Dann hob er das Kinn und winkte ungeduldig einem Sekretär. „Bring mir Tinte und Papier." Don Arturo ging zu einem der Tische und verfasste rasch ein paar Zeilen. Dann hob er das Papier zu seinen Lippen, blies die Tinte trocken und brachte es Rafael.

Dem Prinzen zog sich der Magen zusammen, während er die verdammenden Worte las. Es war ihm egal, ob seine Unterschrift bedeutete, dass er damit seine Krone und sein Leben wegwarf. Er nahm die Feder, tauchte sie in Tinte und unterzeichnete, ohne zu zögern.

Als Nächstes streckte Don Arturo erwartungsvoll die Hand aus. „Ihr Siegelring."

Rafael biss die Zähne zusammen und sah ihn zornig an, während er dieser weiteren Demütigung nachkam.

Don Arturo, mit dem Symbol der Macht in seiner Hand, nickte kurz den Wachen zu. „Macht ihn los."

„Geben Sie mir meinen Degen."

Auch seine Waffe hatten sie ihm genommen, als sie ihn in Ketten gelegt hatten. Don Arturo betrachtete ihn misstrauisch, während einer der Soldaten ihm das Gewünschte reichte.

Rafael umschloss den mit Juwelen besetzten Griff. Dann ging er hoch erhobenen Hauptes durch den Senatssaal und spürte auf einmal nicht mehr den Schmerz seiner Verletzungen oder seine Erschöpfung. Nur die entsetzliche Sorge um seine Liebe erfüllte ihn, während er die Stufen hinauf zum Ausgang eilte.

19. KAPITEL

Daniela lenkte ihren Schimmel rund um die schwarze Zitadelle. Sie ritt auf einem Pfad, der um die moosbewachsenen Mauern führte.

Das Pferd war unruhig und spiegelte Danielas Verfassung nach dem ersten furchtbaren Todesfall wider. Eine der Wachen hatte sich in einer rostigen Bärenfalle verfangen, die Orlando unter einer Schicht aus Blättern und Ästen im Wald aufgestellt hatte. Die Falle war wie das Maul eines Haifischs zugeschnappt und hatte den Mann geradezu in zwei Hälften zerrissen. Es war nicht vorherzusehen, wie viele solche Fallen im Wald lagen oder welch andere Überraschungen Orlando für diejenigen geplant hatte, die es wagten, sein Hornissennest zu betreten.

Daniela suchte die Mauern der Burg mit den Blicken ab und rief nach Leo, so laut sie es wagte. Beunruhigt überlegte sie sich, wie klug es gewesen war, in ihrem Zustand diesen Rettungsversuch auf sich zu nehmen. Sie fühlte sich zwar nicht schwach, aber auch nicht besonders mutig, seitdem der Wachmann einen so schrecklichen Tod gefunden hatte.

Nach einem Ritt von etwa zwanzig Meilen hatte Elan sie und die Hand voll Soldaten einen schattigen Weg entlang zur alten Burg der di Cambio geführt. Sie hatten einen weiten Bogen um die gefährliche Grube gemacht und waren sicher auf der anderen Seite angelangt. Die Männer nahmen Daniela mit grimmigen Gesichtern in ihre Mitte. Dann hatten sie sich in den Wald gewagt, wo sie sich verteilten, während sie immer weiter auf die Burg zuritten, wo wahrscheinlich Prinz Leo gefangen gehalten wurde.

Auf einmal glaubte Daniela, eine helle Stimme zu vernehmen, die entfernt rief: „Ich bin hier! Hilfe!“

„Prinz Leo! Hoheit!“ antwortete die Prinzessin laut.

Sie lauschte angestrengt.

Kein Windzug ließ die Blätter rascheln, kein Vogel war zu hören.

„Hilfe!“

Die Stimme schien von unter dem Boden herzukommen. Sie ritt die Stelle, von wo sie die Rufe gehört hatte, auf und ab.

„Rufen Sie weiter, Hoheit! Ich finde Sie!“

„Hier! Ich bin hier!“

Daniela sprang von ihrem Pferd und folgte den Rufen bis zu einer aus Steinen angehäuften Mauer, die etwa zwanzig Fuß entfernt war. Sie rief nach Elan, während sie sich bereits auf die Knie niederließ und die kleineren Steine beiseite schaffte.

Der Visconte kam zu ihr geeilt. „Was gibt es?“

„Ich glaube, er ist hier irgendwo in einer unterirdischen Kammer.“

„Hilfe!“

„Leo, hier ist Elan! Wir holen Sie heraus!“ rief er in das kleine Loch in der Mauer, das Daniela bereits freigelegt hatte. Er begann ihr zu helfen, indem er weitere Steinbrocken wegräumte.

„Elan! Holen Sie mich hier heraus!“ rief der kleine Prinz verzweifelt.

„Sind Sie verletzt, Hoheit?“ fragte Daniela.

„Nein!“

Nachdem einige weitere Steine beiseite geschafft waren, konnten sie durch ein Loch hineinspähen. Der Junge stand unter ihnen und sah aus einer dunklen Höhle zu ihnen herauf.

Daniela wandte sich an Elan. „Wir können ihn unmöglich durch dieses kleine Loch ziehen. Wir müssen in die Burg und versuchen, ihn von dort aus zu befreien.“

Elan nickte. „Gut. Ich komme mit Ihnen. Aber die Männer

sollen versuchen, mehr von diesen Steinen wegzuräumen, falls wir keinen anderen Zugang finden."

„Ja." Elan erklärte dem Kind, was sie vorhatten, während Daniela die Soldaten rief und ihnen ihre Aufgabe erklärte.

„Hoheit, bleiben Sie nicht so nahe an dem Loch stehen, während wir dort arbeiten! Einer der Steine könnte auf Sie hinunterfallen", rief Daniela Leo zu.

„Ja, Madame." Der Junge trat gehorsam einen Schritt zurück.

Elan lächelte sie an, während sie gemeinsam zu dem Eingangstor der verfallenen Burg eilten. „Sie werden eine ausgezeichnete Mutter sein, wenn ich mir erlauben darf, das zu sagen, Hoheit."

„Woher wissen Sie ..."

Er lachte. „Es steht Ihnen ins Gesicht geschrieben. Wenn ich Ihnen zu dem glücklichen Ereignis gratulieren darf."

Erfreut und mit geröteten Wangen warf sie ihm einen tadelnden Blick zu. Dann rannten sie, so schnell es nur ging, in die Festung. Beide wussten, dass Rafaels Schicksal davon abhing, wie schnell sie seinen kleinen Bruder nach Belfort zurückbringen konnten, um den wahren Mörder des Bischofs zu entlarven.

In der Burg war es finster. Nur ein paar Lichtstrahlen fielen durch die verfallenen Mauern. Überall hingen dichte Spinnweben, und Gerümpel lag auf dem Boden herum. Eine Treppe führte nach unten und endete plötzlich im Nichts.

Elan und Daniela tappten vorsichtig durch einen großen Raum und suchten einen Zugang zu dem Keller. Immer tiefer drangen sie in die feuchte, düstere Festung ein.

„Was hat eigentlich den Bruch zwischen dem königlichen Haus und den di Cambios bewirkt?" flüsterte Daniela in die Stille hinein.

„Nach der Überlieferung verliebten sich zwei Brüder in dieselbe Frau", erwiderte der Visconte, der mutig voranging.

Daniela zitterte.

Plötzlich war ein lautes Krachen zu vernehmen, und der Boden unter ihren Füßen brach ein. Gerade noch rechtzeitig sprang Daniela beiseite, aber Elan verlor das Gleichgewicht und verschwand mit einem lauten Knall durch die Falltür.

Daniela schrie entsetzt auf.

Sie kniete sich hin und rief in das rechteckige Loch: „Elan! Elan! Antworten Sie!"

Wenig später hörte sie, wie er sich stöhnend bewegte. „Alles in Ordnung!" rief er zu ihr hoch. „Ich habe mir schlimmstenfalls den Knöchel gebrochen." Sie hörte, wie er leise fluchte. „Zumindest bin ich nicht auf Eisenpfählen gelandet", fügte er sarkastisch hinzu. „Ich glaube, es ist das Beste, wenn Sie zu den Wachen zurückkehren, Hoheit."

„Nein, ich kann das Kind nicht dort unten lassen. Außerdem glaube ich nicht, dass sein Kerker noch weit ist." Daniela zögerte. Sie konnte Elan gerade noch in der Dunkelheit ausmachen. Er schien in eine Kammer etwa fünfzehn Fuß unter dem Boden gefallen zu sein. „Ich komme sofort zurück, sobald ich Leo befreit habe."

„Keine Sorge, ich rühre mich nicht von der Stelle", erwiderte Elan trocken. „Bitte passen Sie auf sich auf."

„Das werde ich. Ich komme bald zurück."

Daniela schluckte, nahm ihren ganzen Mut zusammen und ging allein weiter. Schritt für Schritt drang sie bis zum nächsten Saal vor, an dessen Ende ein großes Brett angebracht war, das offenbar einen kleinen Eingang verbergen sollte.

Sie hievte es beiseite und schaute hinein. Als sich ihre Augen an die noch schwärzere Dunkelheit gewöhnt hatten, sah sie eine Leiter. Nachdem sie tief durchgeatmet hatte, kletterte sie hinunter.

Zu ihrer Überraschung gab keine der Sprossen nach, bis sie

endlich festen Boden erreichte. Als sie sich umdrehte, sah sie, dass sie sich in einem Verlies befand. Vier Türen führten aus der Hauptkammer. Fröstelnd legte sie die Arme um sich, als wollte sie das Leben in ihrem Leib vor dem Geruch des Bösen beschützen, der in der Luft hing.

„Leo! Wo sind Sie?“

Als das Kind ihrem Ruf antwortete, folgte sie, so gut es ging, der Richtung, aus der die Stimme gekommen war. Nach einigen Umwegen hatte sie die Kammer gefunden. Unglaublicherweise steckte der Schlüssel in der eisernen Gittertür. Endlich ist etwas so verlaufen, wie ich es mir erhofft hatte, dachte Daniela erleichtert.

Rasch sperrte sie auf und ging zu dem Prinzen. Sie sagte ihm, wer sie war, und schloss ihn in die Arme. Leo war ein kräftiger zehnjähriger Junge mit großen braunen Augen, rosigen Wangen und weichen schwarzen Locken. Sie nahm seine Hand und führte ihn zur Tür. Rasch verließen sie die Zelle und fanden ihren Weg zu der Folterkammer zurück, wo die Leiter stand – ihre einzige Fluchtmöglichkeit.

Doch gerade, als Daniela glaubte, sie hätten es geschafft, spürte sie einen Luftzug. Sie sah nach oben und entdeckte, dass das Brett beiseite geschoben worden war.

Ihr blieb kaum Zeit, Luft zu holen, als schon Orlando auf dem Boden neben ihnen landete, geschmeidig und kraftvoll wie ein schwarzer Panter. Sie sahen einander an. Danielas Augen waren groß vor Schreck, und ihr Herz flatterte wie ein gefangener Vogel. Schützend stellte sie sich vor den kleinen Prinzen.

Orlandos eisgrüne Augen funkelten wie die einer Katze in der Dunkelheit.

Er trat einen Schritt auf sie zu, und Daniela griff nach ihrem Rapier. Doch ihr blieb keine Zeit. Er packte sie am Hals und zog sie hoch, so dass ihre Füße kaum mehr den Boden berührten.

„Nein, Hoheit“, sagte er sanft. „Halten Sie Ihre Hände hoch.“

Keuchend tat sie, wie ihr befohlen worden war. Er nahm ihr die Waffe ab und ließ sie los.

„Sie wissen, was ich nun mit Ihnen tun werde, nicht wahr?“ fragte er drohend.

Daniela biss die Zähne zusammen und sah ihn trotzig an.

Er lächelte. „Zurück in die Zelle. Beide.“

Daniela rührte sich nicht von der Stelle. Sie bemühte sich, ihre Angst nicht zu zeigen. „Lassen Sie den Jungen gehen. Er ist noch ein Kind. Orlando, er ist Ihr Bruder.“

„Das geht nun nicht mehr – dank Ihnen, Hoheit. Nun ist alles vorbei. Dieser Narr von Don Arturo ist bereits auf der richtigen Fährte. Sie haben meine – unsere Zukunft zerstört. Wir drei hätten gemeinsam regieren können. Leo auf dem Thron, ich als sein Vormund und Sie in meinem Bett.“

Daniela wandte sich angewidert ab.

„Aber Sie mussten alles zerstören. Und dafür werden Sie jetzt büßen.“

Er stieß sie in die Richtung, aus der sie gekommen waren.

„Was fällt Ihnen ein?“ rief der kleine Prinz und trat einen Schritt auf den Mann zu, der wie ein Riese vor ihm stand.

Orlando hob die Hand, um ihn zu schlagen, aber Daniela riss den Jungen rasch in ihre Arme.

Langsam ließ Orlando die Hand sinken.

„Kommen Sie, Leo“, murmelte sie. Sie hielt den Jungen an sich gedrückt, während sie gemeinsam zur Zelle zurückkehrten. Ihr Herz klopfte wild. Orlando ging hinter ihnen und bemerkte nicht, dass Daniela in der Zelle zur Decke hochsah, wo die Soldaten mit den Steinen beschäftigt waren.

„Setz dich“, befahl Orlando dem Jungen, während er Daniela nicht aus den Augen ließ und langsam seine Lederhandschuhe auszog. „Vielleicht solltest du dich lieber umdrehen, wenn ich deine Tante bestrafe, Leo. Es wird kein hübscher Anblick."

Leo sah angsterfüllt von Daniela zu Orlando.

Der Prinzessin war schwindlig vor Furcht. Es gab keine Möglichkeit, zu fliehen. Sie konnte nur noch beten, dass sich die Soldaten nahe genug befanden, um sie zu hören.

Mit dieser einzigen Hoffnung hob sie ihr aschfahles Gesicht in den schwachen Sonnenstrahl, der durch die Mauer fiel. Sie holte tief Luft und schrie, so laut sie konnte: „Hilfe!"

Orlando lachte höhnisch.

Sie zitterte vor eisiger Angst und blickte ihn an. Als er bedrohend auf sie zutrat, wich sie zurück.

„Tun Sie mir nichts, Orlando. Ich … Ich weiß Dinge von Ihnen", sagte sie tapfer.

„Sie wissen gar nichts von mir", erwiderte er barsch.

„Ich weiß, dass Sie schrecklich gelitten haben", stieß sie hervor und sah ihn flehend an, während sie immer weiter zurückwich. „Der Mann, den ich mit Nachforschungen beauftragt habe, hat es mir erzählt. Er spürte Ihre alte Amme auf. Nunzia. Erinnern Sie sich noch an sie?"

Langsam folgte er ihr durch die Zelle.

„Nunzia hat berichtet, dass König Lazar Ihre Mutter zwei Jahre vor seiner Thronbesteigung kennen lernte. Er war als ein junger Mann durch die Welt gereist. Eines Abends traf er Ihre Mutter in der Oper, und sie hatten eine Affäre, die drei Tage dauerte. Dann reiste er wieder ab. Ich weiß, dass Ihre Mutter zu dieser Zeit mit einem grausamen Mann verheiratet war. Als sie entdeckte, dass sie guter Hoffnung war, versuchte sie, ihr Kind als das ihres Mannes auszugeben. Aber der Baron hat ihr diese Lüge nie abgenommen. Dementsprechend schlecht hat er Sie behandelt. Er hat Sie täglich für das bestraft, was Ihre Mutter ihm angetan hatte."

„Seien Sie endlich still!“ fuhr Orlando sie mit harter Stimme an. „Sie hätten sich mir nie in den Weg stellen sollen.“

„Ich weiß auch, dass er Sie furchtbar geschlagen hat, während Ihre Mutter Ihnen heimlich Geschichten über Ihren echten Vater erzählt hat. Ein gerechter und schöner Mann. Ein König. Sie wurden regelrecht besessen von ihm. Aber Sie hassten ihn auch, weil er nicht kam, um Sie zu retten.“

„Sie werden einen sehr schmerzhaften Tod erleiden, Daniela.“ Orlando stürzte sich auf sie.

Sie sprang beiseite.

In diesem Moment ertönten männliche Stimmen aus der Richtung der Folterkammer, wo sich die Leiter befand. Daniela erkannte zwei der Soldaten. Sie mussten ihren Schrei gehört haben.

Orlando drehte sich zur Tür um, dann warf er ihr einen hasserfüllten Blick zu. „Wenn ich zurückkomme“, drohte er, „seid ihr beide dran.“

Damit eilte er aus der Zelle, die er hinter sich abschloss.

Über ihnen wurde plötzlich ein riesiger Stein beiseite gerollt, und ein Sonnenstrahl fiel ins Dunkel.

„Hoheit“, flüsterte eine männliche Stimme.

Daniela blinzelte in das Licht und sah den letzten Mann der Leibgarde über sich. Wie ein Wahnsinniger räumte er weitere Steine beiseite, bis schließlich die Lücke für ein Kind groß genug war.

Daniela verschwendete keine Zeit. „Leo!“ Sie legte ihm die Hände auf die schmalen Schultern und sah ihn ernst an. „Ich hebe Sie jetzt hinauf. Fassen Sie den Soldaten bei der Hand, und er wird Sie hinausziehen. Dann müssen Sie sofort in die Stadt reiten und Don Arturo genau erzählen, was mit dem Bischof passiert ist. Können Sie das tun?“

Der lockige Junge sah ängstlich zur Tür. „Orlando hat gesagt, dass er mich in Stücke schneiden wird, wenn ich jemals einem Menschen erzähle, was er getan hat."

„Das wird er nicht tun, Leo. Wir beschützen Sie. Rafael wird Sie vor Orlando in Sicherheit bringen; aber zuerst müssen Sie Rafael helfen. Berichten Sie alles Don Arturo."

Er nickte tapfer. „Ja, Madame."

„Gut. Dann hebe ich Sie jetzt hoch."

Daniela stellte sich breitbeinig hin, biss die Zähne zusammen und hob den Jungen auf ihre Schultern. Vorsichtig richtete sich Leo auf und fasste nach der Hand des Soldaten. Mit einem einzigen Ruck zog dieser den Prinzen nach oben ins Freie.

Einen Augenblick später erschien der Mann wieder an der Spalte. Er warf Daniela ein Seil hinunter und versuchte dann, den gewaltigen Steinbrocken, der noch im Weg lag, beiseite zu rollen. Unruhig ging die Prinzessin in der Zelle auf und ab. Obwohl der stämmige Mann sein ganzes Gewicht gegen den Felsen drückte, vermochte er nicht einmal, ihn einen Zoll zu bewegen.

„Daniela, meine Gute!"

Verängstigt blickte sie zur Gittertür. Orlandos Stimme erscholl durch die Gänge des Verlieses.

„Ich komme bald zu Ihnen!"

Sie blickte mit bleichem Gesicht zu dem aufgeschreckten Soldaten hoch.

„Er darf Leo nicht bekommen! Die Aussage des Jungen ist das Einzige, was den Kronprinzen noch retten kann. Bringen Sie ihn nach Belfort zurück. Sofort! Ich ... Ich will nicht, dass er etwas hört."

„Aber ..."

„Beeilen Sie sich!" befahl sie verzweifelt. „Ziehen Sie das Seil hoch, damit Orlando es nicht sieht. Und ... Sagen Sie meinem Gemahl, dass ich ihn liebe."

Das Gesicht des Leibwächters war aschfahl. „Nehmen Sie meine Waffe." Er warf ihr seine Pistole zu. Sie fing sie auf, und ihre Hoffnung erwachte von neuem. Dann warf er ihr auch noch seinen Lederbeutel mit den Kugeln und dem Pulver zu. „Gott sei mit Ihnen, Principessa." Mit diesen Worten verschwand er.

Daniela flehte im Stillen, dass er und Leo es sicher aus Orlandos todbringender Falle schaffen würden. Dann lud sie mit zitternden Händen die Pistole. Sie würde nur einen Schuss haben, da ihr keine Zeit bliebe, um nachzuladen. Wenn dieser Schuss ihn verfehlte? Ach, könnte sie ihn doch nur auf irgendeine Weise außer Gefecht setzen ...

Mit wild schlagendem Herzen dachte sie verzweifelt nach, während sie die Waffe entsicherte. Plötzlich kam ihr eine teuflische Idee.

Daniela sah zuerst den Lederbeutel in ihrer Hand und dann die Gittertür an.

Sie konnte selbst eine furchtbare Falle für Orlando stellen. Es bedeutete zwar ein großes Risiko, aber der Herzog war geradezu übernatürlich stark. Eine Kugel würde ihn vielleicht nicht aufhalten.

Es ist meine einzige Hoffnung.

Sie lief zur Tür, kniete sich hin und schüttete das Schießpulver in einem größeren Kreis auf den Boden. Sobald Orlando die Tür öffnete, würde er in den Kreis treten. Dann wollte sie einen Schuss auf das Pulver abgeben und dadurch eine gefährliche Explosion auslösen. Er würde durch das Feuer lange genug außer Gefecht gesetzt sein, damit sie an ihm vorbeilaufen und ihn einsperren konnte. Dann sollten Rafael oder Lazar mit ihm das tun, was sie für richtig hielten.

Und wenn der Schuss nicht genügte?

Er musste es.

Feine Schweißperlen traten ihr auf die Stirn, als sie daran dachte, dass ihr Leben von einem einzigen Schuss abhing.

Plötzlich vernahm sie Schritte, die auf die Zelle zukamen. Sie ging in die am entferntesten liegende Ecke und wartete mit wild pochendem Herzen auf ihren Peiniger.

Er erschien vor der Gittertür. Seine Augen funkelten vor Triumph darüber, dass er die beiden Soldaten beseitigt hatte. Für einen Moment war sein Lächeln jedoch so strahlend, dass sie ihn beinahe mit Rafael verwechselte. Sie zögerte abzudrücken.

Mit rasendem Puls beobachtete sie, wie er die Tür aufsperrte.

Als er sie öffnete, holte Daniela tief Luft. Dann trat er in die Zelle, und sie feuerte den Schuss ab.

Zu spät!

Er war bereits aus dem Kreis getreten, als die Flammen hinter ihm hochschlugen. Vor Schmerz schrie er auf und stürzte nach vorn. Daniela rannte an ihm vorbei, doch mit einem gurgelnden Laut packte er sie an den Beinen, so dass auch sie hinfiel. Sie schrie und wehrte sich wie eine Wahnsinnige, während ihr der beißende Rauch in die Lunge stieg.

In dem Nebel, der sich nun in der Zelle gebildet hatte, kniete Orlando über ihr. Sein Gesicht war verletzt, und er blutete heftig. Sein rabenschwarzes Haar und seine Kleidung waren angesengt. Und er war außer sich vor Wut.

Er bedachte sie mit den schlimmsten Schimpfnamen, die sie jemals vernommen hatte.

Mit seinen eisgrünen Augen sah er sie rachsüchtig an. Da wusste Daniela, dass sie weder den ersten Schrei ihres Kindes noch einen weiteren Kuss von Rafaels Lippen erleben würde.

Orlando holte aus und schlug mit aller Kraft zu.

Daniela wurde durch die Zelle geschleudert und stürzte mit dem Gesicht nach unten zu Boden.

Er zerrte sie hoch, um sie wieder zu schlagen. Es folgten vier, fünf weitere Schläge, die sie am Kopf und am Körper trafen. Sie war so benommen, dass sie nicht einmal weinen konnte, geschweige denn sich wehren.

Er wird mein Kind umbringen, dachte Daniela und versuchte, seinen Schlag gegen ihren Bauch abzuwehren. Aber ihr war von den Hieben gegen den Kopf so schwindlig, dass sie nicht mehr klar sehen konnte. Sie wollte nur noch, dass es aufhörte. In ihren Ohren dröhnte es, und sie schmeckte Blut auf ihren Lippen; ein Zahn saß locker. Sie war bereits halb bewusstlos, als sich Orlando auf sie setzte und ihr den Kragen ihres Hemds aufzureißen begann.

Plötzlich sah sie in dem Spalt, den der Soldat breiter gemacht hatte, eine Erscheinung. Ein goldener Engel war gekommen.

Schweigend glitt er in die Zelle und trat hinter Orlando. Sie atmete auf, unendlich froh, ihn zu sehen, denn sie wusste, dass er sie auf seinen Schwingen in den Himmel tragen würde.

Doch da erhaschte sie durch den Nebel vor ihren Augen einen Blick auf sein hartes, markantes Gesicht. Es war nicht der Engel der Gnade, der da erschienen war. Schöner denn je war er mit seinen goldgrünen Augen: der Engel der Rache und des Todes, der nun sein juwelenbesetztes Schwert hob.

Rafael, dachte sie, ehe sie das Bewusstsein verlor und in eine tiefe Dunkelheit hinabglitt.

Mit lautem Brüllen riss Rafael Orlando von Daniela weg und stieß ihn gegen die Mauer. Er richtete erbarmungslos seinen Degen auf ihn.

„Du kannst mich nicht töten, Rafael“, keuchte der Herzog und wehrte die harten Degenhiebe ab.

Rafael erwiderte nichts, sondern drängte ihn nur noch weiter in eine Ecke.

Danielas Schrei hatte ihn auf seiner Suche durch die Zitadelle in die richtige Richtung gelotst. Er war an Elan in seiner Grube vorbeigekommen, und sein Freund hatte ihm in aller Eile das Notwendige berichtet.

Ihr Kampf um Leben oder Tod war gnadenlos. Jedes Mal, wenn Orlando versuchte, zu Danielas leblosem Körper zu gelangen, um ihn als Schild zu benutzen, schaffte Rafael es, ihn abzudrängen. Während Orlandos Verzweiflung sichtlich zunahm, verzerrte sich sein Gesicht immer mehr zu einer Fratze aus Schmerz, Hass und Zorn. Er blutete stark, focht jedoch mit der Kraft eines Todgeweihten. Plötzlich stieß Rafael ihm seinen Degen so tief ins Herz, dass die Spitze hinten wieder heraustrat.

Er zuckte nicht einmal zusammen, als Orlando starb.

Rafaels Empfindungen richteten sich ungleich stärker auf seine reglose schöne Frau auf dem Boden der Zelle. Er zog Orlando die Klinge aus der Brust und ließ sie auf den leblosen Körper seines Halbbruders fallen.

Dann eilte er zu Daniela, kniete sich neben sie und berührte sanft ihr Gesicht. Seine Stimme war kaum zu vernehmen. „Meine Liebste …“

Sie bewegte sich nicht.

Er schluckte und berührte mit zitternden Fingern ihren Hals. Tränen stiegen ihm in die Augen, als er ihren schwachen, aber regelmäßigen Puls spürte.

Behutsam hob er sie auf die Arme und drückte ihr einen innigen Kuss auf die Stirn. *Los, meine Kämpferin. Du musst durchhalten. Verlass mich nicht, Daniela. Bleib bei mir.* Er erhob sich und trug ihren reglosen Körper wie den größten Schatz der Welt aus dem Verlies. Immer wieder küsste er ihre schweißüberströmte Stirn und flüsterte ihren Namen.

Doch sie rührte sich nicht.

20. KAPITEL

„Mama, sie ist wach.“ Daniela vernahm eine leicht heisere weibliche Stimme in ihrer Nähe, dann hörte sie das Rascheln von Röcken.

„Lass sie in Ruhe, Serafina. Sie muss langsam zu sich kommen“, tadelte eine andere Frauenstimme.

Die erste Stimme erinnerte an einen fröhlich plätschernden Bach, während die zweite gelassener klang und Daniela an einen warmen Herbsttag denken ließ.

„Oh, Mama, ist sie nicht wunderschön? Kein Wunder, dass Rafael so hingerissen von ihr ist. Sie ist wie eine entzückende kleine Puppe.“ Sie seufzte wehmütig. „Ich wollte schon immer eine Schwester haben.“

„Ich finde sie sehr jung“, sagte die ältere Frau. Es klang mütterlich besorgt. Daniela spürte eine weiche Hand, die sich auf ihren Unterarm legte.

„Ich wünschte, sie würde aufwachen.“

Die Hand streichelte sie sanft. „Sie hat Schreckliches durchgemacht, das arme, mutige Kind.“

Es klang so viel Zärtlichkeit aus diesen Worten, dass Daniela die Kraft fand, die Augen zu öffnen. Sie blinzelte. Die Welt um sie her war noch verschwommen und drehte sich etwas, aber sie konnte unscharf zwei ovale Gesichter erkennen, die sich über sie beugten.

Das Erste, was sie eindeutig ausmachen konnte, waren zwei unwirklich schöne veilchenblaue Augen, die sie aufmerksam betrachteten. Noch nie zuvor hatte sie eine solche Farbe gesehen. Allmählich wurde ihr klar, dass sich die lachende Göttin aus dem Hochzeitsbild über sie beugte.

Im wirklichen Leben war Prinzessin Serafina noch atemberaubender. Ihr strahlendes, offenes Lächeln weckte Daniela wie ein frischer Windhauch im Frühling.

Daniela drehte den Kopf leicht zur Seite und sah, dass die ältere Frau geduldig auf sie herabschaute. Ihre Augen unter den goldblonden Wimpern schimmerten sanft. Sie war dem Anschein nach noch nicht fünfzig und hatte ihr goldbraunes Haar lose hochgesteckt.

Königin Allegra!

Als sie die Frau erkannte, war Daniela entsetzt, weil sie so hilflos im Bett lag.

„Majestät", brachte sie mühsam hervor und versuchte sich aufzusetzen. Sie konnte sich nicht erinnern, warum oder wie lange sie eigentlich hier war. Sie wusste nur, dass sie sich in Gegenwart der Königin befand und sich dementsprechend zu benehmen hatte.

„Bleiben Sie liegen", befahl Ihre Majestät und drückte sie in die Kissen zurück.

Daniela blickte sie entschuldigend an. In ihrem Kopf pochte es schmerzhaft.

„Serafina, hol ihr etwas Wasser."

Daniela schloss die Augen und konnte sich plötzlich an alles erinnern. Die Zitadelle – Orlando – Rafael, der sie rettete – und das Blut, das sie zwischen den Beinen gespürt hatte, als Orlando sie geschlagen hatte.

„Mein Kind!" brachte sie hilflos hervor.

„Sie haben es nicht verloren", beruhigte die Königin sie mit sanfter Stimme.

Daniela sah sie an und kämpfte gegen die Angst an.

„Es ist alles gut. Der Arzt sagt, dass Sie etwas Blut verloren haben, aber mit ein oder zwei Wochen Bettruhe solltet ihr beide wohlauf sein."

Daniela zitterte plötzlich bei der Erinnerung an das, was geschehen war.

Prinzessin Serafina kam mit einem Glas Wasser zurück, setzte sich an den Bettrand und reichte es ihr.

„Danke, Hoheit“, sagte sie schwach, berührt von der Liebenswürdigkeit der beiden Frauen.

Als berüchtigte Verbrecherin, die den Goldjungen der Familie geheiratet hatte, hatte sie eine kühle Begrüßung erwartet. Sie hatte sich vor ihrer Rückkehr sogar gefürchtet, da sie überzeugt war, dass sie abgelehnt werden würde. Sie hatte das Gefühl, als ob sie sich bei den Frauen für ihre Heirat entschuldigen sollte.

Mutter und Tochter beobachteten sie aufmerksam.

Daniela trank einen Schluck Wasser und blickte dann von einer zur anderen. „Vergeben Sie mir, ich bin noch nicht ganz bei mir. Ich kann nicht glauben, dass ich Sie in einem solchen Zustand kennen lerne.“

Serafina lachte amüsiert. „Es ist bereits ein besserer Zustand als in den letzten zwei Tagen. Sie haben uns allen große Sorgen gemacht. Ich bin so froh, dass Sie jetzt wach sind. Endlich bekomme ich eine Schwester! Wir sollten jetzt besser Rafael holen. Er hat fast die ganze Zeit neben Ihrem Bett gewacht, bis Mama ihn schließlich mit Papa auf einen Spaziergang geschickt hat.“

„Geht es ihm gut?“ fragte Daniela besorgt.

„Es wird ihm besser gehen, wenn er Sie sieht.“

„Komm, Serafina“, sagte die Königin und ging zur Tür. „Wir dürfen sie nicht überanstrengen. Ihr werdet noch viel Zeit miteinander haben, wenn es ihr wieder gut geht.“ Die Hand auf dem Türknauf, schaute sie Daniela an. „Junge Dame, Sie sollten schlafen.“

„Jawohl, Majestät“, erwiderte Daniela gehorsam.

Allegra hielt einen Moment inne und lächelte sie zärtlich an. „Sie müssen keine Furcht vor mir haben, Daniela. Ich gebe zu, dass ich zuerst wütend war, als ich erfuhr, dass Rafael unsere Wünsche missachtet hat. Aber als ich hörte, wie Sie Leo gerettet haben, und als ich mit Rafael sprach, der so verändert ist – da wusste ich, dass Sie alles sind, was ich mir jemals für meinen Sohn gewünscht habe … Und für mein Volk."

Diese Worte bewegten Daniela so sehr, dass sie kaum zu antworten vermochte. Sie errötete tief. „Danke, Majestät."

„So müssen Sie mich nicht nennen, Daniela."

Rasch sah sie auf. „Wie … Wie soll ich Sie denn nennen, Madame?"

Allegra sah sie voll Wärme an. „Sie können mich Mutter nennen, wenn Sie wollen."

Daniela traten vor Rührung Tränen in die Augen.

„Was ist dir, Daniela?" fragte Serafina leise und strich ihrer Schwägerin eine Haarsträhne aus dem Gesicht.

Zunächst konnte Daniela nicht die richtigen Worte finden. Dann sagte sie stockend: „Ich … habe nie eine Mutter gehabt."

„Oh, mein armes Mädchen", flüsterte Serafina und nahm sie in die Arme.

Dann kam auch die Königin zu ihr zurück, ging um das Bett und umarmte Daniela von der anderen Seite. „Jetzt hast du eine Mutter, mein Schatz", flüsterte sie und drückte Danielas Kopf an ihre Schulter. Voll Glück und Erleichterung schloss Daniela die Augen und schluchzte.

Im Garten des Palazzo Reale war Leo gerade dabei, mit seinen spanischen Vettern und Basen zu spielen. Ihr Lachen erfüllte den Park, und die Kindermädchen und Gouvernanten blickten besorgt drein. Dabei wagten die Enkel des Königs es gar nicht, unter den wachsamen Augen ihres strengen Vaters allzu wild herumzutoben.

Conde Darius Santiago stand mit verschränkten Armen in ihrer Nähe und beobachtete sie aufmerksam. Von Zeit zu Zeit warf er einen ähnlich besorgten Blick auf den König und den Kronprinzen, die gemeinsam auf einer Steinbank unter einem großen Baum saßen.

Der arme Rafael wirkte völlig zerrüttet. Darius hatte seinen leichtsinnigen, draufgängerischen Schwager noch nie so erlebt. Aber auch Lazar war nicht viel munterer.

Obgleich sich die Gesundheit des Königs drastisch verbessert und er seine Kraft wieder ganz zurückerlangt hatte, war er doch durch die Neuigkeiten, die ihn bei seiner Rückkehr nach Amantea erwarteten, zutiefst erschüttert. Er hatte nicht geahnt, dass Orlando sein Sohn gewesen war.

Darius blinzelte ins helle Licht der Nachmittagssonne und schaute zu seinen sechs Kindern, die um den alten Herzog von Chiaramonte herumsprangen, dem das offensichtlich große Freude bereitete.

Die sonst so harten Züge des Spaniers wurden ganz weich, während er beobachtete, wie seine Jüngste – die zweijährige Anita – versuchte, sich hinter dem alten Mann zu verstecken, um ihrer älteren Schwester Elisabeta zu entkommen. Lächelnd sah er ihnen zu.

Anita kam mit einem lauten Heulen auf ihren Vater zugerannt und schlang ihre Ärmchen um sein Bein, als ob es eine Steinsäule wäre. Dann hüpften die beiden kleinen Mädchen mit ihren schwarzen Korkenzieherlocken um ihn herum, bis Darius schließlich gezwungen war, sie hochzuheben und beide ernst anzuschauen.

Es war schwierig, streng zu wirken, wenn klar war, dass seine Töchter ihn durchschauten. Ihre Antwort auf seine Strenge hatten sie schon lange von ihrer Mutter gelernt – Lachen und Küssen.

Die beiden Mädchen überschütteten ihn mit Küssen und kicherten begeistert, als sie ihre schokoladenbeschmierten Finger auf sein weißes Hemd drückten.

Darius versuchte, finster zu blicken. „Von wem habt ihr die Süßigkeiten bekommen?"

„Onkel Rafael hat sie uns gegeben", erklärte Anita fröhlich. Sie war seit ihrer Ankunft dem Kronprinzen nicht von der Seite gewichen. Das war sicher das Letzte, was Rafael augenblicklich gebrauchen konnte, doch es schien ihn nicht zu stören.

„Aber nicht mehr vor dem Essen. Und lasst Onkel Rafael in Ruhe", tadelte er seine Töchter. „Er macht sich große Sorgen um Prinzessin Daniela. Bemüht euch, etwas leiser zu sein!"

„Ja, Papa", sagte die vierjährige Elisabeta eifrig.

„Ihr kleinen Schelme", brummte Darius und gab jedem der Mädchen einen Kuss auf die Stirn. Sie kicherten und wandten sich so lange in seinen Armen, bis er sie wieder absetzte und sie zu ihren Brüdern zurückrannten.

Rafael hatte Darius mit seinen kleinen Töchtern beobachtet und fragte sich, ob er das Glück haben würde, dieselbe Erfüllung im Familienleben zu finden wie sein Schwager.

Der Arzt hatte ihm mitgeteilt, dass sich Daniela ganz erholen und ihr Kind den Angriff Orlandos überleben würde. Doch es fiel ihm schwer, das zu glauben, solange Daniela noch immer so reglos in ihrem Bett lag und stets von neuem das Bewusstsein verlor.

Sie hatte seit zwei Tagen nichts gegessen. Da sie von Anfang sehr schmal gewesen war, machte ihm das noch größere Sorgen.

Auch Rafael hatte seit zwei Tagen nichts mehr zu sich genommen und auch nicht geschlafen. Er war todmüde und vor Angst beinahe krank.

Natürlich gab es ein paar Dinge, für die er dankbar sein konnte. Die Anklagen gegen ihn waren fallen gelassen worden. Leo hatte ausgesagt, dass Orlando den Bischof erstochen hatte. Und der König hatte dem Senat tüchtig die Leviten gelesen.

Alle hatten sich unterwürfig bei ihm entschuldigt, und es war offensichtlich, dass man ihm wieder mit dem nötigen Respekt begegnete. Aber solange Daniela nicht über den Berg war, wollte er nichts hören oder sehen. Wenn ihn die Kabinettsmitglieder nicht gefangen gehalten hätten, wäre es ihm möglich gewesen, sie rascher zu retten, so dass sie wahrscheinlich nicht von Orlando geschlagen worden wäre.

Was Don Arturo betraf, so war der Premierminister so beschämt gewesen, dass er zurückgetreten war. Er konnte es noch immer nicht fassen, wie sehr er sich hatte hereinlegen lassen.

Der König hatte sich erholt, und Rafael war aus tiefstem Herzen dafür dankbar. Sein Zwischenspiel als Herrscher von Amantea hatte den Kronprinzen sehr mitgenommen. Er hatte keine Eile mehr, so rasch wie möglich König zu werden, denn er sah ein, dass er noch vieles von seinem Vater lernen musste. Nun war er bescheiden genug, Lazars Ratschläge anzunehmen.

Nachdem das königliche Paar die Geschichte von Leos Rettung und der Reise des jungen Paares durch das Land erfahren hatte, brachten sie es nicht mehr über sich, die unerlaubte Ehe zwischen Daniela und ihrem Sohn zu verdammen.

Rafael war ebenfalls zutiefst erleichtert, dass sein kleiner Bruder und Elan mehr oder weniger heil davongekommen waren. Und sein letzter Grund, froh zu sein, war die Tatsache, dass Darius und Serafina beschlossen hatten, für immer nach Amantea zurückzukehren.

Die Zukunft sah für alle rosig aus. Aber wenn Daniela sich nicht erholte, wusste Rafael, dass er selbst niemals glücklich werden konnte.

Er mochte sich nicht einmal vorstellen, dass er jemals eine andere Frau schön finden würde. Sie bedeutete ihm alles. Je länger sie so leblos und still im Bett lag, desto leerer fühlte er sich. Alle wussten, dass er unsäglich litt, auch wenn er sich darum bemühte, das meiste zu verbergen. Seine entzückenden Nichten und Neffen hoben ein wenig seine Stimmung, auch wenn sie ihn gleichzeitig an sein eigenes ungeborenes Kind erinnerten, das sich noch immer in Gefahr befand.

„Mein Junge", sagte sein Vater und sah ihn ernst an.

Rafael schaute fragend auf. Die Kehle war ihm wie ausgetrocknet, und seine Augen waren gerötet.

„Ich muss dir etwas sagen."

„Ja, Hoheit?"

„Ich habe nachgedacht. Nach all dem Hass, den Orlando verströmt hat, ist es wichtig, dass du es weißt …" Er verstummte plötzlich. Stirnrunzelnd sah er vor sich auf den Rasen. „Ich wollte dir sagen, dass ich die Jahre über vielleicht zu streng mit dir war. Du bist immer ein guter Junge und Mann gewesen. Ich möchte dir sagen, dass ich … ich stolz auf dich bin. Ich … ich liebe dich sehr, mein Sohn."

Rafael blickte mit brennenden Augen auf den Boden.

Sein Vater legte ihm die Hand auf die Schulter.

Er schluckte trocken. „Danke, Hoheit."

Als der König nun ebenfalls den Blick senkte, fiel Rafael auf, wie ähnlich sie sich doch waren.

„Sie wird wieder gesund werden, mein Sohn."

Einen Moment befürchtete Rafael zusammenzubrechen. „Ja, Hoheit." Er biss die Zähne zusammen.

In diesem Moment erschien seine Schwester auf der Veranda und winkte ihm zu. „Rafael! Komm schnell!"

Er sprang auf und sah sie voll Furcht an. „Was ist los?"

Serafina strahlte ihn glücklich an. „Sie ist aufgewacht!"

Seine Müdigkeit war wie weggeblasen, als er zum Palast rannte. Er stürmte hinein und lief – zwei Stufen auf einmal nehmend – die Treppe hinauf.

Daniela saß im Bett, als die Tür aufgerissen wurde und Rafael hereinkam. Sein Gesicht war gerötet und sein goldblondes Haar zerzaust. Eine Weile sah er sie nur schweigend an.

Liebe spiegelte sich in ihren Augen wider, als sie ihn betrachtete. Dann ging er mit wenigen Schritten zu ihrem Bett und blieb dort stehen. Er sah sie mit Tränen in den Augen an und nahm ihre Hand.

Langsam ließ er sich neben ihr auf die Knie sinken und drückte voll Inbrunst ihre Finger an seine Lippen.

„Rafael", flüsterte sie heiser.

Er presste ihre Hand an seine Wange und blickte sie ergriffen an. „Oh Liebste, wie sehr hast du mir gefehlt", sagte er mit bebender Stimme.

Daniela streckte die Arme nach ihm aus. Er umschlang sie behutsam und barg seinen Kopf auf ihrer Schulter. Schweigend hielten sie sich eine Weile fest, während Dankbarkeit, Glück und Freude ihrer beider Herzen erfüllten.

„Ich dachte, ich hätte dich verloren, Daniela", brachte Rafael mühsam hervor.

„Das hast du aber nicht", flüsterte sie und überschüttete ihn mit Liebkosungen. „Du hast uns beide nicht verloren."

Sein kraftvoller Körper bebte leicht, als er den Kopf nach unten beugte und sie durch den weißen Musselinstoff ihres Nachtgewands auf den Bauch küsste. Dann schloss er die Augen und legte den Kopf in ihren Schoß.

Sie strich ihm das Haar aus der heißen Stirn und betrachtete voll Innigkeit jede Linie seines schönen Gesichts. Nach einer Weile sah er sie an. Aus seinen Augen sprach seine ganze Liebe zu ihr.

„Ich weiß, Geliebter. Ich liebe dich auch", flüsterte sie.

Rafael schloss mit einem schmerzlichen Ausdruck die Augen und senkte den Kopf. „Du darfst mich niemals verlassen, Daniela", sagte er heiser. „Ich könnte nie ohne dich leben. Du bedeutest mir alles – mein Herz, meine Seele, mein ganzes Leben."

„Das werde ich auch nie. Komm zu mir, Geliebter", erwiderte sie und zog ihn zu sich hoch.

Er stand auf und legte sich neben sie auf das Bett. Dort nahm er sie beschützend in die Arme.

So lagen sie eine Weile da, sahen sich an und liebkosten einander. Von Zeit zu Zeit küsste er sie auf ihre Stirn, auf ihre Lider, auf ihr Haar.

Sie legte mit einem zufriedenen Seufzen den Kopf auf seine Brust und fühlte sich auf wunderbare Weise geliebt. Nun wusste sie, dass sie endlich dort angekommen war, wo sie hingehörte. Er nahm ihre Hand, und während sie dem kräftigen Pochen seines Herzens lauschte, traf ein Sonnenstrahl auf seinen goldenen Siegelring und ließ ihn wie tausend Sonnen funkeln.

EPILOG

April 1817

Die Kirchenglocken läuteten an jenem Tag in ganz Amantea, als der neugeborene Prinz getauft wurde. In der Stadt Belfort und auf den frisch bepflanzten Feldern im ganzen Land wurde die Arbeit niedergelegt, da König Lazar diesen Tag zum Feiern bestimmt hatte.

Die Brüder Gabbiano standen nebeneinander in der fröhlichen Menge und sahen noch immer überrascht auf den Balkon des Palastes. Dort stand die ganze königliche Familie hinter Daniela und Prinz Rafael. Die stolzen jungen Eltern strahlten, während sie der Welt einen Blick auf den kleinen zukünftigen König gewährten.

Seine Königliche Hoheit, Prinz Amador di Fiore, war wenig älter als zwei Wochen. Es war kaum möglich, sein winziges Gesicht aus der Ferne zu erkennen. Aber Alvi hatte bereits in einer der Zeitungen gelesen, dass der Kleine die aquamarinblauen Augen seiner Mutter und einen kleinen Büschel des goldblonden Haares seines Vaters hatte.

Die ehemalige Bande der edlen Straßenräuber war froh und erleichtert. Sie waren von der Königin begnadigt worden und in ihr Heimatland zurückgekehrt.

Brava, bella, dachte Mateo und sah lächelnd auf seine Freundin aus Kindertagen. Daniela sah würdevoll und wunderschön aus, wie sie ihren Sohn auf den Armen hielt. Es war deutlich zu sehen, dass der große, elegante Mann an ihrer Seite sie aus ganzem Herzen liebte und bewunderte.

„Schau, da ist Gianni!“ sagte Rocco plötzlich und wies auf den Balkon, wo ihr jüngster Bruder neben Prinz Leo zu erkennen war. Die beiden Jungen grinsten, und jeder legte fröhlich den Arm um die Schulter des anderen.

Daniela hatte durchgesetzt, dass der wilde Bauernjunge gemeinsam mit Prinz Leo erzogen wurde. Er war als dessen ständiger Begleiter in den Palast gezogen. Der Prinz und der Bettelknabe waren sogleich unzertrennliche Freunde geworden.

Mateo lachte über seinen Bruder und spürte dann, wie er mit seiner Hüfte eine andere, eine weibliche, berührte. Zärtlich sah er zu seiner jungen Braut. Wie immer schlug beim Anblick ihres scheuen Lächelns sein Herz schneller. Nun zeigte sich in ihren wachsamen schwarzen Augen bereits wachsendes Vertrauen.

„Glaubst du, sie sind wirklich so glücklich, wie sie aussehen?“ fragte Carmen zweifelnd.

Mateo legte ihr beschützend den Arm um die Schultern und zog sie zärtlich an sich. Sie war so tapfer und doch so zerbrechlich, so jung für das harte Leben, das sie bisher gekannt hatte. Das Schicksal hatte ihre Wege sich kreuzen lassen, so dass er sie retten konnte. Das wusste er. Er hatte stets ein Ritter auf einem weißen Pferd für eine Frau sein wollen.

„Ja, meine Liebe“, antwortete er, als sie bei seinem bewundernden Blick zu erröten begann. „Aber nicht halb so glücklich wie wir.“

Carmen lachte kurz auf, doch in ihren Augen zeigte sich wirkliche Freude. Sie nahm seine Hand und führte ihn zu der Piazza, wo unzählige Essensstände aufgebaut waren, von denen die Luft mit würzigen Gerüchen erfüllt wurde. „Komm, ich bin hungrig.“

„Ich auch“, sagte sein älterer Bruder Rocco.

Mateo warf einen letzten Blick über die Schulter auf den Balkon. Dort standen drei Generationen von Königen: der Felsen von Amantea, das neugeborene Kind und der Kronprinz auf dem Höhepunkt seines Lebens. Daniela sah Rafael mit einem ruhigen Lächeln an, in dem ihre ganze Liebe lag. Der Säugling ruhte zufrieden auf ihren Armen. Dann drehte sie sich um, und die Familie ging in den Palast zurück.

Mateo vermutete, dass es eines Wildfangs bedurfte, um einen Draufgänger zu zähmen – und eines Draufgängers, einen Wildfang zu betören.

Arrivederci, Daniela, dachte er. Einen Moment traten ihm vor Stolz über den rothaarigen Wildfang, den er einmal gekannt hatte, Tränen in die Augen.

Dann zog Carmen ihn ungeduldig in Richtung Piazza, und er wandte sich um und überließ lächelnd die königliche Familie ihrem Glück.

– ENDE –

Julia Justiss
Die schöne Mätresse
Band-Nr. 25148
5,95 € (D)
ISBN: 3-89941-187-0

Lauren Royal
Das geraubte Herz
Band-Nr. 25139
5,95 € (D)
ISBN: 3-89941-178-1

Betina Krahn
Der Liebesfluch
Band-Nr. 25138
5,95 € (D)
ISBN: 3-89941-177-3

Pamela Clare
Die Schöne und
der Sklave
Band-Nr. 25128
5,95 € (D)
ISBN: 3-89941-167-6